U0481989

本书受教育部人文社会科学研究青年基金项目"英美聊斋学研究"（项目编号：13YJC751046）资助，同时受山东大学基本科研业务费专项资金项目（2018TB038）资助。

英美聊斋学研究

任增强 / 著

中国社会科学出版社

图书在版编目(CIP)数据

英美聊斋学研究 / 任增强著 . —北京：中国社会科学出版社，2020.1
ISBN 978-7-5203-4942-0

Ⅰ.①英… Ⅱ.①任… Ⅲ.①《聊斋志异》—小说研究
Ⅳ.①I207.419

中国版本图书馆 CIP 数据核字（2020）第 010071 号

出 版 人	赵剑英
责任编辑	刘　芳
责任校对	王　龙
责任印制	李寡寡

出　　版	中国社会科学出版社
社　　址	北京鼓楼西大街甲 158 号
邮　　编	100720
网　　址	http://www.csspw.cn
发 行 部	010-84083685
门 市 部	010-84029450
经　　销	新华书店及其他书店
印　　刷	北京君升印刷有限公司
装　　订	廊坊市广阳区广增装订厂
版　　次	2020 年 1 月第 1 版
印　　次	2020 年 1 月第 1 次印刷
开　　本	710×1000　1/16
印　　张	17.75
插　　页	2
字　　数	248 千字
定　　价	80.00 元

凡购买中国社会科学出版社图书，如有质量问题请与本社营销中心联系调换
电话：010-84083683
版权所有　侵权必究

序　　言

16世纪后期始，随着西人入华脚步的愈趋急促，有关中国的知识也开始大量引介至西方。此处所谓的"中国知识"，我是就泛义上而言的，又大致可分为两大类别，即"报道"与"翻译"。绝大部分的报道，由于均有一对原材料进行选辑、编制的工序，因此也可看作是一种"二手资料"。而翻译，则无论是"归化式"的还是"异化式"的，均意在转录中国人自己的书写。两者的区别，正如杜赫德当年曾描述的，前者是"欧洲人的讲述"，后者是"让中国人自己说话"。

如将西人对中国文献的翻译视为一整体，并聚焦于某一特定的话题，可大体窥见其前后变化的一些轨迹。在19世纪之前，汉籍的西译主要集中在各种"高级文类"上，如"四部"所指涉的经史子集等文献。虽至18世纪稍有变化，零星地出现了几种对"低级文类"即各种民间通俗读物的转译，但也只是十分脆弱的萌蘖。以目前所知，最初译出的这类作品是载于1735年的《中华帝国全志》，例如由法国传教士殷弘绪执笔的《今古奇观》中的几个短篇，以及马若瑟译出的第一个中国戏曲《赵氏孤儿》。随后，如不计边界模糊的情况，在整个18世纪后期，由西文译出的民间通俗作品也只有威尔金森的《好逑传》（1761年英文，也称帕西本）。然而，19世纪后，情况却有大幅翻转，各种民间读本受到诸多译者的青睐，尤以英、法两种文字译出的为多，其中既包括流行于民间的教化类、实用类读本，也包括通俗文学读物，如后来饮誉汉学界的马礼逊、德庇时、雷慕沙、儒莲等，除在"高级文类"范畴中继有耕作，也在19世纪初年分别译出了一些通俗文学作品，并由此带动了整个译界风气的转变。

此种变化，是由多方面的原因促成的，既与欧洲各国的人文旨趣、文学阅读走向相关（如18世纪至19世纪初对"通俗罗曼司"的热衷），①也在很大程度上基于译者对中国知识引介目标的重设。以后者而言，并从英语世界的情况来看，一批以新的身份入华的新教传教士等也希望以之改变前期耶稣会士对中国的认知模式，将视线移向过去多有忽视的民众社会，通过"观风俗""入其内"的方式更为全面地探知这个"长黑头发的民族""穿蓝色长袍的国度"。这也可从1832年他们在广州创办《中国丛报》时撰写的发刊词中见出，对于这份杂志的创始人来说，对"现场感""在地性"以及更为多样化的中国社会信息的把握是十分重要的，可借之而补缀过去那种悬吊半空或只做些概念化判断的不足，从而建立起一种能够贴近社会世相的知识引介模式。这一新的构想不仅造成了19世纪初以来有关中国地方风俗、习惯、民间宗教、国民性格等著述的激增，也激发了那些以"本土信息提供者"（native informant）为己任者愿将更多的精力投掷于对通俗读物的迻译。

对《聊斋志异》选篇的英译始于19世纪40年代初的两位新教传教士郭实腊与卫三畏（两人也是《中国丛报》的主要撰稿人），这也是这部"中国传奇"最初被译为西语的两次试水之旅，而热衷于汉译的另一国度要直到1880年才由英伯哈特（Camile Imbault-Huart）将一些篇什译为法文。循此往后，或以散篇形式刊布于期刊与选本中，或以专集形式出版，各路译者始终未放弃对这部风情万种的作品的迷恋与续译，从"小说"这一个大的文类上看，无论

---

① 从大的方向上看，此也与彼时在精英知识层面上如伏尔泰对"风俗论"观念、赫尔德对"文学民族主义""民间化"的倡导等相关，由此而在欧洲形成一种具有代表性的时代思潮，虽然表达与表述形式会有所不同。此种知识对象的下移进程，在后来又催发了"民族志"这一学科的兴起。

◇ 序　言 ◇

是在英文还是法文中，直至目前，其被转译的次数均在同类作品中高居首位。尽管从漫长的翻译史上来看，诸家选译这一文本的"意图"尚不一致，无法概而论之，但至少从早期至20世纪初的情况来看，除了一些文学化的考虑之外，译者更多地还是从"观风俗"的意义上来选择对之的翻译的。这种意识当然不限于《聊斋》，其时西人对多数民间化作品的译介也多怀有类似的旨趣，比如德庇时在1829年所译的《十二楼》扉页上便用几个大写的汉字"入竟而问禁，入国而问俗"来宣明自己的翻译初衷，其后的一些译者在译介《聊斋》等民间作品时也常有类似的解说（似无须在此详举）。与之同时，译者们也多将这部作品的标题译为"Extraordinary Legends"（郭实腊，1842）、"The Record of Marvels"（梅辉立，1867）、"Strange Stories"（翟理斯，1880；莫朗，1913）等，由此而明确地将之定位于民间传奇、通俗故事的层次上，虽然也可供闲暇之娱，但更可借此窥探中国民间的生活习俗以及精神、道德状态，无意识的欲望，对鬼神的态度，内心生活中的"明与暗"，等等。这种意识定位甚至也留存于当代学者的认知中，比如据我对英法两种语言书写的考察，一些海外学者的著述与博论，仍会尝试从民族志的角度来探查、阐述这部作品中折射出的传统社会世相与心理表征。我当然不认为这种研究方式是不合适的，而是想以之证明这一类的意识是如何扎根与绵延于西人或西学的意识中的，并寄予着西方对东方的想象，如同东方也会持续地保持着对西方的距离性想象。

从整体的《聊斋》外译史来看，前后接力的各种译事也经历了一个从操控式翻译至学术式的翻译的过程。我这里所说的操控式翻译，有些类似于目前学界常说的"归化式"翻译（但也有所区别），在面对文化差异较大或甚大的异族文献，尤其是文学文本时，早期的译者往往会以一种突出的自我意识，甚至是毋庸商议的自我决断来把控对象，对原代码进行重新编排，比如改动、删减、改写等，这在很大程度上是因为受到某种特定的文化心态、观念导向、实用目的的支配，同时也与译者的汉语能力尚有不济有关。特别是在19世纪的翻译语境中，毕竟绝大多数的译者还属于"业余汉学家"，翻译也尚未成为一门专业化的技艺，或被学术体制所接纳，因而彼时的译事活动大多类此。之后的变化，大约要到20世纪上半叶才出现，才会有尽可能尊重原文、紧扣本义的，也就是我们所说的学术化翻译，并越至后来，越受到一种规训化的监视。这自然不等于说，操控化的翻译在后来就销声匿迹了，需要具体问题具体分析，但总体上的趋势则如上所述。既然如此，对于《聊斋志异》翻译史的研究，也需大体依据这样的轨迹来加以考察。

以上即我对该书外译情况所做的一个简要描绘与分析。毫无疑问，其中所包含的可解读信息必然是十分丰富的，惜乎在一长时期中并未及时受到学界的观瞩，这似乎还有待于某种契机的到来。近十多年来，循汉学史、翻译史炽兴的趋势，学界已始将视线投向这一有待开发的区域，不单限于英语译本，也包括法语、德语、俄语等译本，均有学者探津其间，并陆续形成了一些可观的成果。增强于读博期间专攻的是英语国家的文论研究等，毕业后遂转向对《聊斋》英译与外传的研究，自然也在顺理成章之中。当然，我最关心的还是，既然在此期间（或同时）已有一些相关成果做出，那么，增强的研究究竟能在何种层面上形成一套独具的思路，如何去布局新的研究规划，并由此勘发出更多的未谙之秘，以至可无愧于自己数年来付出的勤勉，进而在汉学译介史的研究中占据一属于自己的位置？尽管之前我也曾断续读过几篇增强已刊发的论文，但毕竟只是一些断片，今适获其书稿，得窥全豹，遂借作序之际，稍敷所想。

增强之著分为两大部分，一即其研究的心得，另一则属研究过程中辑录、整理与转译的数种材料。以下仅就其心得部分谈些体会。

从全书看，可将本书归入"总体研究"之列，而不同于曾有的各种分题研究，这表明，其涉及的将是对《聊斋》外传状况的整体

◇ 序　言 ◇

考察，此也可从该书设定的间架与牵涉的多种史料见出。然而，这种总体性又非限于当前学者所致力的各种译本，而是在此基础上又有所拓展，延伸到了文本"传播"的环节。这些环节包括各种与聊斋相关的评论、影视图像、物品图像等。以新的学术视野来看，一部作品的译出，还仅仅是传播链条上的第一个端点，虽然也可由此窥探译者的心态与译文的表达，但并不代表它所遭遇的全部命运。一部译作一经问世，有时既已成为一自我闭合的文本，因此只有当时的意义，有时则会以一种多方位蔓延的方式伸向外部的多重空间，从而使其意义得以成倍放大，因此，如果在研究中能做进一步的追踪，便可将这一外传的路径再拉长"一公里"。当然，虽谓总体研究，增强的著述又不同于那种面面俱到式的对资料的平整化陈列，而是在一个统观的意识下，以研究过程中形成的一些问题为出发点，并从空白处、未尽处、不明处、有疑处入手，由此而使大量有待解决的问题能够从背景中挣脱与浮现出来，并给予尝试性的解答。

此外，给我印象比较深的便是对待与处理理论的方式。尽管，所有的翻译都不是按照某种理论进行的，但目前在学术界也形成了这样的看法，似乎缺乏理论的介入，便会使自己的研究处于一种疲弱的展现状态，因此在翻译史研究中，如何运用既成的理论或翻译理论，也便成为一道需要主动迈过的"槛"。以目前对《聊斋志异》及其他汉籍外译的研究看，一些年轻学者往往多会预先去寻找到一个理论基点，并据之作为撬动史料的杠杆。与之有别，我们似乎很难在增强的著述中找到这样一个定点，即他不是从某种先在的"预设"（presupposition）而是从规定的"情境"（conjuncture）入手，来面对与处理各种史实的，因此而在解析诸如翟理斯、邝如丝、张心沧、闵福德等译本时，并不拘泥于一套规定的格式，而是不断变换视角，从自己的学理性判断与对象的实际情况出发，或涉及文本的移码、译风、意图、性别观及翻译策略、注释方式、本事考等，或述及译本的跨文本性、期待视野等，并随机概括出一些具

5

体的翻译经验，或更为细小化的"理论要素"，因此能避开那些机械的套路、平面的叙述，给出切实可信的结论。这种"经验主义"式的研究，也表现在对互证法的较为频繁的使用中，其中包括不同译本之间的互证，译本与原著之间的互证，以及译本与研究之间的互证，等等，由此而使各种不同层次与区间的文本能够处于某种话语的对流之中。这项工作做起来当然有很大的难度，既需要大量的知识积累，也需要对原著能够吃深吃透。

就特点上来看，值得一提的还有，这部著述虽然是以对翻译史内在理路的疏解为主题导向的，但也设置了一个"出乎其外"的思路。这种外部性的视角似乎被安插在一个可随时起用的位置上，有时是以直呈的方式表达出来，有时则隐隐地蠕动在叙述的背后，因此也使得我们所看到的这项研究常常能有意识地跳出历史行进的自然节奏，从一个"今天的译者"的角度来重新审视"过往的译者"，将对历史的研究与今天的思索衔接起来。作为学者的一种自我期许，固然是无可非议的，也有其自身的价值。

这部著作的可圈可点之处，并不限于以上所述。当然，这并不等于我对书中所持的观点都是赞同的，既然如此，则也有必要将增强既已标举的"批评性对话"置于未来的面向上，以便能在一种"批评性延宕"中去发现其他阐释的可能性。想必，增强对我的这一提法也会颔而认之的吧？

文化部——北京语言大学共建"中国文化对外翻译与
传播研究中心"主任、首席专家　黄卓越
2019 年春于北京西郊

目　　录

引　言 ……………………………………………………（1）

第一章　西风化雨：英美汉学家的《聊斋志异》译介 ……………（8）
　第一节　"媒、讹、化"与翟理斯《聊斋志异》英译 …………（9）
　第二节　《聊斋志异》"梅译本"的得失及引发的思考 ……（21）
　第三节　英国汉学家闵福德《聊斋志异》译本的四个
　　　　　向度 ……………………………………………（31）

第二章　故国情怀：华裔汉学家的《聊斋志异》译介 …………（51）
　第一节　作为女性戏剧表演者的邝如丝与其《聊斋志异》
　　　　　英译 ……………………………………………（51）
　第二节　英国汉学家张心沧《聊斋志异》译介发微 ………（66）

第三章　中西互看：英美聊斋学中的问题域 ………………（76）
　第一节　《聊斋志异》百年英译中的问题域以及中国
　　　　　学者可能的介入路径 ……………………………（77）
　第二节　19世纪西方汉学与《聊斋志异》研究中的
　　　　　若干争议性问题推说 ……………………………（96）

第四章　他乡的知音：与美国汉学家对谈《聊斋志异》 ………（112）
　第一节　"喜人谈鬼"：与美国汉学家蔡九迪对谈
　　　　　汉学与《聊斋志异》……………………………（112）

第二节　"雅爱搜神"：与美国汉学家宋贤德对谈
　　　　　　《聊斋志异》…………………………………………（118）

**第五章　影像中的聊斋：《聊斋志异》在英语世界的
　　　　　图像传播**……………………………………………（123）
　　第一节　再度梅开：胡金铨聊斋题材电影《侠女》
　　　　　　"走出去"成因探析……………………………（123）
　　第二节　风流天下：聊斋题材电影《倩女幽魂》在
　　　　　　英语世界…………………………………………（138）
　　第三节　《聊斋志异》在英语世界的图像传播之
　　　　　　"纪念币与烟卡"考释…………………………（149）

余　论………………………………………………………（157）

附　录………………………………………………………（168）
　　附录一　美国汉学家蔡九迪《聊斋志异》研究系列译文
　　　　　　及导读……………………………………………（168）
　　附录二　美国翻译家宋贤德聊斋全译本序引译文及
　　　　　　导读………………………………………………（248）
　　附录三　《聊斋志异》原篇与翟理斯、梅丹理与梅维恒、
　　　　　　闵福德以及邝如丝选译本篇目对照表…………（258）

后　记………………………………………………………（272）

引　言

　　《聊斋志异》（*Strange Tales from Liaozhai*）一书作为齐鲁文学，乃至中国文学与文化的一种代表，一直以来受到国外汉学界的积极关注，是中国文学与文化"走出去"的典范之作。19世纪40年代迄今，以英美来华传教士、外交官、华裔学者以及本土汉学家、影评人、艺术家为主体的海外学人构建出《聊斋志异》在英语世界翻译、评论、研究与传播的一个独特话语谱系，我们兼而并蓄，统称为"英美聊斋学"（the Anglo-American Studies of Liaozhai）。具体言来，"英美聊斋学"涵摄多方面内容：聊斋翻译、聊斋评介、聊斋研究，以及聊斋以电影、纪念币、烟卡等图像形式[①]为载体的传播。考虑到英语语言文化圈内部的流通与互动，本书研究的对象，在范围上也并非仅仅局限于地理概念上的英美两国，澳洲与加拿大自不待言，乃至其他地区以英文为载体的相关文献亦有所旁及。海外的聊斋学因置于异质文化语境，对若干问题的识见与论述往往颇有新见，其相关成果可使我们得窥别样的研究方法和具体观点。以英美聊斋学为借镜，可为我们重新认知与评价《聊斋志异》的特质及其在世界文学史以及文化交流史上的意义和价值提供一种参照与标准。而且作为异域话语系统，"英美聊斋学"之于国内《聊斋志异》的翻译与研究、聊斋与大众传媒手段的嫁接，进而对于如何将

---

　　① 聊斋题材电影在海外专业的影评、聊斋题材纪念币与烟卡的设计理念等方面也凝聚和体现着海外人士的智性思考、艺术运思乃至学术研究，无疑也是一门学问。

《聊斋志异》进一步推向世界均具有重要参考价值。

早期国内学界由于囿于传统偏见，对《聊斋志异》之外传缺乏必要之研究。如辜鸿铭早于1915年《中国人的精神》一书中便曾提及英国汉学家翟理斯（Herbert Allen Giles）的聊斋英译，但片面以为翟理斯眼力不高，《聊斋志异》不属于中国文学的一流之作，迻译价值不大。① 但事实是，《聊斋志异》在诸多国度广为传布，是中国古典小说中被翻译为外文最多的一部。20世纪80年代以来，《聊斋志异》外传的学术价值越发引起国内学者的观瞩。原国家图书馆研究馆员王丽娜先生于20世纪80年代初在《蒲松龄研究集刊》（第二辑）发表研究论文《略谈〈聊斋志异〉的外文译本及民族译本》，梳理《聊斋志异》外传之轨迹，而后其所辑译《中国古典小说戏曲名著在国外》（学林出版社1988年版）辟专章详列聊斋海外译介与研究相关版本目录，实为开创之功，泽被后学，嘉惠学林；再有张弘教授《中国文学在英国》（花城出版社1992年版），黄鸣奋教授《英语世界中国古典文学之传播》（学林出版社1997年版），均在某些章节中枚举了《聊斋志异》在英美的翻译、评介与研究文献。进入21世纪以来，学界以论文形式对《聊斋志异》在海外的流播之梳理者，成果甚夥，亦不乏可圈点者。② 在前人研治基础上，本书尝试于以下方面加以着力：

首先，进一步拓宽研究对象的外延。

已有的论文大多数所选择或者侧重探讨的是翟理斯、梅丹理（Denis Mair）和梅维恒（Victor Mair）兄弟的译本，较少有研究论

---

① 辜鸿铭：《中国人的精神》，李晨曦译，上海三联书店2010年版，第94页。

② 笔者从事本研究之前，对学界相关成果尽力搜寻，但若要对海外汉学研究文献做"涸泽而渔"绝无可能，为避遗珠之憾，此处不再一一枚举。在此尤为感谢国内著名聊斋研究专家袁世硕先生，先生提携后学，曾不顾高龄拨冗接见笔者，热情推介英美聊斋学若干重要文献，并就本书提出了宝贵建议。其他国内同行，如何敏、王燕、顾钧、付岩志、李海军、朱振武等教授的相关文章，也为本书提供了宝贵线索和启发。另，美国的汉学家，如蔡九迪（Judith T. Zeitlin）教授曾委托其门下硕士研究生以电子邮件方式提供若干资料，金介甫（Jeffrey C. Kinkley）教授曾于岳麓书院2016海外汉学专题论坛上，热情为笔者介绍北美聊斋学相关文献。一并致谢！

◇ 引　言 ◇

文涉及澳洲汉学家邝如丝（Rose Maud Quong）的译本、英国汉学家闵福德（John Minford）的译本以及美国汉学家宋贤德（Sidney Sondergard）的译本；英国学者早期的译作，如英国外交官梅辉立（William Frederick Mayers）、阿连璧（Clement Francis Romilly Allen）于 19 世纪发表的译文；英国华裔汉学家张心沧（H. C. Chang）的译文。

此外，现有成果偏重于纸质文本的考察，而少有人关注聊斋以其他媒介形式的跨文本传播。聊斋，如清代评点者冯镇峦所言"通人爱之，俗人亦爱之，竟传矣"。可以说，《聊斋志异》自行世以来，以之为题材改编而成的戏曲、影视剧不可胜数。尤以胡金铨的《侠女》（*A Touch of Zen*），李翰祥、徐克、程小东、叶伟信等先后执导的《倩女幽魂》（*A Chinese Ghost Story*），以及陈嘉上、乌尔善执导的《画皮》（*The Painted Skin*）等聊斋题材电影风靡海外。再者，聊斋故事中的传奇人物，特别是狐仙鬼女与书生间的浪漫爱情故事，也成为英语世界纪念币或者香烟卡上所绘制的图像。故而，以图像这一大众传媒形式为载体的聊斋题材内容在英语世界的传播与接受，更是非常值得关注的。

其次，不再单纯停留于对英译本翻译技巧的探讨或套用某一西方翻译理论来考察聊斋译本。

聊斋译本研究，稍加留意不难发现，不乏诸如"某某译本的翻译策略研究""某某翻译理论视域下的某某聊斋译本研究"。中国文化典籍的外译研究，需要对相关译作，特别是母语是英语的海外汉学家的译文或译本的翻译技巧加以探讨，细查汉学家译者在中英两种语言之间的自由切换与英文表达技巧，由此为典籍外译提供若干有益的可操作性方法，就此一点而言，目前国内学界，特别是翻译学界对之所开展的相关研究已是蔚然可观。诚然，此类研究的实践价值不言而喻，但中国典籍的外译不应该仅仅是一项语言层面的转换工作，还涉及典籍在另一语言语境中的传播、接受以及对他国文化所产生的影响，而中国典籍借助于外译，在他国的接受与影响

3

反过来又会对我们理解本国典籍的文化价值与文化蕴含提供一种启示与参鉴，会进一步丰富我们对中国典籍、对中国文化的认知与理解。故而，以典籍为载体在中西文化间所开展的应该是一种"双向互动"，是动态而多维度的，并非仅仅停留于语言间的转换。这必然要求我们对其的研究要超离已有的以翻译技巧和翻译效果为主的论讨。

另外，借鉴西方的翻译理论对中国典籍外译加以考察，似乎成为一种惯习，但是这种借鉴应尽量具有针对性与适用性，若单单挪用某一个貌似"放诸四海而皆准"的理论来阐释汉学家对中国典籍的翻译，往往使得一个活生生的翻译文本沦落为验证西方翻译理论的跑马场，充其量也只是揭橥该译本与其他译本间的某些共性，恐怕并不能真正发掘和揭示汉学家某一译本的特色与个性，反多有圆凿而方枘之弊，且对于典籍外译的理论探讨也并无多少益处。

本书在对汉学家的译本加以考察时，并不排斥中外翻译理论，尝试依据研究对象的特点，尽可能切合当地使用，抑或综合"化用"某一些翻译理论，更多地尝试从某特定译本中抽绎出某些关乎典籍翻译的研究方法甚至是理论思考，以期揭橥个别聊斋翻译文本独特之处。

由此，对百余年来聊斋学在英语世界的生成与存在尽可能加以谱系梳理，全面地爬梳与寻绎《聊斋志异》外传的理路与规律，方可行之有据为《聊斋志异》乃至中国文学与文化的海外传播提供借鉴。

这一方面，要突破实证调查的软肋，尽可能就聊斋译本、聊斋题材电影在英美等英语世界的接受状况与后期反响开展实证研究。考察各重要聊斋英译本在英美乃至全球等各知名高校、研究机构、各国图书馆的收藏，在亚马逊、"Goodreads"等国外网站媒体的读者评论以及其中所展现出的读者审美趣味与阅读偏好，对译本被海外学者征引或被其他海外同行学者以书评形式加以评论等的情况，进行清理。而前文所提若干《聊斋志异》题材的电影在英语世界的

◇ 引　言 ◇

接受情况，亦可从若干票房数据、专业影评（critic reviews）与普通观众评论（audience reviews）入手，一览其在英语世界的传播与接受。而这对于了解某一聊斋译本或聊斋题材电影的传播与具体接受，对于为聊斋"走出去"寻绎规律与策略皆是不可或缺的。

基于此，本书有以下几点尚需在开篇之前做出交代。

在研究内容上，长时段地梳理与评述《聊斋志异》在以英美为主的英语世界传播与受容的历史状况，划分出文字形式的传播与图像形式的传播两大类型，具体着眼于汉学家的聊斋英译、汉学家关于聊斋的评论与研究，以及聊斋题材电影、聊斋题材纪念币、聊斋题材烟卡的传播等关键点，以点带面，尽可能展现一个半世纪以来英美聊斋学，乃至聊斋学在整个英语世界的概貌与特色。

在研究方法上，尝试汉学与国学间的双向阐释法，以聊斋学为中介，以求中西间互相生发。海外汉学与国学具有共同的研究客体，其差异性则是由不同的研究主体所引发的。就本书而言，《聊斋志异》是海外汉学与国学共同研究的对象，但是海外的汉学家与国内的聊斋研究学者却因分处于不同的文化语境，拥有不一样的知识背景，而产生了不同的问题意识与不同的观察问题角度，二者间的研究成果往往各有千秋，这其中不乏洞见和偏见。而本书力图沟通二者，促进"自我"与"他者"间的学术对话，以期增进国内外聊斋学界间的互通、互解、互识。这是海外汉学研究不同于一般的翻译研究或者国学研究的独特之处，也是海外汉学研究存在的另一重要价值维度。

在研究目标上，考虑到《聊斋志异》是中国文学乃至中国文化"走出去"的典范之作，在研究中着重于《聊斋志异》在以英美为代表的英语世界的传播路径、接受状况，揭橥其中所蕴含的"走出去"的策略与有效方式。故而，对于《聊斋志异》的译介，尽可能考察译本在海外各大图书馆的收藏情况、在国外社交媒体上的读者反应情况、译本的被引与在学界的相关评论情况。对于以电影、纪念币、烟卡等大众传媒形式的聊斋传播，尽可能地搜集相关文献，盘点英语世界的接受情况，包括传播的历史进程、缘由、相应的效果等，由此探讨其对《聊斋志异》乃至中国文化"走出去"的启示。

这里需要说明的是，由历史与现状观之，作为古典名著的《聊斋志异》在英语世界的传播以译介形式为主，专业的学术研究尚有待加强，这一点与国内聊斋研究界的情况颇有些相仿。这一方面体现在缺少稳定的聊斋研究队伍、聊斋研究学者，其中包括英美本土学者和华裔学人，起初以聊斋为题谋得博士学位与教职，而后却又转向了其他研究领域或方向，不再执着于聊斋研究。[①] 另一方面表现为研究成果数量偏少，一些著述仅仅在论述中国文学、历史，特别是明清文化史或者小说史，对聊斋有所提及，公开出版的聊斋研究专著寥若晨星。且今日观来颇有学术价值者，亦即前文所述，国内著名聊斋研究专家袁世硕先生所着力推介者有美国芝加哥大学蔡九迪（Judith T. Zeitlin）教授所著之《异史氏：蒲松龄与中国文言小说》（*Historian of the Strange: Pu Songling and the Chinese Classical Tale*, 1993）一书，本书将其中精彩章节译出，并加以导读，与本书其他诸如《聊斋志异》在英语世界第一部全译本译者宋贤德教授的一篇译序以及翟理斯、邝如丝、梅丹理、闵福德等的《聊斋志异》节译本相关篇目对照表等相关内容一并附于文后，以飨读者。

---

① 比如谭雅伦（Marlon K. Hom）于1979年获得华盛顿大学博士学位，后转向了美国华人移民史的研究；白亚仁（Allan H. Barr）于1983年获得牛津大学博士学位，后转向了明清文化史研究和中国当代小说的翻译；杨瑞（Yang Rui）于1991年取得美国马萨诸塞州立大学博士学位，后在美国宾州狄肯森学院东亚系任教，其于20世纪90年代，先后在国内发表聊斋题材论文多篇，如《解读〈聊斋志异〉故事中的影子原型》（《北京大学学报》1996年第5期），《〈聊斋志异〉中的"阿尼玛"原型》（《中国人民大学学报》1996年第6期），《〈聊斋志异〉中的母亲原型》（《文史哲》1997年第1期），而后其关于聊斋方面的研究亦不曾得见了。似乎白亚仁在一次访谈中，道出了其中的原委："在我的教学生涯中，头20年，我基本上都是老老实实从事古典文学研究。但研究古典文学很辛苦，古文不好懂，而且在图书馆借阅图书也有各种麻烦，经常因为各种原因，而需要等待，效率很低。相比之下，做翻译要好很多，一台电脑，几本词典，加上一两个中国朋友就可以了。可以说，做翻译给了我开放的机会，暂时可以逃脱严谨的学术研究。"参见《白亚仁：接触一个"非虚构"的中国》，《新京报》2012年8月25日。

◇ 引　言 ◇

其他的聊斋著述，因散落于各类明清文化史研究成果之中，抑或是未曾公开出版发行，尚需笔者爬罗剔抉，刮垢磨光，再行细细研究后另请各位读者指教。①

最后再需赘述几点，本书各部分之间，虽着力点不同但需同一材料加以佐证者不在少数，若干例证乃笔者细读得见，不忍割爱。化用刘勰《文心雕龙》所谓：及其品列成文，有同乎旧谈者，非雷同也，势自不可异也；有异乎前论者，非苟异也，理自不可同也。故也望读者诸君莫要嗔怪。此外，因《聊斋志异》这一小说名在本书中反复出现，故出于行文之便，也简称《聊斋》或直接以聊斋二字称之。另，本书中的聊斋引文参考了张友鹤上海古籍出版社2011年版《聊斋志异会校会注会评本》，并参酌了岳麓书社2002年版标点本以及朱其铠人民文学出版社1989年版《全本新注聊斋志异》。最后，书中附录部分的引文，也恕不一一标注出处。

---

① 据笔者目前所掌握之有限资料，英语世界关于《聊斋志异》研究的专著，公开出版者有3部；以《聊斋志异》为题，未出版之博士学位论文8部；另外，尚有关于明清历史、文化史的著作，涉及《聊斋志异》者约有8部；再就是西人所撰之3部代表性《中国文学史》中对《聊斋志异》的论及；西人所著汉语学习教材中对《聊斋志异》的征引，代表性者约有3部；此外，西人所编译之《聊斋志异》英文通俗故事读物，约有4部；以西方歌剧形式改编的《聊斋》歌剧剧本，1部。这些资料，尚待笔者另书再论。

第一章　西风化雨：英美汉学家的《聊斋志异》译介

在《聊斋志异》，或者说中国古典小说的西传史上，西方汉学家无疑是先锋者和引路人。虽然早期来华的耶稣会士，多着意于中国经籍，比如意大利人利玛窦便将四书译为拉丁文，寄回本国。后比利时来华传教士金尼阁亦曾将五书译为拉丁文，并在杭州刊印。其他，如意大利人殷铎泽与葡萄牙人郭纳爵合译《大学》和《论语》，殷铎泽翻译《中庸》，而柏应理《中国的哲学家孔子》则是这一时期的集大成之作。但是自康熙以降，来华传教士以法国人居多，尤以路易十四所派遣考察团，为一时之佼佼者。他们肩负传教与科学及艺术考察的使命，开始将视野拓展至经籍之外的中国文学作品，如白晋等之后的法国传教士马若瑟等人则在中国文学西传方面作出了重要贡献。马若瑟于1698年随白晋来华，先后翻译了多种中国诗歌、小说、元曲选集，其中尤以《赵氏孤儿》在欧洲影响最大。而后，法国汉学家雷慕萨于1826年完成了《玉娇梨》的法译，儒莲不但重新翻译了《赵氏孤儿》（1834），还向西方翻译介绍了被称为"才子佳人"的话本小说，如《白蛇精传》（1834）、《平山冷燕》（1860）。[①] 这一时期，英国汉学家也跃跃欲试，托马斯·珀西所编译的《好逑传》于1761年在伦敦问世，旋即引发西方汉学界的注意；德庇时亦翻译了《好逑传》（1829）。这些中国

---

① 何寅、许光华：《国外汉学史》，上海教育出版社2000年版，第169页。

◈ 第一章 西风化雨：英美汉学家的《聊斋志异》译介 ◈

文学作品的西传，在欧洲引起了黑格尔、歌德、席勒等人的关注。欧洲汉学家在这一阶段开始关注中国小说，似乎正如英国汉学家汤姆斯（Peter Perring Thoms）在其选译的《今古奇观》（*Ancient and Modern Wonderful Tales*）序言中所言，其之所以选译《宋金郎团圆破毡笠》（*The Affectionate Pair；or，The History of Sung-kin*），并非是因为其中包含任何重要的主题，而是对于那些意欲了解中国风俗习惯的人们来说，或许是一个有趣的故事，而且这个故事向欧洲展现的是中国人并不缺乏仁慈（benevolence）、同情（sympathy）和爱（love）这些细微的情感。① 至于《聊斋志异》在英国的传播，这一时期也不乏单篇译文，但因为旷日久远，佐证材料不全，目前笔者尚不能考证其最初的译者与出处。真正在英语世界产生重要影响的，自然还属翟理斯的译本，以及后来闵福德的译本。至于美国汉学家梅丹理与梅维恒的译本，因为特殊的生产机制，也是非常值得探究的。

第一节 "媒、讹、化" 与翟理斯
《聊斋志异》英译

《聊斋志异》以其洗练优美的风格与丰富深邃的意涵，不仅在中国家喻户晓，而且被翻译为别国文字，在诸多国家广为传布，是中国古典小说中被翻译为外文最多的一部小说。从传播时间上看，《聊斋志异》首先在18世纪下半叶传入东方国家，其后则于19世纪中期引发西方汉学家的关注；从形式上看，《聊斋志异》在海外的流布可分为单篇译文和译本两种。其中英国著名汉学家翟理斯（Herbert A. Giles）的英文节译本《聊斋志异选》（*Strange Stories from a Chinese Studio*，1880），共译《考城隍》《种梨》《劳山道士》

---

① P. P. Thoms, *The Affectionate Pair；or，The History of Sung-kin*, London：Printed for Black, Kingsbury, Parbury, and Allen, Leadenhall Street, 1820, pp. iii – iv.

《瞳仁语》《莲香》《汪士秀》《毛狐》《雷曹》《酒友》《陈云栖》等164篇作品，乃最早颇具规模的译本。

更值一表的是，翟理斯译本以其独特之魅力，被转译成多国文字，在西方世界代表蒲松龄达一个世纪之久。翟氏《聊斋志异》英译本之特色已有学者进行阐发，但多是借助于西方翻译理论予以解析，往往单从某一维度出发，各照隅隙。而以钱钟书先生独具中国特色的译论加以烛照，大可擘肌分理，剖析毫厘，更为周衍地发明翟氏译本的翻译特色。钱先生曾独辟蹊径，对翻译之"译"字从训诂学角度做出阐析，指出《说文解字》卷六《囗》部第二十六字：囮，译也。从囗，"化"声。率鸟者系生鸟以来之。名曰"化"，读若"诱"。意为"传四夷及鸟兽之语"，好比"鸟媒"对"禽鸟"的引"诱"，"讹""化"和"囮"是同一个字。"译""诱""媒""讹""化"实际上是一脉通连、彼此呼应的。①

参酌钱钟书先生的相关论点，本书以"媒""讹""化"为切入点对翟理斯《聊斋志异》英译之特色加以厘定，并枚举著例予以剖示。其中，"媒"表征为翟氏译本的注释，翟氏借助注释客观公允地介绍中国传统文化，对于英语世界读者接受中国文学作品，进而了解古老的中华文明发挥了媒介的作用；"讹"即意指译文与原文不相符合、不忠实于原文。具体至翟氏英译，则体现为译者为求净化与纯化对原作中性描写内容的置换与删节。此举一定程度上导致了原作精神内涵的流失；"化"，指的是翟氏译文将《聊斋志异》由汉语转换为英文，既不因语文习惯的差异而露出生硬牵强之痕迹，又能保存原作的风味。具体而言，"化"一方面体现在语言层面上，翟氏译文语言与原文自然、不隔，恰如其分地传递出原文洗练优美之风格。另一方面则表现为文化意象。翟氏译文所觅取的西方文化意象与原文里的中国文化意象形神兼似。

---

① 钱钟书：《七缀集》修订本，上海古籍出版社1994年版，第79页。

◈ 第一章　西风化雨：英美汉学家的《聊斋志异》译介 ◈

一　媒：作为文化传递媒介之注释

翟理斯《聊斋志异》英译本的一大显著特色便是译释并举。翻译不仅是不同文字之间的转换，更是对他者文化信息的传递。可以说，以《聊斋志异》译本来展示中国的一般情况，是翟氏英译的一大特色。翟氏翻译《聊斋志异》即是为了让西人经由中国文学了解真正的中国文化，并借以消除西方世界对中华文明的曲解。在其首版英译《聊斋志异》导言中，翟氏便明确指出自己的翻译目的："一则可以使西人更加关注中国；另一方面，至少能够纠正一些错误的观念。某些平庸而狡黠的作者经常不诚实地把一些谬误灌输给读者，而读者也习惯于不加思考地照单全收……结果是，许多中国习俗不断遭到揶揄和贬斥，究其原委不外乎是传递者扭曲了中国的形象。在这部作品中，通过一位学殖深厚的作者对其国人和国家的确切书写，我们可以发现大量中国人在宗教和社会生活方面所真正信仰与奉行的东西。"①

翟理斯上述所言绝非空穴来风。西方世界早期的《聊斋志异》译介者，如德国传教士郭实腊（Charles Gutzlaff）便曾从狭隘的宗教一元论立场出发，认为《聊斋志异》不是文学作品，而是宣扬异教信仰的宗教读物，其中反映的道家思想具有浓厚的鬼神迷信色彩；中国人的信仰是偶像崇拜，他们认为恶魔和幽灵充塞了整个世界，并用香火与冥币加以祭拜；还将英雄或者圣人神化，将其灵魂与幽灵、鬼怪等物同等看待。②此种情况表明，西人对《聊斋志异》的趣味在传教士汉学阶段已开始萌生，但是传教士汉学家缺乏对中国古代文学与文化的真正了解，加之出于传播福音的宗教目的，郭实腊偶然触及聊斋的文学性问题，但对《聊斋志异》多加以

---

① Herbert A. Giles, *Strange Stories from a Chinese Studio*, London: Thos. De la Rue & Co., 1880, pp. xiv – xv.
② 王燕：《试论〈聊斋志异〉在西方的最早译介》，《明清小说研究》2008年第2期。但王燕的绍介在细节方面存在纰漏，如将卫三畏对《聊斋志异》的英译名 "Pastimes of the Study"（《书斋中的消遣》）回译为"学习之余的消遣"，显然是将意为"斋"（书房）的"Study"误译为"学习"。

诋毁与曲解。精审而客观的学术研究还须留待专业汉学家完成。

翟理斯便是可以担纲的专业汉学家。翟氏在华长达二十五年之久，谙熟中国语言文化，"对汉语语法结构有着精准之认知，并且对中国人的风俗、习惯、信仰与一般社会生活有着广泛而深刻的洞悉"①。正是在其不懈努力下，《聊斋志异》及中国文化在西方的流播才开出新局面。

翟氏在翻译《聊斋志异》时甚为注重通过注释来传递中国文化，在其所译的每则故事后一一下注，附上一些供英语读者理解而不可或缺的注释，对西方人有关中国文化（比如道家思想）的曲解起到了纠偏的积极作用。在此不妨一观翟氏在随文注释中对中国道教的表述：

"关壮缪（the God of War）：中国的战神（the Chinese Mars），一位声名显赫的战士，名为关羽，约生活在公元3世纪初。死后被尊为神，供奉在庙中。"（《考城隍》注释4）"道教，有时亦被视作理性主义，为公元前6世纪名为老子之人所创。'老子'意即'老成的孩子'，据说老子出生时须发皆白。道教最初是纯粹的形上体系，如今只有先前的一点影子，多为来自佛教粗陋的迷信形式所影响，当然佛教亦吸收了道教的诸多形式与教义，二者汇融，殊难区分。据说道士会炼金术和玄门法术。"（《种梨》注释1）"有人认为道士炼有琼浆样的长生药（外丹），另一些人以为仙丹只有通过自身修炼方得炼成（内丹）。"（《劳山道士》注释1）"道士通常被认为具有某种特殊法力，能够让剪出的纸人、动物等变活，并用它们来做好事或者坏事。"（《妖术》注释5）"每一位道士都有一把宝剑，类似于西方巫师的魔杖。"（《成仙》注释8）②

此外，有关古代中国社会生活和风俗习惯的注释：

"清明（the spring festival of clear weather）：二十四节气之一，

---

① Herbert A. Giles, *Strange Stories from a Chinese Studio*, London: Thos. De la Rue & Co., 1880, p. xvi.

② 此段中五处引文依次出自 Herbert A. Giles, *Strange Stories from a Chinese Studio*, London: Thos. De la Rue & Co., 1880, p. 2, p. 14, p. 17, p. 50, p. 62.

◈ 第一章 西风化雨：英美汉学家的《聊斋志异》译介 ◈

在每年的4月5日左右。这天需往祖坟上祭奠先人。"(《瞳人语》注释1)"乞丐行讨的方式（To call attention to his presence）：乞丐为了能讨得施舍，要么在店铺里大声敲锣，干扰店主做买卖；要么是把动物的死尸绑在木棍上，拿着在店里摇来晃去。"(《道士》注释2)"关于中国人的时间观念，更（watch）：中国古代打更的计时法，把夜间分为五更。相当于现代的晚上7点到9点为一更，9点到11点为二更，午夜11点到1点为三更，凌晨1点到3点为四更，凌晨3点到5点为五更。每一更，打更人打五下木锣。"(《三仙》注释2)①

由上述诸例可见，翟理斯之注解不同于郭实腊、卫三畏等人带有文化沙文主义的褊狭诠释。作为专业汉学家，翟氏叙述较为冷静中立，更具有学者的严肃性与公正性，基本摆脱了早期西方人对中国文化的偏见，作"同情之理解"，以温情与敬意体认中国传统文化。在此，翟氏借助于注释非但对先前传教士汉学家加诸道教的种种曲解有所澄清，而且充分发挥注释媒介之功用，通过随文所下的逐条注释将《聊斋志异》正文中不易于西方读者理解的民间信仰、节气时令、生活习俗等相关文化内容更为客观、翔实与通俗地加以介绍，借以消弭西方人对中国文化的偏见，在西人正确评价中国和中国人方面起到了重要作用，② 帮助西方读者对古老中国有了近距离的了解与认知，进而有效地促进了中国文化的西播。

二 讹：对原文的净化处理

"讹"可理解为译文与原文不相符合、不忠实于原文。具体至翟理斯的《聊斋志异》英译本，"讹"体现为翟氏对原文的净化，即是说，出于纯洁化之考量对原作性描写内容的置换与删节，不妨

---

① 此段中三处引文依次出自 Herbert A. Giles, *Strange Stories from a Chinese Studio*, London: Thos. De la Rue & Co., 1880, p. 5, p. 246, p. 215。

② Philip R. Marshall, "H. A. Giles and E. H. Parker: Clio's English Servants in Late Nineteenth-Century China", *The Historian*, Vol. 46, No. 4, 1984, pp. 520–538.

观几个实例。

> 马疑其迷途，顾四野无人，戏挑之。妇亦微纳。欲与野合。笑曰："青天白日宁宜为此。子归掩门相候，昏夜我当至。"马不信，妇矢之。马乃以门户相背俱告之，妇乃去。夜分果至，遂相悦爱。觉其肤肌嫩甚；火之，肤赤薄如婴儿，细毛遍体，异之。又疑其踪迹无据，自念得非狐耶？遂戏相诘。妇亦自认不讳。（《毛狐》）

该段表述的男女调情淫奔之事，其中不乏狎昵的动作。但翟理斯却进行了改写：

> Ma concluded she must have lost her way, and began to make some playful remarks in consequence. "You go along home," cried the young lady, "and I'll be with you by-and-by." Ma doubted this rather extraordinary promise, but she vowed and declared she would not break her word; and then Ma went off, telling her that his front door faced the north, etc. In the evening the young lady arrived, and then Ma saw that her hands and face were covered with fine hair, which made him suspect at once she was a fox. She did not deny the accusation.①

翟理斯的译文回译为汉语，即马天荣意识到她一定是迷路了，于是拿些话来打趣。"你先回家，"少女说道，"我很快便来找你"。马天荣不相信，少女发誓说定不食言；马天荣走前告诉她家门朝北等。到了晚上，少女果然来了，马天荣见她手上脸上都长着细毛，

---

① Herbert A. Giles, *Strange Stories from a Chinese Studio*, London: Thos. De la Rue & Co., 1880, p. 428.

◈ 第一章 西风化雨：英美汉学家的《聊斋志异》译介 ◈

怀疑她是狐狸精。少女也不否认。

在此，原文中的"顾四野无人，戏挑之。妇亦微纳。欲与野合""青天白日宁宜为此"等充满性挑逗性的语句被置换，代之以"于是拿些话来打趣""你先回家"。而原文中"夜分果至，遂相悦爱。觉其肤肌嫩甚；火之，肤赤薄如婴儿，细毛遍体，异之"等描写马天荣与狐女肌肤之亲的句子，则被替换为"她手上脸上都长着细毛"，其余关乎性与女性身体的描写一概被剔除殆尽。

其至在不妨碍译文流畅与连贯性的情况下，翟氏还干脆进行零度翻译，对原文中其以为不雅的成分直接加以删减。

> 问："何需？"曰："樱口中一点香唾耳。我一丸进，烦接口而唾之。"李晕生颐颊，俯首转侧而视其履。莲戏曰："妹所得意惟履耳。"李益惭，俯仰若无所容。莲曰："此平时熟技，今何吝焉？"遂以丸纳生吻，转促逼之。李不得已，唾之。莲曰："再！"又唾之。凡三四唾，丸已下咽。少见，腹殷然如雷鸣。复纳一丸，自乃接唇而布以气。生觉丹田火热，精神焕发。莲曰："愈矣！"（《莲香》）

翟理斯对该段的翻译异常简洁，删去了其中的大多数细节，将之译为：

> Miss Li did as she was told, and put the pills Lien-hsiang gave her one after another into Sang's mouth. They burnt his inside like fire; but soon vitality began to return, and Lien-hsiang cried out, "He is cured!"[①]

[①] Herbert A. Giles, *Strange Stories from a Chinese Studio*, London: Thos. De la Rue & Co., 1880, p.177.

翟氏的译文回译为现代汉语，即李女按照莲香所示，将药丸一一放入桑晓口中。桑晓只觉得丹田火热，很快便恢复了元气。莲香喊道："病好了！"

如此删节，行文故也流畅，但原文中男女亲昵之动作描写荡然无存。其他如《夜叉国》中徐生与女夜叉交媾之"雌自开其股就徐，徐乃与交。雌大欢悦"；《陈云栖》中女道士非礼真毓生之"两人代裸之，迭就淫焉。终夜不堪其扰"；《阿霞》一文中男女欢爱之"既归，挑灯审视，丰韵殊绝。大悦，欲乱之""人以游词，笑不甚拒，遂与寝处""夜果复来，欢爱綦笃"；《聂小倩》一文中，表现女性冲破封建礼教的大胆表白之"月夜不寐，愿修燕好""夜无人知"等语亦是完全被剔除了。

翟理斯《聊斋志异》英译优美而雅驯，译作亦如译者本人颇具绅士风度，但为求净化而对原作中有关性描写内容的大肆"阉割"，却不可避免地导致了原文所表达思想内涵的流失。此可视为翟译美中不足之处。翟氏生活在英国的维多利亚王朝时代（1832—1902），彼时英国的资本主义经济迅速发展，但封建主义思想残余尚未得以完全清除。资产阶级在婚姻观念上抱残守缺，认为婚姻是上帝对那些遵守社会传统道德习俗人的恩赐与褒奖，要求妇女婚前必须是处女，女子失去贞操，就沦为道德堕落的人。翟理斯的英译自然难以脱离当时意识形态的影响。出于性道德洁癖，翟氏对《聊斋志异》中涉及青年男女私情幽媾之事剔除得一干二净，使其译本俨然一本少儿读物（翟理斯在该译本寄语中，便提到"谨以此书献给我的妻子与孩子们"）。但这种"阉割"与"净化"显然有损原意，无法体现原作者蒲松龄作为落魄书生寻求精神慰藉的渴望，以及原故事所蕴含的追求恋爱自由与思想解放的时代意义。可以说，在此一点上，囿于时代的道德观念，翟译未能进入原著的精神世界。但对《聊斋志异》洗练优美的语言与其中文化意象的处理上，翟理斯的译文堪称是达及"化"的境地。

◇ 第一章 西风化雨：英美汉学家的《聊斋志异》译介 ◇

三 化：语言与文化意象的翻译

"化"，是翟理斯英译《聊斋志异》的又一特色。《荀子·正名》中说，"状变而实无别而为异者，谓之化"。① 此种解释表明"化"，即从一种语言转换为另一种语言时，内涵意义与精神风味不变。如有论者所指出的，翟理斯的译文是以欧洲语言之肉身展现中国文学的精神（the spirit transferred into the body of a European style, robed with well-fitting language and grace of manner）。② 与原文相参，翟氏英译《聊斋志异》之"化"具体落实于两个层面：一是语言，二是文化意象。

翟理斯由于长期浸淫于中国文化和文字，能够辨识蒲松龄的写作风格，欣赏其洗练优美的语言，并在译文中加以传达。翟氏认为蒲松龄"文风纯真而优美"（purity and beauty of style），且在《聊斋志异》中将"简练风格发挥到了极致"（terseness is pushed to its extreme limits），③ 翟氏对自己的译文也追求洗练优美的风格。

简洁是蒲松龄语言一大特点，如《雷曹》中"乐云鹤、夏平子，二人少同里，长同斋，相交莫逆"一句，蒲松龄采用连动句式，"少同里""长同斋""相交莫逆"连续性的谓语描述出了历时的变化，区区数语便将人物间由幼时至成年后的关系交代清楚。然而，连谓句在英语中却结构松散，表现力弱，因此，翟理斯将之译为：

Le Yun-hao and Hsia P'ing-tzu lived as boys in the same vil-

---

① 王先谦：《荀子集解》下册，中华书局2003年版，第421页。
② J. Dyer Ball, "Dr. Giles's History of Chinese Literature", *China Review*, Vol. 25, No. 4, 1901, p. 208.
③ Herbert A. Giles, *Strange Stories from a Chinese Studio*, London: Thos. De la Rue & Co., 1880, p. xxx.

lage, and when they grew up read with the same tutor, becoming the firmest of friends.①

在此，翟氏以时间状语从句和分词结构来翻译原文中的连谓句，使译文达到了同样简练、紧凑的艺术效果。

除用语洗练外，蒲松龄的文笔甚为优美。如《汪士秀》中描写蹴鞠的一段话，用笔极为生动，具有形象美、动态美与音乐美的特点："踏猛似破，腾寻丈；中有漏光，下射如虹；虽然疾落，又如经天之彗；直投水中，滚滚作沸泡声而灭。"翟氏译作：

It seemed unusually light and soft to the touch, and his foot broke right through. Away went the ball to a good height, pouring forth a stream of light like a rainbow from the hole Wang had made, and making as it fell a curve like that of a comet rushing across the sky. Down it glided into the water, where it fizzed a moment and then went out.②

译文亦达到了传神的审美效果，同样激起视觉、听觉上的美感。首先，在原文中，蒲松龄用生动的比喻来描写汪士秀高超的蹴鞠技艺，"下射如虹""如经天之彗"，想象十分新奇，比喻也非常妥帖。翟理斯则将之译作"pouring forth a stream of light like a rainbow from the hole"（如彩虹般从孔中倾射出一束光芒）与"it fell a curve like that of a comet rushing across the sky"（如彗星划过天际，曲线形落下），以此来描绘蹴鞠在半空中及落水时的生动画面，均充分传达了原文的形象美。其次，原文用"腾寻丈"和"直投水中"来表现蹴鞠被踢出时的动感，翟氏则以"Away went the ball to

---

① Herbert A. Giles, *Strange Stories from a Chinese Studio*, London: Thos. De la Rue & Co., 1880, p. 413.
② Ibid., p. 410.

◇ 第一章 西风化雨：英美汉学家的《聊斋志异》译介 ◇

a good height""Down it glided into the water"加以对译，用副词"a-way"（离开）和"down"（往下）前置的句式突出展现动态美。至于原文中的声音，"滚滚作沸泡声"在翟氏译文中被译作"fizzed"（作嘶嘶声），更直接呈示出逼真的音响效果，充分再现了原句的音乐美。

由上述两例可见，翟理斯深刻体察蒲松龄语言的特色，充分发挥译语优势，在译文中以自然、流畅而贴切的英语，充分再现原文凝练优美的语言风格。

进而言之，翻译非但是两种语言符号系统的转换过程，亦是两种文化体系间的碰撞。除语言层面外，在对文化意象的处理上，翟氏的英译与原文也可谓形神兼备，达及"化"的境地。

> 生意友人之复戏也，启门延入，则倾国之姝。（《莲香》）
> And Sang, thinking his friend were at their old tricks, opened it at once, and asked her to walk in. She did so; and he beheld to his astonishment a perfect Helen for beauty.[1]

翟理斯将中国文化中指称美人的"倾国之姝"译为"绝色海伦"（a perfect Helen for beauty），而海伦是古希腊神话中的美女。"倾国之姝"与"海伦"均用以泛指美女，作为不同的中西文化符号而有着相通的所指。

> 生曰："我癖于曲蘖，而人以为痴；卿，我鲍叔也，如不见疑，当为糟丘之良友。"（《酒友》）
> "Oh," replied Ch'e, "I am not averse to liquor myself; in fact they say I'm too much given to it. You shall play Pythias to my Da-

---

[1] Herbert A. Giles, *Strange Stories from a Chinese Studio*, London: Thos. De la Rue & Co., 1880, p. 169.

mon; and if you have no objection, we'll be a pair of bottle-and-glass chums."①

原文中的"鲍叔牙",为春秋时期齐国的政治家,鲍叔牙知人,举荐管仲。"管鲍之交"的故事一直作为美谈,传流后世。文中借用此历史典故,旨在形容车生与狐狸友情之莫逆。翟理斯用"Pythias"(皮西厄斯)和"Damon"(达蒙)来对译原文中出现的"鲍叔牙"和"管仲"。而皮西厄斯和达蒙乃古罗马民间传说中友谊的典范。皮西厄斯被国王判处死刑,达蒙为了让其友回家清理家务而代他入狱。后正当处死达蒙之际,皮西厄斯归来,国王被他们的信义感动,宽恕了他们俩。如此用西方友谊之范例加以对译,可谓形神兼备。

又如:

白顾梁曰:"吾等面薄,不能劝饮。汝往曳陈婢来,便道潘郎待妙常以久。"(《陈云栖》)

"The gentleman won't condescend to drink with us," said Miss Pai to Miss Liang, "so you had better call in Yün-ch'i, and tell the fair Eloisa that her Abelard is awaiting her."②

"潘郎与妙常"的典故出自明代高濂所著传奇《玉簪记》,讲述的是道姑陈妙常与书生潘必正的爱情婚姻故事。文中用作双关语,借指陈云栖与真毓生的情人关系。而翟理斯将之译为"Abelard"(阿伯拉尔)和"Eloisa"(爱洛伊斯)。阿伯拉尔,中世纪法国神学家和哲学家。他与学生爱洛伊斯颇赋传奇色彩的爱情故事曾一度风靡欧洲,二人的名字也与"潘郎与妙常"一样成为情人的代名词。

---

① Herbert A. Giles, *Strange Stories from a Chinese Studio*, London: Thos. De la Rue & Co., 1880; p. 166.

② Ibid., p. 264.

◇ 第一章 西风化雨：英美汉学家的《聊斋志异》译介 ◇

由上述诸例可见：首先，翟理斯以其对来源语和目的语两种语言符号系统各自结构特征的熟稔，以典故来对译典故，在形式上实现二者间的妙合无垠；其次，翟氏以敏锐的跨文化交际意识，深刻体悟原文的表达方式与原文中典故的意义内涵，继而觅取西方文化中近似等值的文化意象，从而使得译文与原文所生成的文化联想具有了同一指向，使译文对译文读者产生原文对原文读者相同或相近的语用效果，心领神会、灵犀点通。如此，实现译文与原文形式与内容的统一、形与神的融合，故而达及"化"的境地。

概而观之，以钱钟书先生"媒""讹""化"为视阈，可较为全面地发明出翟译《聊斋志异》的翻译特色。一方面，翟理斯以翔实而实用的注释为媒介，客观地向西人绍介中国的传统文化，有效地传递出原文洗练优美的艺术风格，传达出原作的内在气度，展示出汉籍《聊斋志异》的卓越丰姿。但从另一方面观之，翟译并非完美无缺，由于受制于维多利亚时代的道德观念，译文中多出现讹变之处，致使在阐发原作精神内涵方面不可避免地表现出一定的局限。然而，翟译的成败得失为后来的《聊斋志异》翻译提供了参考与借鉴，作为汉籍英译史上的一座里程碑，即使翟理斯教授仅仅留下此一本译著，我们也要向他致以永久之谢忱。[①]

第二节 《聊斋志异》"梅译本"的
得失及引发的思考

在当下中国文化"走出去"的时代语境中，典籍外译是颇值得探讨的话题。典籍是中国文化的重要载体，而借助于外语将中国典籍传播出去，无疑是中国文化走出国门的一条重要路径。但具体至如何将典籍迻译为外文的问题上，学界依然存在一些分歧。细辨之

[①] Berthold Laufer, "Review of H. A. Giles, Strange Stories from a Chinese Studio", *Journal of American Folk-lore*, Vol. XXXIX, 1926, pp. 86–90.

下，此类分歧多集中于"谁来策划？谁来翻译？谁来出版？"三个涉及典籍外译内在理路与外在操作的核心问题上。20世纪80年代末，外文出版社所推之《聊斋志异》美国汉学家梅丹理（Denis C. Mair）与梅维恒（Victor H. Mair）英文节译本（*Strange Tales from Make-do Studio*，1989；以下简称"梅译本"）是"走出去"的一种尝试。目前国内学界多由翻译技巧与策略等层面对梅译本加以探究，本书则由实证角度出发，考察该译本在西方读者中的反应，进而由策划、翻译及出版三个维度探析其未能成功"走出去"的缘由，进一步厘清典籍外译的思路与举措。

一 海外读者反应平平

文化"走出去"首先需要澄清一个认识误区，即以为只要翻译成外文，中国文学与文化便"走出去"了。"由于不重视如何让翻译成外文的中国文学、文化典籍在译入语环境中被接受、被传播、并产生影响的问题，我们的外译行为未能取得预期的成功。"[①] 可见，中国文化是否"走出去"，须将国外的接受情况作为关键性指标加以考量。20世纪80年代末，外文出版社推出了一部由美国译者梅丹理与梅维恒合译的《聊斋志异》英译选本，共迻译《考城隍》《画壁》《偷桃》《种梨》等51篇聊斋故事。[②] 但若由实证角度盘点梅译本在海外的接受与反应，情况却不容乐观。

首先，据笔者近年来实时跟踪检索发现，梅译本在美国哈佛大学的燕京学社以及怀德纳图书馆、耶鲁大学图书馆、密歇根大学图

[①] 谢天振：《中国文学"走出去"不只是一个翻译问题》，《中国社会科学报》2014年1月24日。

[②] 具体为《考城隍》《画壁》《偷桃》《种梨》《劳山道士》《娇娜》《妖术》《青凤》《画皮》《陆判》《婴宁》《聂小倩》《地震》《侠女》《阿宝》《口技》《连城》《罗刹海市》《促织》《姊妹易嫁》《续黄粱》《莲花公主》《云翠仙》《颜氏》《小谢》《考弊司》《鸽异》《山市》《青蛾》《胡四娘》《宦娘》《金和尚》《画马》《局诈》《梦狼》《于去恶》《凤仙》《牧竖》《王子安》《长亭》《胭脂》《瑞云》《葛巾》《黄英》《书痴》《晚霞》《白秋练》《王者》《竹青》《石清虚》《姬生》。

◇ 第一章 西风化雨：英美汉学家的《聊斋志异》译介 ◇

书馆以及英国的剑桥大学图书馆确也被收藏，但其在馆状态（Status），基本处于"Not Checked Out"（未借出）。

其次，在西方知名的购书网站亚马逊（Amazon）网页上输入梅译本英文标题"*Strange Tales from Make-do Studio*"，发现当前在该网站售卖的是外文出版社1996年推出的再版本，但引以为憾的是，时隔近二十载竟无任何一条读者评论。① 然相较之下，英国汉学家闵福德（John Minford）于21世纪初由企鹅出版社刊行的《聊斋志异》译本（*Strange Tales from a Chinese Studio*，2006）却拥有20余条读者评论，且基本给闵译本以最高级别的五星级评价。②

最后，梅译本在1989年首次出版后，先后又由外文出版社于1991年、1996年、2000年三次再版，并分别于2001年、2004年被录入外文出版社编辑刊行的《经典回声》系列丛书，③ 但却从未在海外的任何一家出版社有过再版。即是说，梅译本虽有再版，但基本囿于国内市场，一直未曾通过转让版权和合作出版的方式进入国外主流发行渠道，美英上述图书馆所收藏者也基本是1989年的初版。

由以上三点，我们大可断定《聊斋志异》梅译本并未在海外读者中产生太大影响。典籍外译的终极诉求无疑是将中国文化推出国门，进而赢得国外读者的理解与认同。但梅译本未能取得预期的效果，由此成为中国典籍外译史上并不成功之个案，其中缘由颇值得探寻。

二　出版策划的偏差

外文出版社作为我国主要的对外出版机构，成立于1952年。

---

① Customer Reviews，2015 – 04 – 01（http：//www.amazon.com/Strange Tales Make-do Studio，Songling/dp/711900977X/ref = sr_ 1 _ 1? s = books&ie = UTF8&qid = 1427892453&sr = 1 – 1&keywords = Strange Tales from Make-do Studio）.

② Customer Reviews，2015 – 04 – 01（http：//www.amazon.com/Strange Chinese Studio Penguin Classics/dp/0140447407/ref = pd_ cp_ b_ 0）.

③ "经典回声"系列是外文出版社对既有资源的整合再版；该系列第一批拟定为鲁迅的《呐喊》《彷徨》《野草》《朝花夕拾》《故事新编》五部著作，第二批为"中国古代作品"，第三批为"中国现代作家作品"。

成立之初，除以多种文字出版中央领导人著作、政策文件外，亦尝试选译出版中国文学作品。可以说，外文社在成立不久后便对古典名著《聊斋志异》抱以兴趣。1957 年，外文出版社推出了聊斋故事《画皮》(*The Painted Skin*)，译者为于范琴（Yu Fan Qin），并有插图，共 40 页。①

1978 年改革开放后，外文出版社的出版方针也随之调整，将出书重点放在编译出版介绍中国国情和改革开放的书籍上，出书范围亦随之扩大，增加了中国基本情况、中国传统文化等类图书。《聊斋志异》作为中国古典文学中的一颗璀璨明珠，自然成为外文出版社向海外推介中国文化的重要选择。

为保证翻译质量，外文出版社延聘外籍专家担任译笔。20 世纪 80 年代，作为《聊斋志异》英译选本的译者，梅丹理与梅维恒便是外文出版社延聘来合作翻译《聊斋志异》的两位美国专家。但是作为专家的梅丹理与梅维恒也仅仅是承担了翻译任务而已，在英译本《聊斋志异》的前期策划上没有任何主动权。整个翻译的策划，是外文出版一手包办，而责成两位美国专家在一个被规约好的底本上进行的。这一点，我们似可由该译本一份不起眼的中文版权页上得到确证。

在该书的尾页上，有这样三行不起眼的小字标注："聊斋志异选　王起　刘烈茂　曾扬华　编选、注释"。② 王起、刘烈茂与曾扬华何许人也？三位均为中国古典文学研究者、中山大学知名的古典文学教授。三位教授对《聊斋志异》，或以评注、选译、评论的方式，均有所研治。③

由此似可以推断，外文出版社计划翻译出版《聊斋志异》英译本，于是授意王、刘、曾三位中国学者编选并注释出该《聊斋志

---

① 王丽娜：《中国古典小说戏曲名著在国外》，学林出版社 1988 年版，第 220 页。
② 需要指出的是，以王起、刘烈茂、曾扬华三先生编选注释的《聊斋志异选》为底本，外文出版社还于 1996 年推出聊斋法文版。
③ 除王起外，刘烈茂著有《聊斋志异选译》《灵狐妙鬼话聊斋》等，并与曾扬华合著有《新评聊斋志异二百篇》。

◇ 第一章 西风化雨：英美汉学家的《聊斋志异》译介 ◇

异》译本中的51篇故事，抑或是看中了三位先生已选注完毕的选本，外文出版社以之为底本交由梅丹理与梅维恒两位美国专家加以翻译。所选翻译篇目显然是中方意志的结果，具体是否切合英语读者的期待视野与审美趣味，恐怕是要打一个问号的。

我们若将梅译本与英国汉学家翟理斯译本、闵福德译本选目加以比照，不难发现：梅译本中仅《考城隍》《画壁》《偷桃》《种梨》《劳山道士》《娇娜》《妖术》《画皮》《婴宁》《聂小倩》《地震》《莲花公主》12篇是同时与翟理斯译本与闵福德译本选目重合的，重合率仅占梅译本51篇故事的23.5%。而翟理斯译本与闵福德译本在英语世界颇受欢迎，其中翟理斯译本自1880年刊行以来，先后再版20余次。作为西方译者，自然更为知晓西方历史语境中读者的阅读趣味，自主选择篇目加以迻译无疑是翟理斯译本成功的一大关键。

此外，再观外文社所认同的王起等人的编选原则。王起先生在"文化大革命"期间便着手于聊斋若干篇目的评注工作。1977年，人民文学出版社以"中山大学中文系《聊斋志异》选评小组评注"的名义出版《评注聊斋志异选》，其中评注55篇聊斋故事，而这其中的26篇又赫然出现在梅丹理与梅维恒的选译本中，占到该译本篇目的近半数。而具体到此类故事的选取原则与评价标准，《评注聊斋志异选·前言》曾如此言说："如果我们能够贯彻毛主席关于批判继承的指示，坚持用马克思基本观点，即阶级分析的方法来阅读它，评价它，那么，将有助于我们加深对封建社会的认识。"[①] 以此选编与评价标准为指引，梅氏译本能否为西方读者所接受，结果是可想而知了。[②]

[①] 中山大学中文系《聊斋志异》选评小组：《评注聊斋志异选》，人民文学出版社1977年版，第29页。

[②] 王起等三位先生的聊斋选注本深深打上了时代的烙印，这是任何学者均无法规避的，其不一定合西方读者的趣味，但笔者并不否认几位先生的聊斋选注本某种程度上向西方读者展现了某段历史时期中国学者对聊斋曾有过的认识，亦可视为中国学者的一种声音。

三 译者人选不当

就梅丹理与梅维恒两位译者的学术背景来看，对于翻译古典文言小说《聊斋志异》来说恐并非是最佳人选。由互联网检索，不难得知：梅丹理，美国诗人与翻译家，在俄亥俄州立大学获得中文硕士学位。为《台湾前沿诗选》的合译者，亦是《当代中文诗歌选》的主要译者。梅维恒，知名汉学家，美国宾夕法尼亚大学东亚语言与文明系教授。研究范围领域涉及敦煌通俗文学、中国白话小说以及表演艺术。

对所翻译文本的研究，加之对原语文化的认知和了悟会直接影响到译者在翻译中的主体性发挥。而梅丹理与梅维恒两位译者，前者的成就主要集中于中国当代诗歌的译介，后者的研究专长则在中国佛经文学和白话小说。两位均不曾有《聊斋志异》方面的学术成果。未曾对翻译对象励精潜思，便贸然下笔，其译文质量可想而知。细按之，梅译本的失误集中于两点，包括文化负载词的误译与对原文文风的背离。

就文化负载词而言，比如，《凤仙》故事中书生刘赤水娶到了狐仙三姐妹中最为貌美的凤仙姑娘，蒲松龄借故事中人物丁郎之口加以评论，说此乃"但南阳三葛，君得其龙"。在此梅丹理与梅维恒将"但南阳三葛，君得其龙"直译为"After all, of the three Zhuges of Nanyang, you got the dragon"[1]，这样直译显然是不合宜的。

由表层意观之，三葛，即三国时期诸葛三兄弟。就才能而论，与分别仕吴、魏的两个兄弟相比，诸葛亮是龙，而他们则是虎与狗。"龙"比喻杰出者，故而蒲松龄在此实际上是意指"皮氏三姐妹，你（刘赤水）娶到的是其中最美的女子"。而梅丹理

---

[1] Denis C. & Victor H. Mair, *Strange Tales from Make-do Studio*, Beijing: Foreign Languages Press, 1989, p. 314.

◈ 第一章 西风化雨：英美汉学家的《聊斋志异》译介 ◈

与梅维恒在翻译原文相应注释时，虽将原语中所含的"三葛"这个重要的信息传递给译语读者，但并未能解释清楚"龙"的隐喻义；① 且将"龙"对译为西方文化中的"dragon"，非但未能准确传达"最美之女子"之意，反而令译语读者因"dragon"所含负面信息而导致误读，因为在西方文化中"dragon"常意味着"凶狠恶毒"，若用以指代女性，类似于汉语中所谓的"母老虎、母夜叉"。

同样的失误出现在翻译《于去恶》中"略举一二人，大概可知，乐正师旷、司库和峤是也"一句，梅氏直接译为"The blind music master Shi Kuang and Treasurer He Qiao are two of them"②，未添加任何注解，未能将蒲松龄原本想要表达的考官如"瞎眼的师旷和贪财的和峤"之意表达出，如此必定会使译语读者不得其门，达不到传意效果。"师旷、和峤"在此是一种借喻手法。师旷，春秋时晋国的乐师，生而目盲。和峤，晋人，家极富而性至吝，有钱癖。此二人，一者瞎眼，一者爱钱，由他们做试官，必然是盲目评文或贪财受贿。

另外，在对《聊斋志异》文风的把握上，梅译本亦是存在纰漏的。德国布罗克豪斯大百科全书称聊斋"文字简洁而优美"③，此确是聊斋叙事的一大特色。如《偷桃》开篇讲述作者赴济南府赶考巧遇春节，以及山东旧俗于立春前一日的迎春活动。

原文用言极为精炼，仅28字："童时赴郡试，值春节。旧例，先一日，各行商贾，彩楼鼓吹赴藩司，名曰'演春'。"

梅氏将之译作：

---

① 对于"三葛"，王起等人确曾注出，但未指出"龙"在中国文化中的特殊意涵。而梅丹理与梅维恒照本宣科译出而已，无意于详究细考。

② Denis C. & Victor H. Mair, *Strange Tales from Make-do Studio*, Beijing: Foreign Languages Press, 1989, p. 302.

③ 王丽娜：《中国古典小说戏曲名著在国外》，学林出版社1988年版，第211页。

> When young I went to the prefectural seat to take an examination and happened to be there on Spring Festival (Spring Begins). According to custom, on the eve of this day all the shopkeepers decorated their storefronts and organized a musical procession that went through town to the yamen of the provincial treasury. This was called the "Spring Performance". ①

蒲松龄原文用语洗练，不作局部雕饰，文气流畅，一贯至底。而梅氏译文长度大约60个单词，且用"and""that"此类的并列句和复合句，以致行文凝滞，读来不够晓畅。其中缘由似可归结为对文化负载词的误读。比如，"彩楼"一词在汉语中指的是"用彩色绸帛结扎的棚架。一般用于祝贺节日盛典喜庆之事"，而梅氏误译为"all the shopkeepers decorated their storefronts"（商人装饰铺面）。而由句法分析可知，"彩楼"与"鼓吹"在原文中作"赴藩司"之状语；而梅氏由于对"彩楼"一词的误读，在译文中将之与"鼓吹"处理为两个并列谓语，实属冗赘，进则又缀以"that"从句，更失之洗练。②

由以上两点可见，梅丹理与梅维恒并非《聊斋志异》英译最佳人选，其对于原文悟入不够，此一方面体现在对于原文中出现的文化负载词单纯直译，未能做出正确的理解和传达，以致引起西方读者误解或不解；另一方面，对原文之文风不加细研，便凿空强作，导致译文文句涩滞不畅。

---

① Denis C. & Victor H. Mair, *Strange Tales from Make-do Studio*, Beijing: Foreign Languages Press, 1989, p. 10.
② 相对而言，英国汉学家闵福德对之的译文更为准确与切合原作风格："When I was a boy, I went to the prefectural city of Ji'nan to take an examination. It was the time of the Spring Festival, and, according to custom, on the day before the festival all the merchants of the place processed with decorated banners and drums to the provincial yamen." 详见 John Minford, *Strange Tales from a Chinese Studio*, London: Penguin Books Ltd, 2006, p. 43。

四　引发的思考

作为由外文出版社策划出版，旨在向西方传播中国文化的梅丹理与梅维恒《聊斋志异》选译本并未实现其预期目标。在前期策划方面存在失误，没有充分考量西方读者的审美趣味而选用由中国学者选定的聊斋篇目作为翻译底本；在后续翻译工作中译者选人不当，延请缺乏聊斋学术背景的美国译者，以致难以保证译文质量。这一译例作为中国典籍外译史上的败笔之作，对于当下的典籍外译不无启示意义。

第一，在典籍外译进程中官方色彩不宜过浓。梅丹理与梅维恒的《聊斋志异》译本是由中国外文出版社策划与出版，中国国际图书贸易总公司发行的。如前所表，外文出版社又是中国外文局的成员单位。中国外文局，据其官网，全称为中国外文出版发行事业局，又称中国国际出版集团（China International Publishing Group，CIPG），为中央所属事业单位，是承担党和国家书、刊、网络对外宣传任务的新闻出版机构，颇具官方色彩。在政府主导下的文化"走出去"往往流露出某些意识形态性，引发西方世界的反弹与拒斥，因此这需要官方态度更加开放与开明，要把图书策划、翻译与出版的主动权交由中国学者与西方的汉学家完成。

第二，不要想当然地请几个所谓国内专家拟定一份翻译书单或选定某些翻译篇目。因为我们认为的经典，不一定在西方人看来也是经典，反之亦然。这方面的例子很多，比如中国最早传播到欧洲并产生广泛影响的小说，并非四大名著，而是诸如"才子佳人"式的《好逑传》《玉娇梨》之类的通俗小说。[1] 所以某种程度上还要

---

[1] 如《好逑传》被认为是对中国人生活和习俗进行准确描画的极好典型；《玉娇梨》以它优美清纯的文体而著名；而《红楼梦》内容太多，篇幅之长，人物众多，每章的那些令人费解、枯燥无味的引子，冗长而过繁的文体，都给一般读者千篇一律、空洞无物的感觉。具体可参见［美］M. G. 马森《西方的中国及中国人观念：1840—1876》，杨德山译，中华书局2006年版，第218—219页。

尊重译入语读者的接受习惯和审美情趣，让西方汉学家自主选择书目或者某些篇目加以迻译，作为中方则可以在策划、翻译与出版等事项上提供一定的经费资助予以激励。

第三，资助西方汉学家自主选择中国文化典籍加以迻译，对于专家的人选要审慎甄别。译者最好也是学者，聘请的国外翻译专家应该是在该领域颇有专长和一定学术积淀的学者。梅丹理与梅维恒在中国文化其他领域确也有所建树，但是在所翻译对象《聊斋志异》上却缺少必要的学术背景，以致其翻译质量大打折扣。而另一位译者闵福德翻译聊斋便是以学者的研究姿态对先前聊斋译作和研究撰述遍考精取，积十余年之功方告罄，与先前译本（文）相较，闵福德译本呈现出鲜明的研究型姿态，非但翻译并注释了蒲松龄的"自序"，为聊斋中出现的某些疑难术语配制了"词汇表"，详致列出了近80条中西文聊斋译介与研究成果作为参考文献，而且以60余页的篇幅为所译各故事做了注释。正因对《聊斋志异》及相关译介与研究全面而深入的认知，闵福德深谙聊斋之三昧，译文呈示出先前聊斋译作所不曾探及的某些深层次意蕴，赢得西方著名的企鹅出版社的青睐和西方读者的欢迎。

第四，在出版发行上可以中外合作，或者直接放手给国外出版机构。梅氏的聊斋译本原是推动中国文化海外传播的一种举措，但由于中西意识形态方面存在种种分歧，以及西方世界长期以来形成的某些偏见，中国本土出版社推出的译本很难得到国外读者的认可。为了易于被国外读者认同和接纳，我们在典籍外译的出版方面，最好考虑与海外出版社合作或者直接交由海外的出版社出版发行。比如在2012年，外文出版社与瑞士天平出版社达成合作出版《聊斋志异》汉德对照版的意向，[1] 这是一种非常好的尝试。抑或可以更进一步，资助国外汉学家自行选择国外著名的出版社，以更

---

[1] 任斌：《外文出版社与瑞方合作出版〈聊斋志异〉汉德对照版》，2012年10月15日，中国出版网（http://cips.chinapublish.com.cn/chinapublish/jt/hz/201210/t20121015_129851.html）。

◇ 第一章 西风化雨：英美汉学家的《聊斋志异》译介 ◇

好地让外译作品进入国外主流发行渠道。闵福德所翻译的聊斋译本则是直接由世界知名的企鹅出版社出版发行的。由埃伦·雷恩（Allen Lane）于1935年创建的企鹅集团是世界上最大的图书出版企业之一。企鹅集团完全以商业运作模式策划与出版图书，而其推出的企鹅经典系列丛书更是在英国、美国、爱尔兰、澳大利亚、新西兰、中国、印度、南非、韩国等国以各种版本出版发行，所选丛书均为西方评论家公认的经典之作。[①] 在世界大型的图书阅读网站"Good reads"上，有西方读者对闵福德聊斋译本的评论时便凸显出版社的重要性，"因为这是企鹅经典系列丛书，所以吸引了我"（the fact that this is a Penguin classic, attracted me）。[②] 两相比照，可见出版社的选择对于典籍外译的重要影响。

总之，由梅丹理与梅维恒《聊斋志异》选译本的海外不太理想的命运，以及个中缘由的探究，似可以指出典籍外译策划、翻译与出版的主动权最好交由中国学者与海外的汉学家合作完成。由汉学家依据西方当下的文化语境与读者的审美趣味而自主择选翻译的书目或者篇目，进而自行与西方主流出版机构签署合作协议；而中国方面多以学术机构或民间组织的名义设立翻译基金，鼓励有资质的海外汉学家参加翻译项目竞标，进而召集中西学者，从严甄选相关申报者的学术背景与翻译资历，决定资助对象与相关翻译项目。由此似可以更为有效地推动典籍外译，真正推进中国文化"走出去"。

第三节 英国汉学家闵福德《聊斋志异》译本的四个向度

英国汉学家闵福德（John Minford）于2006年付梓刊行的《聊

[①] 《企鹅集团》，2015年2月8日，百度百科（http://www.gfwzl00.com/jiaoyu-wenhua/chuban/www.penguin.com.html）。

[②] Community Reviews, 2014-02-08（http://www.goodreads.com/book/show/155054. *Strange Tales from a Chinese Studio*）.

斋志异》译本（*Strange Tales from a Chinese Studio*，2006）是继19世纪末翟理斯英译本之后又一规模颇具的聊斋节译本。该本择译104篇聊斋故事，其中73篇是此前翟译本所未曾迻译的。作为当代著名的汉学家与翻译家，闵福德曾将《孙子兵法》《红楼梦》《聊斋志异》《鹿鼎记》等译为英文，但唯《红楼梦》与《聊斋志异》为其最青目者。闵氏以为此二者分当是中国白话与文言小说的最高峰。[1] 单只聊斋英译言来，闵福德用力尤勤，积个人十余年之功方告罄，堪称"一个经典的聊斋译本"。[2]

清人喻焜说，一部《聊斋志异》"仁见仁，智见智，随其识趣，笔力所至，引而伸之，应不乏奇观层出，传作者苦心，开读者了悟，在慧业文人，锦绣才子，固乐为领异标新于无穷已"[3]，由此聊斋之丰赡意涵可见一斑。汉学家闵福德对聊斋亦有别番品味，其曾自道，"雅驯之文辞、圆熟之幽默、对怪异的乐此不疲，此三者构成了聊斋的独特'趣味'（flavour）"[4]，而其译本正是叙述此"趣味"。此外，其译本尚有另一特色闵福德本人不曾言明，即对《聊斋志异》中爱欲书写的着意彰显。

一 优美文风

蒲松龄文风的雅致与优美，诸多评论者已然发现。如翟理斯在英译《聊斋志异》序言中便言蒲松龄"文风纯真而优美"（purity and beauty of style），[5] 德国布罗克豪斯大百科全书亦称聊斋"文字

---

[1] John Minford, *Strange Tales from a Chinese Studio*, London: Penguin Books, 2006, p. xii.

[2] 参见京东网图书介绍，2013年9月25日（http://club.jdcom/repay/19044151_8993cf5f-7789-4c29-abcd-eb0697ab8b77_1.html）。笔者之前曾著文探讨闵福德此本，后承蒙闵福德先生读后，不吝赐教。本书该部分希冀对之的探寻较之前文更为客观一些。

[3] 朱一玄：《聊斋志异资料汇编》，南开大学出版社2012年版，第324页。

[4] John Minford, *Strange Tales from a Chinese Studio*, London: Penguin Books, 2006, p. xix.

[5] Herbert A. Giles, *Strange Stories from a Chinese Studio*, London: Thos. De la Rue & Co., 1880, p. xxx.

◇ 第一章 西风化雨：英美汉学家的《聊斋志异》译介 ◇

简洁而优美"。① 蒲松龄以典丽文言写作聊斋，并大量用典，其"隐含读者"并非大众，而是书斋中的读书人，由此而致其文字艰深，而风格则颇为雅驯。在对典雅文辞的认知方面，闵福德与先前几位聊斋译家所见略同，其译文亦传递出源语之雅驯文风。《婴宁》因构建了婴宁这一卓尔不群而又光彩夺目的女性形象而为诸多聊斋译本所录入，② 而其中对婴宁所居西南山的一段景色描写尤为清丽。

> 约三十余里，乱山合沓，空翠爽肌，寂无人行，止有鸟道。遥望谷底丛花乱树中，隐隐有小里落。下山入村，见舍宇无多，皆茅屋，而意甚修雅。北向一家，门前皆丝柳，墙内桃杏尤繁，间以修竹，野鸟格磔其中。③

---

① 王丽娜：《中国古典小说戏曲名著在国外》，学林出版社1988年版，第211页。
② 翟理斯、梅丹理与梅维恒、闵福德三种译本均涉及此篇，可参见本书后之附录。对此段山色描绘，翟氏与梅氏译文同样清新优美，翟氏译文：…and after about ten miles walking found himself right in the midst of them, enjoying their exquisite verdure, but meeting no one, and with nothing better than mountain paths to guide him. Away down in the valley below, almost buried under a densely luxuriant growth of trees and flowers, he espied a small hamlet, and began to descend the hill and make his way thither. He found very few houses, and all built of rushes, but otherwise pleasant enough to look at. Before the door of one, which stood at the northern end of the village, were a number of graceful willow trees, and inside the wall plenty of peach and apricot trees, with tufts of bamboo between them, and birds chirping on the branches. (Herbert A. Giles, *Strange Stories from a Chinese Studio*, London: Thos. De la Rue & Co., 1880, p.110. 后面所引翟理斯译文均出自该译本，不再一一标注)。梅氏译文：When he had gone something more than ten miles, jumbled mountains closed in upon him. The great expanse of verdure sent a tingle through his body. No one was abroad in the stillness. Only steep trails could be seen traversing the mountains. Looking toward the bottom of a valley in the distance he could make out a small settlement almost hidden among flowering thickets and dense trees. He descended the mountain and entered the village. The few buildings he saw were all thatched huts, but they were elegantly constructed. One house to the north had weeping willows before the gate. Within the wall grew especially luxuriant peach and apricot trees, interspersed with tall bamboos. Wild birds went clucking here and there among them (Denis C. Mair & Victor H. Mair, *Strange Tales from Make-do Studio*, Beijing: Foreign Languages Press, 1989, pp. 76 – 77)。
③ 此段写景之笔曾引得冯镇峦瞩目，以为"此言桃杏犹繁，盖在三月，点缀光景"，具体参见冯镇峦《冯镇峦批评本：聊斋志异》，岳麓书社2010年版，第43页。而事实上，此景色描摹本身亦足值称道。

闵氏将此语段译作：

After walking for ten miles or so, he found himself climbing into an enchanted landscape, range upon range of green hills stretching as far as the eye could see, with not a soul in sight and nothing but a tiny, steep mountain trail to follow. As he continued on his way, far away down in the valley below, hidden in an overgrown tangle of flowers and trees, he caught sight of a little hamlet. He clambered down the hillside towards it and found a few simple buildings, nothing more than a cluster of rustic thatched cottages, but nonetheless a place with a certain refinement and charm. Before one of the cottages, situated towards the northern end of the hamlet, was a stand of weeping willows, while inside the cottage's garden walls could be seen a flourishing orchard of peach and apricot, interspersed with delicate fronds of bamboo. Birds sang in the branches.①

与狐女婴宁的天真性格相映衬，蒲松龄以极为优美的笔触写出了一个花枝繁荣的山村院落，而闵福德的译文亦是借"range upon range of green hills stretching as far as the eye could see"，"a flourishing orchard of peach and apricot, interspersed with delicate fronds of bamboo. Birds sang in the branches"等精思巧构的辞句将青翠环绕，柳暗花明，修篁鸟啼的自然清新美景传递出来，以诗情画意的译文展示出自然环境对婴宁憨痴可爱、天真烂漫性格形成的潜移默化。

可以说在对《聊斋志异》雅驯文风的认知方面，多数译者与论者是存在普遍共识的，此似无须多赘。对闵译文而言，其对聊斋意涵的独到发现集中于幽默、怪异与爱欲书写三个维度。

二 幽默内涵

在译本序中，闵福德提出了一个长期来被聊斋研究者忽略的问

---

① John Minford, *Strange Tales from a Chinese Studio*, London: Penguin Books, 2006, pp. 154 - 155.

◇ 第一章　西风化雨：英美汉学家的《聊斋志异》译介 ◇

题，即聊斋的"幽默"内涵。

事实上，《聊斋志异》是一个杂文体文本，美国汉学家余国藩（Anthony Yu）认为其"从闲谈式的轶事和民族志式的片段到具有精湛语言和高超控制的精思佳构一应俱全"①，细味聊斋各篇，不难发见除志怪、传奇外，尚有其他文体杂陈其间。首先是寓言，如《种梨》《劳山道士》等；其次乃公案小说，如《诗谳》《折狱》《胭脂》《冤狱》《于中丞》《太原狱》《新郑讼》；再则有散文，如《绿衣女》；另尚有新闻特写，如《金和尚》；檄文，如《绛妃》；再就是笑话，比如《秦生》《鸽异》《盗户》《佟客》《车夫》《快刀》《鸲鹆》《诸城某甲》《戏缢》以及《鸟语》中的第二则故事。闵福德在文本细读的基础上指出，《董生》《黄九郎》等其中亦穿插有幽默成分。

《董生》篇讲董生见榻上卧有狐女，狂喜，戏探下体，则毛尾修然。大惧，欲遁。女笑曰："何所见而畏我？"董曰："我不畏首而畏尾。"此乃对《左传·文公十七年》中"畏首畏尾，身其余几"一句的戏仿。再如讲述同性恋故事的《黄九郎》，在结尾"笑判"中，蒲松龄亦有对《左传》的揶揄："云雨未兴，辄尔上下其手；阴阳反背，居然表里为奸。"其中描写同性之爱的"云雨未兴，辄尔上下其手"，则是对《左传·襄公二十六年》中"上其手，曰：'夫子为王子围，寡君之贵介弟也。'下其手，曰：'此子为穿封戌，方城外之县尹也。'"的谐拟。

事实上，聊斋早期的评点者，如何守奇、吕湛恩、但明伦等均曾指出《董生》篇中蒲松龄对《左传》的揶揄。闵福德对聊斋"幽默"内涵的强调显然受益于中国评论者的洞见。闵福德择译了《快刀》《鸲鹆》《诸城某甲》《戏缢》4则幽默故事。此仅以《快刀》为例，一瞥闵福德对《聊斋》幽默风趣的传递。

---

① Anthony Yu, "'Rest, Rest Perturbed Spirit!': Ghosts in Traditional Chinese Fiction", *Harvard Journal of Asiatic Studies*, Vol. 48, December 1987, p. 2.

> 明末，济属多盗。邑各置兵，捕得辄杀之。章丘盗尤多。有一兵佩刀甚利，杀辄导窾。一日，捕盗十余名，押赴市曹。内一盗识兵，逡巡告曰："闻君刀最快，斩首无二割。求杀我！"兵曰："诺。其谨依我，无离也。"盗从之刑处，出刀挥之，豁然头落。数步之外，犹圆转而大赞曰："好快刀！"

此则故事颇有些黑色幽默的意味，尤以最后一句"数步之外，犹圆转而大赞曰：'好快刀！'"为调侃。闵福德的译文将原文中的"大赞"换以"gasp"（气喘吁吁地说），更给读者传达出一种逼真的效果与现场体验，传神而幽默："And as it rolled, it gasped, 'That is a sharp sword!'"①（头在地上一边滚，一边气喘吁吁地说："好快刀！"）

其他诸如《鸲鹆》《诸城某甲》《戏缢》因没有文化障碍，在幽默的传达上闵译文亦非常奏效。但闵氏也坦言有时"幽默意味会在翻译中全然丧失"②，比如《董生》《黄九郎》中对典故的戏用，因西方读者对中国文化典籍知之甚少，故难以传达。

长期以来，学界对蒲松龄的幽默感缺乏关注，闵福德译本揭橥聊斋此特色对于我们重新考量聊斋之本事与意涵或有发聩之意义。

据笔者考索，中国古代笑话是《聊斋志异》若干故事的素材之源。如《狐谐》通篇以笑话连缀全文，其中有以"狗"做譬的一则笑话：

> 一日，置酒高会，万居主人位，孙与二客分左右坐，上设一榻待狐。狐辞不善酒。……狐笑曰："我故不饮。愿陈一典，以佐诸公饮。"……狐曰："昔一大臣，出使红毛国，着狐腋冠见国王。王见而异之，问：'何皮毛，温厚乃尔？'大臣以狐对。王曰：'此物平生未曾得闻。狐字字画何等？'

---

① John Minford, *Strange Tales from a Chinese Studio*, London: Penguin Book Ltd, 2006, p. 209.

② Ibid., p. 524.

◈ 第一章 西风化雨：英美汉学家的《聊斋志异》译介 ◈

使臣书空而奏曰：'右边是一大瓜，左边是一小犬。'"主客又复哄堂。

《狐谐》除了开头与结尾交代情节外，重点是写了狐女与几位书生的舌战，显示出她思路敏捷，言辞锋利、幽默诙谐的个性特征。① 其中以"犬"说事显然是对中国古代笑话的挪用。在明末清初，有冯梦龙《笑府》、李卓吾《笑倒》、石天基《笑得好》等笑话集本行世，据周作人先生的考证，《笑府》后经人改编为《笑林广记》，署名游戏道人，不知姓名，不复可凭，而原本亦遂不传，单日本内阁文库以及大连前"满铁"图书馆各有一部，无从得见。② 今暂且援据《笑林广记》，而观聊斋幽默故事之本事。《笑林广记》中以"狗"作譬而致笑者，不一而足。如挪揄私塾先生的《狗头师》《狗坐馆》与《咬饼》等。

> 馆师岁暮买舟回家，舟子问曰："相公贵庚？"答曰："属狗的，开年已是五十岁了。"舟人曰："我也属狗，为何贵贱不等？"又问："那一月生的？"答曰："正月。"舟子大悟曰："是了，是了，怪不得！我十二月生，是个狗尾，所以摇了这一世。相公正月生，是个狗头，所以教（叫）了这一世。"
>
> （《狗头师》）

一人惯会说谎，对亲家云："舍间有三宝：一牛每日能行千里，一鸡每更止啼一声，又一狗善能读书。"亲家骇云："有此异事，来日必要登堂求看。"其人归与妻述之，"一时说了

---

① 袁世硕：《蒲松龄与〈聊斋志异〉》，山东文艺出版社2004年版，第77页。
② 周作人：《苦茶庵笑话选·序》，载钟淑河《知堂序跋》，中国人民大学出版社2004年版，第86页。周作人在"序"中又言："明朝中间王学与禅宗得势之后，思想解放影响及于文艺，冯梦龙编《笑府》十三卷，笑话差不多又得附小说戏曲的末座了，然而三月十九天翻地覆，胡人即位，圣道复兴，李卓吾与公安竟悉为禁书，墨憨斋之名亦埋没灰土下，《笑府》死而复活为《笑林广记》。"由此可知《笑林广记》脱胎于《笑府》。

谎，怎生回护？"妻曰："不妨，我自有处。"次日，亲家来访，内云："早上往北京去了。"问："几时回？"答曰："七八日就来的。"又问："为何能快？"曰："骑了自家牛去。"问："宅上还有报更鸡？"适值亭中午鸡啼，即指曰："只此便是，不但夜里报更，日间生客来也报的。"又问："读书狗请借一观。"答曰："不瞒亲家说，只为家寒，出外坐馆去了。"（《狗坐馆》）

一蒙师见徒手持一饼，戏之曰："我咬个月湾与你看？"既咬一口，又曰："我再咬个定胜与你看？"徒不舍，乃以手掩之，误咬其指。乃呵曰："没事，没事，今日不要你念书了。家中若问你，只说是狗夺饼吃，咬伤的。"（《咬饼》）

《狐谐》借笑话表现人物，而《司文郎》一则讲盲僧闻气辨文，借中国传统笑话元素以抨击科举腐败。

偶与涉历殿阁，见一瞽僧坐廊下，设药卖医。宋讶曰："此奇人也！最能知文，不可不一请教。"因命归寓取文。遇余杭生，遂与俱来。王呼师而参之。僧疑其问医者，便诘症候。王具白请教之意。僧笑曰："是谁多口？无目何以论文？"王请以耳代目。僧曰："三作两千余言，谁耐久听！不如焚之，我视以鼻可也。"王从之。每焚一作，僧嗅而颔之曰："君初法大家，虽未逼真，亦近似矣。我适受之以脾。"问："可中否？"曰："亦中得。"余杭生未深信，先以古大家文烧试之。僧再嗅曰："妙哉！此文我心受之矣，非归、胡何解办此！"生大骇，始焚己作。僧曰："适领一艺，未窥人豹，何忽另易一人来也？"生托言："朋友之作，止此一首。此乃小生作也。"僧嗅其余灰，咳逆数声，曰："勿再投矣！格格而不能下，强受之以膈。再焚，则作恶矣。"生惭而退。数日榜放，生竟领荐，王下第。生与王走告僧。僧叹曰："仆虽盲于目，而不盲于鼻，

第一章 西风化雨：英美汉学家的《聊斋志异》译介

帘中人并鼻盲矣。"俄余杭生至，意气发舒，曰："盲和尚，汝亦啖人水角耶？今竟何如？"僧曰："我所论者文耳，不谋与君论命。君试寻诸试官之文，各取一首焚之，我便知孰为尔师。"生与王并搜之，止得八九人。生曰："如有舛错，以何为罚？"僧愤曰："剜我盲瞳去！"生焚之，每一首，都言非是。至第六篇，忽向壁大呕，下气如雷。众皆粲然。僧拭目向生曰："此真汝师也！初不知而骤嗅之，刺于鼻，棘于腹，膀胱所不能容，直自下部出矣！"

此情节与《笑林广记》中的《识气》如出一辙：

一瞎子双目不明，善能闻香识气。有秀才拿一《西厢》本与他闻，曰："《西厢记》。"问："何以知之？"答曰："有些脂粉气。"又拿《三国志》与他闻，曰："《三国志》。"又问："何以知之。"答曰："有些刀兵气。"秀才以为奇异，却将自做的文字与他闻，瞎子曰："此是你的佳作。"问："你怎知？"答曰："有些屁气。"

瞽僧虽盲但可鼻代目，嗅别文章的优劣。可是，他所作出的判断和发榜结果正好相反：优者落第，而满纸"屁气"的文章居然得中，借用老僧的话说"仆虽盲于目，而不盲于鼻；帘中人并鼻盲矣！"在此，蒲松龄援用笑话《识气》的若干情节对那些有眼无珠、一窍不通的考官加以嘲谑，辛辣地批判了科举制的腐败。[①]

此外，蒲松龄还化用笑话以创作故事，比如《拆楼人》：

何冏卿，平阴人。初令秦中，一卖油者有薄罪，其言戆，

---

① 另，与《司文郎》情节相仿者，尚有古代笑话《酸臭》："小虎谓老虎曰：'今日出山，搏得一人，食之滋味甚异，上半截酸，下半截臭，究竟不知是何等人。'老虎曰：'此必是秀才纳监者。'"

何怒，杖杀之。后仕至铨司，家资富饶。建一楼，上梁日，亲宾称觞为贺。忽见卖油者入，阴自骇疑。俄报妾生子，愀然曰："楼工未成，拆楼人已至矣！"人谓其戏，而不知其实有所见也。后子既长，最顽，荡其家。佣为人役，每得钱数文，辄买香油食之。

此篇似是对古代笑话《穷秀才》的化用：

有初死见冥王者，王谓其生前受用太过，判来生去做一秀才，与以五子。鬼吏禀曰："此人罪重，不应如此善遣。"王笑曰："正惟罪重，我要处他一个穷秀才，把他许多儿子，活活累杀他罢了。"

这两则故事均循因果报应的叙事逻辑，《拆楼人》中何冏卿"杖杀卖油者"、《穷秀才》中初死见冥王者"生前受用太过"，故而遭受惩处，有意思的是惩罚方式基本相同：生下不肖子，沦为"孩奴"。清代朱缃评聊斋"非但剽窃一二，徒依像貌为也"[①]。蒲松龄对古代笑话的援用绝非仅照猫画虎，而是凭依所叙述故事情节加以化用，如盐入水，达到了妙合无垠、"诙谐高古"[②] 的艺术效果。

三 怪异叙事

对怪异的叙述是聊斋的又一大向度。蒲松龄在"自志"中尝言，"人非化外，事过奇于断发之乡；睫在眼前，怪有过于飞头之国"；鲁迅先生亦曾指出，聊斋"用传奇法，而以志怪"。西人最早观瞩聊斋似也缘于对其中志怪叙事的兴味，如德国传教士郭实腊（Charles Gutzlaff）于1842年在《中国丛报》（*Chinese Repository*）上所撰绍介

---

① 朱一玄：《聊斋志异资料汇编》，南开大学出版社2012年版，第292页。
② 同上书，第319页。

第一章　西风化雨：英美汉学家的《聊斋志异》译介

聊斋的《"聊斋异志"，来自〈聊斋〉的非凡传奇》（Liáu Chái I Chi, or Extraordinary Legends from Liáu Chái），标题便凸显聊斋的"非凡"与"传奇"。而较早的聊斋节译本，如翟理斯译本亦曾择译《蛙曲》《鼠戏》《小人》《造畜》《尸变》《钱流》《夏雪》等怪异叙事；而后，梅丹理与梅维恒的聊斋译本对其中怪异故事亦曾有所涉及，如《偷桃》《妖术》等。而闵福德的译文则在此基础上有所推进，具体观来，闵译本共选译《尸变》《喷水》《山魈》《咬鬼》《荞中怪》《妖宅》《真定女》《焦螟》《四十千》《鹰虎神》《蛇癖》《龁石》《义鼠》《海大鱼》《小官人》《猪婆龙》《快刀》《蛰龙》《鸲鹆》《黑兽》《雨钱》《乩仙》等二十余篇志怪故事，而上述除却《尸变》《四十千》与《义鼠》外，其余似均为此前其他聊斋译本或译文所不曾触及者。

闵福德指出，聊斋之所以被冠以"超自然故事"（Tales of the Supernatural），原因在于聊斋所述多是些怪异之事，跨越自然与超自然间的畛域；在中国古代思维模式中，此岸与彼岸间的关系是松散的，而非如西方世界中的泾渭分明。[①] 在此，闵福德由哲学层面点出了聊斋志怪故事所凭依的宇宙观，虽不详致但颇具启发性。

事实上，古希腊传统，为西方人认识世界开辟了一条思路，即认为在现实世界之上有所超越，从而到达更为真实、本真的理念世界。在此种假设下发展而来的即具体与抽象、现象与本体之间的二元对立。与西方二元对立认知模式不同，中国古人并未设定一个高于现实层面的抽象的世界，而是更多地在现实世界和经验世界中去探寻神秘。中国哲学认为，世界本来就是一个整体，自然万物都统一于这个整体当中，宇宙的真理或曰"道"，就体现在世界万物的运行中。再者，古代天人合一的观念将人也纳入自然万物这一和谐的秩序中，成为这一整体的一部分。因而，神秘不必外求，它就存

---

① John Minford, *Strange Tales from a Chinese Studio*, London: Penguin Books, 2006, p. xxv.

在于现实世界之中。汉学家欧阳桢（Eugene Eoyang）曾指出，在中国一些较有影响的哲学家看来，对世界作抽象与具体之分是站不住脚的，真理即是从经验现实中产生，经验现实并不与真理构成对立，于实际经验中探求神秘，这是一些汉语文本所表现出来的倾向。① 正是自然与超自然之间的可通约性使得聊斋中的狐仙鬼怪"出于幻域，顿入人间"。

除对聊斋"怪异"叙事的理论触及，闵译本在对"怪异"的关注上显然具有非同其他英译者的好奇心，将西方译家的"猎奇"心理推向了极致。较之翟理斯、梅丹理与梅维恒译本，闵福德独择译之《喷水》《咬鬼》《荞中怪》《妖宅》四则，或叙女鬼喷水、作祟；或讲荞麦垛中有大鬼；或说宅中妖异之象；而《真定女》则叙真定孤女，方六七岁便怀孕产下一男婴，此显然亦是怪诞不经。② 且上述几则故事相去无几，侈陈怪异，意味平浅，笔墨亦无可观；而其他诸如《蛇癖》《鼋石》《蛰龙》《黑兽》由标题便可见是为了猎奇而猎奇，但也赫然出现于闵译本中。

坦言之，外表奇异而缺乏美学—历史深度是《聊斋志异》中大多数志怪故事的通病，故事从一个新奇到另一个新奇的表面滑动，单是为了寻求刺激，虽然此种刺激决不会涉及心灵，而仅仅是感官而肤浅的，但却与闵福德在后现代语境中的猎奇心理具有了同契性。海德格尔曾指出："自由空闲的好奇操劳于看，却不是为了领会所见的东西，也就是说，不是为了进入一种向着所见之事的存在，而仅止为了看。它贪新鹜奇，仅止为了从这一新奇重新跳到另一新奇上去。这种看之操心不是为了把捉，不是为了有所知地在真相中存在，而只是为了放纵自己于世界。所以好奇的特征恰恰是不

---

① Eugene Eoyang, "Polar Paradigms in Poetics: Chinese and Western Literary Premises", *Comparative Literature East and West: Traditions and Trends*, Cornelia Moore and Raymond Moody eds., Honolulu, H. I.: University of Hawaii Press, 1989, p. 18.
② 荷兰汉学家高罗佩指出，"经典上说，女子'二七'月经初潮，男子'二八'精成而遗。"可见古时女子十四岁方生理成熟期，六七岁而孕实属荒诞。具体参见［荷］高罗佩《中国古代房中考》，李零等译，上海人民出版社1990年版，第19页。

◈ 第一章　西风化雨：英美汉学家的《聊斋志异》译介 ◈

逗留于切近的事物。所以，好奇也不寻求闲暇以便有所逗留观察，而是通过不断翻新的东西、通过照面者的变异寻求着不安和激动。"① 在西方后现代文化语境中，由于对高雅与理想的解构，人们的艺术精神指向则沉溺于猎奇与庸俗。而中国古典小说《聊斋志异》恰恰充斥着对日常生活中非常态事件的捕捉与展示，故而向受众炫示东方"他者"人情事物的千奇百怪，以满足西方社会的猎奇心理，借以调剂西方读者枯燥与庸常的生活状态，成为闵福德迻译聊斋的一种隐性诉求。

四　爱欲书写

闵福德译本相较于翟理斯译本，② 其最为鲜明的特色即对聊斋爱欲书写的着意凸显。西方汉学家发现，"在很多聊斋故事里，欲望的指标——通常是他界的女子——推动情节"③，美丽诱人的狐仙、精怪、女鬼、女神主动地投怀送抱，追求意中人。比如《画壁》一篇，江西孟龙潭之友朱孝廉飞升至画壁中，随后"女回首，摇手中花遥遥作招状，乃趋入。舍内寂无人，遽拥之亦不甚拒，遂与狎好"。

翟理斯译文将"遽拥之亦不甚拒，遂与狎好"置换为"Then they fell on their knees and worshipped heaven and earth together, and rose up as man and wife"（然后他们双双跪倒拜了天地，从此结为夫妇）。

为了证实原文即是如此行文，翟理斯特意为"拜天地"添加了一条注释："The all-important item of a Chinese marriage ceremony；a-

---

① ［德］海德格尔：《存在与时间》，陈嘉映、王庆节译，生活·读书·新知三联书店1999年版，第200页。

② 在本书后附录中，笔者对照翟理斯164则译文与闵福德104篇译文，发现闵福德的译文中有31篇是先前翟理斯迻译的，包括：第一卷中的《考城隍》《尸变》《瞳人语》《画壁》《偷桃》《种梨》《劳山道士》《长清僧》《狐嫁女》《娇娜》《僧孽》《妖术》《三生》《四十千》《画皮》《贾儿》；第二卷中的《婴宁》《聂小倩》《义鼠》《地震》《海公子》《造畜》《祝翁》《莲香》；第四卷中的《诸城某甲》《蛙曲》《鼠戏》《寒月芙蕖》；第五卷中的《小人》《莲花公主》；第六卷中的《戏缢》。

③ 孙康宜、［美］宇文所安：《剑桥中国文学史》下卷，刘倩等译，生活·读书·新知三联书店2013年版，第265页。

mounting, in fact, to calling God to witness the contract"（中国婚礼最为重要的一条，等同于西方请上帝见证婚约）。

而原文绝非翟理斯所叙，朱孝廉在佛殿看到精妙的天女散花壁画，神摇意夺，恍然凝想，不觉身入画图。画中一垂髫天女"拈花微笑"，朱因得与之有肌肤之亲。相比较而言，闵福德的译文"The maiden looked back and beckoned him on with the flower that she still held in her hand. So he followed her into the pavilion, where they found themselves alone, and where with no delay he embraced her and, finding her to be far from unreceptive, proceeded to make love to her"相对忠实地以"embraced"（搂抱）、"far from unreceptive"（主动迎合）、"make love"（做爱）等爱欲词汇完成《画壁》中的欲望书写。

再如：

问："何需？"曰："樱口中一点香唾耳。我一丸进，烦接口而唾之。"……莲曰："此平时熟技，今何吝焉？"遂以丸纳生吻，转促逼之。李不得已，唾之。莲曰："再！"又唾之。凡三四唾，丸已下咽。少间腹殷然如雷鸣。复纳一丸，自乃接唇而布以气。生觉丹田火热，精神焕发。莲曰："愈矣！"（《莲香》）

翟理斯对该段的翻译异常简洁，删去了其中的大多数细节，将之译为：

Miss Li did as she was told, and put the pills Lien-hsiang gave her one after another into Sang's mouth. They burnt his inside like fire; but soon vitality began to return, and Lien-hsiang cried out, "He is cured!"

翟氏的译文回译为现代汉语即：李女按照莲香所示，将药丸一一放入桑晓口中。桑晓只觉得丹田火热，很快便恢复了元气。莲香

第一章 西风化雨：英美汉学家的《聊斋志异》译介

喊道："有救了！"

如此删节，行文故也流畅，但原文中男女亲昵之动作描写荡然无存。

而闵福德对此段的译文非常忠实：

"What must I do?" asked Li.

"All we need is a little salvia from your pretty mouth," said Lotus Fragrance. "I shall place one of my pills in his mouth, and then I want you to press your lips to his and spit."

…Reluctantly Li did as she had been told, put her lips to Sangs and moistened the pill with her salvia.

"Again!" cried Lotus Fragrance, and again Li compiled. Three or four times she repeated it, and finally the pill went down. In a little while, his belly began to rumble like thunder. Lotus Fragrance placed another pill between his lips and this time she herself pressed her lips to his and projected her own vital force into him.

《莲香》述书生桑晓与狐仙莲香和鬼女李氏，分别有情爱纠葛。后桑生因纵欲病危时，莲香与李女两情敌在他床头相遇，加以医治。但莲香用药，需李女香唾为药引，以丸纳生吻。这是一个风趣的场面，而其中充满男女亲昵的救治方法，闵福德诉诸"press your lips to his"、"pressed her lips to his"（口对口）、"moistened the pill with her salvia"（用唾沫润湿药丸）等，一一加以转述。

不同于先前翟理斯译本对聊斋中情色描写的有意规避，闵福德的译文相对忠实地呈示出聊斋的爱欲书写。闵福德指出："对于蒲松龄来说，性不过是其集中、丰富而多维度地考察人之行为的一个场域。有趣的是，性可以揭示人的本性。"[①]

[①] John Minford, *Strange Tales from a Chinese Studio*, London: Penguin Books, 2006, p. xxi.

在此种认知下,《聊斋志异》中曾被翟理斯有意规避的性描写在闵译本中大加彰显,而翟理斯绝不愿问津的爱欲叙事,比如讲述人兽之交的《犬奸》(The Fornicating Dog)、以壮阳药驱除狐魅的《伏狐》(Fox Control)、同性之爱的《黄九郎》(Cut Sleeve)、① 以性器官为道具展示铁布衫硬功的《铁布衫法》(Steel Shirt)、描写津藤伪器等淫具的《狐惩淫》(Stir-fry)、性器官增大的《巧娘》(Silkworm)、② 展示其雄伟状的《五通》(The Southern Wutong-spirit)与《又》(Sunset),无不进入闵福德的视线之中。

《聊斋志异》中大部分故事可谓义归正直,辞取雅驯,虽存在香艳的情色味道,但蒲松龄对男女情感世界的探索只不过进一步肯定了其对于谨慎、中庸传统的尊重,他并未违悖中国传统思想——通常是有节制的欢乐而非不受限制的激情。③ 比如,《狐惩淫》由两则故事构成。第一则讲述了狐妖惩罚一个行为不检点,在家里放置春药的书生,其妻因误食而险些失节丧命。闵福德译文中的"Stir-fry"一篇,实际上是《狐惩淫》故事中的第二则,讲的是某书生蓄津藤伪器,被其妻误以为食材,与菱藕并出供客,自取其辱。由标题"惩淫"可见是借之劝人戒淫,而闵福德将两则故事拆析分译,自然削弱了原文的道德教化意味。此外,《聊斋志异》类似的男女情事描写,闵福德之英译也过于直露与张扬,如将《莲香》中"女飘然忽至,遂相款昵",直接译为"Suddenly there she was, and soon they were making love",以通俗直白的"make love"(做爱)来对译"款昵"。闵译本对聊斋爱欲书写的刻意彰显与露骨表述无疑是为迎合西方通俗主义语境中的大众阅读趣味。因为"性欲是消费社会的'头等大事',它从多个方面不可思议地决定

---

① 闵福德将《黄九郎》意译为"Cut Sleeve",即"断袖",古人对男性之间的同性恋的代称。

② 《巧娘》一则,闵福德则意译为"Silkworm"(蚕),意指主人公廉生早年曾阴部如蚕,原文中说"广东有搢绅傅氏,年六十余,生一子名廉,甚慧而天阉,十七岁阴才如蚕"。

③ 夏志清:《中国古典小说》,江苏文艺出版社 2008 年版,第 309 页。

◇ 第一章 西风化雨：英美汉学家的《聊斋志异》译介 ◇

着大众传播的整个意义领域。一切给人看和给人听的东西，都公然地谱上性的颤音。一切给人消费的东西都染上了性暴露癖"①。在市场法则和商业逻辑的支配下，通俗主义话语成为大众传播过程中的具有支配性的权力话语，而如何吸引受众眼球，制造卖点，以刺激消费欲望，成为闵福德在选择与翻译聊斋时无法规避的问题。

五 结语

清代聊斋评点者冯镇峦说聊斋"雅俗共赏"，②"通人爱之，俗人亦爱之，竟传矣"。③ 聊斋不仅深得国内读者青睐，而且声名远播至海外，"在中国古典小说中，《聊斋志异》拥有外文译文的语种最多"，④ 是中国文化海外传播的典型个案。而闵福德的译本将"聊斋诸多幽潜的优秀特质加以彰明"⑤，且赢得世界著名的企鹅出版社的垂青，其成功堪为典籍外译提供一些参考。

由聊斋英译史可以得见汉学家译者功不可没，而我们由闵福德的聊斋英译可以进一步探寻汉学家翻译聊斋乃至其他中国文化典籍的某些可操作方法与策略。就汉学家而言，应注重译者与作品间的缘分，译者要对所翻译的作品有着深入研究，译者需充分体验作者的创作生活；从国内学界角度看，对译者依据接受语境做出的翻译阐释要给予"同情之理解"，加强典籍的校注与研究，还要批判性地与译者展开平等对话。

第一，要注意典籍与译者间的缘分问题。所谓作品与译者间的"缘分"，简言之，即译者与作者在艺术趣味、价值诉求等方面意气相投，进而对作品有着强烈的个人偏爱，可以为之投入必备的时

---

① ［法］博德里亚:《消费社会》，刘成富、全志钢译，南京大学出版社 2000 年版，第 159 页。
② 朱一玄:《聊斋志异资料汇编》，南开大学出版社 2012 年版，第 480—481 页。
③ 同上书，第 485 页。
④ 王丽娜:《中国古典小说戏曲名著在国外》，学林出版社 1988 年版，第 214 页。
⑤ Ronault L. S. Catalani, "Book Reviews", *The Asian Reporter*, Vol. 18, No. 1, January 1, 2008, p. 16.

间与心血，比如闵福德的岳父霍克斯与《石头记》有因缘。霍氏为了全心全力投入这项"十年辛苦不寻常"的作品，不惜辞去牛津大学讲座教授的职位。而闵福德同样与《聊斋志异》有缘分，称《聊斋志异》是与《石头记》相媲美的杰作，而且为了翻译索性放弃教职，于1991年迁居法国南部、靠近西班牙的山地，专事《聊斋志异》的翻译。

第二，"缘分"是从感性层面对译者的希冀，但仅有热情尚不足以做好翻译。译者最好是学者，即对所翻译对象有着深入的理性认知。比如闵福德的聊斋译本，与先前译本（文）相较便呈示出鲜明的研究姿态，非但迻译并注释了蒲松龄的"自志"，为聊斋中出现的若干疑难术语配制了"词汇表"，且详致列出近80条中外聊斋译介与研究成果以为参考文献，并辅以60余页的篇幅为所译故事做了尾注。正因对《聊斋志异》及相关译介与研究全面而深入的认知，闵福德独具只眼，译本呈示出鲜明的学术意味。

第三，译者，尤其是从事文学翻译的汉学家还应兼具"作家"身份。作家创作需要体验生活，同样地，汉学家做翻译也需要主动去领略作者的创作环境与心态。为还原聊斋故事的书写语境，深入蒲松龄的思想情感世界，闵福德索性于1991年迁居法国南部、靠近西班牙的山地，在那里买下一座小小的葡萄园，一边劳作，一边笔耕。据他回忆，"在万格罗德一个偏远的山村里，在酒窖里伴着昏黄的灯泡与头上一只伏在网上的大蜘蛛。而外面连绵起伏的法国南部科尔比埃山脉，与蒲松龄笔下的山东一样奇异"。[①] 而这些充满孤独与诡异的生活体验，对于闵福德翻译聊斋是不可或缺的。

---

① 淄川区位于淄博盆地中部，其东侧、东南侧、西南侧为绵延起伏的中低山区，全区山丘纵横交错，共有大小山头1945个。参见《淄川区志·自然地理》，2014年6月12日，淄博市情网淄川区情资料库（http://www.zbsq.gov.cn/bin/mse.exe?seachword=&K=c31&A=1&rec=11&run=13）。

◈　第一章　西风化雨：英美汉学家的《聊斋志异》译介　◈

第四，对译者依据接受语境所作出的翻译阐释给以"同情之理解"。英国著名汉学家葛瑞汉曾指出，在翻译上几乎不能放手给中国人，因为按照一般规律，翻译是从外语译成母语，而非从母语译成外语，鲜有例外者。[①] 中国文化外译的主体是否应该是汉学家，容笔者在本书结语时再论。我们承认，除了因为上述所谓语言问题外，对译入语文化语境与译入语读者审美诉求的体认也是国外汉学家的一大天然优势，也是他们在从事中国典籍外译时所受羁绊的文化语境。比如闵福德聊斋英译便凸显"志怪"与"爱欲"等特质，无疑是与后现代主义和通俗文化语境下西方读者的阅读趣味及期待视野相吻合的。"翻译所涉及的是解释，而不只是重现。对于读者来说，照耀在本文上的乃是从另一种语言而来的新的光。"[②]

第五，加强古籍的校注、整理与研究。对于汉学家而言，翻译典籍常会遭遇某些语言与文化难点，进而不得不求助于汉语评注本。比如闵福德翻译聊斋时，列出11种中文参考文献，包括中国学者的评注本和相关研究成果，其中便有著名校注家张友鹤编辑的《聊斋志异》（会校会注会评本）全三册，朱其铠推出的《全本新注聊斋志异》。除依托权威评注本外，闵福德译本援用了清代广百宋斋主人徐润《详注聊斋志异图咏》中的近百幅插图。如此集文与画为一体，堪称聊斋英译史上之佳构。

第六，批判性地与译者开展平等对话。我们肯定汉学家于中国文化典籍外译的成就，但这并非意味着放弃对其翻译的批判。首先，在翻译的严谨性与中国文化常识的准确性方面，闵福德的聊斋译本并非毫无瑕疵，如其将《乐仲》这一题目译为"Coral"（珊瑚），让人感觉不知所云，私以为是张冠李戴，与另一篇题为《珊瑚》的故事混淆了；再比如将《五羖大夫》译成"Doctor Five

---

[①] Angus Charles Graham, *Poems of Late Tang*, London: Penguin Books Ltd, 1965, p. 37.

[②] ［德］伽达默尔：《真理与方法》下卷，洪汉鼎译，上海译文出版社2004年版，第498页。

Hides"（五羖医生），显然是误将中国古代的官职"大夫"译成了"医生"，正确的译法应是"Lord of the Five Black Sheepskins"。其次，闵福德英译本实在是聊斋在当下西方通俗主义语境中的一次改写。其充分考量西方通俗主义的叙述逻辑，以通俗的语言为西方大众呈现出了一个充满娱乐性、怪异性与欲望化叙事的"俗"聊斋文本。这一通俗主义语境中产生的聊斋译本，反过来又使其赢得世界著名的企鹅出版社的垂青，为聊斋在英语世界赢得了广泛的读者。[①] 可以说，在闵福德聊斋译本这一外译个案中存在着悖论：《聊斋志异》的外传需充分考量接受方读者所处的时代文化语境，以接受国读者的审美需求为主，如此则可以更加符合接受国的文化市场，为读者所认同；但是，《聊斋志异》若任由西方人依照自身的需要塑造成"他者"，沦入被言说、被重构的境地，如此翻译出的中国文学作品纵然不是彻头彻尾的扭曲，也显然是失真与变形的。如何处理中国文化外译中的这一悖论，无疑是当下亟待中国学者思考与回应的。

总之，作为继翟理斯译本之后的又一规模颇具的聊斋节译本，闵译本以其对聊斋意涵的独特揭橥，融学术洞悉与大众阅读趣味于一体，雅俗共赏，而日益引起国内外学界的积极关注。[②] 作为中国典籍外译的著例，其特色、启示与存在的问题值得进一步加以探究。

[①] 西方普通读者的观瞩与热议，尤见于世界著名阅读网站"goodreads"上50余页的读者热议与推荐，具体可参见 http：//www.goodreads.com/book/show/155054.Strange_Tales_from_a_Chinese_Studio，2014年11月2日。亚马逊（美国）网页上，现有27条读者热论，绝大多数高度评价闵译本，具体可参见 http：//www.amazon.com/Strange-Chinese-Studio-Penguin-Classics/product-reviews/0140447407/ref=cm_cr_pr_viewpnt_lft?ie=UTF8&showViewpoints=1&sortBy=recent&reviewerType=all_reviews&formatType=all_formats&filterByStar=positive&pageNumber=1，2015年9月10日。

[②] 如前文所引美国评论者 Ronault L. S. Catalani 的书评，孙康宜与宇文所安主编《剑桥中国文学史》将之开列为英文参考文献，并在论述《聊斋志异》时大量引用了其译文；香港评论者吴霭仪撰有《闵译〈聊斋〉》一文（http：//bbs.tianya.cn/post-books-107602-2.shtml，2014年9月15日）；近期则有硕士学位论文：王春强《〈聊斋志异〉闵福德英译本研究》，硕士学位论文，北京外国语大学，2014年。

第二章　故国情怀：华裔汉学家的《聊斋志异》译介

华裔汉学家作为中国文学与文化外译的一支重要力量，是不能被忽视的。华裔汉学家，与中国文化间有着割舍不断的血脉系连。其汉学译介与研究始终围绕着构建中国正面形象和对外传播中国文化而进行。就英美汉学的发生与发展史看来，旅居海外的华裔汉学家与具有西方文化血统的本土汉学家构成了辉映与激荡的学术景观。同样，华裔汉学家也担负起了汉学译介与研究的学术使命，然而不同于本土汉学家，华裔汉学家身处中西文化的交界地带，虽饱受"欧风美雨"之培育，但其文化之根却扎在中国，这使得他们的汉学译介与研究体现出鲜明的民族意识和强烈的本土情怀。在《聊斋志异》的外译史上，不乏华裔汉学家凭借对中英双语和中西文化的熟稔，对中国古典小说的热爱，在遥远的异国他乡，更为忠实地向西方读者讲述着《聊斋志异》，或者在美轮美奂的聊斋故事中注入自身孑然的影像和对故国的乡愁。

第一节　作为女性戏剧表演者的邝如丝与其《聊斋志异》英译

邝如丝（Rose Maud Quong，1879—1972），澳籍华裔戏剧表演家与作家。其父为广州籍商人，母亲为英国人。邝如丝成长并求学于澳大利亚墨尔本，曾先后在澳洲政府做过电话接线员、书记员。但邝如丝的人生志趣却在戏剧表演，她曾追随英人彻斯理先生（Mr Chisley）研习莎翁戏剧和诗歌。1903 年，在由澳大利亚土著人协会（Australian Natives' Association）主办的言说比赛中一举成名，并协助创建了"美人鱼戏剧社"，出演了从古希腊戏剧家至英国作家约翰·梅斯菲尔（John Masefield，1878—1967）等的大量剧作。1924 年，邝如丝获得英国伦敦露西娜·菲勒普戏剧学院（The Academy of Rosina Filippi）奖学金，入学系统学习戏剧，并以一名表演者的身份为英国人所知。1929 年、1931 年邝如丝两度出演由德国剧作家克拉邦德改编的中国题材剧《灰阑记》，赢得了广泛好评。

表演之余，邝如丝如饥似渴地学习中国文化与文学，并开始向西方介绍中国传统文化。至 1938 年，她俨然成为中国政府驻英国大使馆颇受欢迎的客人，成为中西文化的阐释者。邝如丝先后著有《中国机智、智慧与汉字》（Chinese Wit, Wisdom and Written Characters，1944）、《中国鬼怪爱情故事》（Chinese Ghost and Love Stories，1946）。自 1939 年 1 月起，邝如丝长期旅居纽约，直至辞世。她终身未婚，将自己的一生献给了她所热爱的戏剧表演与中国文化传播。[①]

《中国鬼怪爱情故事》便是邝如丝向西方世界绍介中国古典文学的一部力作，该书为中国文言小说《聊斋志异》的节译本，共迻译了 40 篇聊斋故事。这是继翟理斯之后、闵福德之前英语世界出现的又一个标志性聊斋节译本。而由于译者邝如丝作为女性戏剧表演者的独特身份，使其译本呈示出不同于其他聊斋英译本的诸多特色。

一 选目与评语中的女性意识

在聊斋英译史上，由女性担纲的译作可谓是凤毛麟角。早期聊斋西传的肇始者如德国传教士郭实腊、美国传教士卫三畏（Samuel

---

① Angela Woollacott, "Quong, Rose Maud（1879 - 1972）", *Australian Dictionary of Biography*, National Centre of Biography, Australian National University, (http://adb.anu.edu.au/biography/quong-rose-maud – 13162/text23821, published first in hardcopy 2005, accessed online 24 December, 2016）.

◈ 第二章 故国情怀：华裔汉学家的《聊斋志异》译介 ◈

Wells Williams）、英国外交官梅辉立、阿连璧与翟理斯，而后诸如法国汉学家乔治·苏利耶·德莫朗（George Soulie de Morant），美国汉学家梅丹理、梅维恒、宋贤德，英国汉学家闵福德等均有译文或译本行世，但上述译家都是男性。相较于男性译者，邝如丝节译本共择选 40 篇聊斋故事，而在这些故事当中，直接叙述或涉及男女情爱的篇目则有 32 篇，占到全书总量的 80%。而这一爱情篇目所占的高比例，在此前以及之后的各聊斋译本中是少见的，此似乎亦为邝如丝将译本定名《中国鬼怪爱情故事》的一个缘由。邝如丝译本择选《阿宝》《莲香》《香玉》《书痴》《莲花公主》《恒娘》《翩翩》《瑞云》《凤阳士人》《叶生》《婴宁》《道士》《种梨》《宦娘》《陆判》《小谢》《孙必振》《郭秀才》《罗刹海市》《褚遂良》《阿绣》《周克昌》《石清虚》《瞳人语》《钱流》《鲁公女》《祝翁》《巩仙》《织成》《任秀》《姊妹易嫁》《雷曹》《小猎犬》《劳山道士》《绿衣女》《竹青》《画壁》《汪世秀》《牛成章》《毛狐》40 篇聊斋故事，其中绝大部分此前翟理斯有所迻译，但邝如丝的译文却与之颇有差异，容后文再详讨。其中，唯有《凤阳士人》《恒娘》《小谢》和《阿绣》是此前翟理斯不曾涉及者。

这其中如《凤阳士人》叙述的是与女性有关的传统"闺怨"。蒲松龄的再创作虽然借鉴了唐传奇《独孤遐叔》，但如女性汉学家蔡九迪所指出的，蒲松龄对《独孤遐叔》最重要的改写是其转换了叙事视角：以妻子而非丈夫的视角来叙述故事。[①] 一夜，妻子方就枕，纱月摇影，离思萦怀。辗转反侧之际，一女子，珠鬟绛帔，掀开门帘走了进来，然后笑着问道："姊姊，得无欲见郎君乎？"在这位美丽女子的怂恿下，这个梦悄无声息地开始了。踏着月色，该女子带着妻子去见丈夫，但见丈夫跨白骡而来。然而，这个女子却恶意破坏了这对夫妻的久别重逢。以设酒果贺鸾凤重聚为由，女子引诱了

---

① Judith Zeitlin, *Historian of the Strange: Pu Songling and the Chinese Classical Tale*, Stanford: Stanford University Press, 1993, p.157.

丈夫。实际上，这个美丽的女子既是妻子本人，亦是妻子的情敌，兼具妻子欲望与恐惧的双重本质。这一故事，自然颇易引起女性译者的共鸣与关注，邝如丝选入译本，并将故事题目改译为《夜梦凤阳士人》（Dreaming of the Scholar Feng-yang）①。

而《恒娘》一则，从字面来看貌似蒲松龄假狐仙恒娘之口细说"新旧易难之情"，传递"变憎为爱"的闺门秘术。都中洪大业纳妾后对妻子朱氏日渐疏远。朱氏后偶遇狐仙恒娘，后者依据人性中"厌故而喜新，重难而轻易"的弱点，传授朱氏"易妻为妾"之法。后经朱氏两个半月的践行，终赢回丈夫的心。但是在故事结尾的"异史氏曰"中，蒲松龄言道："买珠者不贵珠而贵椟，新旧易难之情，千古不能破其惑；而变憎为爱之术，遂得以行乎其间矣。古佞臣事君，勿令见人，勿使窥书。乃知容身固宠，皆有心传也。"在此，蒲松龄显然将故事由闺房争宠的秘术，提升至政治层面的佞臣得宠之术，这显然是中国古代的政治隐喻手法，比如白居易的《琵琶行》，"同为天涯沦落人"，以"失宠女子"隐喻"失势的臣子"。在此，显然是蒲松龄科举不第，出仕无门的一种自况。

而邝如丝对之的处理却是尽显女性意识。如将原故事标题《恒娘》改译为"Heng-niang's Advice to a Neglected Wife"②，即《恒娘给一个被冷落的妻子的建议》。

而邝如丝所选取聊斋故事，如《小谢》与《阿绣》，不仅是此前翟理斯不曾涉猎者，而且作为聊斋中"一夫享二美"类型故事中的两篇并不算特别出彩，也是现有海外汉学家聊斋英译所极少涉及的。③ 而邝如丝选取此两篇故事，自然亦是出于对爱情题材的偏爱，

---

① Rose Quong, *Chinese Ghost and Love Stories*, New York: Pantheon Books Inc, 1946, p. 101.

② Ibid., p. 77.

③ 美国译家梅丹理与梅维恒《聊斋志异》节译本中曾选入《小谢》一则故事，译作"Ghost-Girl Xiaoxie"。但如前所交代，梅氏该节译本所凭依底本为中国学者王起、刘烈茂、曾扬华等先生所选编选注释的《聊斋志异选》，而非作为汉学家的梅氏兄弟所自选。

第二章 故国情怀：华裔汉学家的《聊斋志异》译介

但在叙述视角上却与作为男性的作者蒲松龄有别。

《小谢》讲述的是书生陶望三在一处鬼宅，偶遇秋容、小谢两位女鬼，几经磨合后却与二鬼成为知己，并日久生情。后在道士襄助下，秋容、小谢还魂与陶望三结为夫妇。原文结尾，蒲松龄亦是对"一夫享二美"的爱情婚姻模式表示了艳羡，称："绝世佳人，求一而难之，何遽得两哉！事千古而一见，惟不私奔女者能遭之也。道士其仙耶？何术之神也！苟有其术，丑鬼可交耳。"作为一个没有功名的落拓文人，蒲松龄希冀"一夫享二美"不应是达官贵人的艳福，而是像自己这样"不私奔女者"，德行高尚的君子所配享有的。并且在末尾，蒲松龄称赞道士的法术高超，若自己能有此术，便可变丑鬼为美人，由此也间接传达了其对"一夫享二美"的渴求。

但邝如丝的英译却对"一夫享二美"以及道士"化丑为美"的法术只字不提，而将蒲松龄的评论翻译为："A commentator says that ghosts are in the eyes and not in the heart. He who wrote "The Non-Existence of Ghosts" dwelt with ghosts and not disturbed by them; indeed, he even transformed them. And when ghosts are transformed, then there are no longer any ghosts."[1]（此段英文大意为：某评者曰：鬼信则有不信则无。作《无鬼论》者与鬼相处非但不受其扰，犹能改变之。一旦鬼变为人，便不复有鬼。）

可见，邝如丝在此的关注点是故事中作《无鬼论者》的男主人公陶望三，钦佩的是如陶望三般不信鬼邪，并以仁义之心助鬼为人的男性勇者与义士。

而《阿绣》讲述的是痴情男子刘子固与两名女子间的情感纠葛。这两个女子，同名为阿绣，一位是民间少女阿绣，长得美丽非凡；另一个是狐仙，想修炼得如民间女子阿绣般貌美。虽几经变故

---

[1] Rose Quong, *Chinese Ghost and Love Stories*, New York: Pantheon Books Inc, 1946, p. 174.

并有狐仙魅惑，但刘子固依然对民间女子阿绣痴情不改。在翻译故事之前，邝如丝添加了一首小诗做引，其中便提及了"真爱"（true love）一词："I know, of course, you have your true love."①

如前文所述，邝如丝出生于1879年，逝世于1972年，享年93岁。自1939年年初，邝如丝便长期定居纽约，直至辞世，而终身未婚。由此，《聊斋志异》中的闺怨题材的故事，描写具有担当意识或者痴情不改的男性形象的篇目，难免会为孤身女子的邝如丝所青目。

二 爱欲书写的含蓄化处理

作为女性的邝如丝在翻译中构建了独特的女性话语，这尤其体现在对聊斋爱欲书写的呈现上，既不同于男性译者之作，亦不拘泥于与原作间的一致，而体现出含蓄委婉的特征，并注重对女性的参与，以及女性体验的呈现。

比如前文所述《凤阳士人》一则故事，聊斋评点者但明伦认为，该故事中出现的梦是妻子欲望与焦虑的投射。邝如丝选取该篇故事，同样在翻译中展现了思妇的欲望，但其在处理上较之于蒲松龄原文却又是女性式的含蓄与内敛，不妨枚举一例。

蒲松龄原文叙述凤阳士人与故事中美丽女子间的调情与欢合："音声靡靡，风度狎亵。士人摇惑，若不自禁。少间，丽人伪醉离席；士人亦起，从之而去。久之不至。婢子乏疲，伏睡廊下。女独坐，块然无侣，中心愤恚，颇难自堪。思欲遁归，而夜色微茫，不忆道路。辗转无以自主，因起而觇之。裁近其窗，则断云零雨之声，隐约可闻。又听之，闻良人与己素常猥亵之状，尽情倾吐。"

邝如丝将之译为："Her way of singing was wanton and her manner and bearing seductive. The scholar was thrilled and could scarcely contain

---

① Rose Quong, *Chinese Ghost and Love Stories*, New York: Pantheon Books Inc, 1946, p. 203.

第二章 故国情怀：华裔汉学家的《聊斋志异》译介

himself. Presently the girl pretended to be sleepy and left her seat; the scholar rose and followed her. They were away a long while, so the tired maidservant lay down under the veranda and fell asleep. The wife sat alone, her heart bursting with anger and resentment—it was intolerable! She thought of escaping for home; but night had darkened, and besides she could not remember the way. Turning it over and over in her mind, she knew not what to do. Then she rose and went to peep at them; just near the window she could vaguely hear the intimate talk of lovers. Listening, she heard her husband repeat the selfsame things he used to say to her of old—all these he poured out to the girl."[①]

在译文中，邝如丝也用了诸如 "wanton"（言语不检点的）、"seductive"（诱惑性的）、"scarcely contain himself"（难以自禁）"the intimate talk of lovers"（情人间私语）这类情欲叙述话语，但较之于蒲松龄的叙事显然是较为含蓄的，这一点特别体现在原文 "裁近其窗，则断云零雨之声，隐约可闻" 以及 "又听之，闻良人与己素常猥亵之状，尽情倾吐" 等句上。句中出现了 "断云零雨之声""猥亵之状" 等涉及男女云雨之事的表述，用语十分直白，但邝如丝却处理为 "she could vaguely hear the intimate talk of lovers. Listening, she heard her husband repeat the selfsame things he used to say to her of old—all these he poured out to the girl"，汉语意思大致为："刚近窗户，则隐约听到情人间的私语。细细听来，只听得丈夫平日与自己常说的话，这时正向那女郎倾吐。"

如此，邝如丝把男性作家蒲松龄略带性窥探意味的一场男女欢爱，处理为含蓄的情人幽会与心灵倾诉，不同于男性作家对肉体欲望的展示，而体现出女性译家对待男女关系更为注重精神诉求的一面。

[①] Rose Quong, *Chinese Ghost and Love Stories*, New York: Pantheon Books Inc, 1946, p. 105.

三 改写中对女性体验的兼顾与呈现

作为女性的邝如丝在翻译中构建了独特的女性话语，还体现于她在译文中能够兼顾故事女主角的独特体验，而非一味铺陈男性的观感与体验，某种程度上改写了聊斋中以男子为主导的爱欲话语模式。

《画壁》作为《聊斋志异》中一篇著名的故事，历来为英译者所垂青，翟理斯、邝如丝、闵福德均曾将其收录各自译本之中，但对其中男女情爱的处理上却迥然有异。

原文写道："女回首，摇手中花遥遥作招状，乃趋之。舍内寂无人，遽拥之亦不甚拒，遂与狎好。"

翟理斯译文："But the young lady, looking back, waved the flowers she had in her hand as though beckoning him to come on. He accordingly entered and found nobody else within. Then they fell on their knees and worshipped heaven and earth together, and rose up as man and wife."①

闵福德译文："The maiden looked back and beckoned him on with the flower that she still held in her hand. So he followed her into the pavilion, where they found themselves alone, and where with no delay he embraced her and, finding her to be far from unreceptive, processed to make love to her."②

邝如丝译文："But the girl turned her head and with a flower in her hand seemed to beckon him on. Swiftly, he stepped into the room. They were alone. At once he embraced her and she not resisting, their hearts leapt to ecstasy."③

---

① Herbert A. Giles, *Strange Stories from a Chinese Studio*, Vol. I, London: Thos. De La Rue & Co, 1880, p. 11.

② John Minford, *Strange Tales from a Chinese Studio*, London: Penguin Books Ltd, 2006, pp. 23–24.

③ Rose Quong, *Chinese Ghost and Love Stories*, New York: Pantheon Books Inc, 1946, p. 306.

◇ 第二章 故国情怀：华裔汉学家的《聊斋志异》译介 ◇

笔者在他处曾指出，翟理斯置身于 19 世纪英国维多利亚时代的婚姻与性观念中，认为女子任何的婚前性行为均是不道德的，这显然是男权社会对女性的一种规约。翟理斯在面对原文中"遽拥之亦不甚拒，遂与狎好"的描写时，也不得不妥协，将之置换为"他（她）们跪下来拜了天地，从此结成了夫妇"（Then they fell on their knees and worshipped heaven and earth together, and rose up as man and wife）。为让读者信服，翟理斯煞有介事地下了一个注释：这是中国婚礼中最重要的一条，实际上即请上帝来见证婚约（The all-important item of a Chinese marriage ceremony; amounting, in fact, to calling God to witness the contract）。在对待两性间的感性张扬方面，西方社会的翟理斯比中国古代蒲松龄的立场还趋于保守，这一点闵福德也表示了诧异，认为这是翟理斯对聊斋的一种误读，[1] 故而其对该段文字的英译便是刻意彰显爱欲书写的意味，使用"to make love to her"这样的表述，用词颇为露骨，尤其介词"to"的使用，展现了男性对女性身体的占有欲。

相对翟理斯与闵福德两位男性译者，邝如丝的译文对于原文"遽拥之亦不甚拒，遂与狎好"（At once he embraced her and she not resisting, their hearts leapt to ecstasy）的处理，既非翟理斯男权式地剔除原文所有的感官体验，又非闵福德式地渲染男性观感与占有欲。前半句"At once he embraced her and she not resisting"与闵福德译文出入不大；真正体现其女性译者主体意识的在后半句"their hearts leapt to ecstasy"，即"他（她）们的心顿然跃入狂喜之中"。在此，邝如丝所欲展现的是朱孝廉与仙女彼此在爱慕与尊重的相遇中身心融合后的两情相悦，融入了女性的参与与体验，而非如闵福德式的以男子为中心对女性的一味占有。这里尚需指出的是，邝如丝的翻译与蒲松龄的原文亦存在出入，"遂与狎好"中的"狎好"，

---

[1] John Minford and Tong Man, "Whose Strange Stories? P'u Sung-ling (1640–1715), Herbert Giles (1845–1935), and the Liao-chai chih-yi", *East Asian History*, Number 17/18, June/December, 1999, p. 12.

其他诸如"生就视，容华若仙，惊喜拥入，穷极狎昵"（《聊斋志异·胡四姐》）中的"狎昵"，均为蒲松龄描写书生与异性亲昵及苟合的常用语，显然是将女性视为男性欲望化的对象，透露着男性对女性的玩弄与不尊重，此似乎也是作为女性译者的邝如丝对原文进行"女性化处理"（womanhandling）的缘由，由此彰显了其对文本的操纵痕迹，既彰显女性的感官体验又不过度展览情欲的满足，"借翻译的领地，构建了女性话语的堡垒，一个开放的但又能自卫的堡垒"。①

四　戏剧表演者的身份对译作的影响②

如果说"女性"是邝如丝作为《聊斋志异》译者身份的一个重要构成，那么"戏剧表演者"则是其作为译者身份的又一面。如前所述，邝如丝长期浸淫于西方戏剧，曾追随英人彻斯理先生研习莎翁戏剧，出演过自古希腊剧作家至英国约翰·梅斯菲尔等的大量剧作。戏剧表演者的身份自然影响到其对《聊斋志异》的英译，这可以体现在选篇上，对充满人物对话型聊斋故事的偏好；在翻译中，尤其体现为对故事情节的看重。

（一）对充满对话篇目的青睐

戏剧是适合于舞台演出的散文作品或者诗作。故事情节通过对话和行动来表达。③ 而"对话发生在两个或者两个以上角色之间，此为戏剧语言的主干"。④ 邝如丝所选译的聊斋故事，如《小谢》与《阿绣》并不起眼，而邝如丝之所以选取此两篇故事，除却女性

---

　　①　谢天振：《当代国外翻译理论》，南开大学出版社2008年版，第387页。
　　②　笔者近期刚得见海外汉学家也有此论。英国汉学家白亚仁在为梅维恒《哥伦比亚中国文学史》所撰写的《聊斋志异》评论中，亦曾指出"《聊斋志异》以人物刻画而著称。通过行为和对话，男女主人公都被赋予了令人印象深刻的个性"。详参［美］梅维恒《哥伦比亚中国文学史》，马小悟、张治、刘文楠译，新星出版社2016年版，第764页。
　　③　顾春芳：《戏剧学导论》，北京大学出版社2014年版，第142页。
　　④　董健、马俊山：《戏剧艺术十五讲》，北京大学出版社2012年版，第128页。

第二章 故国情怀：华裔汉学家的《聊斋志异》译介

意识外还当缘于其中充斥的大量对话。据笔者统计，两篇故事中的对话均约有37句，且其中有多个段落几乎是完全以人物对话形式出现的。比如《小谢》除却故事开端的两段引子外，而后三段至十段均是以对话来展现人物性格并推动故事情节发展的。

而动作性又是戏剧语言所不可少的，"所谓动作性，就是指人物的语言要有力地表现其欲望、意志、内心的冲突，并使其内心状态通过语言转化为外部行动，而且要具有一种推动剧情向前发展的张力"。①《聊斋志异》中的人物对话便是充满了动作性，如《小谢》故事中书生陶望三，从最初的怕鬼"生因作《续无鬼论》献部郎，且曰：'鬼何能为！'（'How can ghosts do any harm?'）"，到与女鬼秋容、小谢相知相爱，但人鬼有别无法结合，这在彼此间的对话中多次有所提示，如"生正容曰：'相对丽质，宁独无情；但阴冥之气，中人必死。'（'Facing such beautiful maidens, how can I help but cherish thoughts of love? But he who meets the dark principle in nature must die.'）"再至"生闻少欢，欲与同寝，曰：'今日愿与卿死。'二女戚然曰：'向受开导，颇知义理，何忍以爱君者杀君乎？'（'How could we bear to bring death to you through our love?'）"这些对话，无疑表现出人物的内心冲突，相爱却无法结合；而后，陶望三偶遇一位道士，二人又有一番对话："顾谓：'身有鬼气。'生以其言异，具告之。道士曰：'此鬼大好，不拟负他。'因书二符付生，曰：'归授两鬼，任其福命。如闻门外有哭女者，吞符急出，先到者可活。'（'On your turn give one of these to each of the two ghosts; in one rests a happy destiny. When they hear someone outside wailing for a daughter who has died, each must swallow the spell and instantly hasten out; she who arrives first will come to life again.'）"正是道士与书生陶望三之间的这番对话，而推动了后来所发生的秋容与小谢"借尸还魂"这一故事情节，有情人终成眷属。邝如丝的英译

---

① 董健、马俊山：《戏剧艺术十五讲》，北京大学出版社2012年版，第129页。

不但非常忠实地传递出原文中的对话,某些地方干脆直接译出话语中的意涵,比如将第一句"鬼何能为!"译为"看鬼如何害人?"("How can ghosts do any harm?"),以此为后文冲突埋下伏笔,推动故事的发展。①

《阿绣》一则故事,邝如丝将故事题目译为"Ah Shiu and Her Double",即《真假阿绣》,增加故事的戏剧性。在译文中,则忠实再现故事中的对话,借以推动故事情节。如刘子固与狐女所变的假阿绣相处正欢,但被仆人一语道破,如此引发后面对真阿绣的找寻;而假阿绣临别言道:"我且去,待花烛后,再与新妇较优劣也。"("Now we part; but on your wedding day I shall be with you again, so that you may compare me with your dearest love and see which of us is the more beautiful.")② 以此来引出后文刘子固与真阿绣的相遇与最终有情人终成眷属,以及狐女的再次出现,与真阿绣相媲美。而邝如丝的译文忠实传递对话形式,"待君大喜之日,我自会再来。请君将我与你的爱人加以比较,看谁才更美",而且将原文所说比美时间由"花烛后"改为"大喜之日"(on your wedding day)。在婚礼上突然出现另一位样貌相似的新娘,显然更加增添了矛盾的激烈性,邝如丝的这一改写让对话产生了更为强烈的动作性。

(二) 译文对聊斋故事情节的强化

古希腊亚里士多德在论及戏剧时,认为在"情节、性格、言语、思想、戏景、唱段"六种要素中,情节是最为重要的,情节是对事件的编排,而"组织情节要注重技巧"。③ 甚至可以说"情节对于剧本,比对于小说更为重要。情节也是一种形式,是一种准确

---

① 此段落中英文引文出自 Rose Quong, *Chinese Ghost and Love Stories*, New York: Pantheon Books Inc, 1946, pp. 161 – 170。

② Rose Quong, *Chinese Ghost and Love Stories*, New York: Pantheon Books Inc, 1946, p. 209。

③ [古希腊] 亚里士多德:《诗学》,陈中梅译,商务印书馆1996年版,第65页。

第二章 故国情怀：华裔汉学家的《聊斋志异》译介

地表现内容的形式。把所要表现的具体生活加以配置、组合、对照和强调，并按照作家的主导思想和见解，把事件与行动的因果关系和时间更替，作出逻辑的安排，成为一个完整的结构，就是剧情"。① 由上述可见，情节之于戏剧的重要性，故戏剧表演出身的邝如丝在翻译聊斋故事时对情节是颇为看重的。

聊斋一书兼二体，若就情节而言，显然传奇类型的故事更胜一筹，一个戏剧表演出身的译者出于对情节的偏爱，自然更倾向于择选其中的传奇故事。相较于其他聊斋英译者，这一点表现更为明显。如翟理斯译本亦曾择译《蛙曲》《鼠戏》《小人》《造畜》《尸变》《钱流》《夏雪》等怪异叙事；而后，梅丹理与梅维恒的译本对志怪故事也曾有所涉及，如选译《偷桃》《妖术》等。闵福德的104 篇译文则选译了《喷水》《山魈》《咬鬼》《荞中怪》《妖宅》《蛇癖》《龁石》《蛰龙》《黑兽》等 50 余篇聊斋志怪故事，数量之多，几占到整个译本篇目的半数。而事实上，聊斋中大部分的志怪故事无非侈陈怪异，意味平浅，笔墨亦无可观之处。故而，因浸淫于西方戏剧而看重情节的邝如丝在其译本中仅仅择选了《孙必振》《钱流》两则志怪故事。

《孙必振》《钱流》两则故事虽为志怪，但在情节方面亦是颇为曲折，如《孙必振》："孙必振渡江，值大风雷，舟船荡摇，同舟大恐。忽见金甲神立云中，手持金字牌下示；诸人共仰视之，上书'孙必振'三字，甚真。众谓孙：'必汝有犯天谴，请自为一舟，勿相累。'孙尚无言，众不待其肯可，视旁有小舟，共推置其上。孙既登舟，回首，则前舟覆矣。"众人乘船渡江，忽然风雨大作，天神手持金牌，上书"孙必振"，众人以为孙必振犯了天条，担心受到牵连，便推他另外登船。结果却出人意料，众人连舟一起沉入了江底。

而《钱流》的情节也是颇为曲折："沂水刘宗玉云：其仆杜

---

① 焦菊隐：《焦菊隐戏剧论文集》，华文出版社 2011 年版，第 226 页。

和，偶在园中，见钱流如水，深广二三尺许。杜惊喜，以两手满掬，复偃仰其上。既而起视，则钱已尽去；惟握于手者尚存。"园中钱流如水，杜和抓了满手还嫌不够，他仰面扑下去，本打算捞取更多，结果一分钱也没有了。

这两则志怪故事虽然篇幅短小，但情节曲折离奇，结构布局也非常严谨巧妙，自然进入偏好情节的译者邝如丝的视线中。而邝如丝在翻译中加以改写，更为凸显情节的曲折。

《孙必振》故事原文"忽见金甲神立云中，手持金字牌下示；诸人共仰视之，上书'孙必振'三字，甚真"。在此，蒲松龄仅仅交代了金甲武士手持"孙必振"三字，由此引发船上众人恐慌，进而引出众人在危难时刻弃孙必振而不顾的行动；但邝如丝在译文中却增添了故事情节，设置了"选项"：

The crowd on board looked up—they beheld three written characters: SUN PI-CHEN. (Now Sun's name Pi-chen, meaning "must-be-saved" has also the meaning "must-be-struck").

The crowd, reading the heavenly proclamation as "Sun must-be-struck," cried out to Sun-Pi-chen: "You have offended against Heaven! Take off in a boat by yourself and do not involve us in your punishment."[1]

在译文中，邝如丝借助于谐音，阐释了"孙必振"的两层意涵："孙必须被拯救"（must-be-saved）和"孙必须被振翻"（must-be-struck），由此充实了故事情节，为船上众人设置了两种选项。在生死攸关之时的选择自然更为扣人心弦，而紧接着在原文"众谓孙：'必汝有犯天谴，请自为一舟，勿相累。'"此句之前增添"The crowd, reading the heavenly proclamation as 'Sun must-be-struck'"（众谓天意为"孙必须被振翻"）进一步推动情节发展。

---

[1] Rose Quong, *Chinese Ghost and Love Stories*, New York: Pantheon Books Inc, 1946, p. 175.

◈ 第二章 故国情怀：华裔汉学家的《聊斋志异》译介 ◈

再比如《钱流》原文"其仆杜和，偶在园中，见钱流如水，深广二三尺许"。蒲松龄先交代钱流如水，后言其宽度和厚度，但邝如丝却转换了叙述次序，"One day Tu Ho happened to be in his master's garden when all at once he beheld a flowing stream about three feet wide and of equal depth. And, lo, it was a stream of money!"[①]（其仆杜和，偶在园中，见流水，深广二三尺许。及细察之，竟是钱流！）如此，先说发现流水有三尺宽，三尺深，随后以一个叹词"lo"（瞧）而引出这竟是"钱流"，由此较之于原文更凸显了情节的曲折。

《聊斋志异》一直与戏剧有着不解之缘。著者蒲松龄本人对戏剧颇有偏好，除《聊斋志异》外，蒲松龄用淄川方言创作了十余部俚曲，从作品内容观之，其中近半数改编自《聊斋志异》；而且《聊斋志异》自行世以来，多被改编为各剧种的剧作。据纪根垠先生考证，由《聊斋志异》所改编的戏剧剧本不胜枚举。自清代道光、咸丰年间，历经民国，至中华人民共和国成立后，约200部不同剧种的《聊斋志异》剧。又据崔国良先生发现，周恩来同志早年在南开学校学习期间，还曾将《聊斋志异·仇大娘》改编为一部大型多幕话剧。[②] 而邝如丝作为身处海外的戏剧表演者，也着力于彰显《聊斋志异》中的戏剧特质，这无疑会进一步启示研究者关注《聊斋志异》故事的戏剧性，丰富聊斋研究的不同维度。

五 结语

从译者身份问题而论及译作，可以明显得见身份对翻译所产生的影响。邝如丝终身致力于书写中国文学与历史传统，并通过表演来展现她的"中国性"（Chineseness）……她是澳大利亚人，

[①] Rose Quong, *Chinese Ghost and Love Stories*, New York: Pantheon Books Inc, 1946, p. 231.

[②] 朱一玄：《聊斋志异资料汇编》，南开大学出版社2012年版，第581—599页。

但她精神的家园却在中国。① 独特的译者身份，使得邝如丝的聊斋译本风格独具。作为翟理斯之后出现的一个聊斋英文节译本，邝如丝译本进一步扩大了《聊斋志异》在澳大利亚乃至整个英语世界的影响力，据检索显示该译本出版近一个世纪以来，一直被收藏于澳大利亚国家图书馆（National Library of Australia）；② 在英语世界著名的"Goodreads"阅读网站，一直也不乏读者关注与好评。③ 在学术界，也引发了学者的关注，比如早于1947年，署名为 Han Yu-shan 的学人便撰文称邝如丝的译本极具可读性，并颇受欢迎。④ 而后，英国汉学家闵福德在其聊斋英译本中的"扩展阅读"中也列出了邝如丝的聊斋译本，指出这是"一个具有可读性的聊斋选本"（A readable selection）。⑤ 可以预见，在中国文化"走出去"的时代诉求下，邝如丝的《中国鬼怪爱情故事》必将为更多的读者和研究者所关注，也必将愈加显示出跨越时空的价值与魅力。

第二节　英国汉学家张心沧《聊斋志异》译介发微

张心沧（H. C. Chang，1923—2004），原籍上海，英国著名华裔汉学家。曾担任剑桥大学现代中文讲师，1972—1983年任伍尔夫逊学院研究员，1983—2004年担任艾莫瑞特斯研究员。张氏终

---

① Angela Woollacott, "Rose Quong Becomes Chinese: An Australian in London and New York", *Australian Historical Studies*, 38 (129), 2007, pp. 16-31.

② 具体可参见 http://trove.nla.gov.au/work/10219176? q&versionId = 11886436 # tagformr11886436，2017年10月16日。

③ 具体可参见 https://www.goodreads.com/book/show/17670885 - chinese-ghost-and-love-stories? from_ search = true，2017年10月16日。

④ Yu-Shan Han, "Review: Chinese Ghost and Love Stories, by P'u Sung Ling; Rose Quong", *Western Folklore*, Vol. 5, No. 4 (Oct., 1947), pp. 392-393.

⑤ John Minford, *Strange Tales from a Chinese Studio*, London: Penguin Books Ltd, 2006, p. 493.

◈ 第二章 故国情怀：华裔汉学家的《聊斋志异》译介 ◈

生致力于中国文学与中西比较文学，取得了系列性的研究成果，并于1976年获得享有汉学界诺贝尔奖之称的"儒莲奖"。《中国文学——超自然故事》（*Chinese Literature 3：The Supernatural Tales*，1983）作为张心沧的一项重要译介实绩是其关于中国文学六卷英译本中的第三卷，选译唐、宋、清三代的文言小说共12篇。该卷本译介并举，涵括两篇梳理中国"超自然"故事谱系的长文与12篇文言小说英译，并在每则小说英译文前附有导语，对故事加以阐幽发微。

在该卷中，关于《聊斋志异》的译介占了近乎全书三分之一的比重。张心沧精选并迻译了在其以为"最可表征蒲松龄艺术才能"[①]的四则聊斋故事——《窦氏》《黄英》《乐仲》与《促织》，并对蒲松龄和《聊斋志异》做了长达十六页的详致绍介。其在迻译聊斋故事方面，高度忠实原文；在绍介方面，张心沧承袭中国学者的研究成果，袭用国内考证聊斋故事原型的做法。此外，张心沧引入西方结构主义分析方法，对聊斋在中国文学史上非一流地位给出了解释；对聊斋中的"娇妻美妾"婚姻家庭模式、"阳物崇拜"现象做了点睛式回应，为理解聊斋提供了一种解读维度。

一 以忠实为翻译标准

忠实是张心沧《聊斋志异》译文的最大特色。所谓"忠实"，首先是指译文必须如实地传达原文内容，对原文既不随意歪曲，亦不任意增减。张心沧对书名中"聊斋"这一布满歧义词的处理便是以模糊的方式存留其丰赡汉语意涵；其对所选篇目标题的处理则是直译。

关于《聊斋志异》英译名，英国汉学家翟理斯译为"*Strange Stories from a Chinese Studio*"（中国书房中的故事），另一位英国汉

[①] H. C. Chang, *Chinese Literature 3：Tales of the Supernatural*, Edinburgh：Edinburgh University Press, 1983, p. 128.

学家闵福德承袭翟理斯对"聊斋"的译法,将之译为"*Strange Tales from a Chinese Studio*"(中国书房中的故事),此两位译家以"Chinese"(中国的)置换"聊"字;而美国汉学家梅丹理与梅维恒,译作"*Strange Tales from Make-do Studio*"(临时性书房中的故事),将"聊"字解读为"临时、暂且"。《聊斋志异》书名英译的难点在于"聊斋"之"聊"字兼具多重意涵,蒲松龄之孙蒲立德在《聊斋志异跋》中指出"聊斋,其斋名也",意指"聊斋"二字乃一整体,不可拆析;另有学者指出"聊"字除兼具依赖、依靠和姑且、暂且等二义之外,更应该结合了《荀子》用"聊"字有与君子成名之道的联系。①可见,"聊"不可作一义解,难以译成英文。对此,张心沧采用威妥玛-翟理斯拼音方式将《聊斋志异》译为"Liao-chai chih-i",如此规避了单一维度解析,保留了该词在汉语中的意义混杂性,这一译法被后人所汲用,如2008年美国Jain Publishing Company出版的由汉学家宋贤德翻译的《聊斋志异》前两卷,便将书名译为"*Strange Tales from Liaozhai*",直接采用汉语拼音"Liaozhai"以指称"聊斋"。

在所选翻译篇目上,张心沧亦援用忠实译法。比如《促织》,促织即蟋蟀的别称,翟理斯译为"The Fighting Cricket"(善斗的蟋蟀),添加了"善斗"这一定语,而张心沧则直译为"The Cricket"(蟋蟀)。再如《乐仲》,闵福德将之译为"Coral"(珊瑚),似因珊瑚与佛教间的密切联系,印度与西藏佛教徒视红色珊瑚是如来佛的化身,将珊瑚视为祭佛的吉祥物;抑或是张冠李戴,将《乐仲》错当了聊斋中的另一则故事《珊瑚》,无论如何,《乐仲》虽是一则佛教故事,但译为"珊瑚"终究有些曲绕,颇令人费解,反不如张心沧采用威妥玛-翟理斯拼音法译为"Yueh Chung"(乐仲)来得直白与了然。其他两篇,《窦氏》与《黄英》,张心沧亦是循此路数译为"The Tou Lass"与"Yellow Pride"。

---

① 杜贵晨:《齐鲁文化与明清小说》,齐鲁书社2008年版,第482页。

◇ 第二章 故国情怀：华裔汉学家的《聊斋志异》译介 ◇

其次，"忠实"还指对原文风格的如实传达。翟理斯在英译《聊斋志异》序言中曾指出，蒲松龄"文风纯真而优美"（purity and beauty of style），将"洗练的风格发挥到了极致"（terseness is pushed to its extreme limits），① 德国布罗克豪斯大百科全书称聊斋"文字简洁而优美"，日本大百科事典也曾指出"它的文字简洁、清新"②。张心沧的英译未改动原作的风格面貌，以忠实的译文传达了聊斋雅驯与洗练的文风。

《窦氏》篇中写南三复与窦女私会，"自此为始，瞰窦他出，即过缱绻"，其中"缱绻"一词表明蒲松龄对男女情感世界的探索只不过进一步肯定了其对于谨慎、中庸传统的尊重，他并未违悖中国传统思想——通常是有节制的欢乐而非不受限制的激情。③ 张心沧对此心有灵犀，将"缱绻"译为"spend his time with the girl"（与女子相处），符合原作内敛与雅致的文风；而《聊斋志异》类似的男女情事描写，闵福德之英译则过于直露与张扬，如将《莲香》中"女飘然忽至，遂相款昵"，直接译为"Suddenly there she was, and soon they were making love."④ 以"make love"来对译"款昵"，显然过于露骨与流俗，完全悖离原文风格。

除雅驯外，张心沧译文同样保持原著的洗练文风。《黄英》中交代马子才身世与爱菊之癖，"马子才，顺天人。世好菊，至才尤甚。闻有佳种必购之，千里不惮"。单三句话，异常简洁。而梅维恒与梅丹理的译文虽亦以三句话对译，但较为冗赘"Ma Zicai was a man of Shuntian prefecture whose family had been fond of chrysanthemums for generations. But Zicai was even more fond of them than his forerunners. When he learned of a rare variety he never failed to buy it: a

---

① Herbert A. Giles, *Strange Stories from a Chinese Studio*, London: De la Rue & Co., 1880, p. xxx.
② 王丽娜：《中国古典小说戏曲名著在国外》，学林出版社1988年版，第211页。
③ 夏志清：《中国古典小说》，江苏文艺出版社2008年版，第309页。
④ John Minford, *Strange Tales from a Chinese Studio*, London: Penguin Book Ltd, 2006, p. 214.

thousand-li trip did not deter him."① 相对而言，张心沧的译文借助于分词结构，仅以 30 个词构成的一个单句将原文呈示出："Ma Tzu-ts'ai came from a Peking family who had for generations cultivated chrysanthemums, he himself being completely addicted to them, often travelling hundreds of li to purchase the best varieties."② 与梅氏译文相比照，张心沧译文显然忠实传递了原作的洗练文风。

二 "超自然"与本事考

张心沧指出，《聊斋志异》是中国"超自然"（supernatural）文学的典范。中国的"超自然"文学三国时期已具雏形，然而唐之前的超自然小说，"叙事技巧严重不足。人物形象单薄，情节粗陈梗概而缺乏深入细致的描绘"，"至唐传奇丰满灵动，后经宋代的苍白摹仿，而于明代臻于完善。而蒲松龄的《聊斋志异》非但开启了新的长河，而且达及'超自然'小说的新高度"。③ 聊斋的"超自然"意涵，张心沧并未明细规约，但据其对聊斋的绍介，可寻绎出如下几点：首先，聊斋故事发生地点多为幻境或地府；其次，聊斋故事人物多为狐仙、鬼魂或精怪等超自然物；最后，聊斋故事情节往往是超自然与人世间叙事的交织。

以"超自然"来界定聊斋，比较恰当地归纳出聊斋中志怪与传奇两种小说类型的某些共性，这是张心沧的理论创新处；但其关于"超自然"文学的时段梳理及聊斋"超自然"性特色分析与鲁迅先生的观点基本是吻合的，显然是忠实推介了中国学者的聊斋研究成果。鲁迅先生在《中国小说史略》中亦曾指出，六朝之粗陈梗概，至唐代而一变，宋代文人之志怪，无独创可言，明代志怪群书，大

---

① Denis C. & Victor H. Mair, *Strange Tales from Make-do Studio*, Beijing: Foreign Languages Press, 1989, p. 378.
② H. C. Chang, *Chinese Literature 3: Tales of the Supernatural*, Edinburgh: Edinburgh University Press, 1983, p. 140.
③ Ibid., p. 13.

◈ 第二章 故国情怀：华裔汉学家的《聊斋志异》译介 ◈

抵简略，又多荒诞，诞而不情，而聊斋志异"描写委曲，叙次井然，用传奇法，而以志怪，变幻之状，如在目前；又或易调改弦，别叙畸人异行，出于幻域，顿入人间；偶叙琐闻，亦多简洁，故读者耳目，为之一新"。

除界认聊斋外，考证《促织》《窦氏》与《黄英》等聊斋故事本事是张心沧译介的又一特色。鲁迅先生在《中国小说史略》中曾指出，《聊斋志异》"亦颇有从唐传奇转化而出者"①，此即是说聊斋故事并非完全为蒲松龄独创，而是对前人作品的改写。改写传统题材是《聊斋志异》成书的重要途径，而探究本事亦成为聊斋研究的一大向度。

《促织》篇之本事，据朱一玄先生考证，至少有吕毖辑《明朝小史》卷六《宣德纪骏马易虫》、沈德符《万历野获编》卷二十四《斗物》、褚人获《坚》卷一《蟋蟀》、陈元龙《格致镜原》卷九十八《昆虫类三蟋蟀》。② 张心沧同样考证出《宣德纪骏马易虫》是《促织》的事实依据；而《窦氏》的本事，在朱一玄先生看来是宋代王明清所著《投辖录·玉条脱》，③ 而张心沧则认为其本事为唐传奇之《霍小玉传》，④ 理由在于后者亦是一始乱终弃而终遭受惩罚的故事，这无疑是对国内本事研究的有益补充；《黄英》本事国内学界似无发见，张心沧考证出其故事原型为《太平广记·花草精》中的三则故事《光华寺》《苏长远》《随选为》，⑤ 发前人之未发。

三 对聊斋的结构主义解读

张心沧在绍介聊斋故事时，运用结构主义的批评方法，寻绎出《聊斋志异》的潜隐结构："金榜题名、娇妻美妾、贵子贤孙、生

---

① 鲁迅：《中国小说史略》，上海古籍出版社1998年版，第147页。
② 朱一玄：《聊斋志异资料汇编》，南开大学出版社2012年版，第114—115页。
③ 同上书，第160—162页。
④ H. C. Chang, *Chinese Literature 3: Tales of the Supernatural*, Edinburgh: Edinburgh University Press, 1983, p. 129.
⑤ Ibid., p. 136.

活富足。"① 这一结构的彰显有助于我们对聊斋的进一步认知。

首先，《聊斋志异》在诸多评论家眼中缘何不是一流之作？②辜鸿铭在《中国人的精神》一书中指出，翟理斯的《聊斋志异》英译应当是中译英的典范。但是翟理斯眼力不高，"尽管《聊斋志异》是很优美的作品，并不是属于中国文学的一流之作"。③ 胡适认为《水浒》《西游记》《儒林外史》和《红楼梦》才是中国小说的四大杰作。④ 著名华裔汉学家夏志清在其所著《中国古典小说》一书中以一章的篇幅论述"中国古代短篇小说中的社会和个人"，但对《聊斋志异》只字不提，仅在第六章论述《儒林外史》时顺便捎及一句"几个杰出的清代作家和学者如蒲松龄（1640—1716）、袁枚（1716—1797）和纪昀（1724—1805），皆以那些为流行的世界观煽风点火的鬼怪的故事而著名"⑤。

如依张心沧寻绎的结构，《聊斋志异》难被评论家列入一流作品之列，源自其展现的境界只停留于冯友兰所谓的"功利"层面，不甚高远。依据人觉解的程度，冯友兰将人生分为四重境界：自然境界，功利境界，道德境界，天地境界。⑥ 而所谓"金榜题名、娇妻美妾、贵子贤孙、生活富足"对于蒲松龄而言，显然是功利的意义，他的人生境界，即是冯友兰所说的"功利境界"。蒲松龄是一个处于社会下层的小知识分子，虽屡试不第，但他始终没有放弃对金榜题名和荣华富贵的幻想，这种功利意识决定了他可能会放眼于自己的实际利益与世俗目标，而其视界的局限性折射入聊斋中，某

---

① H. C. Chang, *Chinese Literature 3: Tales of the Supernatural*, Edinburgh: Edinburgh University Press, 1983, p. 119.
② 此问题自然是仁者见仁，智者见智，如英国著名汉学家闵福德则以《红楼梦》与《聊斋志异》为中国白话与文言小说之最高峰。事实上，聊斋在海外广泛流播，其影响远超红楼，聊斋之经典地位毋庸置疑。
③ 辜鸿铭：《中国人的精神》，李晨曦译，上海三联书店 2010 年版，第 94 页。
④ 胡适：《胡适文存》卷 1，远东图书公司 1953 年版，第 37—40 页。
⑤ 夏志清：《中国古典小说》，江苏文艺出版社 2008 年版，第 197 页。
⑥ 刘梦溪主编：《中国现代学术经典·冯友兰卷》（下），河北教育出版社 1996 年版，第 528 页。

◈ 第二章 故国情怀：华裔汉学家的《聊斋志异》译介 ◈

种程度上使得聊斋无法达及思想与哲学上的高度。虽有诸如《成仙》《叶生》《道士》《续黄粱》之类描写功名利禄皆为虚幻的短篇，但故事叙述也并非完全超脱世俗欲求，如《成仙》中周生虽与成生归隐劳山，但对子嗣难以释怀，竟授以点金术；《叶生》中主人公亦是难以割舍对科举功名的追求，虽身死化为鬼，亦不舍不弃。但是聊斋故事中绝不乏道德境界，这一点历来评点者多有共识，比如早期为聊斋制序之高珩、唐梦赉，这些有声望的文人与官员为一部无名而存疑的手稿附加了权威的声音，赋予其纯正的血统和道德认同。① 至于涉及天地之境者，也不乏如《婴宁》《顾生》《寒月芙蕖》《双灯》等篇故事。故而张心沧的结构主义解读与发见，显然也具有很大的局限性。

其次，张心沧的结构主义解读，为我们理解聊斋中"一夫享二美"与"阳物崇拜"等叙事模式提供了管钥。

"娇妻美妾"：这是聊斋中的一个重复性叙事范型。《西湖主》《红玉》《莲香》《青梅》《萧七》《张鸿渐》《邢子仪》《凤仙》《大男》均是由正面叙述一妻一妾婚姻模式。再如《妾击贼》《章阿端》《封三娘》《阎王》《邵九娘》《吕无病》《段氏》则由反面描写正妻如何嫉妒偏室，倡导一妻一妾的婚姻家庭模式中妻妾需和睦，妻若悍妒必定会受到惩罚；甚至于《聂小倩》者开篇说宁采臣"生平无二色"，结尾却笔锋一转，说宁采臣"纳妾后，又各生一男"。

蒲松龄在《狐联》故事中借一副对联集中表达了对享有"娇妻美妾"的希冀，所谓"戌戌同体，腹中止欠一点；已巳连踪，足下何不双挑"。封建士大夫的一妻一妾婚姻模式，是蒲松龄这一穷书生极为艳羡的，但对其而言，在现实中总是无法实现，只得借小说聊以自慰。

---

① 美国著名聊斋研究专家蔡九迪教授对这一评论谱系有着详致爬梳，详见本书附录之《〈聊斋志异〉"异"之话语》。

"阳物崇拜"：聊斋中多处对男性阳物夸张渲染，《铁布衫法》中的沙回子得铁布衫大力法，以阳物验证其功力，"出其势即石上，以木椎力击之，无少损"。《伏狐》讲以阳物驱狐魅。某太史为狐所缠扰，后从医者处得春药"入与狐交，锐不可当。狐辟易，哀而求罢，不停，进益勇。狐展转营脱，苦不得去。移时无声，视之，现狐形而毙矣"。《巧娘》讲廉生初为天阉，后得狐所授黑丸而"觉脐下热气一缕直冲隐处，蠕蠕然似有物垂股际，自探之，身已伟男"。《单道士》说单道士"善房中术，能令下部吸烧酒，尽一器。公子尝面试之"。《天宫》中写到一婢排郭生私处曰："个男子容貌温雅，此物何不文也！"《五通》中说五通与妇人交，其阳物"伟岸甚不可堪"。

张心沧揭橥的"贵子贤孙"这一潜隐符码可以破译聊斋阳物崇拜的动因。所谓阳物崇拜，就是对男性繁殖能力的一种赞美和向往。阳物崇拜与子嗣后继是密切相关的，这显然与蒲松龄所受儒家思想影响有关，所谓"不孝有三，无后为大"。在聊斋中，蒲松龄将"阳物崇拜"推向极端，如《化男》中苏州木渎镇一民女被陨石击中，死而复生，竟变成男身。连动物也必是"伟男"，如《鹿衔草》"牡交群牝，千百必遍"。而《婴宁》这一则清纯美丽的故事，本有着《庄子》中与天地同流的境界，① 但结尾也要以巨蝎螫邻人子阴部，这无疑均是"阳物崇拜"所引致的败笔。

四 结语

有学者指出，张心沧等华裔学者出自类似的文化积淀、心理定式、观念模式、思维结构与知识范式，他们介绍的中国文学，基本形态没有发生多大变化，还保持着我们一贯把握熟习的那种原生态。"张心沧近乎毫无瑕疵的复述，只会更缺乏兴味"，② 这恐怕是一种主观臆断。事实上，张心沧的忠实译介在英语世界赢

---

① 《庄子·大宗师》尝有言："其为物无不将也，无不迎也，无不毁也，无不成也，其名为撄宁。撄宁者，撄而后成者也。"
② 张弘：《中国文学在英国》，花城出版社1992年版，第214页。

第二章 故国情怀：华裔汉学家的《聊斋志异》译介

得好评。美国著名汉学家高德耀（Robert Joe Cutter）在书评中指出，"令人欣喜的是，关于中国传统与现代文学的优秀著述不断涌现。从诸方面来看，张心沧的新作《中国文学——超自然故事》是一个著例"，"其信息丰富，充满趣味，对中国文学研究者、比较文学学者以及普通读者来说都是有用的一本书"。[①] 由此可见，华裔汉学家张心沧的聊斋译介是中国文学外传的一个成功范例。进一步观之，认为忠实译介缺乏兴味，汉学作品的可贵之处，恰恰在于"它们能给我带来新奇感或具有颠覆性的认知"，[②] 凡此之类的观点，站在借鉴他者的立场上而言是成立的，因为汉学的异质性才成为我们反观中国的参照，如张心沧在解读聊斋时对西方结构主义批评方法的援用，便为国内聊斋研究提供了新的方法论，辟出聊斋研究的一个重要向度。但若考量中国文化在海外的传播这一维度，汉学贴近甚至如张心沧忠实翻译中国文学，推介中国学者的观点与研究方法，确也扩大了中国文学与学术在海外的普及度与影响力。此也要求我们在评价汉学成果时必须要向"两边看"，不仅要考量其在方法论与研究视角方面对国内的启迪，还要关注其对推进中国学术、中国文化"走出去"的践行效果，而后者或是当下更为重要的一个维度。

[①] Robert Joe Cutter, "H. C. Chang, Chinese Literature 3: Tales of the Supernatural", *The International Fiction Review*, Vol. 12, No. 1, 1985, pp. 63–64.

[②] 刘东：《汉学不是中国文化的简单复制》，《人民日报》2014年4月10日。

第三章　中西互看：英美聊斋学中的问题域

　　海外汉学，从狭义而言，作为中国以外的学者研治古代中国的一门学问，与我们国内的学术研究有着共同的研究对象，但是在研究主体、研究方法、问题意识和价值立场等方面，由于汉学家与国内学者分处中西不同的文化之中，自然又会产生很大的差异。正因为海外汉学本身构成因素是十分复杂的，汉学家置身于西方文化，浸染于西学，又往往以中国文化某一特定领域为研究之地，而这一特定的中国文化领域，又与整个中国文化不可分离，这无疑天然地决定了从事海外汉学研究是一项更为艰难和复杂的研究工作，研究者既要懂外语，看得懂一手的外文资料，还要熟悉汉学家在研究中有意识抑或无意识间所融入的西学知识，汉学所生成的西方文化语境，还要了解汉学家所研究的中国文化这一特定领域，以及与这一特定领域相关联的中国文化整体，由此方可以更为有效地开展海外汉学的研究。

　　海外汉学研究的这些内在理路与特点，为开展多向度的学术对话提供了便利。中国学者开展海外汉学研究，比如我们关于英美聊斋学的研究，很自然地可以建构出一个对话的场域。而对话的有效开展，必须以某些问题域为切入点。问题域，一方面表现为汉学家在译介和研治《聊斋志异》时所无法规避的难点和痛点；另一方面也是国内在研究英美聊斋学时有所争议之处，或者长期以来国内聊斋研究中悬而未决的疑案，而以之为中介点，恰恰可以戳中汉学家

第三章 中西互看：英美聊斋学中的问题域

乃至国内学者之关节点，推动汉学与国学间的双向阐释，显然这可以更富有成效地开展中外学界间的交流。由此，也凸显出海外汉学研究独特的学术价值之所在。

第一节 《聊斋志异》百年英译中的问题域以及中国学者可能的介入路径

《聊斋志异》一书作为齐鲁文学，乃至中国文学与文化的杰出代表，一直以来受到海外汉学界的积极观瞩，是中国古典小说中被迻译为外文语种最多的一部。就英语语种而言，19 世纪 40 年代迄今，以来华传教士、外交官、华裔学者和本土汉学家为主体的海外学人构建出《聊斋志异》在西方译介的一个独特话语谱系。纵览其百年英译史，由于《聊斋志异》作为文言小说本身所具有的若干特质，致使汉学家在英译聊斋时不得不遭遇这样或那样的困域，这集中呈示为三个方面：第一，《聊斋志异》在流传史上书名的不统一，书名中"聊"字的多义性，由此而引致译名的多样化与相关意涵的遮蔽性；第二，《聊斋志异》中充满大量的情爱叙事，由此引发了迻译中相关"度"的难以掌控性；第三，《聊斋志异》中所用典故极为丰富且难以辨识，由此导致了翻译中的曲解、误译，甚至于不可传递性。

西方汉学家因置身于异质文化中，对上述问题域的不同处理与应对又往往折射出其独特的价值立场、问题意识与翻译心态。故而，对于汉学家的聊斋英译，我们一方面应抱以"同情之理解"，即考量汉学家所处的西方文化语境、学术背景以及汉学家个体在性别身份等方面的差异性，体察诸因素对其翻译中多元处理方式的相关影响；从另一方面而言，汉学家在译介中所遭遇的困域，也正是展开中外间有效对话的切入点，以此为契机与汉学家译者进行批判性对话，借以发出中国学者关于《聊斋志异》的不同声音，大可有效地推进中外学界间的互通、互识与互解。

一 《聊斋志异》小说书名的多样化与"聊"字的多义性

《聊斋志异》"走出去",首先需要相对固定的、得到海外读者广泛认同的译名,若译名过多而不够统一,往往容易混淆视听,不利于其"品牌"在海外的树立与影响力的累积,而《聊斋志异》英译中的第一个问题困域便在于其书名。

关于《聊斋志异》英译名,德国传教士汉学家郭实腊曾于1842年在《中国丛报》(*Chinese Repository*)上撰文,最早称之为"Liáu Chái I Chi, or Extraordinary Legends from Liáu Chái"。而美国传教士汉学家卫三畏于1842年出版的汉语学习教材《拾级大成》(*Easy Lessons in Chinese, or, Progressive Exercises to Facilitate the Study of That Language, Especially Adapted to the Canton Dialect*)中,以及1871年出版的《中国总论》(*The Middle Kingdom*)中均有"Stories from the Pastimes of the Study"的译法。而后英国来华外交官汉学家梅辉立关于《聊斋志异》的译介文章发表于1867年《中日释疑》(*Notes and Queries on China and Japan, 1867-1870*)杂志的第一卷第三期,题为"The Record of Marvels; or Tales of the Genii"。其后另一位英国外交官汉学家阿连璧于1873—1876年在《中国评论》(*The China Review, or Notes & Queries on the Far East*)第二卷至第四卷上相继发表十八篇聊斋译文,将《聊斋志异》译作:"Liao Chai Chih Yi"。英国汉学家翟理斯于1880年推出英语世界首部聊斋节译本,题为"*Strange Stories from a Chinese Studio*"。法国汉学家乔治·苏利耶·德莫朗于1913年出版英文节译本"*Strange Stories from the Lodge of Leisures*"。澳大利亚华裔汉学家邝如丝于1946年出版的聊斋节译本,题为"*Chinese Ghost and Love Stories*"。而英国华裔汉学家张心沧于1983年出版《中国文学:超自然故事》(*Tales of the Supernatural*)中,将《聊斋志异》译为"Liao-chai chih-i"。而1989年美国汉学家梅丹理与梅维恒的节译本将之译作"*Strange Tales from Make-do Studio*"。另一位英国汉学家闵福德于2006年所

第三章　中西互看：英美聊斋学中的问题域

出版之节译本，承袭翟理斯对"聊斋"的译法，将之译为"*Strange Tales from a Chinese Studio*"。2008 年美国 Jain Publishing Company 出版的由汉学家宋贤德翻译的《聊斋志异》前两卷，便将书名译为"*Strange Tales from Liaozhai*"，直接采用汉语拼音"Liaozhai"以指称"聊斋"。

通过以上对英语世界《聊斋志异》翻译史的历时梳理，可以发现汉学家译者对《聊斋志异》英译名的处理存在如下几种情况。

第一，采用音译的方式，此又可分为两种情况，将之拉丁化或者汉语拼音化。最早如郭实腊将之译为"Liáu Chái I Chi, or Extraordinary Legends from Liáu Chái"，即《聊斋异志，或曰来自聊斋的神奇传说》，这里显然是将"志异"颠倒为"异志"，在中国文学史上确也有以《异志》称《聊斋志异》者，如清代王培荀在《乡园忆旧录》中曾言"吾淄蒲柳泉《聊斋志异》未尽脱稿时，渔洋每阅一篇寄还，按名再索。……《异志》有渔洋顶批、旁批、总批"。① 而后阿连璧与张心沧同样以拉丁化的方式，分别将之译为"*Liao Chai Chih Yi*"与"*Liao-chai chih-i*"，即《聊斋志异》，值得一提的是，中国译者杨宪益与戴乃迭夫妇于 20 世纪 80 年代合译《聊斋故事选》，亦是以拉丁化方式将之译作"*Tales from Liao-Chai*"。最后，采用现代汉语拼音的方式，如宋贤德"*Strange Tales from Liaozhai*"，以汉语拼音"Liaozhai"以指称"聊斋"。宋贤德《聊斋志异》译本出版之前，美国另一位汉学家蔡九迪在 1993 年所出版的英语世界第一部聊斋专著中已经直接以"Liaozhai"这一汉语拼音方式对译"聊斋"。② 可以说，将"聊斋"拉丁化或汉语拼音化基本保留了其发音，同时规避了对"聊"字多重意涵的处理。

第二，将《聊斋志异》译为《志异》或《鬼狐传》。《聊斋志异》，除这一通用名外，尚有其他别称。蒲松龄之子蒲箬也曾以

---

① 朱一玄：《聊斋志异资料汇编》，南开大学出版社 2012 年版，第 291 页。
② Judith Zeitlin, *Historian of the Strange：Pu Songling and the Chinese Classical Tale*, Stanford：Stanford University Press, 1993, p.1.

《志异》称《聊斋志异》，如其于《清故显考岁进士候选儒学训导柳泉公行述》一文中所言"如《志异》八卷，渔搜闻见，抒写襟怀，积数年而成"。① 清张元亦在其《柳泉蒲先生墓表》中指出蒲松龄"蕴结为尽，则又搜择奇怪，著有《志异》一书"。② 蒲松龄本人也曾以《志异》来指称《聊斋志异》，如在其诗《次韵答王司寇阮亭先生见赠》中言道："《志异》书成共笑之，布袍萧索鬓如丝。十年颇得黄州意，冷雨寒灯夜话时。"故而一些对《聊斋志异》有所深究的汉学家不提"聊斋"二字，单译"志异"，如梅辉立之"The Record of Marvels; or Tales of the Genii"，即《志异；或鬼怪故事》。再者，《聊斋志异》，除称《志异》外，又曾名《鬼狐传》，据赵起杲聊斋青柯亭本例言，"是编初稿名《鬼狐传》。后先生入棘闱，狐鬼群集，挥之不去。以意揣之，盖耻禹鼎之曲传，惧轩辕之毕照也。归乃增益他条，名之曰《志异》"。③ 可见，《聊斋志异》初稿时，多记述鬼狐故事，名为《鬼狐传》，后加以增益而条目愈夥，称为《志异》。而邝如丝为《聊斋志异》少有的女性译家，其节译本总40篇，多择取书生与鬼狐之爱情故事，故名之曰"Chinese Ghost and Love Stories"，即《中国鬼怪爱情故事》，亦不可谓之不妥。

但并非所有的英译者均如此规避对"聊"字的处理，诸多汉学家尝试对"聊斋"甚至重点对"聊"字加以迻译，此大致有如下几种情形：首先，将"聊"字译为"消遣、休闲、空余"，如卫三畏之"Stories from the Pastimes of the Study"，德莫朗之"Strange Stories from the Lodge of Leisures"。其次，将"聊"译作"姑且、暂且"，如梅丹理与梅维恒之"Strange Tales from Make-do Studio"。再就是置换为"中国的"，如翟理斯之"Strange Stories from a Chinese Studio"，闵福德之"Strange Tales from a Chinese Studio"将"聊"

---

① 朱一玄：《聊斋志异资料汇编》，南开大学出版社2012年版，第283页。
② 同上书，第285页。
③ 同上书，第313页。

◇ 第三章 中西互看：英美聊斋学中的问题域 ◇

译作"中国的"。最后，据宋贤德、闵福德发见，"聊斋"尚有其他译法，宋贤德指出，"聊斋"作为书斋名尚有如"Studio of chit-chat""studio of idleness"等译法，① 可见"聊"字也可译为"聊天""闲散"，而闵福德则认为"聊斋"之"聊"字"本质上是不可译的"（virtually untranslatable），意指"乃琐屑之事，是一时之兴，却又蕴含哀伤"（a trifle, a passing whim charged with poignant meaning），包含"一时的兴致"（a passing enthusiasm or whim）、"昙花一现"（something ephemeral）、"无助或失意的孤独感"（a desolate feeling of helplessness or inadequacy）等不同而又相互关联的丰富意涵。②

综上，《聊斋志异》英译名的不统一，其困域首先在于该小说在流传史上本身便有诸多名称，如《鬼狐传》《志异》《异志》《聊斋》等，另外则缘于"聊斋"之"聊"字兼具多重意涵。蒲松龄之孙蒲立德在《聊斋志异跋》中指出"聊斋，其斋名也"③，意指"聊斋"二字乃一整体，不可拆析；另有中国当代聊斋研究学者指出"聊"字除兼具依赖、依靠和姑且、暂且等二义之外，应该结合《荀子》用"聊"字有与君子成名之道的联系，寄希望于"志异"使自己为世人所知，凭借"立言"而不朽，故"聊"字又有"以'志异'为'聊（赖）'成名方面的意义"。④ 可见，不论汉学家抑或中国学者均认为"聊"字不可作一义解，实难以译成英文。

基于以上两个原因，《聊斋志异》至今没有统一的英译名，这显然容易混淆海外受众视听，而且也容易模糊掉其在海外的真实存在。如《聊斋志异》除上述译文与译本外，海外中国故事集不乏迻译收录聊斋故事者，如由美国儿童文学作家弗朗西丝·卡朋

---

① Sidney L. Sondergard, *Strange Tales from Liaozhai*, Fremount: Jain Publishing Company, 2008, p. xii.
② John Minford, *Strange Tales from a Chinese Studio*, London: Penguin Books Ltd, 2006, pp. xix – xx.
③ 朱一玄：《聊斋志异资料汇编》，南开大学出版社 2012 年版，第 476 页。
④ 杜贵晨：《齐鲁文化与明清小说》，齐鲁书社 2008 年版，第 482 页。

特（Frances Carpenter）所著之《听中国外婆讲故事》（*Tales of a Chinese Grandmother: 30 Traditional Tales from China*）一书，便收录了《聊斋·种梨》故事，译作"The Wonderful Pear Tree"（《神奇的梨树》）。该书在海外多次重印，但读者并不知悉《神奇的梨树》出自《聊斋志异》，即只知其"故事"而不知其"本名"与"本源"。

可以说，译名的多样化以及上述这一"名实不相符"的尴尬状况，显然无助于营造蒲松龄与《聊斋志异》这一中国古典小说名著在海外应有的知名度。而综合考虑汉学家《聊斋志异》英译名，蔡九迪与宋贤德的译法最值得提倡，即"Strange Tales from Liaozhai"。这一译法之所以最为可行，在于它首先规避了对"聊"字的单一维度解析，保留该字在汉语中的意涵丰富性，也自然弥合了中文名与英文名之间的差异，可以说是一种理雅各（James Legge）在处理某些中国概念时所谓的"最佳方式"，即"将之移入译文中，而非极力引入英文对等词"（The best way of dealing with it in translating is to transfer it to the version, instead of trying to introducing an English equivalent for it）。[1] 更为重要的是，"Strange Tales from Liaozhai"这一译法用现代汉语拼音替代了汉字拉丁化，将中国话语注入《聊斋志异》英译名，某种程度上也显示了汉学家对西方中心主义的否定，体现了其对中国文化的认同和融通中西的价值取向。

二 对《聊斋志异》中情爱叙事的处理与"度"的失衡

就《聊斋志异》故事而言，其中的情色描写，亦是让汉学家颇感为难的一点。冯镇峦曾言，《聊斋志异》"通人爱之，俗人亦爱之，竟传矣"，《聊斋志异》之所以风行天下，除却其语言优美，情节曲折、蕴含强烈的道德教化与社会批判意识外，其中的情爱叙

---

[1] James Kegge, *The Sacred Books of China, the Text of Taoism*, New York: Dover Publications, Inc., 1962, p. 15.

第三章 中西互看：英美聊斋学中的问题域

事也是吸引读者的重要一点，如著超在《古今小说评林》中所言"聊斋、《红楼梦》等琐及儿女事，好之者颇众"①。而对其中"儿女事"的处理，也是很让汉学家感到棘手的一个问题，纵观百年聊斋英译史，存在三种颇具特色的倾向，即纯洁化、凸显化与女性化。

翟理斯的《聊斋志异》节译本由伦敦德拉律有限公司在1880年出版，全书共选译164篇，其中不乏书生与鬼狐间的爱情故事，但翟理斯出于纯洁化之考量对原作中的情爱描写进行了大量改写与剔除，不妨观几个实例。

《聊斋·莲香》讲述了狐仙莲香和鬼女李氏与书生桑子明之间的三角恋情，不乏男女欢好之语，如写莲香与桑生"息烛登床，绸缪甚至。自此三五宿辄一至"。但是在翟理斯的英译中，这些都被有意抹掉了："Asking her whence she came, she replied that her name was Lien-hsiang, and that she lived not very far off, adding that she had long been anxious to make his acquaintance. After that she used to drop in every now and again for a chat."（翟译文回译，即问其何所来，自道名莲香，所住不远，久仰桑生大名。自此常来闲聊。）② 而原文写李女与桑生欢好之"既而罗襦衿解，俨然处子。女曰：'妾为情缘，葳蕤之质，一朝失守。不嫌鄙陋，愿常侍枕席。房中得无有人否？'"也被翟理斯连删带改地译为："She then remarked that she intended to visit him pretty frequently, and hoped it would not inconvenience him."（翟译文回译，即但见女言道，愿常来拜访，望此不致令桑生不便。）③ 如此，原文两场男女情人间的欢爱场景，在翟理斯笔下蜕变为异性朋友间的普通往来。

至于《婴宁》篇中，西邻子好色而阴部遭蝎蜇也被翟理斯进行

---

① 转引自朱一玄《聊斋志异资料汇编》，南开大学出版社2012年版，第508页。
② Herbert A. Giles, *Strange Stories from a Chinese Studio*, Vol. 1, London: Thos. De la Rue & Co., 1880, p. 177.
③ Ibid., p. 170.

了洁化处理。原文为"西邻子谓示约处,大悦,及昏而往,女果在焉。就而淫之,则阴如锥刺,痛彻于心,大号而踣。细视非女,则一枯木卧墙边。所接乃木淋窍也。邻父闻声,急奔研问,呻而不言。妻来,始以实告。爇火烛窍,见中有巨蝎,如小蟹然"。翟理斯译为:"So he presented himself at nightfall at the same place, and sure enough Ying-ning was there. Seizing her hand, to tell his passion, he found that he was grasping only a log of wood which stood against the wall; and the next thing he knew was that a scorpion had stung him violently on the finger."(翟译文回译,即夜间来至相约之所,见婴宁正候于此。扯其手,正待诉其衷肠,却见所抓之物乃墙边一木;忽觉手指为蝎所刺,大痛。)①

石庵曾言"补堂谓聊斋中文章,最妙者当惟《青凤》、《连琐》、《婴宁》、《莲香》诸篇,陆离光怪,香艳秀丽,兼而有之,真绝代之文章也"②。纪昀评聊斋"燕昵之词,媟狎之态,细微曲折,摹绘如生",谢鸿申在《答周同甫书》中也尝言"来示国色天香汇聚于聊斋、《红楼》"③。解弢在《小说话》中又言道"然二者相较,《红楼》尚不及聊斋色相之夥"。④ 而翟理斯的英译则是尽可能地剔除其中的"色相",如此删节与改写,行文虽也流畅,但原文中的"燕昵之词,媟狎之态"却荡然无存了。

翟理斯生活在英国的维多利亚时代,总体来看这是一个性行为与性文化处于被压抑状态的时代,女性的性道德受到严厉规约,男女间的身体接触与享乐被视为不洁的行为。翟理斯的英译自然难以脱离当时意识形态的影响,出于性道德洁癖,翟氏对《聊斋志异》中涉及青年男女私情幽媾之事剔除得一干二净,这种"阉割"与

---

① Herbert A. Giles, *Strange Stories from a Chinese Studio*, Vol. I, London: Thos. De la Rue & Co., 1880, p. 121.
② 朱一玄:《聊斋志异资料汇编》,南开大学出版社2012年版,第511页。
③ 同上书,第499页。
④ 同上书,第516页。

◈ 第三章 中西互看：英美聊斋学中的问题域 ◈

"净化"显然与中国学者对《聊斋志异》的认知颇有出入。这一点，也引起了另一位英国汉学家闵福德的侧目与反思，"翟理斯将聊斋中通常香艳无比的男女幽会简化成了可贵的、柏拉图式的精神之恋"，[1] 而闵福德在其聊斋节译本中则尽量还原其中的爱欲书写，但却不自觉地又滑向了另一个极端。

闵福德于 2006 年付梓刊行的《聊斋志异》译本是继 19 世纪末翟理斯英译本之后又一规模颇具的聊斋译本，选译 104 篇聊斋故事，其中 73 篇是此前翟译本所未曾迻译的。闵福德译本相较于翟理斯译本，其最为鲜明的特色即对《聊斋志异》爱欲书写的还原，甚至是着意凸显。西方汉学家发现，"在很多聊斋故事里，欲望的指标——通常是他界的女子——推动情节"，[2] 美丽诱人的狐仙、精怪、女鬼、女神主动地投怀送抱，追求意中人。比如《画壁》一篇，江西孟龙潭之友朱孝廉飞升至画壁中，随后"女回首，摇手中花遥遥作招状，乃趋入。舍内寂无人，遽拥之亦不甚拒，遂与狎好"。

翟理斯译文将"遽拥之亦不甚拒，遂与狎好"置换为"Then they fell on their knees and worshipped heaven and earth together, and rose up as man and wife"（翟译文回译，即继而，二人双双跪倒拜天地，自此结为夫妇）。

为了证实原文即是如此行文，翟理斯特意为"拜天地"添加了一条注释："The all-important item of a Chinese marriage ceremony; amounting, in fact, to calling God to witness the contract"，汉语意思即中国婚礼最为重要的一条，等同于西方由上帝见证婚约。[3]

---

[1] John Minford, Tong Man, "Whose Strange Stories? P'u Sung-ling (1640–1715), Herbert Giles (1845–1935), and the Liao-chai Chih-i", *East Asian History*, Numbers 17/18, June/December, 1999, p. 12.

[2] 孙康宜、[美] 宇文所安：《剑桥中国文学史》下卷，刘倩等译，生活·读书·新知三联书店 2013 版，第 265 页。

[3] Herbert A. Giles, *Strange Stories from a Chinese Studio*, Vol. I, London: Thos. De la Rue & Co., 1880, p. 10.

85

而原文绝非翟理斯所叙，朱孝廉在佛殿目见精妙的天女散花壁画，神摇意夺，恍然凝想，不觉身入图画之中。画中一垂髫天女拈花作招状，朱因得与之有肌肤之亲。相较而言，闵福德的译文"So he followed her into the pavilion, where they found themselves alone, and where with no delay he embraced her and, finding her to be far from unreceptive, proceeded to make love to her"，① 相对忠实地以"embraced"（搂抱）、"far from unreceptive"（迎合）、"make love"（做爱）等爱欲词汇传递出《画壁》中的情爱叙事。

不同于先前翟理斯译本对聊斋中情色描写的有意规避，闵福德的译文相对忠实地乃至是特意凸显聊斋的爱欲书写。闵福德指出，"对蒲松龄而言，性不过是其集中、丰富而多维度地考察人之行为的一个场域。有趣的是，性可以揭示人的本性"②。

在此种认知下，《聊斋志异》中曾被翟理斯有意规避的性描写在闵译本中大加展现，而翟理斯绝不愿问津的爱欲叙事，比如《犬奸》《黄九郎》《伏狐》《铁布衫法》《五通》，无不一一进入了闵福德的视线之中。

《聊斋志异》中大部分故事可谓义归正直，辞取雅驯，虽存在香艳的情色味道，但其最终诉求还是落于道德教化之上。历代中国聊斋评论者不乏对其教化意图的肯定，如早期的唐梦赉认为"其论断大义，皆本于赏善罚淫与安义命之旨"③。冯镇峦言其"如名儒讲学，如老僧谈禅，如乡曲长者读诵劝世文，观之实有益于身心"④。民国时期刘东侯在《聊斋志异仁人传序》中说："鄙则以为柳泉之志，实在提倡道德……钱塘王逖先称其'随时寓劝赏，因端严谴诛，君看十万言，实与良史俱'可谓知柳泉之志矣。"⑤ 比如，

---

① John Minford, *Strange Tales from a Chinese Studio*, London: Penguin Books Ltd, 2006, p. 24.
② Ibid., p. xxi.
③ 朱一玄：《聊斋志异资料汇编》，南开大学出版社2012年版，第474页。
④ 同上书，第481页。
⑤ 同上书，第519页。

◈ 第三章 中西互看：英美聊斋学中的问题域 ◈

《狐惩淫》由两则故事构成。第一则讲述了狐妖惩罚一个行为不检点，在家中放置春药的书生，其妻因误食而险些失节丧命。第二则述某书生蓄津藤伪器，被其妻误以为食材，与菱藕并出供客，自取其辱。由原文标题"惩淫"二字可见是劝人戒淫，而闵福德将两则故事拆开分译为第 88 则故事 "Lust Punished by Foxes" 与第 104 则故事 "Stir-fry" 两篇各自独立的译文，展览第二则故事中的香艳与色情，全然不顾原文道德教化之命意。

闵译本对《聊斋志异》中爱欲书写的刻意彰显与露骨表述无疑是受制于西方消费文化语境中的大众阅读趣味。因为"性欲是消费社会的'头等大事'，它从多个方面不可思议地决定着大众传播的整个意义领域。一切给人看和给人听的东西，都公然地谱上性的颤音。一切给人消费的东西都染上了性暴露癖"①。在市场法则和商业逻辑的支配下，消费主义话语成为大众传播过程中的具有支配性的权力话语，而如何吸引受众眼球，制造卖点，以刺激消费欲望，成为闵福德在迻译《聊斋志异》时无法规避的选择。

《中国鬼怪爱情故事集》是澳籍华裔汉学家邝如丝向西方世界介绍中国古典文学的一部力作，该书为中国文言小说《聊斋志异》的节译本，共迻译了 40 篇聊斋故事。这是继翟理斯之后、闵福德之前英语世界出现的又一个标志性聊斋节译本。而由于译者邝如丝作为女性的独特身份，使其译本呈示出不同于其他聊斋英译本的"女性化处理"方式。

如前文所举《画壁》中描写朱孝廉与仙女欢好之句："女回首，摇手中花遥遥作招状，乃趋之。舍内寂无人，遽拥之亦不甚拒，遂与狎好。"邝如丝将之译作："But the girl turned her head and with a flower in her hand seemed to beckon him on. Swiftly, he stepped into the room. They were alone. At once he embraced her and she not re-

---

① ［法］博德里亚：《消费社会》，刘成富、全志钢译，南京大学出版社 2000 年版，第 159 页。

87

sisting, their hearts leapt to ecstasy."①

　　所前文所指出，翟理斯置身于19世纪英国维多利亚时代的婚姻与性道德观中，认为女子任何的婚前性行为均是不道德的，这显然是男权社会对女性的一种规约。翟理斯在面对原文中"遽拥之亦不甚拒，遂与狎好"的描写时，也不得不妥协，将之置换为"他（她）们跪下来拜了天地，从此结成了夫妇"。对这一点闵福德也表示了诧异，认为这是翟理斯对聊斋严重的误读，故而其对该段文字的英译便是刻意彰显爱欲书写的意味，使用"to make love to her"这样的表述，用词颇为露骨，介词"to"而非"with"引出动作的承接者，也展现了男性所主导的对女性身体的占有欲。

　　相对翟理斯与闵福德两位男性译者，邝如丝的译文对于原文"遽拥之亦不甚拒，遂与狎好"（At once he embraced her and she not resisting, their hearts leapt to ecstasy）的处理，既非翟理斯道德洁癖式地剔除原文所有的感官体验，复非闵福德式地极力渲染男性感官享受。前半句"At once he embraced her and she not resisting"与闵福德译文出入不大；真正体现其女性译者主体意识的在后半句"their hearts leapt to ecstasy"，即"他（她）们的心顿然跃入狂喜之中"。在此，邝如丝所欲展现的是朱孝廉与仙女彼此在爱慕与尊重的相遇中，身心融合后的两情相悦，显然融入了女性的参与与体验，而非翟理斯和闵福德以男子为中心的对女性一味规约或占有。这里尚需指出的是，邝如丝的翻译与蒲松龄的原文亦存在出入，"遂与狎好"，"狎好"，其他诸如"狎昵"，均为蒲松龄在描写书生与异性亲昵、苟合的常用语，显然是将女性视为男性欲望化的对象，透露着中国传统男性作者对女性的玩弄与不尊重，此似乎也是作为女性译者的邝如丝对原文进行"女性化处理"（womanhandling）的缘由，由此彰显了其对文本的操纵痕迹，既彰显女性的感官体验又不过度展览情欲的满足，

---

① Rose Quong, *Chinese Ghost and Love Stories*, New York: Pantheon Books Inc, 1946, p. 306.

◇ 第三章 中西互看：英美聊斋学中的问题域 ◇

"借翻译的领地，构建了女性话语的堡垒，一个开放的但又能自卫的堡垒"①。但问题却在于冲淡了《聊斋志异·画壁》中的男性视角，将之转化为一个女性主义的文本。

俞樾在《春在堂随笔》中说"聊斋藻缋，不失为古艳，后之继聊斋而作者，则俗艳而已。甚或庸恶不堪入目，犹自诩为步武聊斋，何留仙之不幸也"②。若悖离原文古艳之风，一味去渲染与展览，终究会流于俗艳，乃至不堪入目。可见，如何既忠实呈现男性作家视角下的情爱叙事，又非故意暴露与展览，这一对"度"的把握是值得英译者细加斟酌的。

三 《聊斋志异》英译中典故的难以辨识与不可传递性

聊斋英译中的另一个难点，便是大量存在的典故。梅辉立在评及《聊斋志异》文风时曾将之相较于英国学者罗伯特·伯顿（Robert Burton）的《忧郁的解剖》（*The Anatomy of Melancholy*），认为"蒲松龄的文风凝练而纯真，颇有古代史家之风。依此文体，他假以广博的学识与信手拈来的实例，而这些又来自深奥难解的文献，皆为其好古的国人所推崇。以《忧郁的解剖》的风格来撰写的精灵故事在英国不太受欢迎"③。《忧郁的解剖》出版于1621年，是探寻忧郁成因与疗救的一部奇书。在写法上，大肆征引西方历代文献资料，在运用典故与引语这一点上与《聊斋志异》有着某种程度的相似性。清冯镇峦尝言，"聊斋于粗服乱头中，略入一二古句，略装一二古字，如《史记》诸传中偶引古谚时语，及秦、汉以前古书"④，王之春也说"聊斋善于用典，真如盐著水中也。读其四六，可以见无一字无来历"⑤。大量用典的确是《聊斋志异》的一大特点，但亦是翻译的一大

---

① 谢天振：《当代国外翻译理论》，南开大学出版社2008年版，第387页。
② 朱一玄：《聊斋志异资料汇编》，南开大学出版社2012年版，第505页。
③ William Frederick Mayers, "The Record of Marvels; or Tales of the Genii", *Notes and Queries: On China and Japan*, Vol. 1, No. 3, 1867, p. 25.
④ 朱一玄：《聊斋志异资料汇编》，南开大学出版社2012年版，第486页。
⑤ 同上书，第506页。

难点。翟理斯尝言，有时故事颇为直白与流畅，但读者旋即便陷入深奥的文本中，各类典故涉含过去三千年来的诗歌与历史，其意义颇为费解，不得不勤恳细研相关注解与查阅大量其他作品。① 阿连壁也曾提及聊斋"每一页上不可胜数的典故"，② 给译者带来很大麻烦。在上述《聊斋志异》译介者的眼中，典故是其翻译中的又一个拦路虎。

考察西方译家对《聊斋志异》中典故的处理方式，无疑可为《聊斋志异》外传提供些许参考。典故，作为诗文中引用的古代故事和有来历出处的词语，往往在字面形式的背后有着丰富的意涵，在如何处理形式与意涵问题上，《聊斋志异》译文比较典型的有三种方式。兹以《聊斋·狐嫁女》"席地枕石，卧看牛女"一句中"牛女"的翻译为例加以说明。

对于该句中"牛女"这一典故，阿连璧采用"去形传意"的翻译方式，译为："He then lay down, and amused himself by counting the stars, as a means of sending himself to sleep"③。

在此，阿连璧对"牛女"只字未提，而是传达出原文文字所欲传达的意涵，"其卧下，数着天上星斗解闷，以此打发自己入睡"。如此译法确也保证了英文读者阅读的流畅，但"牛女"这一中国文化典故也随之流失了。

翟理斯译文采用"存形加注"的译法："He spread his mat upon the floor, put a stone under his head for a pillow, and lay down to sleep. He had watched the Cow-herd and the Lady"④。

翟理斯将"牛女"直译为"the Cow-herd and the Lady"进而在文后添加了一条注释：The Chinese names for two stars：Aquila and

---

① Herbert A. Giles, *Strange Stories from a Chinese Studio*, Vol. I, London：Thos. De la Rue & Co., 1880, p. xxxi.

② Clement Francis Romilly Allen, "Introduction, Tales from the Liao Chai Chih Yi", *The China Review, or Notes & Queries on the Far East*, Vol. II, No. 6, 1874, p. 364.

③ Ibid., p. 367.

④ Herbert A. Giles, *Strange Stories from a Chinese Studio*, Vol. I, London：Thos. De la Rue & Co., 1880, p. 27.

◈ 第三章 中西互看：英美聊斋学中的问题域 ◈

Lyra（天鹰座与天琴座的中国称谓）。翟译保留了中国文化内涵，但造成了阅读的中断。

上述早期西方译家对《聊斋志异》中典故的理性思考与翻译处理无疑启发了后来的译者，比如闵福德在翻译时便采用了更为自然流畅的"留形添释"的方式："Spreading his mat, and choosing a stone for a pillow, he lay there gazing up at the constellations of the Cowherd and the Spinning Maid in the night sky"。[①]

在此，闵福德将"牛女"翻译为"the constellations of the Cowherd and the Spinning Maid"（作为星座的牛郎与织女），闵译既保留了中国文化意象的同时也在句中点明了此二者为星座，在形式与意涵两方面兼顾，较之阿连璧与翟理斯译法当属聊斋典故更为合理与周全的翻译策略。

聊斋以文言文写就，其中大量用典，这源于作者蒲松龄是一位博学之士。他饱读诗书，常年在西铺毕际友家坐馆，得阅毕家大量的私人藏书，由此也在其《聊斋志异》中如盐化水，融入大量文化典故。[②] 上述所举之"牛女"一例，实属其中较为简易者，虽在处理方式上时显不足，但汉学家尚可应付。至于稍有些难度者，则难免会捉襟见肘。

《凤仙》故事中书生刘赤水娶到了狐仙三姐妹中最为貌美的凤仙姑娘，蒲松龄借故事中人物丁郎之口加以评论，说此乃"但南阳三葛，君得其龙"。梅丹理与梅维恒将此句直译为"After all, of The three Zhuges of Nanyang, you got the dragon"[③]，这样直译显然是

---

① John Minford, *Strange Tales from a Chinese Studio*, London: Penguin Books Ltd, 2006, p. 71.

② 袁世硕先生曾指出，毕际有是位自命风雅的人，颇喜欢读书。蒲松龄曾说他："志阅尽世间书"，"书欲买不论金"（《哭毕刺史》）。蒲松龄还在《贺新凉·读宣四兄见和之作》词中，对住在石隐园中协助主人编订毕自严的《石隐园集》的袁藩说："书充栋，凭君剪."可见毕家藏书甚丰富。蒲松龄在这里自然是读到了以往没有读到过的书籍。参见袁世硕《蒲松龄事迹著述新考》，齐鲁书社1988年版，第154页。

③ Denis C. & Victor H. Mair, *Strange Tales from Make-do Studio*, Beijing: Foreign Languages Press, 1989, p. 314.

不合宜的。

　　由表层意观之，南阳三葛，即三国时期诸葛三兄弟。据刘义庆《世说新语·品藻》："诸葛瑾弟亮及从弟诞，并有盛名，各在一国。于时以为蜀得其龙，吴得其虎，魏得其狗。"就才能而论，仕蜀的诸葛亮与分别仕吴、魏的两个兄弟相比，诸葛亮是龙，而他们则是虎与狗。"龙"比喻杰出者，故而蒲松龄在此实际上是意指"皮氏三姐妹，你（刘赤水）娶到的是其中最美的女子"。而梅丹理与梅维恒在翻译原文相应注释时，虽将原语中"南阳三葛"这一典故信息照字面加以译出，① 但并未将其文化意涵传递给译入语读者，而且未能解释清楚"龙"的隐喻义，将"龙"对译为西方文化中的"dragon"，非但未能准确传达出"南阳三葛"中"龙"所表征"最美之女子"之意，反而徒令译入语读者因"dragon"所含负面信息而导致误读，因为在西方文化中"dragon"是面目狰狞的怪兽，常意味着"凶狠邪恶"，若用以指代女性，则类似于汉语中所谓的"母老虎、母夜叉"。很显然，这一严重的误译出于译者对其中"南阳三葛"这一典故的不甚了了。

　　闵福德的英译应是上乘之作，但在典故方面也出现了失误，比如《五羖大夫》讲河津畅体元梦中被人称为"五羖大夫"，以为此为吉兆。后来遭遇流寇，寒冬腊月被剥光衣服，幸赖五张羊皮保命。本篇显然戏仿春秋时期著名的政治家百里奚，其曾沦为奴隶，被秦穆公以五张羊皮赎回，所以被人称为"五羖大夫"。正确的译法应为"Lord of the Five Black Sheepskins"，而非闵福德所译的"Doctor Five Hides"（五羖医生）。② 闵福德显然是不曾知晓这一典故，从而误读了"五羖大夫"。

――――――――

　　① 梅氏兄弟的聊斋英译本据笔者观来，是在中国学者王起等先生所选注之《聊斋志异选》为底本基础上翻译完成的，相关注释亦均为该中文底本中所加以标示者，并非译者自注。详见前文笔者对梅氏兄弟英译本的详论。

　　② John Minford, *Strange Tales from a Chinese Studio*, London: Penguin Books Ltd, 2006, p. 296.

◇ 第三章 中西互看：英美聊斋学中的问题域 ◇

再如《董生》篇讲董生见榻上卧有狐女，狂喜，戏探下体，则毛尾修然。大惧，欲遁。女笑曰："何所见而畏我？"董曰："我不畏首而畏尾。"此乃对《左传·文公十七年》中"畏首畏尾，身其余几"一句的戏仿；事实上，《聊斋志异》早期的评点者，如吕湛恩、何守奇、但明伦等均曾指出《董生》篇中蒲松龄对《左传》的揶揄。但是新近的聊斋全英译本译者宋贤德却将之译为：Dong answered, "I don't fear your hand—it's your tail that scares me.",① 将"首"误译为"手"（hand），如此，其中的幽默味道丧失殆尽。需要指出的是，即便是译为"face"（首），对于不了解《左传》的现代中文读者而言，也很难以达成戏仿效果，遑论英语读者？对这些难点，似乎应不得不添加注释，便于读者了解相关典故的历史背景与意涵。

而事实上，中国聊斋研究者对于其中引用的古书中的故事或有出处的词句，也是颇为费解的，清代孙锡嘏在《读聊斋志异后跋》中写道："书中之典故文法，犹未能以尽识也。"② 清代学人对《聊斋志异》中的典故尚且不能尽识，对汉学家译者而言其难度也是可想而知的。③ 但作为翻译者而言，若不通其中典故，必然会影响到对中国传统文化的传播，甚至会造成对原文内容的严重歪曲。这反过来也亟须中国学者对《聊斋志异》中的典故文法加以注解，为聊斋外译提供更为精良的中文底本。④

检讨百年《聊斋志异》的翻译史，不难发现汉学家译者往往不得不依赖中国学者的注释本，如早期翟理斯译本之于清代但明伦《聊斋志异新评》，后来者如闵福德、宋贤德译本之于朱其铠《全

---

① Sidney L. Sondergard, *Strange Tales from Liaozhai*, Fremount: Jain Publishing Company, 2008, p. 187.
② 朱一玄：《聊斋志异资料汇编》，南开大学出版社2012年版，第495页。
③ 翟理斯译本曾有一条注释，即Note17，坦言其对于《聊斋·自志》中"遄飞逸兴，狂固难辞"句中的"遄飞逸兴"出处反复找寻却无果而终（I have hitherto failed in all attempts to identify this quotation）。据笔者愚见，似是出自王勃《滕王阁序》之"雁阵惊寒，声断衡阳之浦。遥襟甫畅，逸兴遄飞"。
④ 虽也有汉学家译者如翟理斯、宋贤德，自称是译并注（translated and annotated）《聊斋志异》，但终难以脱离中国学者的评注本而独立进行。

本新注聊斋志异》。① 而新近中国学者赵伯陶所推出的《聊斋志异详注新评》是这方面目前颇为详细的代表性成果之一，借助于古典文献数据库对《聊斋志异》中的大量典故作出了注解。这些均需要国外聊斋译者加以关注与参考。

四 结语

总而言之，《聊斋志异》的外译与传播，需要中外学者的共同参与，不能完全放手给海外汉学家来做，也不可能完全由中国学者来完成。由上述聊斋英译中的困域与汉学家的应对可见，汉学家有着外语的先天优势和别样的理论视角，海外聊斋学的存在为国内聊斋研究提供了一个可贵的反思维度，使得我们可以不断地审视与增进对《聊斋志异》的认知。但我们也不得不承认，多数汉学家译者对中国文化依然是缺乏深入的了解，在翻译中存在这样或那样的误读乃至歪曲，故而对汉学家的翻译成果，一方面我们要给以"同情之理解"，揭示其不同选择背后所蕴藏的动机、立场与问题意识；另一方面也要批判性地与之开展对话，展示中国学者对同一问题的不同理解。前一方面固然重要，而在推动中国文化"走出去"的当下时代语境中，后一方面似乎更为关键。

作为中国学者，面对汉学家已有的翻译文本，给以"同情之理解"是必要的，但无须一味循其理路而茫然自失，对于其中的问题困域，应主动与汉学家提出商榷，借以展示中国聊斋研究学者的研究成果与不同理解，从而与汉学家的英译间开展必要之对话，促使

---

① 翟理斯尝于序文中言道，诸版本中但明伦本为最优，故以之为翻译底本。但氏刻本以青柯亭刻本为底本，加入其所撰新评附注，题为《聊斋志异新评》（具体参翟译本，第 xxiv—xxv 页）。闵福德译本亦凭依中国学者注评本，据闵福德本人所列多达 11 种，其中包括朱其铠先生 1989 年由人民文学出版社所刊之注本。闵福德似乎尤为推重朱其铠注本，称其为"优秀的全注本"（Excellent complete annotated edition）（具体参闵译本，第 491—492 页）；而宋贤德则仅仅列出了朱其铠先生于 1995 年由人民文学出版社所刊行之注本，单以朱先生该注本为翻译底本，并称其由此注本"受益良多"（I have profited enormously）（具体参宋译本第一卷，第 ix 页）。

◇ 第三章 中西互看：英美聊斋学中的问题域 ◇

国学与汉学间的"视野融合"。这样做，并非是说唯有中国学者才掌握着关于中国文学的真理性认识，这正如闵福德在评述翟理斯译本时所言，"当我们在解读聊斋时，我们应该为我们所处的时代、时代的趣味、时代所允许与所避讳的话题、这个时代所具有的阐释力而自鸣得意吗？其实我们同样也受困于时代所认同的先在观念和文化局限性。"① 因为文本的意义在于阐释，而阐释是一种文本与世界、作者、读者间的历史性对话，加之汉学家的存在，这种对话必然是基于中西间不同的传统与成见，而且永远向未来保持开放的。

比如前文所述《聊斋志异》的英译名问题，我们不妨在考察其英译史的基础上，参考汉学家译者的做法，在现阶段将《聊斋志异》英文名固定化为"Strange Tales from Liaozhai"，由此形成统一的译名。而至于聊斋中情爱叙事的问题，中国学者对《聊斋志异》爱欲叙写与道德教化的若干论说及见解，是在中国文化语境中所生成的，也需要汉学家译者加以了解。再比如各种精良的聊斋注本，特别是近期出版的《聊斋志异详注新评》，借助于数据库这一现代科技手段力求寻得蒲松龄在小说中遣词用语的具体出处与意涵，这些中国学者的研究成果，也需要汉学家加以观瞩和参照。

我们所要强调的是，从长远的战略眼光来看，中国学者应该在中国文学与文化外译中有所担当，关于中国文学与文化，不应让全世界只听到来自汉学家的一种声音，任凭其垄断关于中国文学的知识。中国学者在与汉学家译者开展批判性对话与观点交锋中，正可以让后者警醒其并非是已经理解了中国文学的一切，其若干观点应与中国学者的不同理解加以互相参照，互相发明，由此形成文化的多元互动，共同推进文化的传播与交流。

---

① John Minford, Tong Man, "Whose Strange Stories? P'u Sung-ling (1640–1715), Herbert Giles (1845–1935), and the Liao-chai Chih-i", *East Asian History*, Numbers 17/18, June/December, 1999, p. 12.

第二节　19世纪西方汉学与《聊斋志异》研究中的若干争议性问题推说

《聊斋志异》作为中国古典小说的杰作，早在19世纪便引发了西人的观瞩。彼时，以传教士与外交官为主体的西方人士陆续来华，出于了解中国、开展传教与外交之需将目光投诸中国文化，而《聊斋志异》作为中国传统文化的杰出代表引起了德国传教士郭实腊、美国传教士卫三畏及英国外交官梅辉立、阿连璧与翟理斯的相继关注，并在19世纪建构了聊斋西传的初始性评论与迻译谱系。近年来，随着海外汉学研究的勃兴，国内学界对作为早期阶段的19世纪西人聊斋评论与翻译有所研及，但其中存遗的若干问题尚不得濯清，如对聊斋最早西传的问题存有争议，对其中一些细节问题多有疏漏，且对早期西人评论及迻译存在误读或阐发不足等诸多症结。

本人翻阅英文文献，略有小得，试对如下几个具体问题做一番推说与呈示，以之就教方家。其中涉及聊斋西传第一人的确认、美国汉学家韩南关于郭实腊聊斋评论史料考证的细节还原；早期西人是否关注聊斋文学性；王渔洋是否曾千金市书、嘉庆皇帝嗜好聊斋。

一　谁为聊斋西传第一人？[①]

关于谁当属聊斋西传第一人之问题，目前学界在德国传教士郭实腊与美国传教士卫三畏之间颇有争议，结论尚不够明朗，诚为聊斋西传史上的一大憾事。

前国家图书馆研究馆员王丽娜为国内较早关注聊斋外传史与研

[①] 聊斋西传第一文，从笔者手边现掌握的资料来看似乎还无法断定。笔者倾向于郭实腊为最早接触《聊斋志异》的西方汉学家。虽在19世纪40年代之前也不乏单篇聊斋外译文，然而目前尚不能断定其译者和出处。故暂存疑。

第三章 中西互看：英美聊斋学中的问题域

究史的学者，其曾考证出"最早发表《聊斋志异》单篇译文的译者是卫三畏。他的两篇英译文《种梨》和《骂鸭》，收在他1848年编著的两卷本《中国总论》（*The Middle Kingdom*）第一卷中（693—694页）"①。

而后，美国汉学家韩南（Patrick Hanan）的论文集《中国近代小说的兴起》于2004年被迻译为中文刊行，在专论传教士创作的中文小说时，韩南曾旁及德国传教士郭实腊与聊斋。据其考证，郭实腊自1838年9月起，相继在传教士创办的英文报刊《中国丛报》上撰文评论中国小说，而其于1842年第十一卷第四期上论及了《聊斋志异》。② 韩南的考证表明，在聊斋西传的问题上，郭实腊显然在时间上早于王丽娜所提出的卫三畏的1848年。

韩南素以严谨的考据功夫闻名于国际汉学界，③ 这一学术发现意义重大，可惜目前国内学界对其这一贡献或有意避之，或不曾听闻，个中原委似由于韩南虽考证出该篇聊斋评论文章的作者为郭实腊，但未具体说明考证中的细节。

《中国丛报》刊发文章有着匿名的习则，据裨治文（Elijah Coleman Bridgman）与卫三畏在《中国丛报分类索引》的"编辑说明"（Editorial Notice）中所示，引导投稿人匿名发表文章并非是担心承担文责，概因当时作者圈子较小，读者较易辨识某文章出自何人手笔。④ 但无可否认的是，《中国丛报》作为传教士的舆论阵地，亦是为欧美了解中国，进而制定对华政策提供情报服务的。在某种程度上，撰稿人同时扮演了间谍的角色，所以文章多是匿名发表

---

① 王丽娜：《中国古典小说戏曲名著在国外》，学林出版社1988年版，第214页。
② 韩南：《中国近代小说的兴起》增订本，徐侠译，上海教育出版社2010年版，第68页。
③ 李欧梵：《跋：韩南教授的治学和为人》，载韩南《中国近代小说的兴起》增订本，徐侠译，上海教育出版社2010年版，第232—239页。
④ E. C. Bridgman, S. Wells Williams, *General Index of Subjects Contained in the Twenty Volumes of the Chinese Repository; with an Arranged List of the Articles*, Vaduz: Kraus Reprinted Ltd., 1851, pp. v – vi.

的，而其中关于聊斋的评论文章署名为"某通讯员"（a correspondent）。

《中国丛报》创办于1832年5月，停刊于1851年12月。直至曲终人散时，作为主编的裨治文与卫三畏方拟编辑出一卷《中国丛报分类索引》（英文名为 General Index of Subjects Contained in the Twenty Volumes of the Chinese Repository; with an Arranged List of the Articles）。细加查阅目录可以发现，其中有一系列文章的署名为"C. G."，其中关于聊斋的此篇评论文章在目录中题为"Extraordinary Legends of the Táuists, C. G. Vol. XI. 202"，[①] 而郭实腊的英文名字首字母恰好是"C. G."。而裨治文与卫三畏在1851年12月31日撰写的"编辑说明"中曾专门向《中国丛报》的重要支持者与撰稿人致谢，其中便提及了"the names of two Morrisons, of Stevens, Abeel, Lowrie, and Gutzlaff; and of Robert Inglis and C. W. King"，[②] 而后更进一步指出几位重要撰稿人的首字母与一一对应的姓名，E. C. B. 即 E. C. Bridgman; R. M. 即 Robert Morrison; J. R. M. 即 J. R. Morrison; C. G. 即 Charles Gutzlaff; S. W. W. 即 S. Wells Williams。[③] 至此，"C. G."为"Charles Gutzlaff"昭然若揭，韩南教授似应循此理路考证出该文作者即德国传教士郭实腊。

时隔3年，国内学者王燕全文翻译了郭实腊1842年在《中国丛报》上所撰之"Liáu Chái I Chi, or Extraordinary Legends from Liáu Chái"，刊发于《蒲松龄研究》2007年第2期；而后进一步在《明清小说研究》2008年第2期撰文发表了这一观点，提出《聊斋志异》在西方的最早译介并非出自美国传教士卫三畏编著之《中国总论》，而是出自中国近代的英文期刊《中国丛报》，译者是晚清来华

[①] E. C. Bridgman, S. Wells Williams, General Index of Subjects Contained in the Twenty Volumes of the Chinese Repository; with an Arranged List of the Articles, Vaduz: Kraus Reprinted Ltd., 1851, p. xliii.

[②] Ibid., p. viii.

[③] Ibid., p. ix.

◈ 第三章 中西互看：英美聊斋学中的问题域 ◈

德国传教士郭实腊。

而当郭实腊被认为是聊斋最早译介者似成为定论后，另一位专治美国传教士卫三畏研究的学者顾钧在《明清小说研究》2012年第3期撰文提出商榷，其以为卫三畏同样于1842年，在其出版的汉语学习教材《拾级大成》（*Easy Lessons in Chinese, or Progressive Exercises to Facilitate the Study of That Language, Especially Adapted to the Canton Dialect*）中选用了17篇聊斋故事，在"第4章阅读练习选用了《种梨》、《曹操冢》、《骂鸭》",[①] 并对此三篇进行了英文翻译。

实际上，顾钧在此有一个失误，即卫三畏并非在该书第4章，而是于第6章的"文献选读"（Selections for Reading）中迻译了《种梨》（Hardness Punished）、《曹操冢》（Grave of Ts'o Ts'o）、《骂鸭》（A Thief Detected）三则聊斋故事，其采用原文+罗马字母注音+汉字直译+全文意译的方式，旨在对汉语初学者有所助益。但顾钧的发见至少表明，与德国传教士郭实腊几乎同时译介聊斋的尚有美国传教士卫三畏。

但聊斋西传的第一人究竟是谁，抑或说郭实腊与卫三畏到底谁最早接触到聊斋？这个问题似乎尚需进一步作出推说。今不揣浅陋，认为郭实腊当是聊斋西传第一人。

郭实腊出生于普鲁士，由荷兰传教士协会资助来华，自1835年起受聘于英国政府，于1843年起担任香港总督的中文秘书。他被形容为"积习难改的乐天派、热情而盲目的人、空想家、传教士冒险家、精明的宣传家"[②]。据韩南所做细考，郭实腊极为热衷于以中文小说的形式传播福音，其于1834年便出版了第一部小说《赎罪之道》，先后出版八部中文小说。而在此之前的1828年便可

[①] 顾钧：《也说〈聊斋志异〉在西方的最早译介》，《明清小说研究》2012年第3期。

[②] 韩南：《中国近代小说的兴起》，徐侠译，上海教育出版社2010年版，第61页。

能开始阅读中国小说。①

　　韩南指出，自 1838 年 9 月起，郭实腊开始在《中国丛报》上发表一系列关于中文作品的详述，相当详细地描述了七部小说，而《聊斋志异》便是其中之一。韩南紧接着言道，早在 1835 年，特别是在关于这些作品的记述中，郭实腊屡次谴责那些我们至今尚不知其名的"汉学家"。"他以一名精通中文、更重要的是熟悉人们实际读到的那些文学作品的人的形象而出现，成功地使自己显得与众不同"②。

　　由此我们似可以推断：为创作中文小说，郭实腊对中国小说进行了广泛涉猎。在当时其他汉学家看来，郭实腊鹤立鸡群，因为他"熟悉人们实际读到的那些文学作品"。而在郭实腊关于聊斋的文章中，他便指出聊斋"被广为传阅"（to be often read）。③ 而清人段雪亭于道光四年（1824）亦曾言"留仙《志异》一书，脍炙人口久矣。余自髫龄迄今，身之所经，无论名会之区，即僻陬十室，靡不家置一册"④，聊斋显然属于"人们实际读到的那些文学作品"之列，而郭实腊对之应该是熟稔的。

　　而且，郭实腊在其关于聊斋的此篇文章中说，"为了便于我们知晓该作品所传达的思想，在此不妨转录（transcribe）几则故事"⑤。郭实腊在此"转录"了《祝翁》《张诚》《曾友于》《续黄粱》《瞳仁语》《宫梦弼》《章阿端》《云萝公主》《武孝廉》9 则聊斋故事的梗概，对一些故事情节的描述，恰如王燕所言"作品没有标题，每段介绍一篇，大致粗陈梗概，可谓错漏百出，我们只能

---

① 韩南：《中国近代小说的兴起》，徐侠译，上海教育出版社 2010 年版，第 66 页。
② 同上书，第 68 页。
③ Charles Gutzlaff, "Liáu Chái I Chi, or Extraordinary Legends from Liáu Chái, Reviewed by a Correspondent", *Chinese Repository*, Vol. XI, No. 4, 1842, p. 204.
④ 朱一玄：《聊斋志异》资料汇编，南开大学出版社 2012 年版，第 317 页。
⑤ Charles Gutzlaff, "Liáu Chái I Chi, or Extraordinary Legends from Liáu Chái, Reviewed by a Correspondent", *Chinese Repository*, Vol. XI, No. 4, 1842, p. 204.

◈ 第三章 中西互看：英美聊斋学中的问题域 ◈

从其叙述中大致猜测译介的究竟是哪一篇",① 这自然算不上严格意义上的"译"，似也不是顾钧所谓的"介"，② 而且就其原文内容以及郭实腊该文的标题后所缀"Reviewed by a Correspondent"（某通讯员评论）而言，郭实腊的这篇文章应被视为对聊斋的评论似乎更为合宜。需要说明的是，另一位聊斋英译者、当代英国汉学家闵福德在其译本后所列附录中，亦将郭实腊此文列入《与〈聊斋〉及相关主题有关的评论著作》"Critical Works"（Concerning Strange Tales and Related Subjects）一条目下。③

尚须指出的是，郭实腊在1848年撰文评述聊斋时，"转录"故事，侈陈梗概，多有纰漏，这似亦表明其早于1842年之前，便接触到了聊斋，然后多周旋于传教以及其他间谍或外交活动，待写文章时也只是凭先前印象叙述某些聊斋故事的大致内容。他在关于《红楼梦》的文章中将宝玉的性别弄错（宝玉女士），似乎也是出于这一原因。

而卫三畏的情况，似乎起初是与中国文学无缘的。卫三畏于1812年出生于美国纽约州一个有着基督教背景的印刷商家庭，他曾就读于纽约州特洛伊的伦斯勒工业学院（Rensselaer School），感兴趣的是自然科学特别是植物学。④ 后于1832年被任命为广州传教站的印刷工，于1833年起程前往中国。"作为传递有关远东信息的媒体，《中国丛报》于1832年5月由裨治文创办。卫三畏一到任，印刷的业务便交给了他。几个月后，卫三畏开始为《中国丛报》写

---

① 王燕：《试论〈聊斋志异〉在西方的最早译介》，《明清小说研究》2008年第2期。
② 顾钧：《也说〈聊斋志异〉在西方的最早译介》，《明清小说研究》2012年第3期。
③ John Minford, *Strange Tales from a Chinese Studio*, London: Penguin Books Ltd, 2006, p. 494.
④ 顾钧：《卫三畏与美国早期汉学》，外语教学与研究出版社2009年版，第14页。卫三畏在《中国丛报》上先后发表过三个专门系列的文章：（1）博物学（Notices of Natural History）；（2）中国风土人情（Illustrations of Men and Things in China）；（3）中国地志（Topography）。博物学系列开始于1838年第7卷，先后介绍了中国的各种动物资源：蝙蝠、松鼠、犀牛、骆驼、大象、麒麟、凤凰、龙、龟、马、驴、骡、蜂类（包含各种黄蜂和蜜蜂）、鸬鹚、狮、虎、豹，另外卫三畏还专门写了一篇名为《汉语中与动物有关的成语和谚语》的文章，讨论汉语表达中的动物形象。由此其对自然科学的兴趣可见一斑，参见顾钧《卫三畏与美国早期汉学》，外语教学与研究出版社2009年版，第73页。

稿子，之后一直没有中断，直到《中国丛报》停刊。他最初的两篇文章《中国的度量衡》和《广州的进出口》刊登在1834年2月的《中国丛报》上。其后几年他写了一些关于中国自然史方面的文章，因为这个题目他最感兴趣。后来随着中文程度的加深，以及阅读能力的提高，他对中国文学和建筑也发生了兴趣。虽然这些早期文章的风格没有什么吸引人的地方，但是通过它们卫三畏使自己的研究成果为人所知。他意识到自己文字表达的笨拙后就尝试改进和提高，为此他师法自己最喜欢的作家——查尔斯·兰姆。他试图用《关于烤猪》的笔法描写广州生活的情景，结果其幼稚和拙劣的模仿使裨治文先生看后哭出了眼泪，他要求卫三畏烧掉那篇美妙的文章并回到平时持重的风格上来。"①

上述这一段文字出自卫三畏儿子卫斐列的回忆，由此我们可以得知，卫三畏最初是作为一名印刷工来华的，早年在工业学院所受的教育使其对中国自然史最感兴趣，对文字表达比较笨拙；而当郭实腊于1834年出版第一部中文小说《赎罪之道》时，卫三畏才仅能用英语写出《中国的度量衡》和《广州的进出口》这类介绍性的文章；后来随着中文程度的提高，以及阅读能力的提升，他才对中国文学发生了兴趣。当1839年至1842年，郭实腊开始在《中国丛报》介绍评论中国小说时，卫三畏才开始总结自己汉语习得的经验，编写《拾级大成》。从对他国语言习得到尝试用外语写作小说与评论他国文学，这一进程中的时间差与层次高低不言而明。

综合各种因素可断定，卫三畏不会早于郭实腊接触到《聊斋志异》，郭实腊是聊斋西传第一人。这个推测即或不中，恐与实际情况也相差无几。

二 早期西人是否关注聊斋的文学性？

据王燕的看法，郭实腊在上述评论文章中"对于《聊斋志异》

---

① ［美］卫斐列：《卫三畏生平及书信：一位美国来华传教士的心路历程》，顾钧、江莉译，广西师范大学出版社2004年版，第22—23页。

◇ 第三章 中西互看：英美聊斋学中的问题域 ◇

的文学成就视而不见、闭口不谈"①，这种说法恐亦值得商榷。

郭实腊在文指出，聊斋传递出大量的道家思想，作者蒲松龄是位秀才，其文风甚为优美（the style of the work is highly admired），加之故事本身的性质（nature of the stories），从而广为传阅。大多数故事传递出道家思想，但佛家思想也时有体现；它涵括了关于精灵、仙女、食尸鬼、精灵、通灵动物的美妙叙事（wonderful narratives），以及其他怪异的故事。②

郭实腊作为新教传教士，主要还是站在基督教立场上，以聊斋为靶子批驳其中蕴含的释道思想，为在中国传播基督福音张目。他说："除了基督真义，没有别的什么能够将这些人从迷信的束缚中解救出来。基督的全部真义旨在创造健全的心智，同时它让我们在上帝与神羔羊的宝座前获得永恒的福佑，让我们在光明中与无数的圣徒和天使为伴。"③ 郭实腊将聊斋视为体现道教教义的一本著作，在由裨治文与卫三畏所编著的《中国丛报分类索引》中，郭实腊该文也被冠为"Extraordinary Legends of the Tăuists"（《道士的非凡传奇》）。

但不可否认的是，在郭实腊的评语中，"文风优美""美妙叙事"等文学批评话语在其将聊斋视为异教文化反面教材这一基督教思维模式上，无疑是划出了一道痕迹的。郭实腊对聊斋语言与故事本身所流露出的赞叹表明其已然关注聊斋的文学性，虽然并未展开来详细阐发。

正如裨治文与卫三畏在《中国丛报》"编辑说明"中所言，"没有谁比编辑们更清楚，该报中所刊出的每一个概论性的话题理应进一步加以研治"，"我们希冀由其他贤者可以循此线索对各类

---

① 王燕：《试论〈聊斋志异〉在西方的最早译介》，《明清小说研究》2008 年第 2 期。

② Charles Gutzlaff, "Liáu Chái I Chi, or Extraordinary Legends from Liáu Chái, Reviewed by a Correspondent", *Chinese Repository*, Vol. XI, No. 4, 1842, p. 204.

③ Ibid..

话题做更为充分的研究"。① 郭实腊对聊斋文学性这一吉光片羽的体认无疑在后来西人相关评论中进一步得以放大与聚焦。即便在郭实腊处同一时期的西人,对聊斋的文学性也是有所论及的。

卫三畏的《拾级大成》旨在为汉语初学者提供一本合宜的教材,这包括了在中国以及海外的学习者;希望这本书有助于身在故国的外国人,正远涉重洋来中国以及已然身在中国的汉语学习者。②

在该书第 8 章 "翻译练习"(Exercises in Translating)中,卫三畏择选《鸟语》(Prescience of the Birds)、《红毛毡》(The Magic Carpet)、《妾击贼》(Courage of a Concubine)、《义犬》(The Faithful Dog)、《地震》(Remarkable Earthquake)5 篇聊斋故事,占到全章选文总数 12 篇的近半数;为帮助西方读者学习汉语,了解每一个字的含义,卫三畏在该章中采用对照原文逐字翻译的方式,对上述聊斋故事给出了释义性的翻译。在该章开篇指出,在翻译时要注意原文中的一些特殊短语,过于忠实的译法会导致其不雅,选词要注意高雅的品位,何时直译,何时意译;如此译者方可传递出原文思想的机智与表达的优雅。③ 在文下注释中,卫三畏高度评价聊斋为 "完美的作品,语言纯正而文风优美"④。

在第 10 章 "阅读翻译课程"(Exercises in Reading and Translating)中的第二部分,卫三畏列出《鸲鹆》(The Clever Parrot)、《黑兽》(The Black Beast)、《牛飞》(The Cow which Flew)、《橘树》(The Orange Tree)、《义鼠》(The Brave Rat)、《象》(The Elephant and Lion)、《赵城虎》(The Wonderful Tiger)、《鸿》(The Wild Goose)、《牧竖》(The Shepherd and the Wolf)9 篇聊斋故事,在此仅

---

① E. C. Bridgman, S. Wells Williams, *General Index of Subjects Contained in the Twenty Volumes of the Chinese Repository; with an Arranged List of the Articles*, Vaduz: Kraus Reprinted Ltd., 1851, p. vi.

② S. Wells Williams, *Easy Lessons in Chinese*, Macao: Printed at the office of the Chinese Repository, 1842, p. iii.

③ Ibid., p. 149.

④ Ibid., p. 157.

仅提供篇目英译，具体内容供学习者自行翻译为英文，卫三畏说"这些习题摘录于文笔颇佳的中国作者，是些简短而容易理解的句子"①。

上述言论无不表明早期西人已然注意到聊斋优美的语言风格，而"语言是文学的媒介，正像大理石、青铜、黏土是雕刻家的材料"②，出于对中西语言差异的直观冲击以及研习汉语的现实考量，由语言层面切入文学研究正是早期西方汉学的一大特征，郭实腊、卫三畏、梅辉立与阿连璧皆循此理路。

在研究中国的名作《中国总论》(*The Middle Kingdom*)中，卫三畏依然是由文风与词汇两个维度凸显聊斋的文学价值。他引《季度评论》(*Quarterly Review*)上一位作者的观点说，将中国雅文学摆在首位的理由在于其有可能使欧洲人洞悉他们的思维习惯，我们可以毫不顾忌地宣称他们以戏剧、诗和小说构成的纯文学领域，一直在赢得我们最为崇高的敬意。③很多作品文风极为纯正，而其中16卷的聊斋，因其丰富的内容与强有力的表现手法而闻名遐迩，任何意欲研究汉语丰富词汇的人都可以加以细读。而后，梅辉立说"蒲松龄的文名更多是来自其文风"，"凝练而纯真，颇有古代史家之风"。④阿连璧也曾指出聊斋"文风优美""措辞极为凝练晓畅"。⑤

三 关于王渔洋千金市书与嘉庆皇帝嗜读聊斋

关于王渔洋欲以千金市蒲松龄聊斋书稿的说法，最早见于乾隆三十一年（1766）赵起杲青柯亭刻本的例言，而后诸如王培荀、陆以湉、邹弢、倪鸿、袁世硕等先生亦有提及，或附和，或质疑，

---

① S. Wells Williams, *Easy Lessons in Chinese*, Macao: Printed at the office of the Chinese Repository, 1842, p. 248.
② [美] 爱德华·萨丕尔:《语言论：言语研究导论》，陆卓元译，商务印书馆1985年版，第199页。
③ S. Wells Williams, *The Middle Kingdom*, New York: John Wiley, 1861, p. 512.
④ William Frederick Mayers, "The Record of Marvels; or Tales of the Genii", *Notes and Queries: On China and Japan*, Vol. 1, No. 3, 1867, p. 25.
⑤ Clement Francis Romilly Allen, "Introduction, Tales from the Liao Chai Chih Yi", *The China Review, or Notes & Queries on the Far East*, Vol. Ⅱ, No. 6, 1874, p. 364.

莫衷一是。而早期聊斋评论者、英国外交官梅辉立（William Frederick Mayers，1831—1878）对此亦有别种说法，似更为合理。

梅辉立，1859年来华，并于1871—1878年担任英国驻华公使威妥玛（Thomas Wade）的汉文正使，参与过众多外交活动，与奕䜣、李鸿章、冯焌光、曾纪泽等清廷大臣有所交往；在外交事务之外，投身于汉学，在《中日释疑》《中国评论》等刊物上发表近百篇文章，如《志异；或鬼怪故事》（The Record of Marvels; or Tales of the Genii），成为继郭实腊、卫三畏之后第三位关注《聊斋志异》的西方汉学家。

梅辉立关于《聊斋志异》的译介文章发表于1867年《中日释疑》（Notes and Queries on China and Japan，1867—1870）杂志的第一卷第三期，题为《志异；或鬼怪故事》，指出近代中国文学作品中，就流行范围之广、传播速度之快，无有堪与《聊斋志异》比肩者。[①] 关于聊斋的传播与接受，梅辉立提到了两个实例。其一是与王渔洋有关的千金市书说，梅辉立这样写道："王渔洋是康熙朝重臣，据说曾赠予蒲松龄重金求得在一些故事尾后添加评骘之语，以便使其名字与聊斋一起流芳后世。"（Wang Yü-yang, a Cabinet minister in the reign of K'ang Bi, who is said to have paid the author a very large sum for the permission to add the few observations which appear under his name at the end of some of the tales, as the surest method of handing down his name to remote posterity.）[②] 在此，梅辉立指出的是，王渔洋并未千金市聊斋书稿，而是以重金求得在书中留名。这显然相异于中国国内流行的说法。

王渔洋千金市书说最早可见于赵起杲青柯亭刻本《例言》，"先生毕殚精力，始成是书，初就正于渔洋，渔洋欲以百千市其稿。

[①] William Frederick Mayers, "The Record of Marvels; or Tales of the Genii", *Note and Queries: On China and Japan*, Vol. 1, No. 3, 1867, p. 24.

[②] Ibid., p. 25.

◈ 第三章 中西互看：英美聊斋学中的问题域 ◈

先生坚不与，因加以评骘而还之"①。但不乏学者对此说提出异议，如王培荀谓，"吾淄蒲柳泉《聊斋志异》未尽脱稿时，渔洋每阅一篇寄换，按名再索。来往札，余俱见之。亦点正一二字，顿觉改观。……或传其愿以千金易《志异》一书，不许，其言不足信也"②。陆以湉也表示怀疑，"相传渔洋山人爱重此书，欲以五百金购之，不能得，此说不足信"③。而另一些学者则加以肯认，如邹弢说"渔洋欲以三千金售其稿，代刊之，执不可"④，倪鸿也指出"闻其书初成，就正于王渔洋，王欲以百金市其稿，蒲坚不与，因加评骘而还之"⑤。对王渔洋千金市书之说，后人亦多有附和者。

持否定意见中，较为新型的一种观点是认为市书者非王渔洋，而是另有其人。如袁世硕先生便曾指出，"乾隆初年，蒲立德为谋求其祖父的《聊斋志异》得以刊行传世，向知县唐秉彝上了一道《呈览撰著恳恩护惜呈》，中有'在昔喻廉宪购以千金，未敢庭献'之语（《东谷文集》旧抄本卷六）"⑥。

据此袁先生断定，欲以千金购买《聊斋志异》者并非王渔洋而是喻成龙。喻成龙当时为山东按察使，在康熙三十二年仲春曾邀请蒲松龄出任其幕僚，可能表示了想要一阅聊斋的意思，蒲松龄也随身带去了一部分稿子，喻成龙阅后意欲买走版权，但被婉拒。袁先生进而指出，"这件事自然不好张扬出去，那样会使喻成龙受到文人的讥笑。蒲立德在乾隆初年给唐县令的呈文，也很少人看到，《东谷文集》未获刊行，后人更无从知道，这一便以讹传讹。轻信者误以为真，致使王世禛背了二百余年的黑锅，岂不冤哉！"⑦

综上各家观点，赵、邹、倪等基本肯定，而王、陆等则否定王渔

---

① 朱一玄：《聊斋志异资料汇编》，南开大学出版社2012年版，第313页。
② 同上书，第291页。
③ 同上书，第300页。
④ 同上书，第301页。
⑤ 同上书，第302页。
⑥ 袁世硕、徐仲伟：《蒲松龄评传》，南京大学出版社2011年版，第150页。
⑦ 同上书，第151页。

洋千金易书之说；袁世硕先生肯定有千金易书之事，但否认市书者为王渔洋；而梅辉立的说法则否定了王渔洋千金易书之事，而是王渔洋千金求评骘留名。本书以为，梅辉立的说法似更为合理一些。

这里，首先要对袁、王、陆等的说法提出商榷。首先，袁先生经由新资料考索发现喻成龙曾欲以千金购聊斋书稿，这并不能排除王渔洋千金市书，因为二者之间不存在非此即彼的关系。喻成龙欲借此书延誉，王渔洋也可能会有此想法；而且，据袁先生所言，喻成龙之事"不好张扬出去"、蒲立德的呈文少人得见，《东谷文集》不曾刊行，后人更无从知晓。既然喻成龙欲购书之事无后人知晓，所谓"千金市书"之说又是如何得以酝酿继而发酵的？

此外，王、陆等持否定意见者，理由不外是王渔洋乃文坛一代宗师，不屑于借助聊斋而留名，如冯镇峦所谓"予思渔洋一代伟人，文章总持，主骚坛者数十年，天下翕然宗之，何必与聊斋争之"[①]。王渔洋确也主盟康熙诗坛数十年，但随着时间的流逝，后人对王渔洋的诗作批评甚多，认为其天赋不足，才力不厚。就今日而言，王渔洋诗作与蒲松龄聊斋在文学史上的地位恐高下立判。

钱钟书在《谈艺录·王渔洋诗》中提到《随园诗话》卷三驳"绝代销魂王阮亭"之说曰："阮亭之色并非天仙化人，使人心惊。不过一良家女，五官端正，吐属清雅，又能加宫中之膏沐，薰海外之名香，取人碎金，成其风格。"盖谓渔洋以人工胜也。窃以为藏拙即巧，用短即长；有可施人工之资，知善施人工之法，亦即天分。虽随园亦不得不称其纵非绝色，而"五官"生来尚"端正"也。然一不矜持，任心放笔，则譬如飞蓬乱首，狼藉阔眉，妍姿本乏，风流顿尽。[②]

就王士禛的诗来说，钱先生指出他善于掩饰自己天赋之不足，即以人工取胜，正如袁枚所喻，"不过一良家女，五官端正，吐属

---

① 朱一玄：《聊斋志异资料汇编》，南开大学出版社2012年版，第485页。
② 钱钟书：《谈艺录》，生活·读书·新知三联书店2007年版，第232页。

第三章　中西互看：英美聊斋学中的问题域

清雅"，然稍放纵，不加检点，便蓬头垢面，风姿全无。"渔洋天赋不厚，才力颇薄，乃遁而言神韵妙悟，以自掩饰。"①

郭绍虞在《中国文学批评史》中亦曾指出，随园对于渔洋的批评，所谓"清才未合长依傍，雅调如何可诋娸，我奉渔洋如貌执，不相菲薄不相师"（《论诗》）云云，所谓"本朝古文之有方望溪，犹诗之有阮亭，俱为一代正宗，而才力自薄。近人尊之者诗文必弱，诋之者诗文必粗"（《诗话》二）云云，以及"阮亭于气魄性情俱有所短"（《诗话》四）云云，原来都有考究的。这些话由性灵说的立场而言，不能不说是极公允的评论。②

王渔洋"气少排，为王、孟、韦、柳则合有余，为李、杜、韩、苏则不足也"③。倘若我们从心理学的角度来推断，王渔洋本人对自己的禀赋与才力恐怕是最清楚不过的，虽然以人工暂博得虚名，但自己的诗作能否青史留名，内心终究是惶惶难安的。而古人向来有所谓"三不朽"之说，其中"立言"是被极为看重的。王渔洋对蒲松龄则是"素奇先生才，屡寓书，将一致先生于门下"④，他高度评骘"聊斋文不斤斤宗法震川，而古折奥峭，又非拟王、李而得之，卓乎成家，其可传于后无疑也"⑤。王渔洋以文人的眼光料想到聊斋必能流传千古，而自己天赋不厚加之才力单薄，虽暂时可以神韵妙悟加以掩饰，但终不可长久。故欲藉聊斋而垂名，也是自然的心理想法，如梅辉立所用的字眼，这是"最为可靠的办法"。关于这一点，清代聊斋评点者冯镇峦在《读聊斋杂说》中亦曾指出，"当时王公幸挂一二于卷中以传者，盖亦有之。赵瓯北诗云：'公卿视寒士，卑卑不足算，岂知钟漏尽，气焰随烟散，翻借寒士力，姓名见豪翰。'谅哉！"⑥

---

① 钱钟书：《谈艺录》，生活·读书·新知三联书店2007年版，第233页。
② 郭绍虞：《中国文学批评史》，百花文艺出版社2008年版，第634页。
③ 袁枚：《随园诗话》，吉林大学出版社2011年版，第46页。
④ 朱一玄：《聊斋志异资料汇编》，南开大学出版社2012年版，第285页。
⑤ 同上书，第291页。
⑥ 同上书，第481页。

但是如何达及这一心愿，依袁世硕所见，喻成龙以先人军功而入监入仕，一介武夫尚且怕"文人的讥笑"，况王渔洋是当时诗坛盟主，岂可贸然市书，斯文扫地？故王渔洋千金市书，不太可能；而如梅辉立所言"赠金"应是更为合理的说法。蒲松龄纪念馆蒲学专家杨海儒，亦曾指出王渔洋曾送钱给蒲松龄。聊斋文《与王司寇阮亭先生》（即第一札）之末段云："几许阿堵物，何须尚存虑念？然欲却而不受，又恐无以见，昧君子一介不苟之高节也。梅屋一索无期，姑缓之，中元之后日无不相寄者，蒙遥致香茗，何以克堪？对使拜嘉，临池愧悚！"由此不难断定，王渔洋与蒲松龄之间有通财之谊，而且"应该承认蒲、王交情与《聊斋志异》分不开"[①]，显然二人间的"通财之谊"，也定然是与《聊斋志异》有关。而现据梅辉立的说法，似可较为明确地指出：王渔洋并未市书，而是以重金博得蒲松龄默许，继而添加评语于后，将自己的名字与聊斋连在一起，从而流名于后世。

四　梅辉立关于嘉庆皇帝嗜读聊斋之说

关于《聊斋》的传播与接受，梅辉立的一个说法是为国内研究者所少闻的。他说清代嘉庆皇帝对《聊斋》偏爱有加，一得闲便捧卷爱不释手。甚至于1820年在其驾崩前，曾考虑将蒲松龄列入先贤供奉于文庙中。[②]

国内对于聊斋传入宫禁的说法，单有《负暄絮语》中一条孤证，言"《聊斋志异》一书，为近代说部珍品，几于家弦户诵，甚至用为研文之助，其流传之广，盖可知矣。然不为《四库说部》所收。当时此书，确曾流入宫禁，深荷嘉叹。继以《罗刹海市》一则，含有讥讽满人、非剌时政之意，若云女子效男儿装，乃言满

[①] 杨海儒：《蒲松龄生平著述考辨》，中国书籍出版社1994年版，第148页。
[②] William Frederick Mayers, "The Record of Marvels", *The China Review, or Notes & Queries on the Far East*, Vol. 2, No. 6, 1874, p. 25.

第三章 中西互看：英美聊斋学中的问题域

俗，与夫美不见容、丑乃愈贵诸事，遂遭摈斥。"① 而梅辉立的说法至少为聊斋流入宫禁提供了又一证据。

梅辉立是一位严肃的学者而非道听途说之人，其谨严之学风可由同行的高度褒奖中窥得一斑。英国传教士、著名汉学家艾约瑟（Joseph Edkins）说其"兼有25岁学者的热情和50岁学者的成熟。作为一个研究者，他勤奋刻苦、卓有成绩，而且他热衷于研究第一手资料"②。《中国评论》"新书通报"（Short Notices of New Books）栏目中，关于梅辉立《中文读者手册》的介绍中亦曾评价梅辉立是一位"博学而苦干的著者"（learned and painstaking author）。③ 此外，中国学者辜鸿铭曾在《春秋大义》（*The Spirit of the Chinese People*）一书中颇为挑剔地批评了众多的汉学作品，但却称《中文读者手册》是"一部非常了不起的作品"（a very great work），是所有中国题材作品中"最实在、最认真、最质朴的"（the most honest conscientious and unpretending）。④ 同行对其治学态度的高度肯定，加之，其英国驻华外交官的特殊身份，与清廷大臣的交往之便，得知嘉庆、王渔洋等帝王将相的秘事也是极有可能的。梅辉立以学者的严谨，假资料搜集之便，关于王渔洋千金求得添加评骘与嘉庆皇帝嗜读聊斋之说应该是可信的。

19世纪西人对聊斋的评论与迻译作为聊斋西传初始性的话语谱系，对之的盘点与疏通对于厘清聊斋西传史、展开国学与汉学间聊斋研究的对话以及对于推动聊斋外传自当是颇有意义的。本书不揣浅陋，在现有研究成果基础上，经由爬梳19世纪英文文献，尝试对上述诸多存疑做出合乎情理的解释与一系列推说，希冀对问题的认知有所推进。不当之处，也敬请各位方家指正。

---

① 朱一玄：《聊斋志异资料汇编》，南开大学出版社2012年版，第325—326页。
② 转引自王燕《英国汉学家梅辉立〈聊斋志异〉译介刍议》，《蒲松龄研究》2011年第3期。
③ "Short Notices of New Books", *The China Review, or Notes & Queries on the Far East*, Vol. 2, No. 6, 1874, p. 383.
④ Ku Hung-Ming, *The Spirit of the Chinese People*, Peking: The Peking Daily News, 1915, p. 135.

第四章　他乡的知音：与美国汉学家对谈《聊斋志异》

从事海外汉学研究，资料的清理与介绍，研究的综述与评论，固然是基础性和必不可少的，但是与海外汉学开展积极的学术对话，进而发出中国学者的声音是更加不可或缺的。对话的方式，如前所述，可以若干问题域为切入点，亦可与汉学家就某一话题，开展双向的对话。蔡九迪与宋贤德两位美国汉学家，是蒲松龄在海外的知音，前者是西方世界第一部《聊斋志异》研究专著的作者，后者是英语世界第一部《聊斋志异》全译本的独立译者。

第一节　"喜人谈鬼"：与美国汉学家蔡九迪对谈汉学与《聊斋志异》

2016 年夏日的北京碧空如洗，天蓝云淡。6 月 26 日，在位于中国人民大学的芝加哥大学北京中心，笔者与美国著名汉学家蔡九迪（Judith T. Zeitlin）就汉学与聊斋等话题进行了一场轻松而愉快的谈话。蔡九迪毕业于哈佛大学东亚语言与文明系，师从著名汉学家韩南教授，现为芝加哥大学东亚语言与文明系 William R. Kenan, Jr. 教授，国际知名聊斋研究专家。她以跨学科方式研治明清文学史与文化史，近年来也将研究领域扩展至 20 世纪。主要著作有《异史氏：蒲松龄与中国文言小说》（1993）和《魂旦：十七世纪中国文学中的鬼魂和性别》（2007）等。

第四章　他乡的知音：与美国汉学家对谈《聊斋志异》

芝加哥大学北京中心位于中国人民大学北门文化大厦二十层，临窗而坐，顿觉视野颇为开阔。品着冰咖啡，蔡教授与我由今及古，再由古返今，聊起了我们共同关注的汉学以及《聊斋志异》。

任增强（以下简称"任"）：蔡教授您好！非常感谢您在北京工作期间抽出时间与我就汉学与聊斋等话题做对谈。当前中国正在实施文化"走出去"战略，学术界乃至民间对海外汉学的热情很高。但是，在一些基本概念方面存在较大分歧，比如汉学（sinology）、中国学（Chinese studies）。

蔡九迪（以下简称"蔡"）：汉学，作为早期欧洲对中国展开的一项学术研究，重在由语言、文学、历史等维度观照中国。而所谓中国学则是在"二战"后费正清所倡导的学院派的中国研究模式，更为关注中国的现实问题，比如政治、外交等。

任：目前中国国内学界似乎有一种误读，即认为汉学与中国学的关系是一种范式转换。实际上，如您所言是"更为关注"的问题，所谓的"汉学"与"中国学"两种研究范式其实是并生并行的。而且，从实际情况来看二者并非截然分离的，如晚清来华传教士郭实腊曾指出，如果不彻底了解中国的历史，而去解释其长期存在的政治方面的问题，注定是徒劳的。可见，不了解中国的过去，便难以理解中国的现实；而美国前国务卿基辛格在《论中国》中也曾指出，不懂《孙子兵法》、围棋，便难以与中国人打交道。

蔡：是这样的。比如我并不认为自己是汉学家，虽然我的研究领域为中国明清文学史与文化史，却是将文学史与其他学科加以交叉与融合，采用文学+视觉文化、音乐、医学、性别、电影的具体研究方式。

任：您所在的芝加哥大学东亚语言与文明系大约有几位学者从事中国研究？他们的研究是否也有上述这种取向？

蔡：芝加哥大学作为一所世界知名高校，其东亚语言与文明系还是有些可值得圈点的地方。我的同事中目前大约有 10 位学者关注中国，在他们的研究中交叉与融合的取向是很明显的。比如 Donald Harper 教授致力于早期中国文明研究，其研究哲学、宗教，但也研究科技史；Hung Wu 教授则关注早期中国艺术、社会记忆与政治话语间的纠结；Paola Lovene 副教授研究银幕上的中国现当代文学；而 Ariel Fox 助理教授则关注明清文学与经济间的互动。

任：如此来看，可以将您及其他同事称为"中国问题专家"。

蔡：我想我们都愧不敢当。我只是一个学习者，在中国文化面前，只是一个小学生。说到对自己的定位，我常戏称是"鬼学家"（ghostologist），因为长期以来我的学术兴趣一直集中于中国鬼怪故事。20 世纪 80 年代，我在哈佛大学韩南教授的指导下写作博士学位论文，便以《聊斋志异》为题。后来，在博士学位论文基础上加以修订出版，题为《异史氏：蒲松龄与中国文言小说》（*Historian of the Strange: Pu Songling and the Chinese Classical Tale*）。

任：因我目前在从事一项与聊斋有关的课题，案头恰好有您这本书。该书似是英语世界第一部聊斋研究专著，在西方汉学界产生了重要影响。据我所知，西方汉学界重要刊物如《皇家亚洲学会会刊》（*Journal of the Royal Asiatic Society*）、《哈佛亚洲研究》（*Harvard Journal of Asiatic Studies*）均曾有书评高度肯定该书，如指出您的著作开卷有益且令人难以释手；以敏锐的文学感受力与开阔的理论视野对聊斋文本作深度介入，为解读聊斋故事提供了一个不可多得的范本。您能给读者介绍一下该书的核心观点吗？

蔡：全书以文本细读为基础，结合中国志怪书写传统，特别是晚明以降的历史文化语境，假以西方视角，寻绎出聊斋故事"越界性"（the crossing of fundamental boundaries）的特质，进则由"癖好（主/客）"、"性别错位（男/女）"、"梦境（幻/真）"三个向度展开论述，以此考察蒲松龄如何更新了志怪这一文学门类。

◈ 第四章 他乡的知音：与美国汉学家对谈《聊斋志异》 ◈

任：我们课题组前段时间曾翻译过您大作中的部分章节，明显感到您的聊斋研究与中国学者相比有着非常鲜明的特色。比如您论述聊斋名篇《石清虚》一节。首先，采用文化史的研究视角，即给予文学以文化审视，将研究的视野投诸文学同文化间的联系。其次，运用跨学科的研究方法。在解读《石清虚》时，您打破学科界限，进行文学、绘画、医学的交叉综合研究。这些都非常值得国内聊斋研究加以借鉴与参照。

蔡：那本书是我早年的著作了，假如现在让我来写，估计写不出来了。那时尚在 20 世纪 80 年代，中国还没有像现在这样全面对外开放。当时研究资料很难搜集，山东大学的马瑞芳教授带我去淄川，实地调研，现在想来仿佛昨日一般。现在来看，研究资料越发丰富，比如《四库全书》完全电子化了，但是研究空间却越来越窄了，这是一个悖论。现在中国也有很多优秀的学者，他们的研究也非常好。

任：中国学者专门从事聊斋研究的主要集中于山东省内的一些高校和科研机构。刚才您提到了马瑞芳教授，健在的著名聊斋研究专家还有袁世硕、朱其铠、盛伟、杨海儒等先生。但是在聊斋外译方面，中国学者基本还是失语的，就目前来看，汉学家仍是翻译的主力军，比如您在《异史氏：蒲松龄与中国文言小说》一书中，也曾将《人妖》《石清虚》《颜氏》《狐梦》《画壁》等聊斋名篇迻译为英语。在聊斋英译本中，您最为欣赏谁的译文？

蔡：聊斋英译以节译本为多，英国汉学家闵福德曾将聊斋全译为英语，翟理斯早年也曾有全译聊斋的打算，但考虑到有些故事不太符合当时英语读者的阅读趣味便作罢了。闵福德似乎也是出于类似原因，仅出版了一个节译本，这便是 2006 年由企鹅出版社刊行的"*Strange Tales from a Chinese Studio*"，这是很不错的译本。翟理斯的节译本初版于 1880 年，后又多次再版，是英语世界比较有代表性的一个译本。我还是倾向于翟理斯的译文，或许是因为蒲松龄用古老的文言文创作聊斋，而翟理斯的英语离我们也算是比较远，所以读起来更有味道。

任：翟理斯的译本虽然现在看来有一些缺点，但确实是聊斋外译史上的一个里程碑，语言的陌生化是一个重要原因。此外，我觉得翟理斯译文某种程度上达及化境，传递出蒲松龄原文的雅驯文风。而闵福德译文倾向于口语化，比之翟理斯译文，味道自然淡一些。

蔡：说到聊斋英译，你认为"聊斋"之"聊"字当如何译？我在上述提及的专著《异史氏：蒲松龄与中国文言小说》中曾将"聊斋"译作"the Studio of Leisure"（闲暇的书房）或者"the Studio of Conversation"（闲聊的书房）。"聊"字似是"闲暇""交谈"之意。因有一种说法，蒲松龄在处所附近设一茶棚，凡路过之人分文不取，捧上香茗一壶，坐下与客人闲谈，然后蒲松龄就专门问一些奇闻异事，随后把听来的这些事情记录下来，再行加工润色，便形成了聊斋故事。现在来看，"聊斋"之"聊"字的意涵实在是太丰富了。

任：关于《聊斋志异》英译名，确实存在各种不同的处理方式。主要原因在于"聊"字不可作一义解，难以译成英文，此亦是百年来《聊斋志异》没有固定英译名的原因。2008年始，由美国Jain Publishing Company陆续出版的美国圣劳伦斯大学宋贤德翻译与注释的《聊斋志异》全译本，便将书名译作 *Strange Tales from Liaozhai*，直接采用汉语拼音"Liaozhai"以指称"聊斋"。

蔡：早期需从英语语言中找近似词，至后来直接用拼音标出。"聊斋"一旦采用汉语拼音"Liaozhai"加以对译，便进入了中国话语体系中，这对于聊斋海外传播是一次质的飞跃。

任：后面是否会有更多英语世界的读者，无须借助于翻译而可以直接读懂聊斋文言文原文？

蔡：这个短期来看还是有难度的。在当前大众传媒的语境中，除文字之外，图像似乎是更好的方式。

任：聊斋图像化确实是一个非常值得探讨的话题。在您后出的

◆ 第四章 他乡的知音：与美国汉学家对谈《聊斋志异》 ◆

一本专著《魂旦：十七世纪中国文学中的鬼魂和性别》（*The Phantom Heroine: Ghosts and Gender in Seventeenth-Century Chinese Literature*）中，您开篇也提及了 20 世纪 80 年代香港聊斋题材电影《倩女幽魂》（*A Chinese Ghost Story*），并附了《倩女幽魂Ⅰ：妖魔道》的几张剧照。《倩女幽魂Ⅰ：妖魔道》是 1987 年由徐克监制、程小东导演的电影，取材于聊斋中书生宁采臣与女鬼聂小倩人鬼相恋的爱情故事。就美国著名影评网站"烂番茄"（Rotten Tomatoes）英语世界专业影评与普通观众反应来看，徐克《倩女幽魂》三部曲，尤以第一部在海外接受度最高。这一方面体现在它在西方较高的关注度，拥有 13 位专业影评人与 279 位普通观众评论者，而且好评如潮，多数影评者认为其是电影史上的一部经典；另一方面，著名影评人在西方高端传媒平台撰文推介《倩女幽魂Ⅰ：妖魔道》，如沃尔特·古德曼（Walter Goodman）、托尼·雷恩（Tony Rayns）、马乔里·保加腾（Marjorie Baumgarten）分别在《纽约时报》、*Time Out*、《奥斯丁纪事报》上撰写影评。

蔡：清代聊斋评点家冯镇峦曰：聊斋以传记体叙述小说之事，仿《史》《汉》遗法，一书兼二体，弊实有之，然非此精神不出，所以通人爱之，俗人亦爱之，竟传矣。图像，对于大众来说似乎更有吸引力。也是出于这一考量，我将《聊斋·公孙九娘》翻译成英语，并改编为西方歌剧。现正与中国的音乐家合作，计划在芝加哥歌剧院演出。此前，《红楼梦》也有过西方歌剧版本，但对于聊斋故事来说，似乎还是第一次。

任：这真是中西合璧之作。此前国内有京剧、豫剧、川剧、吕剧等版本的聊斋故事，但改编为西方歌剧应该是第一次。这确实具有独特优势，"英语+歌剧"形式可以把中国文化更直观地展现给国外观众。预祝该歌剧在美国演出成功，为聊斋"走出去"创立新的典范！

蔡：谢谢！我也希望中外学者精诚合作，为我们共同热爱的聊斋而努力！

◆ 英美聊斋学研究 ◆

第二节 "雅爱搜神":与美国汉学家宋贤德对谈《聊斋志异》

历时数年之久,美国圣劳伦斯大学"Frank P. Piskor"英文教授宋贤德(Sidney L. Sondergard)于 2014 年完成六卷本的《聊斋志异》英文全译。这是迄今为止,在英语世界出现的第一个聊斋全译本。宋贤德自 1986 年供职于圣劳伦斯大学,早年曾先后于威奇托州立大学获得学士与硕士学位,南加州大学获得博士学位。著有《磨笔:早期现代女性英语作家的修辞暴力策略》(*Sharpening Her Pen: Strategies of Rhetorical Violence by Early Modern English Women Writers*, 2002);英译著作方面,除《聊斋志异》外,另译有张金星《野人魅惑》,目前正致力于翻译周晓光教授的《新安理学》。

得益于宋贤德聊斋译本,英语读者得以全面品读与感知蒲松龄笔下的鬼狐精怪、僧道法术以及大量的民间故事。宋贤德译本堪称雅俗共赏,既兼顾普通读者的阅读趣味,为多数聊斋故事配以西方色彩的黑白插图,又注重译作的学术性,采用译释并行的方式,对聊斋中大量晦涩的典故做出了注解,并在每卷译本前撰写长篇导语,对蒲松龄的艺术创作以及聊斋故事中蕴含的儒释道等传统文化元素作了多向度的解读。

笔者近年来着力于英美聊斋学的研治,与宋贤德教授有学术交往,感于在中国文化"走出去"的时代语境下,聊斋将如何进一步走向世界,加之,宋教授倾力创制的这一聊斋全译本尚不为中国学界所周知,特围绕"聊斋英译与海外传播"这一话题与宋教授进行了一次学术对话,全文如下。

任增强(以下简称"任"):宋教授您好!首先感谢您抽出时间与我做这样一场学术对话。近些年来,因我所从事的一个课题,一直关注中国古典名著《聊斋志异》在英语世界的翻译与传播。结合原哈佛大学韩南教授的考据,似乎德国传教士郭实腊应当是最早

第四章 他乡的知音：与美国汉学家对谈《聊斋志异》

接触并评论聊斋的西方学者。而后，英国来华外交官梅辉立、阿连璧相继推出过聊斋《酒友》《考城隍》《狐嫁女》等单篇译文，直至翟理斯于1880年推出节译本《聊斋志异》（*Strange Stories from a Chinese Studio*），共译164篇作品，这应是最早颇具规模的聊斋译本。其后虽也有汉学家如梅丹理与梅维恒、闵福德等推出节译本，但并无全译本出现。那么宋教授，您是基于何种机缘而完成聊斋全译的？

宋贤德（以下简称"宋"）：我曾有一段时间给学生讲授中国香港以及中国内地的电影。其间，我发现很多电影往往取材于蒲松龄的《聊斋志异》。于是，我就想做一个调查，看一下是否有英文版的聊斋全译本。结果如你所言，都是一些节译，而且很多译作是两人合作完成的。所以当即萌生出一个想法：一个人独立来翻译整部聊斋。当然，这对于我来说也是一个不小的挑战，但好在我一向就比较喜欢那种神奇的超自然故事，所以对蒲松龄的《聊斋志异》特别感兴趣。蒲松龄是一个很博学的人，他对佛道文化、儒家经典，中国传统的志怪文学极为熟稔。而且，他还是一个饱含深情的人，对那些寒窗苦读、一心于科举功名的读书人给予了无限的同情。所有这些都深深地吸引并打动着我。

任：蒲松龄在《聊斋·自志》中说："嗟乎！惊霜寒雀，抱树无温；吊月秋虫，偎阑自热。知我者，其在青林黑塞间乎！"这形象表达了我们中国人常说的，"高山流水，知音难觅"。宋教授可无愧是蒲松龄在异国他乡的知音了！从您的话中可以看出您也是能深入蒲松龄情感世界的译者，那么相较于其他译者的译文，您的聊斋译作有何独到之处？

宋：首先来说，我的译作是第一部聊斋全译本，这是其他译本所不及的。当然更重要的是，我的译文试图传递出蒲松龄原文的真精神。我在研读中发现有些聊斋译者总是倾向于使用当下的话语，而丝毫不顾及原文的时代久远性。而我在翻译过程中则力避不规范的俚语、意涵不确定的习语和难以理解的地区方言，我不敢说今天的读者读我的译文所作出的反应与清代读者阅读原文时所产生的反应完全相同；但我可以保证，我的译文对于今天的、80年前或者80年后的英文读者来说，在理解上是不会产生太大的偏差的。

任：您刚才提到的这个问题，我在研究中也有所感触。重视传递聊斋原文优美而洗练的文风，此诚翻译中的一大难点。除此之外，您在翻译过程中还遇到过其他什么困难？

宋：如前所言，蒲松龄是一位非常博学的作家，他在大量的故事末尾总是喜欢添加一段评论，也就是所谓的"异史氏曰"。这些故事的评语通常有些含糊，所以对其中的微妙之处理解起来非常困难。有很多次我不得不停下笔，细细考量其中某个语词的意涵，以及其与前面故事间的某些意义性关联。这是一个非常有意思的话题。

任：是这样的，您的观点很有洞悉力。美国有一位聊斋研究者、芝加哥大学的蔡九迪教授亦曾关注过这个问题。她认为异史氏的评论拥有高于并超出故事本身的权威，而评论高于故事这一结构等级同样也会使作者有充分的自由，诱导读者将评论视为是一种戏谑。所以很有意思，蒲松龄在故事与末尾的评论间构建出一种意涵上的张力。

除了结尾的"异史氏曰"这部分的评论外，聊斋的可读性还是很强的，一些早期的聊斋论者大都非常钦佩蒲松龄的文风。

宋：在表层的语言之外，我觉得蒲松龄的文风很独特，非常典型的一点便是他经常将自己的声音隐没于叙事中，以此来强调或者凸显故事中的某一行动。在聊斋译本的第一卷中，我曾专门撰文指出蒲松龄在写作中这种极为谦卑的姿态实际上表明，他所强调的是故事本身的内容而非创作的风格。蒲松龄在《自志》中说，"才非干宝，雅爱搜神；情类黄州，喜人谈鬼。闻则命笔，遂以成编。久之，四方同人，又以邮筒相寄，因而物以好聚，所积益夥。"蒲松龄在此交代其大多数故事来自他人，这无疑进一步印证了他写作中

◈ 第四章 他乡的知音：与美国汉学家对谈《聊斋志异》 ◈

带入的谦卑姿态。很明显，蒲松龄本人热衷于志怪故事，也乐意与读者分享。

任：您这个观点确实比较有意思。您更关注的是蒲松龄故事的"异"，而非单单语言层面的问题。另一位聊斋译者闵福德对聊斋的"怪异叙事"也较为观瞩。

宋：英语读者对聊斋中的"怪异叙事"确实也是充满好奇心的！每次我在课上讲到聊斋，学生们都会热烈地展开讨论。他们总是想了解中国人是如何看待超自然现象以及道士的法力。聊斋里面关于凡人被选来做阎王的说法、狐狸精幻化成人形或行骗或修炼成仙，或者爱上贫困书生的故事都让学生们颇为着迷。我可以大胆预想，随着越来越多的英语世界作家读到英文版的聊斋，这些充满奇思妙想的故事会为他们的创作带来灵感。

任：非常期待！聊斋对外国作家的影响长期以来主要还是局限于东亚，比如日本、韩国等。在欧洲和南美也不过就是奥地利作家卡夫卡与阿根廷作家博尔赫斯。英语世界的作家明显受到聊斋影响的就更是寥若晨星了。所以非常期待您的六卷本聊斋译文对英语世界的作家产生重大影响！当前中国正在实施中国文化"走出去"战略，您觉得除了外译，聊斋若要"走出去"还有其他的何种路径与方法？

宋：对于聊斋这样一个特殊文本，我觉得应该采取特别的方式。我在前面也间接提及过，那就是聊斋的故事性很强，如果能够借助于大众传媒的话，比如请好莱坞或者迪士尼来拍摄聊斋题材的电影，我想很快就会在全世界引发空前的聊斋热。对于聊斋来说，"图像"很重要。所以，也可以借助连环画或者图像小说，以图文并茂的形式将聊斋推出去。当然对于现在的年轻人来说，棋类游戏和电子游戏的形式也很重要。比如《三国演义》被拍成了电视剧和电影，随后便出现了同类题材的棋类游戏和电子游戏，所以近二十年来《三国演义》赢得了很多的英语读者。

任：这些建议非常好！在大众传媒勃兴的时代，相对于文字，图像对受众的影响会更大一些。当然，如您所言美国电影界的积极关注必定会进一步推动聊斋在全世界的传播。所以，希望通过您的聊斋全译本引发好莱坞和迪士尼对拍摄聊斋题材电影的兴趣！

宋：我可以为他们写剧本！（笑）

第五章　影像中的聊斋:《聊斋志异》在英语世界的图像传播

清代著名聊斋评点者冯镇峦尝谓聊斋一书"通人爱之，俗人亦爱之，竟传矣"。概而言之，在《聊斋志异》流传过程中，存在两种主要的传播媒介，即文字与图像。

就前者而言，《聊斋志异》尚未成书之前，便以手稿或抄本的形式流播开来；而后青柯亭刻本问世，接着又有吕湛恩、何垠注释本，何守奇、但明伦、冯镇峦等人的评点本相继出现，风行天下二百年。就其在英语世界的传播而言，《聊斋志异》在不同历史时期，亦是以各种译文、节译本，以至全译本的形式行世，成为中国古典小说中拥有外文语种最多的一部，堪称中国文学乃至中国文化"走出去"的典范。而以图像形式的传播，在英语世界主要依托于电影，以及纪念币和烟卡等三种媒介。《聊斋志异》题材电影在西方的传播，较早如中国香港著名导演李翰祥于 1960 年执导的《倩女幽魂》，而后由此带动和引领了一系列聊斋题材电影，如《侠女》《画皮》《画壁》等。而其中尤其以《侠女》和《倩女幽魂》系列为英语世界所称道。

第一节　再度梅开：胡金铨聊斋题材电影《侠女》"走出去"成因探析

由中国著名导演胡金铨执导的《侠女》(*A Touch of Zen*) 是华

语电影中最早赢得西方主流电影节奖项的功夫片,该片改编自中国古典名著《聊斋志异》同名故事《侠女》,同时也受到另一则聊斋故事《杨大洪》的影响。杨大洪,即明代左副都御史杨涟,其因上书弹劾阉党头目魏忠贤而惨死狱中。综合上述聊斋两则故事,电影将背景设置为明代东林党与阉党魏忠贤之间的政治斗争。书生顾省斋满腹经纶却无意于科举功名,以卖字画为生,无钱迎娶,与母亲相依为命,寄居于京郊的一个弃堡。后来顾省斋结识附近新搬来的一个陌生女子,两人一夜欢好,却遭遇东厂杀手欧阳年前来打探,女子与来者一场厮杀。后欧阳年又与附近算命瞎子交手,被顾生与其母撞见,并逐渐得知这群陌生人的真实身份——杨涟遗孤杨慧贞与保卫忠良之后的石门樵将军,此外还有镇上假扮郎中的鲁定庵将军。因三人皆被朝廷通缉,遂遭东厂追杀,顾生利用当地有鬼魅之谣言,以平生所学在屯堡设下重重机关,又得高僧慧圆大师相助,最终杀退以门达为首的东厂杀手。

《侠女》最初于20世纪70年代在台湾首映,之后获得1975年戛纳电影节(Cannes Film Festival)技术大奖(Technical Grand Prize),以及加拿大蒙特利尔第一届灵异电影节心灵影展荣誉奖。而后《侠女》纷纷应邀参加欧、美、澳各大洲的国际影展,获得诸多奖项与好评,并在一些地区发行公映。但据美国影评网"烂番茄"相关数据显示,该片在70年代之后较长一段时间内,在英语世界基本处于一种蛰伏状态,而直至2000年10月《卧虎藏龙》上映之后,导演李安坦言其受胡金铨影响,由此带动了《侠女》2002年DVD版的发行,至此方引发英语世界的又一轮追捧。进而,于2014年,原版《侠女》电影胶片进行了修复工作。4K《侠女》修复版由该片女主角徐枫出资,中国台湾电影中心(Taiwan Film Institute)与博亚电影修复所(L'Immagine Ritrovata)负责,华慧英指导较色工作。在35毫米的电影胶片上细致地逐框剔除霉斑,多处画面在经过大量"较色"工作后,色彩与清晰度大为改观。法国当地时间2015年5月18日晚,4K修复版《侠女》40年后在戛纳

第五章 影像中的聊斋:《聊斋志异》在英语世界的图像传播

举行修复放映会,上映效果令人赞叹。① 这无疑又进一步引发了英语世界受众对《侠女》的广泛关注。

据目前(数据截至 2018 年 7 月 1 日)在"烂番茄"网站上显示(详见表 5-1 和表 5-2),有 23 条专业影评(critic reviews),100 条普通观众评论(audience reviews),其中超级评论员(super reviewers)评论 5 条。另,影评人评分与番茄新鲜度指数均颇高,分别为: 8.2/10 与 96%;普通观众评分与爆米花指数也比较高,分别为 3.9/5 和 82%,其中番茄新鲜度指数这一重要指标仅次于李安《卧虎藏龙》所获得的 97%。从笔者所掌握相关数据和资料来看,该片在英语世界的反响十分强烈,② 堪称是中国电影"走出去"的成功范例,这不仅体现在美国著名影评网"烂番茄"所显示的几个重要指标,更体现在该片获得了西方知名影评人的关注,而这些影评近乎全是褒奖之声,并且主要发表在西方主流媒体之上。

表 5-1　　　　　　　　　　　　影评数量

评价 电影	专业影评	普通观众评论	超级评论
《侠女》	23 条	100 条	5 条

表 5-2　　　　　　　　　　　　影评指标

评价 电影	影评人评分	番茄新鲜度指数	普通观众评分	爆米花指数
《侠女》	8.2/10	96%	3.9/5	82%

---

① 参见 Sean Axmaker 所发表影评,具体见 www.Seanax.com,January 13,2017。
② 据笔者追踪"烂番茄"相关数据,截至 2016 年 1 月初,共显示有 12 位专业影评人就《侠女》发表观点,但时间截至 2018 年 4 月初,已增至 23 位专业影评人。由此可见《侠女》电影在海外热度正逐年上升。

◇ 英美聊斋学研究 ◇

一 西方知名影评人的关注

《侠女》作为一部中国影片,能够引发西方知名影评人的关注,这无疑是其在海外获得成功的一个重要表征。这批知名影评人,主要集中于英美两国。

英国方面,比如长期以来一直关注亚洲电影发展的专业影评人、英国著名亚洲电影评论家托尼·雷恩(Tony Rayns);伦敦自由影评撰稿人、《电影史》(*History of Film*)一书著者戴维·帕克森(David Parkinson);还有瑞特·克林(Rich Cline),其为英国评论家协会电影分会(UK Crirics Circle Film Section)的副主席,同时也是伦敦电影评论家协会奖(London Critics Circle Film Awards)评审主席,先后担任如 2016 年威尼斯电影节(Venice Film Festival)、2014 年阿布扎比电影节(Abu Dhabi Film Festival)、2009 年柏林电影节(Berlin Festival)、2006 年都灵电影节(Torino Film Festival)评委,并于 1995 年创办发行了英国第一份电子版电影杂志《壁影》(*Shadows on the Wall*)。①

美国方面,则有美国著名的记者、历史学者兼影评人艾略特·斯坦因(Elloit Stein),俄裔美国作家兼著名影评家 A. H. 维勒(A. H. Weiler),美国著名影评人、《芝加哥读者报》的影评撰稿人戴夫·凯尔(Dave Kehr),以及《芝加哥读者报》编辑、美国知名影评人丹尼斯·施瓦格(Dennis Schwartz)。② 此外,还有杰弗瑞 M. 安德森(Jeffrey M. Anderson),据其个人网站显示,其为美国知名自由撰稿人、影评人,创办个人影评网站"Combustible Celluloid",并且是著名的旧金山影评人协会的发起者之一,③ 其作品多

---

① 详见 http://www.shadowsonthewall.co.uk/shabout.htm。
② 详见 https://www.rottentomatoes.com/critic/dennis-schwartz/movies。
③ 据百度百科资料:旧金山影评人协会奖(San Francisco Film Critics Circle Awards,SFFCCA),创办于 2002 年,于每年 12 月颁奖。因为是在奥斯卡金像奖颁奖前夕颁奖,也被与其他前哨站奖一样被看作是奥斯卡的风向标。

◇ 第五章 影像中的聊斋：《聊斋志异》在英语世界的图像传播 ◇

出现于《旧金山问报》(San Francisco Examiner)、《旧金山湾卫报》(San Francisco Bay Guardian)、《奥克兰论坛报》(Oakland Tribune)等美国主流报刊。再如《国际电影杂志》(Film Journal International)、《美国电影摄影师》(American Cinematographer)等杂志的撰稿人，以及《美国电影遗产》(America's Film Legacy)一书的作者丹尼尔·瑞根（Daniel Eagan）；还有美国贝勒大学电影与数码媒介研究方向的詹姆斯·肯德瑞克（James Kendrick）副教授，专职为位于阿联酋迪拜的一家独立的搜索引擎和娱乐门户网站"QNetwork"撰写影评。① 以及另两位美国知名影评人，分别是克里斯·巴萨迪（Chris Barsanti），纽约影评网以及网络影评家协会会员；肖恩·埃克斯马克（Sean Axmaker），美国华盛顿州历史最悠久的《西雅图邮讯报》(Seattle Post-Intelligencer)影评人、世界上历史最悠久的在线电影评论家协会（Online Film Critics Society）的会员。此外，还有美国纽约大学兼职教授、知名影评人马特·普吉（Matt Prigge）。

二 相关影评出现于西方主流媒体

上述知名影评人所发表的《侠女》影评，主要集中发布于西方主流电影杂志或在西方具有广泛影响力的娱乐资讯网站上，这无疑也是《侠女》成功"走出去"的另一重要注脚。如世界著名杂志、创办于伦敦的《休闲时光》(Time Out)，② 英国著名电影杂志《完整电影》(Total Film)，③《善意的谎言：真相与电影》(Little White

---

① 详见其英文网页介绍，http://www.qnetwork.com/。
② Time Out 是由 Time Out 有限公司出版的一个杂志。该杂志创建于1968年，总部位于伦敦。现在，它已覆盖全球39个国家的107个城市，每月超过4000万读者通过内容分发平台来浏览。具体可参见"看国外"网站介绍，http://www.kguowai.com/html/2148.html。
③ 英国电影杂志，每年刊发13期，创刊于1997年，具体可参见 https://en.wikipedia.org/wiki/Total_Film。

Lies：Truth & Movies)①，《广播时代》（Radio Times），以及《司格尼杂志》（The Skinny）。②

再就是美国的主流媒体，如《纽约时报》（New York Times），林肯中心电影学会会刊《电影评论》（Film Comment），③ 以及美国电影博览集团（Film Expo Group）出版的《国际电影杂志》（Film Journal International）。此外，《侠女》相关影评还出现于西方乃至中东地区具有广泛影响力的文化网站上，如"时尚事件"（PopMatters），由美国知名文化学者莎拉·茹普科（Sarah Zupko）于1999年所创立的大型文化批评网站，后逐步演变为网络杂志形式，涉及对各类媒介产品的评论。据2005年的数据显示，其每月的读者量已突破一百万大关。④ 此外，还有位于中东迪拜的"QNetwork"，该媒体作为一家独立的娱乐门户网站，于1998年投入运行，影响辐射整个中东地区及西方世界，《侠女》影评也曾在此发布。

此外，尚需要指出的是，《侠女》影评还曾出现于澳大利亚历史最悠久的电影和媒体杂志《麦特》（Metro）上。⑤

三 相关影评几乎无一例外盛赞该片

胡金铨《侠女》备受英美知名影评人关注，而相关影评又多出现于西方主流媒体上，这些都无疑展现出《侠女》在英语世界的受欢迎程度，而具体至相关影评的内容与倾向，我们可以看到几乎无

---

① 创刊于2005年，是伦敦的一份双月刊，业内引领性的独立电影杂志，致力于宣传非凡的影片及其制作人。可参见该刊英文主页 http：/lwlies.com/。

② 2005年创刊于苏格兰的爱丁堡和格拉斯哥，2015年在爱丁堡、格拉斯哥、曼彻斯特、利物浦等6大城市发行量突破63000册，是值得信赖的独立文化咨询平台。可参见英文主页 http：//theskinny.co.uk/about。

③ 《电影评论》创刊于1962年，刊发影评，包括对全球艺术片和先锋电影制作的评论文章，具体可参见该刊物英文主页 http：//www.filmcomment.com/archive/。

④ 可参见该网站英文主页 http：//en.wikipedia.org/wiki/PopMatters。

⑤ 创办于1968年，季刊，主要刊登关于澳大利亚、新西兰以及亚洲等地区的故事片、短片、纪录片的论文、文章与访谈。可参见该刊英文主页 http：//www.metromagazine.com.au/magazine/index.html。

◇　第五章　影像中的聊斋:《聊斋志异》在英语世界的图像传播　◇

一例外地盛赞该片。

早于 1976 年，艾略特·斯坦因便曾指出，在 1976 年纽约电影节之前，西方对于香港电影的了解仅限于邵氏兄弟的几部影片，而"《侠女》的光辉确实是一个巨大的惊叹"（The splendor of Touch of Zen came as a major surprise）；瑞特·克林以及丹尼尔·瑞根盛赞其为"电影史上当之无愧的杰作"（a real masterpiece that deserves its place in film history）、"胡金铨的名作"（King Hu's masterwork）；安东·伯特尔（Anton Bitel），高度肯定该片"将中国功夫电影提升至艺术片的层次"（elevated kung fu to the art-house）；迈克尔·亚科内利认为该片是"武侠电影史上的里程碑"（cornerstone of the wuxia genre）；丹尼尔·瑞根指出，胡金铨的《侠女》"多年来一直是最受影迷们追捧的一部影片"（for years a cult favorite），胡金铨"开拓了武侠电影的疆域，并增加了其厚重感，将之从商业开发提升至艺术片的水准"（adding scope and gravity to the wuxia genre, elevating it from exploitation to the art house）。詹姆斯·肯德瑞克认为，作为中国导演胡金铨电影生涯的巅峰之作，《侠女》是真正的"游戏规则改变者"（game-changer），该武侠片中融入了"史诗般的规模与精神高度"（epic scale and spiritual intensity），对武侠电影和国际艺术片产生了不可磨灭的影响。肖恩·埃克斯马克指出，胡金铨充满骑士精神的浪漫冒险剧是中国电影中的杰作，宏大的史诗巨制，类似芭蕾舞般优雅的剑斗场面，成为《卧虎藏龙》最重要的电影灵感来源。马特·普吉指出，在李安《卧虎藏龙》之前，《侠女》是"最负盛名的武侠电影"（the closest the martial arts genre came to Prestigious）。

总而言之，由上述西方影评网"烂番茄"出现的较高评价指数，西方知名影评人在主流媒体所发表的多具褒扬性的影评等方面可以看出，胡金铨执导的聊斋题材电影《侠女》在西方世界获得巨大的成功，无疑成为中国电影"走出去"的典范之作，而个中的缘由值得进一步加以探讨。

四 以在海外享有盛誉的中国古典聊斋故事为依托

一部好的影片离不开精彩的故事脚本，《侠女》电影便是改编自中国古典名著《聊斋志异》，这一点，诸多海外影评人已有察觉。比如影评人詹姆斯·肯德瑞克便指出，该片基本的故事框架是胡金铨从蒲松龄《聊斋志异》（*Strange Tales from a Chinese Studio*）中脱胎而来的，作为一部久负盛名的短篇小说集，包括500余篇故事，其中有一则同名故事，即《侠女》（*The Gallant Girl*）。① 影评人克里斯·巴萨迪也注意到，《侠女》故事由胡金铨改编自18世纪蒲松龄的志怪小说集《聊斋志异》（*Strange Stories from a Chinese Studio*），其中包含大量的奇异故事（marvel stories），并充满了对腐败政府官员的辛辣讽刺。②

两位西方知名影评人对《侠女》与聊斋故事关系的揭示，一方面说明《聊斋志异》在英语世界广泛的影响力与知名度；另一方面也可以看出，中国传统文学拥有的持久艺术魅力。《聊斋志异》在英语世界的传播较早如1842年传教士郭实腊在《中国丛报》所刊发之评论"Liáu Chái I Chi, or Extraordinary Legends from Liáu Chái"，即《聊斋异志，或曰来自聊斋的神奇传说》；其后翟理斯的《聊斋志异》节译本 *Strange Stories from a Chinese Studio* 于1880年出版，而后在英语世界数次再版，于聊斋的海外传播居功至伟；在翟译本之后，英语世界又不断涌现各类译文和译本，进入21世纪后，于2006年又出现了闵福德的聊斋节译本 *Strange Tales from a Chinese Studio*，并入选"企鹅经典"丛书。可以说，《聊斋志异》在英语世界近二百年的传播，累积出较高的知名度，而上述克里斯·巴萨迪、詹姆斯·肯德瑞克两位知名影评人便分别取了翟理斯与闵福德的译法，以指称《聊斋志异》。可见，以

---

① 相关观点，可参见 http://www.qnetwork.com/review/3693, August 7, 2016。
② https://www.popmatters.com/a-touch-of-zen-finds-the-art-in-the-martial-arts-2495420494.html, Aug 10, 2016.

◈ 第五章 影像中的聊斋：《聊斋志异》在英语世界的图像传播 ◈

在海外已然享有盛誉的中国文学作品为底本加以改编，这样的影片更易于引发西方受众的关注。

五 多类型电影题材的融合

《侠女》凭依《聊斋志异》在英语世界的盛名，但是导演胡金铨的故事改编也独具特色，这一点引发了诸多海外影评人的关注。长期以来一直关注亚洲电影发展的专业影评人、英国著名亚洲电影评论家托尼·雷恩，盛赞胡金铨的《侠女》是一部非凡的明代史诗（remarkable Ming Dynasty epic），影片以鬼故事为开端，进而转变为一部政治惊险剧，最终以高僧慧圆的出现而成为一场充满形而上意味的玄学之战。这部电影的结构类似于一个中国套盒（a set of Chinese boxes），考验着观众的智力。① 迈克·亚科内利（Michael Jaconelli）也曾在评论中将胡金铨《侠女》的结构设置比喻为一个中国套盒，挑战着观众的期待视野，将叙述由鬼故事转至侦探故事，进而转变为一个充满哲学意味的功夫片。② 如这两位影评人所见，影片《侠女》改编自《聊斋志异》中的同名故事《侠女》，但据笔者考证，实际上这部影片也深受《聊斋志异》中另一则故事的启发，即《杨大洪》。大洪，即杨涟别字。天启间，杨涟拜左副都御史，激扬讽议，因弹劾魏忠贤，被阉党诬陷下狱，拷讯残酷，死于狱中。而《侠女》便以此事件为线索；衍生出杨涟之女杨慧贞为阉党追杀，后在石门樵和鲁定庵两位将军、书生顾省斋保护下，又得高僧慧圆大师相助，最终杀退东厂追兵的故事。可以说，除却恐怖剧、惊险剧、宗教史诗剧这些题材之外，尚有喜剧片与爱情片的元素，前者如顾省斋唠唠叨叨的母亲，后者则表现为顾省斋与杨慧贞之间的情爱。③

正是多种电影题材的综合运用与相继展现，该影片不断打破观

---

① http：//www.timeout.com.london/film/a-touch-of-zen，Dec 09，2015.
② https：//www.theskinny.co.uk/film/dvd-reviews/a-touch-of-zen，Feb 01，2016.
③ http：//www.shadowsonthewall.co.uk/swtouzen.htm，May 24，2003.

众的期待视野,不但挑战着观众的智力,更是吊足了观众的观看胃口,由此该片上映时间虽有三小时之长,但是并未引起观众的厌倦感。

六 电影特技与竹林打斗场景

《侠女》在西方世界的轰动效应,很大程度上得益于其特技的使用以及由此拍摄出的竹林打斗这一经典画面。《侠女》曾饮誉1975 年第 28 届戛纳电影节,获得技术大奖。而由诸多影评人的评论可以看出,其电影特技方面的创新集中于竹林打斗这场戏以及该场景对后来武侠电影的深刻影响。如安东·伯特尔便曾指出,该片最耀眼的一幕还是演员在蹦床上弹起的动作,这对于现在的观众而言似乎不是高难的动作,但是在胡金铨的时代,确实将中国功夫提升至艺术的层面。[①] 影评人杰弗瑞·M. 安德森对此甚至指出,早在李小龙之前,胡金铨就已经发明出了空中打斗的场景。在 2000 年年末《卧虎藏龙》上映之前,大多数的电影人并不十分熟悉中国武侠电影,有人认为《卧虎藏龙》明显受到了徐克《东方不败》和程小东《倩女幽魂》的影响,其实即便是徐克和程小东也受惠于胡金铨。[②] 实际上,《侠女》竹林中充满诗意的打斗场面对《卧虎藏龙》以及张艺谋的《十面埋伏》均产生过重要影响。这一场景的出现,从技术层面而言,无疑得益于胡金铨的剪辑技术,正如影评人马特·普吉所言,当其他影片进行流水线式快速制作时,胡金铨却极为考究和挑剔(fastidious and fussy),偏好优美的意象和剪辑风格。胡金铨最为偏好的剪辑技巧是从剧中人物开始动手打斗便进行剪辑,进而突然插入人物在空中施展轻功的镜头,然后再加以剪辑,最后单单呈现人物落地的一幕。这被美国著名电影理论家大卫·鲍德威尔称之为"一瞥"(glimpse),即迅速而不连贯的剪辑,

---

[①] https://lwlies.com/articles/a-touch-of-zen-blu-ray-dvd/,January 20,2016.

[②] http://www.combustiblecelluloid.com/classic/touchofzen.shtml,April 28,2006.

◇ 第五章 影像中的聊斋：《聊斋志异》在英语世界的图像传播 ◇

凸显了剧中人物动作的超凡脱俗性，并给观众内心以某种冲击力（the quick, disconnected edting stresses the otherworldliness of their actions as much as it gives us a visceral rush）。①

由此，在吊钢丝绳与电脑特技诞生之前，胡金铨以独特的剪辑与摄影技术制造了唯美的艺术效果：主人公借助于隐藏起来的蹦床，在半空中俯冲而下，飞跃高树与围墙，然后如羽毛般轻轻落地。正如影评人肖恩·埃克斯马克所谓"此处的特技尤胜于芭蕾，较之体育运动更为优雅"（more balletic and graceful than athletic）、"气势恢宏而又如梦幻般优美"（glorious and grand and dreamily beautiful）。②

这一竹林中的特技动作，展现了胡金铨对电影艺术精益求精的执着追求，不但助力《侠女》荣膺西方主流电影节大奖，而且进一步影响了后来的如《卧虎藏龙》《十面埋伏》等中国电影，成为中国电影"走出去"的一个经典场景。

七　中国美学精神与禅宗思想

《侠女》中所融入的中国美学与禅宗思想，作为独特的东方文化元素，引发了西方影评人的积极关注。其中，美国著名影评人艾略特·斯坦因早于1976年便注意到了《侠女》中的中国美学元素，认为影片中充满了象征意象，如正在结网捕食猎物的蜘蛛，弥漫的云雾；而程式化的打斗更是体现了中国京剧舞蹈式的动作风格。英国著名影评人瑞特·克林于2002年在《壁影》上撰文，称影片中充满了唯美的景物（the beauty of the images）。英国第四频道电视公司旗下的数字电影频道"Film 4"上曾有一篇匿名影评，认为《侠女》是一部经典的功夫片，有着令人瞠目结舌的武打和优美的风

---

① https://www.metro.us/entertainment/a-touch-of-zen-brings-back-a-great-and-unusual-martial-arts-classic/zsJpdy-6dXfvr0piLPmA, April 25, 2016.

② http://streamondemandathome.com/touch-zen-criterion-blu-ray-dvd-streaming-vod/, April 12, 2017.

景。显然，胡金铨受惠于黑泽明，但是也让世人感知到了华语功夫电影的魅力。影评人肖恩·埃克斯马克也指出，整部影片的氛围是胡金铨刻意营造的，薄雾，落叶，还有充斥着摄影镜头的阳光，笼罩着整个小镇的暗夜，即便在最为壮观的动作中，胡金铨也营造出宁静之感。而后，美国著名影评人 A. H. 维勒 2005 年 5 月于《纽约时报》上撰文指出，胡金铨在《侠女》中呈现了一场古代的骚乱，他却以令人陶醉的方式将绘画技艺、禅的神秘与京剧程式化的武打熔为一炉。① 英国著名亚洲电影评论家托尼·雷恩于 2006 年 6 月在 Time Out 上撰文指出，故事开场展现的是北京郊外一个平静的小镇，结尾时关于禅宗的玄妙幻觉，中间部分则是武打场景，将京剧舞台艺术融入了激烈的打斗中。

　　以上这些评论虽然极富有洞见，但是并未详细展开，而后特别是在 2014 年《侠女》修复后，其色彩与清晰度大为改观。法国当地时间 2015 年 5 月 18 日晚，4K 修复版《侠女》上映后，催生了西方影评人对其所蕴含的中国美学与禅宗精神的深入探析。

　　如迈克·亚科内利便指出，影片中充满了象征，如开始时阴暗的树林和缠结的蜘蛛网，暗示着魏阉及其爪牙险恶嗜杀的本性；而阳光的射入，则象征着禅宗启悟所带来的澄明。而影片中很多动作场面深受京剧的影响（influenced by Peking Opera）②。而影评人马特·普吉则进一步指出，《侠女》充满了象征和佛教意味。暴力可以产生极端的视觉美感（violence that could also boast extreme visual beauty）。影片竹林打斗的两个核心场面，融合了角斗和轻功，背景为灿烂的阳光穿过竹林，正面人物和反面人物都笼罩于天光云影之中。紧接着更为迷幻，加之之前大量的佛教意象，此时陡然进入了一种令人无法释怀的宗教超越境界。

　　此外，美国贝勒大学电影与数码媒介方向的副教授詹姆斯·肯

---

　　① 原文载 New York Times，2005.05.09，原文不得见，片段可见于"烂番茄"网站，具体参见 https：//www. rottentomatoes. com/m/touch_ of_ zen/。

　　② https：//www. theskinny. co. uk/film/dvd-reviews/a-touch-of-zen，February 2，2016.

◇ 第五章 影像中的聊斋:《聊斋志异》在英语世界的图像传播 ◇

德瑞克,对《侠女》中的中国美学与禅宗精神有着更为详致的论述,认为该片的视觉旋律即是中国美学中"迷"(amorphous,mysterious)的典型体现。在电影学者赫克托·罗德里格斯看来,"迷""常被用于中国山水画中,是借以唤起凝视、漫游以及深陷于模糊、无限的梦幻空间中的一种体验"。另外,詹姆斯·肯德瑞克还指出,胡金铨在其他方面也复兴了武侠电影,如将京剧元素融入武打中,将传统的执剑打斗转化为非人力所能为的精彩芭蕾舞剧。剧中人物在半空中弹跳,冲入竹林中,同时刀剑齐鸣,并伴有如鸟扑打翅膀的衣袍迎风声,对于影片中人物的超人能力,似乎无法解释,应视为具有某种象征意义。胡金铨以快速剪辑的形式设计出杂技式的动作,将暴力转化为诗的形式,强化了影片中鲜明的善恶之争。而剧末,影片的审美品格因高僧慧圆的出现而进一步得以深化。

可见,英美影评人对《侠女》美学精神和禅宗思想的关注,主要聚焦于电影中的山水画意境、京剧元素和禅宗思想三个方面。而其中的第一和第二方面,即山水画境和京剧格外引发了西方影评人的关注,无疑成为《侠女》成功"走出去"的重要推动力。

正如前文所言,依托在西方世界广为流布与熟悉的中国文化因子,更利于西方受众的接受。中国山水画的西传,据学者方豪,"欧洲受中国绘画之影响,以中国之山水画及画中人物为开端,此等绘画已见于瓷器者为多。"[1] 可见,山水画作为瓷器上的装饰画,是与中国瓷器同步西传的。而瓷器在唐代以降便销往西亚、北非一带,欧洲对中国瓷器的初步认识是在十字军东征时期。随着新航路的开辟,欧洲殖民者通过直接或间接的方式将中国瓷器大量舶往欧洲。中国瓷器遂成为中世纪远洋贸易数量最多、覆盖面最宽、影响最大的商品。[2] 另据学者考证,降及18世纪,中国茶叶和瓷器,在

---

[1] 方豪:《中西交通史》下册,中国文化大学出版部1983年版,第1069页。
[2] 孙锦泉:《华瓷运销欧洲的途径、方式及其特征》,《四川大学学报》(哲学社会科学版)1997年第2期。

英国风靡一时。上自王公贵族，下至贩夫走卒，无不醉心于此。①而作为重要瓷绘装饰的中国山水画也与瓷器一起在西方深入人心，并且西方自19世纪以降，出现了类似中国山水画的风景画，由此对自然山水的审美情趣也逐步建立起来。② 长期对中国山水画的接受与西方所萌生的对自然山水的审美，使得《侠女》在20世纪出现在西方观众视野之中时，其独特的中国山水画意境引发了西方影评人的热捧。

　　第二个元素，即中国京剧。京剧在海外的传播，离不开梅兰芳在20世纪的海外巡演，包括三次访日（1919年、1924年、1956年），两次访苏（1935年、1952年），一次访美（1930年）。英语世界对京剧的评论，便是从对梅兰芳艺术实践的分析和艺术成就的赞美开始的。③ 另外，海外华人为扩大京剧的世界影响作出了巨大贡献。美国的一些大中城市自20世纪30年代以来成立了众多的京剧票社，仅纽约一市就有"旅美""中国""雅集""业余"4个团体开展售票公演。④ 梅兰芳的专业巡演与海外"票友"的公开演出，塑造了京剧在海外的正面形象，由此，很大程度上推动了京剧在西方的传播。而当《侠女》中出现程式化的功夫场面、舞蹈式的打斗场景时，基于之前对京剧的"前理解"，西方影评人给予了正面的肯定。可以说，作为艺术而存在的中国山水画与京剧，或因为在西方世界传播历史久远，或是艺术的感性色彩更易于海外受众的接受，所以在20世纪下半叶和21世纪初，当《侠女》出现于影评人视野中时，其中所含的山水画意境与京剧元素成为《侠女》电影的亮点，从而赢得了西方影评界的褒奖。

　　而至于《侠女》中的禅宗元素，在西方也有所传播，这其中主要有两条路线，第一条路线便是众所周知的日本著名禅宗研究者铃

---

① 范存忠：《中国文化在启蒙时期的英国》，译林出版社2010年版，第90—91页。
② 任增强：《中国文化概要》（英文版），北京大学出版社2018年版，第93页。
③ 黄鸣奋：《英语世界中国古典文学之传播》，学林出版社1997年版，第260页。
④ 同上书，第265页。

◇ 第五章 影像中的聊斋:《聊斋志异》在英语世界的图像传播 ◇

木大拙,其以英文撰写了大量有关禅宗的著作,在西方思想界引起了较大反响。第二条路线,即 20 世纪五六十年代以降,美国翻译家迻译了大量体现禅宗思想的唐代寒山诗歌,由此也推动了禅宗的传播。比如施奈德(Gary Snyder)的寒山诗系列译作,华兹生(Burton Watson)选编翻译的《唐代诗人寒山诗 100 首》(*Cold Mountains*: *100 Poems by the T'ang Poet Han Shan*,1962),罗伯特·亨瑞克斯(Robert G. Henricks)译注的《寒山诗(全译注释本)》(*The Poetry of Han Shan-A Complete*, *Annotated Translation of Cold Mountain*, 1990),等等。但是相对于中国山水画与京剧,西方影评人对《侠女》中的禅宗元素是有些负面评价的。詹姆斯·肯德瑞克指出,胡金铨一直以来便试图在电影中传达禅宗精神,但如丹尼尔·瑞根所言,"电影结尾,慧圆圆寂的场景,阳光映衬其轮廓,散发出神性的光芒,但是这样过于佛教化的表达或许对美国本土的观众来说更加难以理解(more overtly Buddhist, and perhaps more difficult for Stateside viewrs to follow)"[1]。马特·普吉也坦言,影片充满佛教意味,给该片也带来了硬伤(bring the hurt),或者说有些曲高和寡之嫌(it's too classy)。普通观众对影片中禅宗元素的评论,也不乏负面色彩,如署名为 Charles P 者称之为"神秘的精神主义"(mystical spiritualism),署名为 Anders A 认为剧中的慧圆是"神秘的宗教超人"(mystical religious superman);而署名为 Lawrence T 的观众则干脆直接指出"观众需要努力去理解影片第二部分中的佛教禅宗思想"(One should try to understand his Zen Buddhism idea in the second half of this movie);署名为 Private U 的观众则评论说该片"有些让人醉酒的感觉"(personally I'm a drunken master fan),"塞入了过多的'禅宗',令人颇感冗赘与困惑"(had all this "zen" stuff to it towards the end... so it made quite a long and confusing film);而署名为 Philip M. 的观众认为影片有一个"古怪的结尾"(a wacky

---

[1] http://www.filmjournal.com/reviews/film-review-touch-zen, Apr 21, 2016.

ending）。① 由影评人与普通观众的这些评论可以看出，诸如禅宗等中国宗教文化中的独特元素，尚需要采取更易于西方受众理解和接受的表现方式加以呈现。

八 结语

作为20世纪著名中国导演胡金铨的代表作，《侠女》以对中国古典名著《聊斋志异》中《侠女》与《杨大洪》故事的改编为主线，融合了恐怖悬疑片、政治惊险片与功夫片等多种电影题材，以经典的动作特技和对中国美学精神的展示，赢得了西方知名影评人和主流文化媒体的积极关注和好评，成为中国电影成功"走出去"的典范。但与此同时，也给我们留下了某些经验和教训，比如在一部影片中不宜植入过多的中国文化元素，《侠女》所依托的中国古典名著《聊斋志异》已经闻名西方世界，再涉及山水画意境、京剧这些中国艺术元素已然赢得西方受众好评，至于禅宗等文化元素的渗入，则又显得节外生枝，反因表述不清或过于神秘而遭人诟病。但无论如何，这些也仅仅是白璧微瑕，胡金铨《侠女》是较早荣膺西方主流电影节奖项的中国武侠电影，作为中国电影成功"走出去"的范例，其中蕴含的成功经验值得我们进一步研究和思考。

第二节 风流天下：聊斋题材电影《倩女幽魂》在英语世界

近年来，中国电影市场迅猛发展，2015年全国票房突破440亿元，稳居世界第二大电影市场的位置。② 在国内市场如火如荼的同

---

① 以上普通观众评论均来自"烂番茄"网站，https：//www.rottentomatoes.com/m/touch_of_zen/reviews/，总共六页的普通观众评论，时间截至2018年11月1日。
② 刘阳：《以改革创新精神谱写"中国梦"的文化篇章》，《人民日报》2016年5月11日第6版。

◈ 第五章 影像中的聊斋:《聊斋志异》在英语世界的图像传播 ◈

时,如何"走出去",拓展中国电影的海外市场,无疑是当下值得思考的问题。而中国古典小说《聊斋志异》"通人爱之,俗人亦爱之",聊斋故事与大众传媒相嫁接,走上银屏并逐步走出国门,在海外赢得了反响,华语电影《倩女幽魂》系列便是其中的优秀代表。中国电影"走出去",需要对海外受众接受心理和审美趣味做深入了解,本书即以美国著名影评网站"烂番茄"专业影评与普通观众评论为中心,由实证角度梳理香港电影人徐克和程小东聊斋题材电影《倩女幽魂》系列在以北美及英国为代表的英语世界的接受概况,揭橥聊斋题材电影对外传播的理路与规律,为进一步推进中国电影"走出去"寻得某些启示。

聊斋题材被搬上银幕并赢得海外关注,最早似当属香港邵氏兄弟有限公司于1960年推出的《倩女幽魂》,英文名为"*The Enchanting Shadow*",由著名导演李翰祥执导,赵雷、乐蒂主演。影片改编自古典文学名著《聊斋志异》中《聂小倩》故事,讲述书生宁采臣与女鬼聂小倩的人鬼之恋。老妖姥姥胁迫女鬼聂小倩取宁采臣性命,幸得剑客燕赤霞所救,掀起人鬼大斗法,最后小倩在二人帮助下脱离魔爪,恶鬼姥姥终被铲除。

整部影片在人物造型、布景、道具方面充满了中国古典情致,曾获第十三届法国戛纳电影节金棕榈奖提名,并代表香港电影参选第33届奥斯卡最佳外语片奖,未获提名。但由此带动和引领了后来的一系列同名电影,如徐克监制、程小东导演的《倩女幽魂》(*A Chinese Ghost Story*)三部曲,分别于1987年、1990年、1991年上映;此外,尚有2011年香港导演叶伟信推出的刘亦菲版同名电影。据笔者在"烂番茄"影评网所搜集的相关数据,整理出如表5-3、表5-4,并在下文以徐克和程小东合作之《倩女幽魂》为中心,对《倩女幽魂》系列电影做定量与定性分析。数据截止时间为2016年1月1日。

表 5-3　　　　　　　　　　影评数量

评价＼电影	专业影评	普通观众评论	超级评论
1987 年版	13	279	8
1990 年版	1	72	3
1991 年版	5	47	1
2011 年版	1	0	0
1960 年版	0	0	0

表 5-4　　　　　　　　　　影评指数

评价＼电影	影评人评分	番茄新鲜度指数	普通观众评分	爆米花指数
1987 年版	7.8/10	75%	3.9/5	86%
1990 年版	无数据显示	无数据显示	3.4/5	64%
1991 年版	无数据显示	无数据显示	3.3/5	58%
2011 年版	无数据显示	无数据显示	2.8/5	32%
1960 年版	无数据显示	无数据显示	无评分	无评分

一　《倩女幽魂Ⅰ：妖魔道》的海外接受

《倩女幽魂Ⅰ：妖魔道》是 1987 年由徐克监制、程小东导演的电影。故事描述书生宁采臣投宿兰若寺，为道士燕赤霞所拒。夜半，被聂小倩美妙琴音吸引，二人两情相悦。不料小倩乃千年树怪姥姥所操纵的女鬼，寻找壮男吸取阳精。燕赤霞义助宁采臣与聂小倩战胜姥姥，并从黑山老妖处救回小倩，助其投胎转世。

就"烂番茄"显示，其中专业评论 13 条，普通观众评论 279 条，其中超级评论 8 条。[①]

[①] 相关数据与资料详见"烂番茄"网站，http：//www.rottentomatoes.com/m/chinese_ghost_story/，2016 年 5 月 12 日。

◈ 第五章 影像中的聊斋:《聊斋志异》在英语世界的图像传播 ◈

一直关注香港电影发展的英国著名亚洲电影影评人托尼·雷恩在世界著名杂志、创办于伦敦的《休闲时光》上撰文,称该片某些创作理念与造型显然是从1981年美国恐怖片《鬼玩人》(The Evil Dead)中获得灵感,但故事背景却置于中国明代。该片值得称道的是,某些特技效果,以及由午马扮演的道士关于《道德经》首句"道可道非常道"的一段说唱;而镇上的摊贩无休止地乱嚷,警告宁采臣不要去湖边的兰若寺,则显得比较絮叨。① 另一位著名影评人马乔里·保加腾(Marjorie Baumgarten)在《奥斯丁纪事报》(The Austin Chronicle)上盛赞该片是当之无愧的经典之作,胜过后续两部千万倍。电影效果极佳,鬼怪的世界被营造为可感知的存在。最令人赞叹的是,小倩一袭白纱随风起舞,道士燕赤霞用手指发功,树妖姥姥长达40英尺的长舌。保加腾甚至断言:不看《倩女幽魂Ⅰ:妖魔道》将无法真正看懂李安的《卧虎藏龙》。② 此外,著名影评人沃尔特·古德曼(Walter Goodman)在《纽约时报》介绍该片,认为其是中国魔幻电影的经典之作,任何喜欢中国电影的影迷均不容错过。另一位影评人杰瑞·沙姆雷(Gerry Shamray)在美国克利夫兰城《大众电影》[Your Movies(cleveland.com)]上撰文,称该片熔喜剧、恐怖与爱情于一炉,非常精彩。

而普通观众的评论,据数据显示,有279条,其中超级评论员的评论有8条。以下以超级评论员的相关评论为例,展示英语世界普通观众对《倩女幽魂Ⅰ:妖魔道》的反应。

网名为gary X的超级评论员认为该片包含了徐克电影通常所具有的取悦大众的所有元素,如狂乱的刀剑打斗、滑稽打趣、颇具浪漫气息的插曲。其指出,僵尸爆炸、少女随白纱飞舞,以及一阵阵的打斗场面显然受惠于《鬼玩人》和《鬼驱人》(Poltergeist),但

---

① Tony Rayns, "A Chinese Ghost Stories (1987)", Time Out, http://www.timeout.com/london/film/a-chinese-ghost-story, June 24, 2006.

② Marjorie Baumgarten, "A Chinese Ghost Story", the Austin Chronicle, http://www.Austinchronicle.com/calendar/film/2000-09-27/a-chinese-ghost-story, Sept. 27, 2000.

是以具有东方韵味的方式加以呈现，透露出清纯的魅力与趣味。该片表现非常细腻，人物造型颇有可观之处。尤其是结尾部分，在鬼界救助小倩一节，视觉效果独特并具有原创性。网名为 Beefy 的超级评论员则直陈该片极为有趣。而署名 thmtsang 的超级评论则认为张国荣在片中的表演极为精彩，可惜英年早逝。网名为 Panta Oz、Jossepi、Christopher B 等超级评论员皆认为该片是一部经典之作，是人鬼恋题材电影的奠基之作。驱鬼的道士、清秀的女鬼、千年树妖、文弱书生等角色均相当精彩，对任何喜欢恐怖片的观众来说，都是不容错过的。

在普遍好评的同时也不乏有些观众颇有微词，如网名为 Harlequin68 的观众认为该片过于泛滥的喜剧元素破坏了影片的整体氛围，而且，该片制作投入不足，以致未能产生如《英雄》与《十面埋伏》那样的视觉效果；而 Carlos M 则认为故事结尾有点令人沮丧。

二 《倩女幽魂Ⅱ：人间道》的海外接受

《倩女幽魂Ⅱ：人间道》是 1990 年推出的电影《倩女幽魂》续集，由程小东执导，张国荣、王祖贤领衔主演。影片讲述了宁采臣无辜被牵连入狱，在诸葛卧龙相助下成功逃狱，之后他与鬼马道士知秋一叶在忠义之女傅清风、傅月池的带领下一起拯救被陷害入狱的傅天仇。

就英语世界接受状况，《倩女幽魂Ⅱ：人间道》据"烂番茄"显示，仅有一位专业影评人予以关注，即署名 Spence D 在美国全球娱乐网站"Imagine Games Network"（IGN）的电影栏目中，给了"新鲜"的评级。IGN 作为娱乐网站，主要包括视频游戏、电影、音乐、影片首映、专题发行、硬件、竞赛以及游戏商店的网站。其电影频道包括影评、首映、播客、最佳电影列表、DVD 和蓝光光碟电影、文章、新闻、预告片等，在世界上较有影响力。

◇ 第五章 影像中的聊斋：《聊斋志异》在英语世界的图像传播 ◇

而普通观众评论有72条，其中超级评论员3条评论。① 其中网名为gary X的超级评论员批评说，该片情节混乱，毫无层次感，只是一些事件的随意排列，令人眼花缭乱而毫无意义可言，而人物间的对话更属无聊。一些巧合的安排匪夷所思，武打场面司空见惯，而女子衣服突然滑落，男子不经意碰到女子胸部等香港电影情节，更是陈词滥调。总之，其认为该片不值一哂。网名Anthony V的超级评论员也不看好该片，认为其尚好，但不如第一部有趣。而网名为deano的超级评论员认为该片较之第一部有更多的武打场面与特技效果，并保留了第一部的浪漫色彩。

三 《倩女幽魂Ⅲ：道道道》的海外接受

《倩女幽魂Ⅲ：道道道》，是徐克和程小东合作的《倩女幽魂》系列电影的第三部，于1991年上映。除了张国荣和午马未参演外，本片主演阵容依旧由王祖贤、刘兆铭、张学友、刘洵等前两部的原班人马组成，并邀请了梁朝伟、利智等演员加盟。本片剧情发生在第一部的一百年后，小和尚十方跟随师父白云大师护送金佛，夜宿兰若寺，时逢树妖姥姥复活不断作恶，遂展开人鬼妖魔大斗法。

《倩女幽魂Ⅲ：道道道》在英语世界的接受，据"烂番茄"显示，专业影评共5条，普通观众评论47条。

其中专业影评人艾瑞克·亨德森（Eric Henderson）认为该片类似于日本"怪谈"（Kwaidan），脱胎于美国著名导演山姆·雷米（Sam Raimi）执导的恐怖片《鬼玩人Ⅱ》。而著名影评人托尼·雷恩在《休闲时光》上撰文，直言不讳地指出，任何观看过前两部的观众均会发现《倩女幽魂Ⅲ：道道道》难以形容的冗赘与乏味（inexpressibly tedious），仅仅是增添了三个新元素而已：梁朝伟的加盟、道士燕赤霞砍杀强盗的开场以及好听的主题歌。影评人马

---

① 相关数据详见"烂番茄"网站，http://www.rottentomatoes.com/m/a_chinese_ghost_story_ii/reviews/?type=user，2016年5月12日。

克·萨罗夫（Marc Savlov）在《奥斯丁纪事报》上撰文称该片与前两部一样，追求华丽炫目的特殊效果：在善与恶的较量中，指甲、眉毛、舌头乃至耳垂都可幻化为克敌的利器；用各种咒语施法，和尚的袈裟自如变为会飞的毯子。同样地，该片贯穿着浓重的滑稽剧色彩，尤其是女鬼引诱一个年轻的和尚一节。但萨罗夫也指出该片存在的突出问题，即徐克的《倩女幽魂》系列在人物与故事情节方面过于雷同，以致续集往往缺乏新意。①

在 47 条普通观众评论中，超级评论员评论仅有 1 条，即网名为 Anthony V 认为该片是一部有趣的喜剧恐怖片。其他一些普通观众，如署名为 NWP 的观众则认为该片非常有趣，惊悚且富于浪漫气息。而署名 William H 的观众认为该片中插曲很精彩。

但总体来看，普通观众多对该片颇有微词，如网名 joyouskiss 的观众为认为该片不如前两部有趣，因为演员的不同而有些让人失望。网名为 EL 的观众认为该片是《倩女幽魂》三部曲中最为薄弱的一部。网名为 Bonnie C 的观众指出，一直关注风靡的《倩女幽魂》系列电影，但最后这一部却有些令人失望，剧情灌水，而且感觉有些老掉牙了。

四　海外接受解析及"走出去"的启示

专业影评人与普通观众的文字评论是"烂番茄"网站考量一部影评的重要维度。但如表 5-4 所示，影评人评分、普通观众评分、番茄新鲜度指数、爆米花指数，也是重要的评价指标。其中番茄新鲜度与爆米花指数分别是专业影评人与普通观众的评价指数，以百分比加以表示，比如说 90% 的影评人对某片给出正面评价，那么此片的新鲜度指数即 90%；爆米花指数，作为普通观众的评价，与此类同。1987 年版的《倩女幽魂Ⅰ：妖魔道》影评人评分为 7.8/

---

① Marc Savlov, "A Chinese Ghost Story Ⅲ", *the Austin Chronicle*, http://www.austinchronicle.com/calendar/film/1993-02-19/139281/, Fri., Feb. 19, 1993.

◇ 第五章 影像中的聊斋：《聊斋志异》在英语世界的图像传播 ◇

10 的评分，75%的新鲜度；普通观众给出了 3.9/5 的评分与 86%的爆米花指数。而至于 1990 年版、1991 年版、2011 年版、1960 年版由表 5-4 的数据显示，由普通观众评分及爆米花指数观来，则是每况愈下；而影评人评分与番茄新鲜度指数则无数据显示，似有得分过低，不便张挂之嫌。

就上述"烂番茄"影评网所显示英语世界专业影评与普通观众评论等多项指标来看，聊斋电影《倩女幽魂》系列中，尤以徐克《倩女幽魂》三部曲第一部在海外接受度最高。这一方面体现在数量众多的关注，拥有 13 位专业影评人与 279 位普通观众，75%的番茄新鲜度，86%的爆米花指数，而且好评如潮，多数影评者认为其是一部经典。另一方面，著名影评人在西方高端传媒平台撰文推介《倩女幽魂》，如著名影评人古德曼、雷恩、保加腾分别在《纽约时报》《休闲时光》《奥斯丁纪事报》上撰写影评，《纽约时报》的国际影响力自不待言；《休闲时光》系列杂志，据百度资料显示 1968 年创刊于伦敦，作为全球顶级城市生活杂志，在 17 个国家发行，有近 1000 万人依赖该杂志去探寻城中热点与生活资讯；而《奥斯丁纪事报》作为美国得克萨斯州首府奥斯丁市的一份周报，拥有 23 万余众的读者群，经常刊载影评与艺术评论，而保加腾、萨罗夫、金伯利·琼斯（Kimberley Jones）均为著名的"奥斯丁影评人协会"（Austin Film Critics Association）专业影评人。

若由期待视野的角度加以审视，似可以更容易辨清《倩女幽魂》系列在英语世界接受差异的原因。期待视野是姚斯接受美学的一个重要概念，主要指的是由接受主体或主体间的先在理解形成的、指向文本及文本创造的预期结构。[①] 姚斯指出："一部文学作品在其出现的历史时刻，对它的第一读者的期待视野是满足、超越、失望或者反驳，这种方法明显地提供了一个决定其审美价值的尺度。期待视野与作品间的距离，熟识的先在审美经验与新作品的

---

① 胡经之：《西方文艺理论教程》下，北京大学出版社 2016 年版，第 318 页。

接受所需求的'视野的变化'之间的距离，决定着文学作品的艺术特性。"①

姚斯在此虽论文学，但对于电影而言同样是有效的。一部作品的审美价值，某种程度上是由其与受众的审美期待之间的审美距离所决定的。1987年版的《倩女幽魂Ⅰ：妖魔道》创作理念与造型借鉴了1981年美国恐怖片《鬼玩人》，但背景却设置在中国的明代，并以颇具东方异国情调的"才子佳人"叙事模式呈现出来，西方观众显然因这种疏离与新颖而产生惊奇与审美愉悦。而至于第二部《倩女幽魂：人间道》，非但在番茄新鲜度与爆米花指数方面大为逊色，影评人评分与新鲜度指数无数据显示，爆米花指数为64%，而且专业影评与普通观众评论数量方面较之第一部也远逊一筹，分别为1和72，且海外相关反应基本认为其没有第一部有趣。这无疑说明，一部缺乏更新因素的作品形不成新的视野，反倒引起受众的失望。而第三部《倩女幽魂：道道道》，虽有5位专业影评人关注，并且其中两篇评论发表在《休闲时光》《奥斯丁纪事报》等西方主流媒体上，但却不乏批评之声。其中，影评人评分与新鲜度指数也是无数据显示，普通观众评分为3.3/5，爆米花指数仅为58%，各项指标都不如第一部和第二部。如影评人雷恩便直言不讳地指出《倩女幽魂Ⅲ：道道道》难以形容的冗赘与乏味；萨罗夫也指出该片缺乏新意。而普通观众的反应由上文来看，亦是多负面评价。这说明，第三部《倩女幽魂：道道道》只是在原作水准上的左右滑动，新颖性过于不足，从而造成西方观众期待视野的负二级失望。而2011年香港导演叶伟信推出的同名电影《倩女幽魂》，影评人评分与新鲜度也是均无数据显示，且普通观众评分仅为2.8/5，爆米花指数仅32%。一般来看，作为"烂番茄"影评网的指标，番茄新鲜度90%左右是非常好，70%左右是一般好，30%左右便是烂

---

① [德] H. R. 姚斯、R. C. 霍拉勃：《接受美学与接受理论》，周宁、金元浦等译，辽宁人民出版社1987年版，第31页。

◇ 第五章 影像中的聊斋:《聊斋志异》在英语世界的图像传播 ◇

片,而无数据显示似乎有得分偏低之嫌。美国综艺杂志著名撰稿人理查德·古伊皮尔斯(Richard Kuipers)便批评叶伟信版《倩女幽魂》说,该片是对1987年版《倩女幽魂》的平庸改写,除了炫耀某些时髦的特技与武打场面外,其他均不值得一提。导演叶伟信演绎了一个乏味的故事,缺少吸引人的角色并歪曲了原作,将女鬼与书生间的浪漫爱情变成了一个蹩脚的三角恋。[1] 叶伟信导演的《倩女幽魂》相对于徐克导演的《倩女幽魂》系列较为平庸,由此造成西方观众期待视野的加倍失望,甚至驳斥,就接受而言,成为最差的一部。

1987年版《倩女幽魂》之所以能"走出去",进入西方观众接受视野,与影片呈现的文化趣味迎合了西方对于东方/中国的"异域想象"和"猎奇心理"有密切关系。赛义德指出:"每一种文化的发展和维护都需要一种与其相异质并且与其相竞争的另一个自我(alter ego)的存在"[2],从文艺的角度来看,对异域文化的表述结果常常是一系列的有关"他者"的形象。自18世纪晚期西方列强扩张以来的东方/中国论述和形象建构,便是将东方/中国表述为神秘的"他者",而1949年之后中国的相对封闭更加剧了西方世界对之的想象和好奇。20世纪80年代当中国刚打开国门,正是百业待兴,而影视产业起步较早的香港所拍摄的《倩女幽魂》便成为西方世界对中国想象和猎奇的一扇窗口。对一个古老的"人鬼之恋"的题材,徐克在此以颇具东方韵味的方式加以呈现,以中国古典小说《聊斋志异·聂小倩》才子佳人故事为底本,在参照1960年版《倩女幽魂》基础上,将背景设置于中国明代一座废弃的庙宇中,其中加入了东方浪漫色彩的插曲与功夫这些中国文化元素,由此满足了西方观众对东方/中国的浪漫想象和好奇。

---

[1] Richard Kuipers, "A Chinese Ghost Story", *Variety*, http://variety.com/2011/film/reviews/a-chinese-ghost-story-1117945367/, June 1, 2011.
[2] [美] 赛义德:《〈东方学〉后记》,王宇根译,生活·读书·新知三联书店1999年版,第427页。

147

但也需要指出的是，在徐克1987年版《倩女幽魂》之前，李翰祥版更是充满东方情调与风味，但由"烂番茄"相关数据来看其并未赢得西方观众的好评，由此也说明1987年版《倩女幽魂》之所以赢得西方观众的认可，影片本身的艺术性也不可忽视。

首先，融合民族特色与国际视野的做法是其"走出去"的一个重要原因。众多西方影评人乃至普通观众均曾指出，《倩女幽魂Ⅰ：妖魔道》中的僵尸形象、树妖形象，少女随白纱飞舞以及不停的打斗场面借鉴了风靡西方世界的美国恐怖电影《鬼玩人》。另外，在视觉效果上，该片也遵循西方的审美传统，鬼魅的世界被展现为可感知的存在。而反观国内相关评论，如有台湾影评人指出，1960年版《倩女幽魂》其恐惧也较诉诸想象，效果远超过形象化的1987年版。[①] 这显然是从中国立场出发，忽视了中西审美观念的差异。中国美学重虚，重写意，而西方则重写实，所以西方观众对展现更具形象化鬼魅的1987年版更为青目。这也说明中国电影"走出去"，不可一味突出中国特色，也需要了解与尊重西方的审美传统。

其次，1987年版《倩女幽魂》"走出去"也得益于精彩的叙事和演员的精湛演技。诸多影评人认为该片非常精彩，融喜剧、恐怖与浪漫于一炉，讲述了一个美丽而忧郁的女鬼与一个文弱书生的爱情故事，透露着纯净的魅力，表现非常细腻。而演员的精湛表演也赢得西方观众的好评，如一位普通观众便表示对张国荣英年早逝的惋惜，称赞其在影片中所饰演的书生极为精彩。其他影评者认为，片中的每一个角色，无论驱鬼的道士、清秀的女鬼，抑或千年树妖、文弱书生，均有着精湛的表现，由此成就了该片的经典地位。

总之，华语电影《倩女幽魂》，特别是1987年版的《倩女幽魂Ⅰ：妖魔道》在英语世界赢得较好的评价，但相较于《疯狂的麦克斯：狂暴之路》（*Mad Max 4*）97%的番茄新鲜度，《后窗》（*Rear*

---

① 焦雄屏：《映像中国》，复旦大学出版社2005年版，第149页。

◇ 第五章 影像中的聊斋：《聊斋志异》在英语世界的图像传播 ◇

Window)、《玩具总动员 2》(*Toy Story 2*) 等美国大片 100% 的新鲜度，还是存在较大差距的。其存在的问题，西方影评人与普通观众也曾指出过：过于泛滥的闹剧幽默无疑在很大程度上破坏了该片悲情浪漫的整体氛围，无厘头的插科打诨是香港电影的通病；另外，多部曲的形式，如果缺少了创意，往往会造成故事情节雷同，遭人诟病。由此，也进一步说明，如何在融汇民族特色与国际视野的基础上，讲述有创意的中国故事，而不单单凭借武打与特技，应是当前中国电影"走出去"所亟须应对的。

第三节 《聊斋志异》在英语世界的图像传播之"纪念币与烟卡"考释

近些年来，随着中国文化"走出去"国家战略的实施与推进，越来越多的国内学者将目光投诸《聊斋志异》以文字为载体的海外传播，积极开展对其外译译文和译本的研治。相反，对于《聊斋志异》以图像为载体的海外传播却缺乏应有的学术观照。而事实上，以图像为载体的传播更是"通人"与"俗人"皆爱之的一种重要形式。在聊斋流传史上，如广百宋斋主人所编之《详注聊斋志异图咏》，以及清末光绪年间作为进献慈禧太后六十寿辰礼品的《聊斋图说》等图咏本，均风行于世。后者非但曾流入清廷，而且曾于八国联军侵华之际遭劫流入俄国；而前者曾被现代著名学者阿英称为聊斋"插图本之最善者"[①]，并被英国著名汉学家闵福德收入其聊斋英译本，由世界知名出版商企鹅集团刊行。[②]

由此，不难看出《聊斋志异》的图像传播是一个不容忽视的重要话题。本书则着重探讨聊斋在英语世界传播史上的两种图像传播方式，即大洋洲纪念币上的聊斋人物彩像与英美烟卡上的聊斋故事

---

① 朱一玄：《聊斋志异资料汇编》，南开大学出版社 2012 年版，第 328 页。
② John Minford, *Strange Tales from a Chinese Studio*, London: The Penguin Group, 2006, pp. xxxiv – xxxv.

彩像，希冀以此引发学界对聊斋以图像为载体海外传播的积极关注，探寻其中的经验启示，以进一步推动《聊斋志异》"走出去"。

一 大洋洲彩色纪念币上的《聊斋志异》

纪念币（collector coins）一般由贵金属精制而成，并限量发行，较为珍贵，而《聊斋志异》中的人物图像便曾出现在库克群岛所发行的纪念币上。库克群岛（Cook Islands）位于南太平洋上，是由15个岛屿组成的群岛国家。库克群岛进入21世纪以来广泛接受世界各地委托发行相关热门题材金银贵金属纪念币，采用新西兰法定货币单位，交由世界著名的金银纪念币铸币厂——澳洲珀斯铸币局（The Perth Mint Australia）精工铸造。库克群岛已先后于2003年、2004年发行过《聊斋志异》彩色银制纪念币和《水浒传》彩色金银制纪念币各一套。①

2003年所推《聊斋志异》彩色纪念币共四枚，由笔者所发现之澳洲珀斯铸币局所开具的"鉴定证书"（Certificate of Authenticity），虽有些模糊，但仍可以看出这一套彩色银币取材于中国古代文学经典"Liao Zhai Ghost Stories"（直译为《聊斋鬼故事》），纪念币的正面分别为聊斋四则故事中的人物彩色图案，这四则故事分别为"Xiang Yu""Abao""Pianpian""Zhao Chenghu"，故事标题均采用音译法，即《香玉》《阿宝》《翩翩》《赵城虎》四篇聊斋故事。纪念币的背面为英国女王伊丽莎白二世的头像。四枚纪念币镶嵌于红木精制的小屏风内。银币成色为99.9%，每枚1盎司，面额为1新西兰元，总发行量为3000套。②

这四枚聊斋纪念币，均由在西方世界享有盛名的澳洲铂斯铸币局所铸造。据澳洲铂斯铸币局英文官网显示，该铸币厂有着百余年

---

① 此则报道源自《中华工商时报》，新浪财经纵横网曾加以转载报道，具体网址参见：http：//finance. sina. com. cn，2004年7月30日。
② 天津《今晚报》亦曾有所报道，新浪新闻网曾转载报道，具体网址参见：http：//news. sina. com. cn/c/2003 - 06 - 16/1114224096s. shtml。

◇ 第五章 影像中的聊斋:《聊斋志异》在英语世界的图像传播 ◇

的从业历史,作为世界贵金属行业领导企业和西澳大利亚最大的出口商,每年向全球 100 多个国家发行价值大约 180 亿澳元的金银铂等贵金属制品,凭借其原创性的硬币设计工艺和创新性制作理念,每年向全球发行各类流行题材的纪念币。①

从《聊斋志异》人物题材纪念币本身可见,其绘制精美,设色雅丽,色彩形象近乎真人,其中人物走兽、花鸟器物,各尽所长。而且,每图俱就故事中"最富有包孕性的顷刻"落笔。德国美学家莱辛在其著作《拉奥孔》中提出"包孕性的顷刻"这一美学观点,认为"艺术由于材料的限制,只能把它的全部摹仿局限于某一顷刻。"②"既然在永远变化的自然中,艺术家只能选用某一顷刻,特别是画家还只能从某一角度来运用这一顷刻;既然艺术家的作品之所以被创造出来,并不是让人一看了事,还要让人玩索,而且长期地反复玩索;那么我们就可以有把握地说,选择上述某一顷刻以及观察它的某一角度,就要看它能否产生最大效果。最能产生效果的只能是可以让想象自由活动的那一顷刻了。"③ 可以说,莱辛所谓的这个"顷刻"必须包含过去,又展示未来,给欣赏者的想象留有较大的空间,《聊斋志异》纪念币在设计理念上便循此思路。如《香玉》纪念币着重描绘白牡丹感黄姓书生深情而化作香玉与之相会,《阿宝》则紧扣孙子楚相思成疾,化为鹦鹉与情人阿宝相会这一顷刻;而《翩翩》纪念币则描述仙女翩翩对穷困病倒的罗生心生怜悯,收留之并以溪水制良药为罗生治病,用芭蕉叶为其剪缀做衣这一情节;而《赵城虎》图画则展现义虎替老妇人儿子尽孝,人虎相亲这一顷刻。由此使得上述聊斋故事不但更为形象而生动地浮现在观赏者眼前,而且会引发读者去想象故事的前因后果与来龙去脉,探寻其中所蕴含的丰富意趣。

可以说,《聊斋志异》题材纪念币由世界一流制造商精工制作而成,自然可以进入国外主流发行渠道,这对于推进《聊斋志异》

---

① 详参其英文官网 http://www.perthmint.com/to-shine-always.aspx。
② [德] 莱辛:《拉奥孔》,朱光潜译,安徽教育出版社 2006 年版,第 19 页。
③ 同上书,第 19—20 页。

在英语世界乃至全世界的传播是非常具有现实意义的。

二 英美烟公司烟卡上的《聊斋志异》

除却澳洲纪念币之外,《聊斋志异》以图像形式的海外传播,还不得不提及英美烟公司所出品香烟内烟卡上的彩色绘图。

英美烟公司(The British-American Tobacco Company,BAT),是由美国烟草公司和英国帝国烟草公司在经过"烟草战"后于1902年联手建立的,设总部于伦敦及纽约,当时最热心之发起者即美国烟草界大王杜克。[1] 英美烟公司甫一成立,杜克就使用早年使其迅速崛升为美国烟草大王的手段,开始大力扩展公司在中国的业务。[2] 为了支持在华庞大的销售体系,增加其产品的吸引力,据《英美烟公司在华企业资料汇编》显示,英美烟公司通过报刊、电台、电影、节日及街头赠品、包装与画片等手段进行广告宣传。

其中香烟卡便是一种重要的广告载体,其英文为"Cigarette Card"。据英国伦敦香烟卡有限公司英文主页的介绍:烟卡的历史可追溯至19世纪晚期,彼时香烟以纸质烟盒包装,容易折断,所以生产商便往烟盒中塞入一些硬卡片,而这很快让生产商意识到其实可以在卡片上做广告。不久便出现了针对男性烟民的成套图卡,以刺激他们持续地消费该品牌的香烟。最早的烟卡系列往往以妙龄女子、运动健将、战斗英雄为题材,而进入20世纪以后,各烟草公司为开展竞争,纷纷开发富有时代气息的多样化题材。[3]

英美烟公司的西方人倾向于采用他们在西方使用的广告宣传策

---

[1] 上海社会科学院经济研究所编:《英美烟公司在华企业资料汇编》第1册,中华书局1983年版,第1页。

[2] [美]高家龙:《中国的大企业———烟草工业中的中外竞争(1890—1930)》,樊书华、程麟荪译,商务印书馆2001年版,第18—20页。

[3] 具体见伦敦烟卡有限公司英文主页关于烟卡历史的介绍:https://www.londoncigcard.co.uk/cardhistory.php。

◇　第五章　影像中的聊斋:《聊斋志异》在英语世界的图像传播　◇

略,而香烟卡早于 19 世纪 80 年代便由杜克引进中国,① 而后曾一度以《聊斋志异》人物故事作为题材。据美国康奈尔大学中国历史学原教授高家龙(Sherman Cochran)研究发现,出于本土化考量,中国艺术家和书画家受聘制作广告,他们展露了使英美烟公司的广告与中国文化环境相适应的才能。在中国画家为英美烟公司设计的广告中,他们描绘了一些几乎为每个中国人所熟知的神话和半神话人物。例如,据说是造成唐朝衰亡的狡猾机灵的杨贵妃、南宋的爱国将领岳飞、扮成美女的不朽之蛇白蛇娘娘,以及来自京剧和通俗小说如《水浒传》《西游记》及"二十四孝"的全体人物。② 在此,高家龙虽然未提及《聊斋志异》,但是聊斋题材烟卡的存在却是客观的历史事实。

据称《聊斋志异》烟卡有百余张之多,其在制作上颇为效仿广百宋斋主人所编之《聊斋志异图咏》。烟卡正面为精美的彩色故事插图,背面则移录《聊斋志异图咏》中的咏诗。清人何镛曾称《聊斋志异图咏》"既穷形尽相,无美不臻,又于每图各系七绝一首,抉海内诗人之心肝,为图中之眉目"③,可谓是图文并茂。而烟卡上的聊斋图画也承袭了《聊斋志异图咏》的制作传统与特色,正面绘图均工笔勾勒,技法圆熟;背面咏诗,则画龙点睛之笔,首首切中故事主题。如《夜叉国》烟卡,正面四周围镶有金边,内容为徐姓商贾传授夜叉妻子以及其他夜叉如何以釜煮肉,画面布局错落有致,人物形象栩栩如生;背面则为咏诗:"深山苍茫少人踪,习俗几疑类毒龙。不是徐生还故国,安知海外卧眉峰。"

需要指出的是,英美烟公司的美国人和其他西方人基本是依靠华人买办来进行商业化运作的,在广告宣传上也在适应中国烟民的习惯,以至于许多乡村不知道"孙中山"是何许人,但却很少地方

---

① [美]高家龙:《中国的大企业———烟草工业中的中外竞争(1890—1930)》,樊书华、程麟荪译,商务印书馆 2001 年版,第 57 页。
② 同上。
③ 朱一玄:《聊斋志异资料汇编》,南开大学出版社 2012 年版,第 322 页。

不知道"大英牌"香烟。① 英美烟公司无孔不入地发展销售业务，在中国城市与农村千方百计地做生意、做广告的本领，着实令人瞠目。旧中国外资大型企业的掠夺性具体地表现在攫取大量超额利润、获得惊人的投资利润率，以及把大量的超额利润源源不断地汇出中国，② 这自然是其最主要的本质，但是在客观上，其广告宣传也起到了传播《聊斋志异》以及中国文化的作用，因为在当时的中国城市和乡村中也有大量喜好香烟的外国来华官员、商人、传教士以及旅行者。

而且，高家龙曾指出，"如果将英美烟公司的成功归因于'纵向一体化'，必须明白公司中的美国人和其他西方人只是实行了部门化管理，而实际控制劳动力、采购和销售业务的华人则是通才，除了在新的广告宣传活动中他们与公司融为一体外，在其他方面，他们依然依靠于从前使用的没有多大改变的商业实践来经营英美烟公司的业务。"③ 由此可见，中国题材的烟卡虽出自中国画家之手，但是在"新的广告宣传活动中"美国人和其他西方人与华人是"融为一体"的，即西方人是参与者。更进一步说，英美烟公司内部广告系统各有分工，包括上下级多个部门，其中"部级广告部"由外籍人主管，其他部门由华人负责具体工作。④ 关于英美烟公司的图片问题，《英美烟公司在华企业资料汇编》收录了颐中档案中的英文原件，共 4 份。其中包括 1933 年 4 月 4 日河南郾城 S. P. 陆致汉口英美烟公司函、1933 年 4 月 30 日山西运城 Y. S. 徐致汉口英美烟公司函、1933 年 4 月 30 日徐州 H. Y. 陈致汉口英美烟公司函、1933 年 5 月 16 日天津英美烟公司夏浦致上海英美烟公司函。

---

① 上海社会科学院经济研究所编：《英美烟公司在华企业资料汇编》，中华书局 1983 年版，第 15 页。

② 同上书，第 20 页。

③ [美] 高家龙：《中国的大企业———烟草工业中的中外竞争（1890—1930）》，樊书华、程麟荪译，商务印书馆 2001 年版，第 62 页。

④ 王强：《从英美烟广告看近代外国企业的本土化意识》，《史学月刊》2007 年第 5 期。

◇ 第五章 影像中的聊斋：《聊斋志异》在英语世界的图像传播 ◇

值得关注的是，在夏浦函件中，提议"应在画片背面，加印简要的剧情说明"①。这一思路，与《聊斋志异》烟卡的设计理念是非常吻合的。由此又可以说，《聊斋志异》等中国题材的烟卡，汇集中国各地分公司建议，必然是经外籍人士认可、主管和策划的。而英美公司在华不断调整机构，其年销售量多时曾达到112万箱，② 其公司中的外籍员工数量必然也是颇为可观的，多少也会关注其公司烟卡上的内容。

当然，英美烟公司出品的香烟毕竟还是主要局限于中国内陆销售，就其在英语世界传播而言，作为烟卡上重要内容的《聊斋志异》还主要是在来华的西方人士之间传播。目前尚未发现进一步的证据，以证明其曾漂洋过海，传至英美本土。但这至少说明，《聊斋志异》的海外传播，图像是重要的媒介和载体。

三 结语

正如英语世界第一部《聊斋志异》全译本译者、美国汉学家宋贤德教授所言，"对于聊斋这样一个特殊文本，我觉得应该采取特别的方式"，"对于聊斋来说，'图像'很重要。所以，也可以借助连环画或者图像小说，以图文并茂的形式将聊斋推出去"。③ 而前文所述大洋州纪念币以及英美烟卡上的《聊斋志异》，无疑是聊斋"走出去"的重要路径。

就贵金属纪念币这一方式而言，因其具有收藏性和商业性等价值，容易在海外收藏者中引起反响，我们可以由国内商业机构领衔，甚至是国家有关部门拨付专款，与国外如澳洲铂斯等著名铸币厂开展合作，借助国外主流渠道，适时发行不同题材内容的聊斋故

---

① 上海社会科学院经济研究所编：《英美烟公司在华企业资料汇编》，中华书局1983年版，第719页。
② 同上书，第4—5页。
③ 任增强、[美]宋贤德：《他乡的知音：与美国汉学家宋贤德对谈〈聊斋志异〉》，《汉学研究》2016年秋冬卷，第269页。

事人物。上文所枚举的 2003 年澳洲纪念币从题材内容来看，主要设计思路是以民族性展现普适性，以中国题材传达世界主题。纪念币首先涉及爱情这一人类的永恒主题，如《香玉》《阿宝》和《翩翩》，其中人物青春美丽的外表与充满东方古典韵味的服饰与器物，无疑对西方受众是极具吸引力的。更需要说明的是，《香玉》《阿宝》《翩翩》和《赵成虎》四枚纪念币的图案绘饰共同涉及一个时代的主题，即人与自然间的和谐共处。比如《香玉》纪念币上的男女主人公与一簇簇牡丹花、《阿宝》图案中的女主人公与鹦鹉、《翩翩》绘饰中女主人公翩翩手中的芭蕉叶、《赵成虎》图案中的妇人与老虎的友好相处，无不展现着自然生态这一具有世界意义的普适性主题。

而烟卡上的《聊斋志异》，由历史观之，基本是对在华的西人产生过影响，尚需进一步搜罗相关资料说明其在海外的传播。但烟卡对于《聊斋志异》"走出去"也有重要的启示意义，即在对外商品出口时，可依据不同国家消费人群的审美趣味制作聊斋人物彩图，作为赠品，置于产品包装内；或者可以考虑在某些合适的产品包装上印刷彩色聊斋故事人物。更进一步讲，最好再辅以中英双语的形式，在产品包装内，附上简要的相关聊斋故事的情节介绍，甚至是列出重要的《聊斋志异》英译本，以此图文并茂的形式，促进西方受众对《聊斋志异》的感性了解与理性认知。

总而言之，《聊斋志异》以文字为载体的各译文与译本在英语世界产生了非常大的影响力，而在电影、电脑、智能手机、电子游戏等大众传媒勃兴的"读图时代"，聊斋的图像传播需要进一步加强。这也亟须国内聊斋研究，进一步关注聊斋以图像为载体在海外流布的历史与过程，从中汲取经验启示，以更好地推动《聊斋志异》以及其他中国古典文学作品"走出去"。

余　　论

　　中国文化"走出去"是建构中国国际形象与发出中国声音的重要路径，而"走出去"又需要诉诸翻译。作为中国文化对外传播中的重要一环，翻译问题不容小觑。而中国文化由"谁来译"，一直以来便是颇有争议的话题。"谁来言说中国文化"，援引中译外著名翻译家许渊冲先生的话说，即是"一个中国文化能不能走向世界、能不能实现中国文化梦的大是大非问题，甚至是一个世界文化的大问题，非认真讨论不可"[①]。

　　近些年来，学界几乎是"一边倒"地把外国学者奉为中国文化外译的主体。放手将中国文化交由"他者"加以言说，此无疑是关于中国文化外译主体的一种迷思。本书在与上述观点商榷的基础上，指出在中国文化外译方面，外国学者并非占据绝对优势，且其翻译往往弊于失真与变形；中国学者责无旁贷地应作为中国文化外译的主体，以外语向世界言说中国文化，而非让世人完全通过外国学者，特别是西方汉学家来了解和认知中国，以此打破西方汉学家对中国文化的话语垄断局面。

一　"一边倒"的外国学者作为外译主体论

　　在海外汉学与翻译领域，不乏学者将外国学者视为中国文化外

[①] 许渊冲：《中国人、外国人，谁能翻译好诗经李白》，《中华读书报》2016年3月9日。

译的不二人选。如国内海外汉学研究学者张西平教授，在梳理典籍外译史时，提出中国文化外译的主体应是国外汉学家。① 在海外汉学界，与张教授持论相仿者不乏其人，英国汉学家葛瑞汉（Angus Charles Graham）教授亦曾说过，在翻译上几乎不能放手给中国人，因为按照一般规律，翻译是从外语译成母语，而非从母语译成外语，鲜有例外者；② 在近期于北京语言大学召开的"BLCU中外汉学家翻译家文学翻译研讨会"上，荷兰汉学家伊维德（Wilt Idema）教授同样持此论调，认为文学的外传应该以接受方读者的审美需求为主，选择以接受方语言为母语的翻译家进行翻译，如此方能更加符合接受国的文化市场，为读者所接受。③

国内翻译界，如黄忠廉教授也认为，在实施文化"走出去"战略的当下，无论是我国典籍外译，抑或实用外译，最好是与外国人合作，该全译就全译，该变译就变译，以期迅速确当地适应国外的需求，达己目的。且合作方式应是以中国学者辅助下的外国学者主译为佳。④

以上几位比较有代表性的持论者显然以为，中译外的主体当是外国学者，或曰汉学家。而其理由不外乎三点：第一，中国人做不来，因为"外语再好好不过母语"；第二，外国学者，或曰汉学家来做，可以"迅速确当地适应国外的需要"；第三，就汉籍外译的历史观之，汉学家是中国文化外译的主要力量。本书以为上述三点所谓"理由"恐颇值得商榷。

二 反思外国学者作为外译主体论

首先，我们并不否认，国人的外语较之于操母语的外国学者没

---

① 张西平：《中国文化外译的主体当是国外汉学家》，《中外文化交流》2014年第2期。

② Angus Charles Graham, *Poems of Late Tang*, London: Penguin Books Ltd, 1965, p. 37.

③ BLCU中外汉学家翻译家文学翻译研讨会顺利举行，详情参见国际汉学研究网站：http://www.sinologystudy.com/news.Asp?id=452&fenlei=19，2015年8月26日。

④ 黄忠廉：《文化译出谁主译？》，《读书》2015年第10期。

◈ 余　　论 ◈

有那么地道。比如在读中国学者以英文撰写的中国文化著述时，明显感知到与母语学者在语言上存在微妙的差异。即便是一些华裔汉学家，虽置身于英文学术语境之中，其英语著述在语言层面依然是无法与英美本土汉学家齐肩的。刘若愚教授是美国著名的华裔汉学家，[1] 著有以英文绍介中国诗歌的《中国诗歌艺术》（The Art of Chinese Poetry）一书，该书是向西方译介中国古典诗歌的一部力作，但在语言层面仍难以尽除中式思维的痕迹。在句式上，较少出现长而复杂的复合句，而多是一些汉语式的流水句，基本不用连词。在语篇上，多是"From the above remarks it will be seen that…"（由上述可知……）[2]、"As the above example shows"（如上例所示）[3] 这样一些汉语式的衔接与呼应。

但是，这些语言层面的细枝末节并未影响刘若愚教授对中国诗歌艺术的传达与绍介。即是说，虽然中国学者的英语表述带有某些汉语思维习惯，但符合英语语法，并不影响英语读者的理解与接受，同样可以推进西方世界对中国文化的认知。该书甫一刊出，在西方汉学界好评如潮，如美国汉学家海陶玮（James R. Hightower）教授、英国汉学家霍克斯（David Hawkes）教授、德裔美国汉学家傅汉思（H. Frankel）教授相继在《美国东方学会会刊》（Journal

---

[1] 美国华人学者、历史学家龚忠武教授在《缅怀当代中国史学巨擘何炳棣的史心傲骨——纪念何老逝世二周年》一文注释中曾专门提出华裔学者归属性这一重要问题。"读者或许会问，何老虽然血统上是个中国人，但法律上先是个加拿大人，后是个美国人，为何笔者要称何老是当代的中国史家？这个问题提的很有道理。改革开放以来，中外文化学术交流频繁。大陆学者，每当论述美国的汉学和中国学时，一般倾向于将华裔美籍学者，笼统地归类为'美国学者'、'美国汉学家'或'美国中国学学家'，例如任增强的《美国学者高友工的杜诗研究》，徐志啸的《他者的眼光——美国学者唐诗研究论析之一》等，就是这样看待美国华裔学者的。这样的归类称谓，不论基于什么考虑，都难免忽视了美国的华裔学者同美国的非华裔（白人或日裔）学者两者之间在文化上和族裔心态上的微妙差异，而令华裔学者心理上难以认同。"基于此，笔者对先前的提法做出修正，视刘若愚教授等华裔汉学家为中国学者。龚文详见 http://www.wyzxwk.com/Article/sichao/2014/06/321153.html，2014-06-07。

[2] James J. Y. Liu, The Art of Chinese Poetry, Chicago: The University of Chicago Press, 1962, p. xv.

[3] Ibid., p. 9.

of the American Oriental Society）、《亚洲研究》（Journal of Asian Studies）、《皇家亚洲学会会刊》（Journal of the Royal Asiatic Society of Great Britain & Ireland）等重要汉学刊物撰写书评,给予高度肯定。比如海陶玮便认为"对于任何需要借助于翻译来研究中国诗歌的人来说,这是一本完全值得推荐的书"①。西方本土汉学家对刘若愚《中国诗歌艺术》的首肯说明,以带有某些汉语思维的英语为书写载体,同样可以在推动中国文化海外传播方面取得实绩。

此处尚须指出的是,中国译者的作品相较于外国译者之作,在语言方面甚至可以说是毫不逊色的。比如许渊冲先生便曾提及其中译外的作品得到外国学者与出版机构的推崇与好评,如其所译《诗经》"昔我往矣,杨柳依依。今我来思,雨雪霏霏"的名句就曾得到过美国加州大学韦斯特（Prof. West）教授的好评,说是"读来是种乐趣"（a delight to read）。而哥伦比亚大学 Dr. Ethan 在读过《中诗英韵探胜》后,认为中国译者的译文远胜过英美学者的译作;英国企鹅图书出版公司出版了许渊冲英译的《不朽之歌》（Songs of the Immortals）,评价是"绝妙好译"（excellent translation）,这些皆是反证。②

其次,所谓外国学者的译作可以适应国外的需要,不外是说外国译者较之中国译者更为熟稔本土读者的审美趣味与期待视野,其译文自然更能够迎合外国读者的口味。这种认识恐怕亦是一种偏见。

暂且不论一味迎合外国读者是否妥当。就了解外国读者阅读趣味而言,在当前全球化语境中,各国读者群日益被裹挟其中而形成一个全球阅读共同体。通过互联网调查国外大型读书网站如著名的"goodreads"、亚马逊等网上书店,并非难事;抑或是实地做问卷调

---

① James R. Hightower, "Reviewed Work: The Art of Chinese Poetry by James J. Y. Liu", The Journal of Asian Studies, Vol. 23, No. 2 (Feb., 1964), pp. 301–302.
② 许渊冲:《中国人、外国人,谁能翻译好诗经李白》,《中华读书报》2016年3月9日。

◇ 余　　论 ◇

研，也是可行的。与舟楫不通的古代相比，在今日若欲获悉西方读者在某一时期的审美趣味似乎并非一件难事。

就具体情形而论，国外的读者群亦非是铁板一块，所有读者均倾向于汉学家的译作。实际情况是，国外读者群具有不同层次的阅读需求。普通读者希冀阅读中国学者的译作，以求更为真实地了解中国；一些西方学者渴望获悉中国同行对某些问题的认识，通过中国学者的译作来全方位、多视角地解读中国文化。

老一辈翻译家胡志挥先生在十余年前曾为我国对外英语编译水平发出有力一辩，做现身说法：据几位外国朋友透露说，过去他们只买西方学者翻译或撰写的书籍，但后来与中国人的成果进行对比，发现后者更为可信。于是，"峰回路转"，他们就喜欢购买中国人编译的书籍了。对此，也许有人会说："这是溢美之词"。但由中国人编译的学术书籍在外文书店里都早已脱销，这是事实，也是最有说服力的佐证。[①] 时至今日，伴随着中国综合国力的崛起，国外更加渴望了解一个真实的中国。在新近举办的第22届国际历史科学大会上，一些著名的外国学者，比如法国历史学家、首届国际历史科学大奖得主格鲁金斯金（Serge Gruzinski）便曾指出，在全球视野下，中国学者需要自己来讲述中国故事，不能坐等西方学者来讲述。瑞士历史学家劳伦特·迪索（Laurent Tissot）也表示，西方学者的视角毕竟是西方的，只能代表一种观点。希望看到中国自己的学者能用英文或其他外语来呈现他们的成果。迪索认为这一点非常重要，这样能够让其他国家更全面地了解中国，让西方学者的观点更为客观。[②]

由以上可见，中国文化外译，在语言与读者群方面，汉学家与中国学者相较并非占据绝对优势。如此言之，并非要否认汉学家在中国文化外译进程中所作出的历史贡献，据张西平教授的统计，近

[①] 胡志挥：《谁来向国外译介中国作品——为我国对外英语编译水平一辩》，《中华读书报》2003年1月29日。
[②] 王雪芃：《百家之言：史学家眼里的中国》，《走向世界》2015年第10期。

400年来，关于"四书"的翻译和研究共113部；另据对王尔敏先生《中国文献西译书目》一书中西方译者统计，该书共收录译者1219名，业已辨明的中国译者217人。如此，不难得见中国学者作为译者仅占译者总数的5.6%，而西方汉学家则占译者总数的95.4%。[1] 由此说明近400年来中国文化外译的主力是西方汉学家。

这的确是一个历史事实，自16世纪以来各国的传教士、汉学家便开始翻译、介绍中国文化典籍，经过几代翻译家的努力，许多中国典籍和传统文化著述已迻译为外文，有的产生了广泛影响。

但是与浩如烟海的中国典籍相比，这还只是一小部分，有些重要典籍至今尚不曾有外译本，中国典籍的外译任务十分艰巨。显然，依靠汉学家为主力来开展中国文化外译，仅就产量上而言也是颇成问题的，如葛浩文（Howard Goldblatt）在一次访谈中便曾说道："可惜英语界专门从事中国文学翻译的人实在太少了。现在专门翻译中文作品的，在美国和英国也许只有我跟Julia Lovell两个人……其他人只是偶尔客串一下。"[2] 所以，若一味坐等外国学者来译，博大的中华文化何时方有出"海"之日？

三 外国学者外译之弊：失真的传声筒

可以说，主张外国学者为中国文化外译的主体，这无疑是百年来"西强我弱"的历史在一些学者中间造成的一种迷信，更是中国本土学者无意识深处的文化自卑感在作祟。借用马克思著名的一段话说，便是他们深信：他们不能代表自己，一定要别人来代表他们。他们的代表一定要同时是他们的主宰，是高高站在他们上面的权威。[3] 所以，归根到底，如果一味依赖汉学家，以黄忠廉教授所

---

[1] 张西平：《中国文化外译的主体当是国外汉学家》，《中外文化交流》2014年第2期。

[2] 季进：《另一种声音——海外汉学访谈录》，复旦大学出版社2011年版，第131页。

[3] 《路易·波拿巴的雾月十八日》，人民出版社1962年版，第97页。

◇ 余　论 ◇

谓"中国学者辅助下的外国学者主译","该全译就全译,该变译就变译,以期迅速确当地适应国外的需求",那中国学者便不能言说自己的文化,而中国文化便会成为失去自身主体性的西方附属品,任由西方人依照自身的需要塑造成"他者",沦入被言说、被解构与重构的境地。

以《聊斋志异》外译为例,大部分聊斋故事可谓义归正直,辞取雅驯,虽存在香艳的情色味道,但蒲松龄对男女情感世界的探索只不过进一步肯定了其对于谨慎、中庸传统的尊重,他并未违悖中国传统思想——通常是有节制的欢乐而非不受限制的激情。[①] 比如,《狐惩淫》在原作中本由两则故事构成,第一则讲述了狐仙惩罚一个行为不检点、在家中放置春药的书生,其妻因误食而险下失节丧命;第二则讲的是某书生蓄津藤伪器,被其妻误以为食材,与菱藕并出供客,自取其辱。由标题"惩淫"可见是借之劝人戒淫,而英国汉学家闵福德在翻译时,却将两则故事拆离分译,其译文中的"Stir-fry"一篇,实际上是《狐惩淫》故事中的第二则,而如此与第一则惩戒主题故事分离,便抹除了第二则故事具有的道德教化色彩而单单凸显了其中的性意味。[②]

可见在实际翻译操作中,所谓的外国学者貌似谨严,却是有意或不自主地在中国作品中寻得某些裂缝与褶皱,进而大肆放大之,从而使原本的整一化作游移的差异,在闪烁不定的意义呈现中注入西方文化的因子。闵译本对聊斋爱欲书写的刻意彰显与露骨表述无疑是为迎合西方通俗文化语境中大众的阅读欲望。如此翻译出的中国文化纵然不是彻头彻尾的扭曲,也显然是变形与失真的。

如果说,汉学家在中国文化外译历史上却曾作为过主力军,但历史终归属于过去。在语言与读者群并不完全处于劣势的情况下,倘若中国学者依然将所谓外国学者奉为中国文化外译的主体,而中

[①] 夏志清:《中国古典小说》,江苏文艺出版社2008年版,第309页。
[②] John Minford, *Strange Tales from a Chinese Studio*, London: Penguin Books Ltd, 2006, p. 452.

163

国学者只处于辅助地位，就等于是继续承认外国学者是言说、解释中国文化的权威，任由他们依据自身需要来塑造中国文化。长此以往，中国学者的集体沉默只会使得覆盖于中国文化上的油彩与迷雾愈加浓重。当汉学在世界范围内营构中国形象并影响到不同文明对中国的理解时，关于中国，全世界只会听到一种来自"他者"的声音，而中国文化将被外国学者彻底"格式化"，成为外国学者笔下可悲的牵线木偶，这样的"走出去"无疑是失败的。

马克思在《路易·波拿巴的雾月十八日》中指出，历史传统在法国农民中间造成了一种迷信，以为一个名叫拿破仑的人将会把一切失去的福利送还他们。① 汉学的历史传统同样让一些学者相信奇迹会发生，就是外国学者，或曰汉学家将恢复中国文化所有的荣耀。今日，中国学者不应再沉迷于这样的"奇迹"，作为译者的外国学者永远不可能是恢复中国文化荣耀的"拿破仑"。如上文所述，外国学者的译介会对中国文化产生认识和理解上的偏差，乃至偏见。而这些问题产生的根源在于外国学者译介与研治中国文化，出发点并非是传播中国文化，而是服务于本国的文化建设，这一点由汉学史不难得见。无论是来华传教士对中国儒家经典的迻译，抑或是专业汉学家对中国文化的翻译，要么为传播上帝福音，要么有着法国汉学家弗朗索瓦·于连（Francois Jullien）所谓的"迂回性"反观的意味，为了寻找对治西方文化危机的资源，绕道中国，从中挖掘应对现代性危机的智慧，借助于中国这个"他者"来反观自身。这一点，美国汉学家安乐哲（Roger T. Ames）有着更为直白的自陈，他说："我们要做的不是研究中国传统，而是设法化之为丰富和改造我们自己世界的一种文化资源。"② 所以从长远的战略眼光来看，中国文化的对外传播只能是依靠中国学者，中国学者应该担负起中国文化外译的历史使命。

---

① 《路易·波拿巴的雾月十八日》，人民出版社1962年版，第98页。
② ［美］安乐哲：《和而不同：比较哲学与中西会通》，温海明编，北京大学出版社2002年版，第15页。

◇ 余　　论 ◇

四　中国学者应作为外译主体

　　由中国学者从中国立场出发,以流畅地道的英语独立完成中国文化的外译,这是颇为理想的一种模式。如英国著名的华裔汉学家张心沧在译介《聊斋志异》等中国古代文学时,出自类似的文化积淀、心理定式、观念模式、思维结构与知识范式,其介绍的中国文学,基本形态没有发生多大变化,还保持着我们一贯把握熟习的那种原生态。[①] 然而,张心沧的"原生态"译介却赢得了西方世界的高度评价,其于1976年荣膺享有汉学界诺贝尔奖之称的"儒莲奖"。但考虑到目前的实际情况是,中国当下的外语教育还很难大规模地培养出这样优秀的中译外人才,而醉心中国文化西传的中国学者如张心沧、刘若愚、许渊冲等毕竟也屈指可数,故退而求其次,可以是外国学者辅助下的中国学者翻译模式,即以中国学者为外译主体,而国外学者从旁配合,协助中国学者完成外译工作。

　　具体而言,应由中国学者经由研究而盘清几个问题,首先,要辨清哪些文化典籍具有翻译价值,即其所蕴含的价值观念和话语体系是否能够正确回答和解决当今世界面临的重大问题,为全球治理提供中国思路与中国经验。其次,梳理出哪些典籍已经被翻译成外文,哪些尚未被翻译成外文;在此基础上进一步弄清楚,哪些典籍仅有国外汉学家的译本而无中国学者的译本,并一一列出详单。针对尚未有外译本的中国文化典籍,中国学者自然是责无旁贷展开翻译;而对于仅有外国汉学家译本的文化典籍,中国学者更应该加以重译,以打破单一的国外汉学家译本对中国文化的垄断性言说,向世界发出中国的声音。

　　需要强调的是,中国学者在翻译中应有文化自信,力求保持原作的中国立场与中国特色,不能一味地迎合西方读者的趣味,为迁就某一个"他者"的喜好而去翻译,而是必须以中国观点与中国视

[①] 张弘:《中国文学在英国》,花城出版社1992年版,第214页。

角来理解、阐释和翻译中国文化。在这一方面杨宪益、戴乃迭夫妇的合作英译是非常典型的范式。对杨氏夫妇的中国文化外译学界虽有指责之声，如认为其《红楼梦》英译相对于英国汉学家霍克斯的译本"不必专家也可看出杨译技逊一筹。"[1] 这种仅从翻译策略与技巧层面的负面评价是浅薄而不当的，如杨宪益先生回忆所述，"《红楼梦》是一部中国古典文学名著，为了西方人真正读懂曹雪芹笔下贾宝玉和林黛玉的爱情故事，我们尽量避免对原文做出改动，也不做过多的解释，在这点上，我们和英国汉学家霍克斯翻译的《石头记》有所不同。"[2] 与霍译本相比，杨译本虽略输文采，但其力求忠实再现《红楼梦》，所以更为可信，更能够代表真正的中国文化。[3] 就向海外传播中国文化方面而言，杨宪益、戴乃迭译本的贡献是不容怀疑的。

最后，在具体翻译模式上，如前所言最理想的状态自然是如张心沧、刘若愚那样，由中国学者独立完成；但目前较为可行的模式是外国学者辅助下的中国学者翻译。在具体的翻译过程中，杨宪益夫妇的合作翻译方式亦是颇值得效仿的，即所谓的杨宪益"翻译初稿，戴乃迭加工润色"[4]。这一中译外模式虽有外国学者的参与，但毕竟在翻译过程中作为中国学者的杨宪益是居于主导地位的，由此保证了《红楼梦》《聊斋志异》等中国古典名著的相对忠实性，或者说借此发出了中国学者的声音。由此似也表明：为保证中国文化相对如实而有效地"走出去"，发出中国学者关于中国文化的声

---

[1] 赵武平：《访〈红楼梦〉英译者霍克斯》，《中华读书报》2015年10月29日。
[2] 杨宪益：《我与英译本〈红楼梦〉》，载郑鲁南《一本书和一个世界：翻译家笔谈世界文学名著"到中国"》，第二集，昆仑出版社2008年版，第2页。
[3] 比如就《红楼梦》书名而言，杨译为"A Dream of Red Mansions"，霍译为"A Story of the Stone"，有意避开"红"字，在文中将"红"译作"绿"，如将"怡红院"译为"Green Delights"，显然无法让西方读者切实感受到"红"在中国文化中的特殊意涵。其他如"端午节"，霍译为"midsummer"，仅仅标示出一个模糊的时间概念，完全没有向西方读者传达这一中国传统节日。
[4] 杨宪益：《我与英译本〈红楼梦〉》，载郑鲁南《一本书和一个世界：翻译家笔谈世界文学名著"到中国"》，第二集，昆仑出版社2008年版，第1页。

音，外译应由中国学者主译，外国学者只可在语言方面辅助润色。

五 结语

中国文化走向世界不可能一蹴而就，更不能奢望外国学者的外译即可大功告成。事实上，自耶稣会士利玛窦来华，与外文中译的繁盛景观形成鲜明对比的是，中文外译一直就显得势单力薄。我们已经等了几百年了，今日的中国学者应该主动向世界介绍中国的文化，表达中国学者的观点与见解，改变西方学者垄断国际话语权的局面，让世界听到来自中国的声音。虽然目前的国际形势依旧是"西强我弱"，但这不应该是我们完全依靠外国学者来传播中国文化的托辞。中国文化外译不应为单纯地"走出去"而"走出去"，理应走出单纯依赖外国学者翻译，一味迎合外国读者期待视野与接受心理的误区。中国学者应积极开展对中国文化的外译，并在翻译中尽可能地保留中国文化原初样态，让世界感受到更为真实与独特的中华文明。在这一点上，中国学者任重而道远，需要有文化自信力，有耐心和耐力，始于点滴的翻译实绩，一步步促进中外文化平等交流，进而赢得他人的关注与尊敬，让世界真正感受与理解中国文化的魅力，实现中国文化真正的"走出去"。

附　　录

附录一　美国汉学家蔡九迪《聊斋志异》
　　　　　研究系列译文及导读

　　19世纪40年代迄今，以来华传教士、外交官、华裔学者和本土汉学家为主体的海外学人构建出《聊斋志异》在西方译介与研究的一个独特话语谱系。海外的聊斋研究因置身于异质文化语境中，对若干问题的识见与论述往往颇有新意，其相关成果可为我们提供独特的研究方法、视角，乃至新的研究资料。海外聊斋学，为我们重新认知与评价《聊斋志异》的特质及其在世界文学史上的地位提供了一种参照。

　　我们课题组近年来着力于梳理与评析《聊斋志异》在英语世界的流布与受容。其间，承蒙著名聊斋研究专家、山东大学终身教授袁世硕先生不吝赐教，得悉诸多资料线索，而美国汉学家蔡九迪（Judith T. Zeitlin）所著《异史氏：蒲松龄与中国文言小说》（*Historian of the Strange: Pu Songling and the Chinese Classical Tale*，1993）作为英语世界首部聊斋研究专著，堪为海外聊斋学扛鼎之作。

　　全书以文本细读为基础，结合中国志怪书写传统，特别是晚明以降的历史文化语境，假以西方视角，寻绎出聊斋故事"越界性"（the crossing of fundamental boundaries）的特质，进则由"癖好（主/客）""性别错位（男/女）""梦境（幻/真）"三个向度展开论述，以此考察蒲松龄如何更新了志怪这一文学门类。蔡九迪教授

◇ 附 录 ◇

以敏锐的文学感受力与开阔的理论视野对聊斋文本作深度介入，为我们解读聊斋故事提供了一个不可多得的范本。但殊为遗憾的是，蔡九迪教授该书目前尚不曾有中文译本。经蔡教授慷允，我们课题组现正开展该书的中译，我指导的研究生黄亚玲、陈娟、武盼盼、于水、臧迪、杨琪等将其中若干内容译出初稿，后经我们多次切磋，我对译文做了修订与润色，最终定稿，并为每篇撰写导读性评语。

一 关于《聊斋志异》"异"之话语

（一）导读

在《聊斋志异》尚未完全成书之前，蒲松龄的文友如高珩、唐梦赉、王渔洋等便为之制序、题诗或发表零散性的评论；而1715年蒲松龄辞世后，随着聊斋手稿近半个世纪的流传，则涌现出数量甚夥的序跋，而在1766年，青柯亭刻本的问世，所附之《弁言》与《刻〈聊斋志异〉例言》亦在聊斋阐释史上产生很大影响；降及19世纪上半叶但明伦、冯镇峦等长篇评论的出现更是聊斋在清代接受的重要文献。

对上述聊斋传统评点话语的盘点，蔡九迪教授寻绎出三种主要的阐释模式：一是将聊斋记叙"异"的做法合法化；二是将聊斋作为严肃的自我表达的寓言；三是将聊斋视为文风优美的伟大小说。

而在蔡教授观来，三种阐释模式的落脚点便是所谓的"异"（the strange）。高、唐二人的序文着重为"异"辩护，认为"志异"可以辅助道德教化之不足，亦可与六经同功，借此拓展了主流文学与哲学传统的边界，以容纳边缘化的志异传统。而后来的评点者，特别是在蒲松龄逝世后半个世纪，编校刻印其手稿者却提出了极为不同的阐释方法。他们试图将聊斋疏离乃至脱离志怪传统，宣称该书实际上与"异"无关，而是将"异"视为蒲松龄自我表达的媒介，借助于"诗言志"这一古老的阐释传统，认为聊斋奇异的取材在于表达作者个人的孤愤。而在19世纪但明伦、冯镇峦的聊斋批评话语中，对"异"本身的关注被蒸发掉了；余下的则是"取其文可也"，即对阅读过程本身的兴趣，聊斋中的"异"最终成为纯粹的虚构和反讽结构。

相较于国内学界《聊斋志异》阐释史研究，蔡九迪教授较早地假西方读者反应理论来观照聊斋在清代的接受问题，在时段上虽停留于清代，但在立足点与结论方面则粲然可观，可资借鉴。

（二）译文

> 子不语怪、力、乱、神。
>
> ——《论语》
>
> "此即在世不信鬼神，凌辱吾徒之狂士也。"鬼王怒责之曰："汝具五体而有知识。岂不闻鬼神之德其盛矣乎？孔子圣人也，犹曰敬而远之。……汝为何人，犹言其无？"
>
> ——瞿佑《剪灯新话》

"一部文学作品并非是独立存在的，亦并非是向每一时代的每位读者都呈现同样图景的客体。"尧斯（Hans Robert Jauss）这一现在看来有些老生常谈的宣言在张友鹤所辑校的聊斋通行本中显然获得了新生，张友鹤《聊斋志异会校会注会评本》搜集整理20世纪之前各版本并辑录各本序、跋、题诗、夹批、多家评论，冠以《新序》以及附录。尽管并不完备，但事实上已包含了一部聊斋诠释史。

这一版式直接源自中国传统的批评话语。这种话语模式并非简单阐释型的，而是互动式的。如同一种滚雪球效应：书或者手稿在流传过程中，读者会在书页上，乃至行与行之间记下阅读后的反应。而新的阅读者会将先前的评点视为书的一部分而加以评论。如此，该文本不但成为作者与读者之间，而且是历代读者间永不休止的对话场。因此，对后代读者而言，很难无视这一有机诠释过程，或者难以在阅读中甄别何为评论，何为文本。

尽管自古至今，版本校勘是中国主要的学术活动，由是也累积

◇ 附　录 ◇

出所录评论远远超出原文的大量文本，但《聊斋志异会校会注会评本》所辑录内容有些不同寻常，在聊斋版本史上是空无前例的，包括三篇评论的全文、两个庞大的术语表以及大量的序、跋、题诗。数量甚夥的评点无疑得益于聊斋天下风行以及新版本的不断刻印，但这些也显示出阐释聊斋的一种强烈的潜在欲求。

而阐释聊斋的欲求又与聊斋故事所展现的"异"这一问题密不可分。故而对诸如聊斋中"异"之表征、重要性及价值的理解与聊斋诠释史也是紧密系连的。而聊斋诠释史甚至是始于聊斋尚未成书之前。在聊斋手稿于18世纪早期成型之前，蒲松龄的文友便为之制序、题诗与发表零散的评论。蒲松龄于1715年辞世后，随着手稿近半个世纪的流传，涌现出更多的序跋。1766年，第一部刻印本青柯亭本问世，自然也附有影响颇大的《弁言》与《刻〈聊斋志异〉例言》。而19世纪上半叶长篇评论的出现更是重要的分水岭。

在传统批评话语方面，聊斋与白话小说及艳情小说相类似，对其的评点总体上是辩解与辩护式的；往往针对某一或隐或显的发难者证明作品所具有的价值。即便我们承认出于修辞之目的，作品的辩护者可能篡改或者夸大了论敌的论点，但细读之下，我们仍可以觉察到关于聊斋的一些负面接受（negative reception）。

对聊斋传统评点话语的盘点，我们可以揭橥三个主要的阐释策略：一是将记叙"异"的做法合法化；二是将聊斋作为严肃的自我表达的寓言；三是将聊斋视为文风优美的伟大小说。另有一种阐释方法即传统的道德伦理批评，微弱地贯穿于聊斋批评话语中，除在关于蒲松龄的悼文中有一二处例外，这一方法似乎被理所当然地视为最明显的一条辩护线索，很少被着力加以解释。所有这些出现于20世纪之前的研究方法对聊斋的现代解读产生了深远影响。

在有所择选地勾勒这一诠释史的过程中，笔者需要将诸多通常矛盾与概要式的观点加以简化并排序。先前的观点通常不经意地出现在后出的评点中，笔者重点追溯其中的变化而非仅仅指出原有之内容。最后需要说明的是，笔者的研究重点为序跋而非题诗，因为前者必然包含阐述与论题；相反，题诗倾向于采用较为轻松与戏谑的口吻，着意于语词的机智变化而非论证的展开。

1. 第一阶段："异"的合法化

1679年，高珩（1612—1697）为聊斋撰制第一篇序文。高珩，致仕返家的淄川名士，出身名门望族，有文士风流，又好佛老。紧接着，在三年之后的1682年，罢职归里的唐梦赉为聊斋撰写了第二篇序文，唐梦赉为当时淄川地区的文人领袖，颇有文名。此二人不但在当时的淄川有着显赫的社会与文学声望，而且在山东文人圈之外也颇有影响力。作为蒲松龄的私交，二人为聊斋创作提供素材甚至成为几则聊斋故事的主人公，其序言为我们理解聊斋的目标读者群以及聊斋创作的社会思想大气候提供了颇有价值的观点。

高、唐二人的序文有着类似的取向：认为"志异"可以辅助道德教化之不足，亦可与六经同功。高、唐二人努力的一个必然结果是拓展了主流文学与哲学传统的边界，以容纳边缘化的志怪传统。为此，他们复述了一些观点，而这些观点常见于16世纪之前的志怪小说序言中。

唐梦赉开篇便细察"异"这一概念。他认为我们不可单凭感性经验来理解"异"，因为经验是非常有限的，而且个体的感知能力也是存在较大差异的。通常所视为"异"者往往是基于传统，而非"异"本身所具有的可辨性特点；相反，惯常蒙蔽了置于我们眼前的潜在之"异"。

> 大人以目所见者为有，所不见者为无。曰，此其常也，倏有而倏无则怪之。至于草木之荣落，尾虫之变化，倏有倏无，又不之怪，而独于神龙则怪之。彼万窍之刁刁，百川之活活，无所持之而动，无所激之而鸣，岂非怪乎？又习而安焉。独至于鬼狐则怪之，至于人则又不怪。

唐梦赉争辩说，"异"是一个主观而非客观的范畴，这回应了

◇ 附　　录 ◇

3世纪末期对"异"的一次探寻。魏晋玄学家郭璞在为《山海经》所撰颇有影响的序文中争辩道："世之所谓异，未知其所以异；世之所谓不异，未知其所以不异。何者？物不自异，待我而后异，异果在我，非物异也。"

而将"异"作为一个认识论问题而对其怀疑论者加以批驳，则根源于道家寓言中的大小之辩。事实上，郭璞声称其立论的出发点是基于《庄子》中的名言"人之所知，莫若其所不知"。以北海与河伯间一段著名对话为例，庄子对之加以解说。兹部分移录于下：

　　井蛙不可以语于海者，拘于虚也；夏虫不可以语于冰者，笃于时也；曲士不可以语于道者，束于教也。今尔出于崖涘，观于大海，乃知尔丑，尔将可与语大理矣。

尽管在《庄子》中，亦有他处引"异"以阐述认识论问题，但郭璞似应是追问何为"异"并思索何使之为"异"的第一位中国思想家。通过一系列精心设计的双重否定句式，郭璞得出了偏激的结论："异"只存于知觉者心中，而非存在于客观现实之中，故"理无不然矣"。

郭璞与唐梦赉的观点对于熟悉蒙田（Montaigne）随笔名篇的读者来说似乎并不陌生，在题为《论习惯及不要轻易改变一种根深蒂固的习俗》（Of Custom, and Not Easily Changing an Accepted Law）一文中，蒙田写道："倘若我们思考一下日常所经历的：习惯是何等地蒙蔽我们的理智，这些他乡的习俗便也不足为奇了。"蒙田在遭遇美洲大陆民族志叙事后发展出这一立场，与之类似，郭璞亦是在回应对异域的描述。唐梦赉有所不同，在其为聊斋所制序文中，表征传统"异"之意象的不是蛮夷之人，而是生活在我们当中的超现实之物："独至于鬼狐则怪之，至于人则又不怪。"

唐梦赉的序文代表了对"异"理解的又一转向。尽管唐梦赉借鉴了郭璞的玄学观点，但二者间的差异是颇大的。郭璞最终是要证

173

明《山海经》所记地名与怪兽的真实性以及其作为预兆之书与知识百科全书的实用性。而唐梦赉对《聊斋志异》一书既未证实、亦未证伪,相反,其争辩说,若不容探讨实践经验与日常话语之外的事物,"原始要终之道"将面临"不明于天下"之危;若好奇心完全被压抑,那么无知便会肆虐,于是"所见者愈少,所怪者愈多"。

唐梦赉的序文与16、17世纪志怪、白话小说的序言有着某些共同的关注点。比如,江盈科(1553—1605)在充满诙谐意味的《耳谈引》中亦曾规劝读者重新思考何为"异",其调侃式地拈出题目中的"耳",认为其平淡无奇,因为人人皆有此物,"夫耳横一寸,竖倍之,入窍三寸,才数寸耳,其中所受,自单词只语,至亿万言,不可穷诘,岂不大奇?而人不谓奇"。

类似地,凌蒙初(1580—1644)为其第一部白话短篇小说集《初刻拍案惊奇》所撰之序与唐梦赉的序文极为相似。二者以同一谚语的两个不同部分开篇("见橐驼谓马肿背"——唐梦赉;"少所见,多所怪"——凌蒙初),表明日常经验更为谲诡而非常理可测。然而,二人却得出了不同的结论,唐梦赉认为记载异域之物("鬼狐妖")是合理的,而凌蒙初则提倡描写"耳目前怪怪奇奇",由此其似是指日常生活中发见的好奇心。

唐梦赉认为,志"异"不应被斥之为虚假或具颠覆性。志怪是有价值的,因其如道家寓言一般,可以破小儒拘墟之见。唐梦赉为一部无名的、出版遥遥无期的手稿撰写序文,想来是针对一小撮假想的持有异议的理学家。然而,凌蒙初却认为日用起居之事,在趣味与新颖性方面不亚于谲诡奇幻之事。这显然指向的是一个已然存在的公共阅读群,而凌蒙初正竭力使其放弃对鬼怪故事的强烈嗜好。凌蒙初由此在"异"所具有的"趣味性、新颖性"(intriguing and novel sense)与"鬼怪、异域色彩"(supernatural and exotic sense)之间做出区分,前者正是其在小说中所意欲展示的,而后者则是其至少在原则上所强烈拒斥的。

《罗刹海市》,作为聊斋中少有的远游异域的故事,形象地展现

◇ 附 录 ◇

了这一观点,即"异"与"常"存在于观察者的眼中。年少的中国商贾马骥为飓风吹至一个奇异的岛上,其人皆奇丑,却惧怕马骥,以为妖。其中有相貌稍肖人样者最后壮着胆子道出了本地人的观点:"尝闻祖父言:西去二万六千里,有中国,其人民形象率诡异。但耳食之,今始信。"蒲松龄在此揶揄那些众所周知的狭隘学者,因为他们拒绝相信非亲眼所见之物。在此偏僻的岛上,相貌平常的中国商人却成了奇异之人。然而,马骥很快便看惯了这些怪物般的当地人,并不再惧怕他们;反而借此吓跑他们,吃些残羹冷炙。在聊斋的世界中,奇异的好似平常的,而平常的也好似是奇异的。

在序文的前半部分,唐梦赉指出所谓"异"是一个主观和相对的概念。在后半部分中,他笔锋突转,攻击通常将"异"视为怪以及将"异"与妖害等同的做法。在唐梦赉笔下,"异"唯以伦理术语重加界定。

> 余谓事无论常怪,但以有害于人者为妖。故曰蚀星损,鹢飞鹳巢,石言龙斗,不可谓异;惟土木甲兵之不时,与乱臣贼子,乃为妖异耳。

经由将"异"迁移至人类社会,将边缘移至中心,唐梦赉舒缓了异常（anomaly）对道德秩序所构成的任何潜在威胁。对唐梦赉而言,有害意义上的"异"只存在于社会事件中,特别是在政治领域。对聊斋本身之"异"做出具有讽刺意味的去神秘化解释,在这方面,唐梦赉开了先河。比如在《郭安》故事的结尾,蒲松龄宣称此案不奇于僮仆见鬼,而奇于邑宰愚蠢至极与审判不公。

在17世纪其他的聊斋序文中,高珩也认为"异"主要是一个道德范畴,根源于儒家经典。他开篇便界定"异"这一术语,并解释其在《聊斋志异》题名中的意涵,"志而曰异,明其不同于常也"。这一定义被视为对"异"的常见性理解,倘参照其他例子,确也似乎如此。然而，高珩如唐梦赉一样试图表明这一简单界定之不足，乃至不当之处。通过篡改《易经》中的一句话和一个大胆的双关语，其将"异"释为儒家五常之一的"义"。高珩宣称这是可能的，因为"三才之理、六经之文、诸圣之义"，是可以"一以贯之"的。因此"异"并非在于天地正道与道德关怀之外，而是内在于其中的。非常规性给秩序所带来的潜在威胁，诸如偏离与异端，便被中和掉了。"异"便不再是深不可测，而是连贯一致、明白易懂的。

高珩与唐梦赉的探讨显然是在费侠莉（Charlotte Furth）所描述的框架中展开的——"中国久已存在的关于宇宙模式的观点，即试图容纳异象而非斥之为自然模式的不和谐之音"。在这一关联性思维（correlative thinking）传统中，异象被视为一种征兆，可以显示天意，特别是在汉代的政治话语中扮演了重要的角色。如果我们认同这一观点，即晚明时期人们"开始质疑关联思维传统，这一传统假定基于一种潜隐的相似模式，自然、道德与宇宙之象变得可以理解"。面对时代日益增长的对关联性思维的不满，高珩与唐梦赉试图重申异象古老的道德与政治意味，由此我们或许可以理解高、唐二人的诡辩与轻率。

意识到"异"与"义"间的修辞糅合不是牢固的，高珩继续斥责那些自诩的批评家们狭隘地建构大文化传统的做法。为此，他驳斥对"异"最为顽固的攻击，这便是常被征引的《论语》中"子不语怪、力、乱、神"一语。如同其他为志异辩护者那样，高珩争辩说，孔子同时也是另一部经典《春秋》的著者，而《春秋》恰恰汇聚了"子不语"的话题：

> 后世拘墟之士，双瞳如豆，一叶迷山，目所不见，率以仲尼"不语"为辞，不知鹢飞石陨，是何人载笔尔也？倘概以左氏之诬蔽之，无异掩耳者高语无雷矣。

◇ 附 录 ◇

聊斋中体现出的地狱、业力、因果报应等观念，深受佛教影响，而高珩则利用《论语》中矛盾言论所造成的其他漏洞来证明其合理性。现代批评者或许会解释说文本中的矛盾来源于手稿在流传过程中杂出多手，但对高珩、唐梦赉这样的儒生而言，儒家经典是一个统一整体；任何明显的矛盾源自于未能充分理解语句，而非文本内在的问题。这一对待《论语》的态度依然盛行于17世纪，虽然当时考据之风正炽，但仍将儒家经典纳入日益勃兴的学术范式中。

而高、唐则倾向于诉诸听众或者读者以解决经典中的这些矛盾。高珩特别强调阐释行为能够激活书写文本中潜在的道德意涵：

> 然而天下有解人，则虽孔子之所不语者，皆足辅功令教化之所不及。而《诺皋》、《夷坚》，亦可与六经同功。苟非其人，则虽日述孔子之所常言，而皆足以佐慝。

故而，善读者可以从任何文本中获得启示；而不善读者即便在经典文本中也能读出邪恶的味道。这一构想的显著之处不在于，难解或具颠覆性的文本需要有眼力、有见识的读者——寻求知音是一种传统的做法——而在于不善读者会歪曲神圣的文本。虽然高珩的立论有历史先例，其却是在消解儒家经典凌驾于其他文本之上的权威：道德权威并非取决于一流文本而是一流读者。

在此，我们看到两种貌似无关甚至是相互抵牾观点间的融合：既然"异"是一种主观观念，志怪故事的道德性最终依赖于读者及其对文本的阐释。将非经典的文本与传统加以经典化，此不失为特别有效之法。但所谓对知音的关注也显示出一种焦虑的症候，即聊斋有可能会被误读。对于一本可能遭人误读之书，则其内容必须与深层意涵间有着清晰的分离，因为后者是不善读者所无法领悟的。

尽管唐、高二人的论述有些类似，但是高珩最后对"异"与虚构性想象间关系的探讨是非常独特的。在高珩所对话的一系列怀疑者中，或有疑者勉强认为，异事乃世间固有之，或亦不妨抵掌而谈；但却无法容忍对之的想象。"而竟驰想天外，幻迹人区，无乃为《齐谐》滥觞乎？"高珩接下来的辩护不难预料：子长列传，不厌滑稽；厄言寓言，蒙庄嚆矢。但其进一步的辩解却令人惊讶，高珩公开质疑正史的真实性："且二十一史果皆实录乎？"一旦亮出这一点，高珩便可颇有逻辑地指出，既然我们容忍史书中的虚构，同样也应该认可其他作品中的虚构。

高珩认为，应认同作者的灵感与发明，"而况勃窣文心，笔补造化，不止生花，且同炼石"。这一典故出自女娲炼五色石补天的神话故事。在此，"补"（supplement）意指"填补漏洞"——在已存的结构中置入新的材料，在历史中植入些许的虚构。在这一隐喻中，文学发明支撑并强化秩序，而非歪曲与颠覆了现有秩序。这并非西方所谓的作者自由模仿造物主，而是作者可以辅助自然造化，补造化之不足。作为"补天之石"的小说想象在18世纪小说《红楼梦》开篇中达及顶峰：故事起源于女娲补天弃在青埂峰下的一块顽石，顽石是故事的主人公，而其身上镌写着这一故事。

但是对高珩来说，来之不易的对文学发明的认同不应被无端浪费，而应很好地用以教化人心。如此便引出了弥漫于聊斋"异"之话语上的两级：奇（exceptional and non-canonical）与正（orthodox and canonical）。文学发明是"奇"，教化人心是"正"；如同一枚硬币的两面，而非水火难容的两个极端。

2. 第二阶段：自我表达与寓言

最初关于聊斋的话语主要是为志怪传统辩护：《聊斋志异》被奉为中国志怪小说中的一流与典范之作。为此，评点者重新界定"异"这一观念并拓宽了主流文学的边界。而接下来所要提及的评点者，特别是在蒲松龄逝世后半个世纪，编校刻印其手稿者却提出了极为不同的阐释方法。聊斋的这些新捍卫者试图将之疏离甚至脱离志怪传统，宣称该书实际上与"异"无关。

这一倾向体现在第一部聊斋刻本中。在浙江严州做知府的赵起

◇ 附 录 ◇

杲,作为刻本的赞助者,在《例言》中指出,其在编辑中删除了卷中四十八条单章只句,意味平浅之作。尽管赵起杲对所谓的反清故事的审查引起了普遍关注,但是这一类篇目数量有限;其他篇目在风格与内容上均是标准的志怪之作:未加雕饰的、对怪异事件的真实记录,如《瓜异》《蛇癖》《蛤》。而且,赵起杲亦告知读者,初但选其尤雅者,但刊既竣,又续刻之。在白亚仁(Allan Barr)观来,"这些后来收录的故事,绝非毫无趣味,但与其他17、18世纪作者所记录之志怪故事多有相仿之处,如此便显得相当平淡无奇"。换言之,这些后续刻的故事进一步凸显了聊斋与传统志怪故事的相似性,被置于刻本中最不起眼的地方,归入计划选目外的加添之列。

尽管赵起杲指出了聊斋与志怪传统间的系联,但其聊斋刻本的动机似应是将聊斋与程式化的志怪小说区分开来。曾经协助赵起杲整理刊行《聊斋志异》的画家兼诗人余集(1739—1823)在其序中明显表明了这一思想:"使第以媲美《齐谐》,希踪《述异》相诧嫩,此井蠡之见,固大蠡于作者。"

蒲松龄的长孙蒲立德,热衷于《聊斋志异》的刊行,其曾在草拟的《书〈聊斋志异〉朱刻卷后》中更为有力地指出这一点,虽然该刻本并未付梓。

夫"志"以"异"名,不知者谓是虞初、干宝之撰著也,否则黄州说鬼,拉杂而漫及之,以资谈噱而已,不然则谓不平之鸣也;即知者,亦谓假神怪以示劝惩焉,皆非知书者。

在蒲立德看来,知书者不应拿聊斋以资谈噱,亦不应将其作为教化之用,而应意识到该书是作者严肃的自我表达。

早期,如高珩曾就聊斋的表层内容与深层意涵做出二分,希冀善读者可以辨识其意,但高珩感兴趣的依然是故事题材和"异"之意涵。相比之下,第二阶段的聊斋评论却断然否定了其内容的重要性。故事奇幻的题材被斥为一种烟幕,其遮蔽的非但是具体的意义,更是作者的在场与意图。

论者循此,几乎将"异"独视为作者自我表达的媒介。《聊斋志异》被提升至文学传统的最上游,而这并非是通过挑战传统的边界,而是将志怪故事融入对主要文类特别是诗歌的传记式解读传统中。"诗言志"这一古老的界定长久以来被延伸至其他文类和艺术;降及明末清初,这一自我表达的理论几乎被用于人类活动的任何领域,无论如何琐细或别扭。

在这一阐释模式中,志异仅仅是蒲松龄言说其"志"的工具;奇异的取材使得读者转向作品背后的个人悲愤。而对于聊斋的知音而言,首要的问题不再是"何为'异'?"或者"从'异'中可获得什么?"而是"为何作者倾其才华于一部文体暧昧的作品?"由蒲松龄平生失意而意识到其政治社会抱负后,对聊斋之"异"也自然就见怪不怪了。正如余集所哀叹道:"平生奇气,无所宣溓,悉寄之于书。故所载多涉诙诡荒忽不经之事,至于惊世骇俗,而卒不顾。"〔这一机械论中的"气"(qi, energy),在此似乎指的是一种创造性能量,对于 20 世纪的读者来说有些类似于弗洛伊德的"力比多"(libido,性欲求。译者注):若无适当的宣泄渠道,则不由自主地通过其他途径得以释放。〕

将聊斋提升为作者的自我表达可能在蒲松龄晚年便已成型。彼时,蒲松龄无法取得世俗功名已成定局,而聊斋积数年之功已然颇具规模,自然是其毕生的事业。关于这一认识,第一条有案可稽的证据是蒲松龄后人嘱张元所作墓表:因蕴结未尽,则又"搜抉奇怪,著有《志异》一书。虽事涉荒幻,而断制谨严,要归于警发薄俗,而扶树道教"。在此,悼念之人与所悼之人同病相怜。与蒲松龄一样,张元也曾考中秀才,但屡蹶场屋,对于艰难度日的文人,这唯一的康庄大道行不通了;同样地,满腹才华的张元为谋生计,也被迫别离家人,在一有钱人家坐馆。蒲松龄与张元成为那些心系天下,却在政治、社会、文学领域屡屡受挫而不得志的文人的缩影。这一相似性与其说展现了二人间出奇地相像，不如说更体现了蒲松龄生平在清代的典型性。袁世硕先生对蒲松龄交游与家人做细致考证后发现，这一模式大致而言非但适合于蒲松龄儿时相知、其弟子，亦适用于其子及其爱孙蒲立德。失意文人的创作，特别是显出独创性或者不得体时，总是加以阐释为适合古代的范式，即君子无端受挫，故作文泄其忧愤与不满。张元的墓表引出了自我表达这一理论，这不仅是因为张元对蒲松龄的同情与敬重，更是由于当时事实上有必要将文学价值赋予一部不同寻常的作品，并说明其蕴含的情感力量。

这一解读传统的普遍性使得蒲松龄的小传得以插入了聊斋初刻本中，并出现于后来的诸多再版本中。而后，读者在读聊斋伊始，便对作者的坎坷际遇有了深刻的印象。比如后世读者中，晚清学者方浚颐便对之表示不解：蒲松龄以如此异才作怪诞之故事，却不着力于诗古文辞？但其提问中也已然包含了答案：择选鬼狐题材，托稗官小说家言是一种绝望的行为。正如方浚颐所归结的："此固大丈夫不得于时者之所为也。吾为留仙痛已。"由此，我们看到一个正在展开的双向过程：由其作品中所汲取出的作者生平又因其自传而得以强化，而对于其生平的认知又返回至对其作品的阅读中。

那么这一阐释范式的转换是如何生发的呢？我们颇难将之解释为，此是17世纪与18世纪思想领域的历史差异所引致的。17世纪读者如同18世纪读者，均倾向于将问题作品（problematic works）解读为一种自我表达行为。比如17世纪对李贺充满死亡与幻想主题诗歌的解读恰也是处于类似冲动，指出一首难解诗歌背后某些程式化的政治动机（尽管就李贺诗歌而言这些解释有些牵强）。不同的是，18世纪著名的志怪作者，多产而有文名的袁枚（1716—1798），则专门预先阻止了对其作品的这一阐释，告知读者其所记纯粹为自娱，"非有所惑也"。

对这一转换的更好解释似是源于聊斋的陈化（aging）。通常观来，阐释过程遵循其自身的模式，而与某特定历史时期关联不大，更多则是随着时间流逝,而更易了后来对一部作品的认知。由此,便将聊斋重释为自我表达的途径,即是说,传达了对科场失意的悲叹和对黑暗现实的抨击,这是很可能出现的阐释方式。之所以出现,非但因为这是古老的收编异端文学的办法,更是由于作品本身如一件青铜器,历久而被抹上了一层铜绿。在较年长的同代人高珩与唐梦赉眼中,蒲松龄虽是才子,却是无足轻重的人物,况且,当二人为聊斋撰制序文时,蒲松龄依然还是有望考取功名的,聊斋创作尚不具规模。而对于后出的评论(也包括对蒲松龄苦境感同身受的当代论者)而言,作者当时令人怜悯的不幸遭遇却为聊斋带来了悲剧性的魅影与深度。毕竟人们对待已故作家与健在作家作品的态度还是有差别的。

随着强调重点由聊斋的内容转至作者的意图,对于聊斋故事的一种普遍性的寓言式解读似乎已是不可避免。在这一解读范式中,故事中的妖魔鬼怪成为人类邪恶性的透明符号,而官僚化的阴曹地府则是对腐败官场的讽刺。蒲松龄定然察知到"异"作为隐喻的可能性,在志怪小说出现之前这一传统便已存在,最早可追溯至《庄子》和《列子》,而这些作品又是蒲松龄尤喜读的。在一些故事尾后评论性的"异史氏曰"中,蒲松龄促使读者注意这一寓言式的解读。比如《画皮》,一书生艳遇美人,隔窗窥之,却见一狞鬼将人皮铺于床榻,执彩笔而绘之。画毕丢笔,举起人皮,"如振衣状",披于身上,又化作了女子。而当书生欲以道士的蝇拂驱鬼,女鬼竟暴跳如雷,挖去了他的心。异史氏在对该故事的评论中强调了其中明显的道德寓意:"愚哉世人!明明妖也,而以为美。"美丽的外表背后隐藏着比妖魔更为邪恶的灵魂,而这一点实际上也正是余集在聊斋序言中所指出的、解读聊斋中"异"的一种方法。

17 世纪率先为聊斋作序的高珩已然隐约指出,奇幻的题材应作"寓言"来解。"寓言"字面意思即"富有含蓄意义之词"(loaded words),这一常见而用法却多样的汉语词汇在英文中可译作"寓言"(allegory)、"隐喻"(metaphor)与"寓言故事"(par-

able）多种。在最为宽泛的意义上，寓言指的是与实事（fact）相对的小说。17世纪小说《肉蒲团》（*The Carnal Prayer Mat*）的一则评语中曾有这种非常明确的用法："小说，寓言也。言既曰'寓'则非实事。"鉴于"寓言"一词在这一时期的宽泛用法，不如干脆将之视为"修辞性语言"（figurative language）——不作字面解，而是指向背后的真实。

尽管高珩引入了这一聊斋解读模式，但其依然倾向于认同多层意涵的并存，并乐于把玩"异"所引致的思想悖论。其聊斋序文中的逻辑疏忽与跳跃摆脱了教条主义的束缚，给人耳目一新之感。而如余集、蒲立德等第二代读者则是完全主张寓言式解读：他们否定所有的字面意思，唯存留修辞性的道德意涵。将故事的意涵规约为唯一可能的一种，他们借此根除了聊斋之"异"，力图让整部故事集加以同质化，就其自身而言（所有的故事皆相同），就与其他作品而言（所有伟大的文学作品皆相同）。

关于聊斋阐释问题，最具创见的一种观点出现于近来方为人所知的某篇聊斋序言中。该序言由清代文献学者、官员孔继涵所作，收录于孔继涵《杂体文稿》中。孔继涵出身显赫的孔氏家族，是圣人后裔。这篇序言在某种程度上可视为第一阐释阶段与第二阐释阶段之津梁，抑或说二者间的调和。

对孔继涵而言，聊斋所引发的中心问题依然是一个"异"字。孔继涵借助于"差异"（difference）这一相关义加以发挥，其由对"异"的通常理解着手："人于反常反物之事，则从而异之。"但旋即又发问：如此众多的关于"异"之故事一并读来，又当如何，"今条比事栉，累累沓沓，如渔涸泽之鱼头，然则异而不异矣。"当如此多的故事汇聚一处，"异"的印象便消失了，这是因为这些故事彼此间相肖而非不同。

这一点，重复了早先对12世纪《夷坚志》这部卷帙浩繁的志怪小说的批评："且天壤间反常反物之事，惟其罕见也，是以谓之怪。苟其多至于不胜载，则不得为异矣。"但孔继涵并未就此断定

183

《聊斋志异》超出了"异"的范畴,或者"异"仅仅是相对的。他进而指出:"胡仍名以异?是可异也。"

孔继涵以"鱼头"作比,显示出一个悖论,即罕见之物若数量众多,便也无奇特之处了。这又使其引出另一个相反的悖论:寻常之物若变得罕见,便立刻显得异乎寻常了。孔继涵以《后汉书》中的"独行列传"为例加以说明。"史之传独行者,自范晔始别立名目,以别于列传者,以其异也。晔之传独行,皆忠孝节廉,人心同有之事,胡以异之?"围绕这一对聊斋而言同样意味深长的矛盾,孔继涵指出,盖晔之灭弃伦理,悖逆君父,诚不足数,宜其以独行之为异,而别出之也。但孔继涵独不解后之作史者仍之,凡孝友、忠义、廉退者之胥为目别类列而异之也?

孔继涵利用了某事同时既"异"又"常"的可能性。对其而言,这一悖论是理解聊斋双重意义结构的管钥:"今《志异》之所载,皆罕所闻见,而谓人能不异之乎?然寓言十九,即其寓而通之,又皆人之所不异也。"

孔继涵指出了"寓言"本身的结构,即"寓"为比喻义,而"言"为字面义。聊斋所叙之事因不同寻常而"异",但其所传达的道德伦理则又是"常"。不同于同时代的蒲立德与余集,孔继涵并未完全倾向于搁置聊斋的字面内容,否认其与怪异无涉,亦不同于先前的唐梦赉将"异"斥为纯粹主观看法。孔继涵坦言读者(包括其本人)读"异"之乐,这种阅读的愉悦未必会因领悟其背后的道德意义而被冲淡。"不异于寓言之所寓,而独异于所寓之言,是则人之好异也。苟穷好异之心,而倒行逆施之,吾不知其异更何如也。"

孔继涵假设存在两种阅读层面和三类聊斋读者:浮薄的读者(frivolous reader)只耽于"异"明显的魅惑中;而教条主义的读者(dogmatic reader)满眼只是隐含的道德与讽刺意涵;而混合型的读者(hybrid reader)既看到了表层与深层的意涵并受到二者的影响。在孔继涵观来,第三类读者自然是最佳的。由此,孔继涵效仿其他

◇ 附 录 ◇

聊斋评点者,指定了理想读者。然而,其又以另一个悖论作结:

> 后之读《志异》者,骇其异而悦之未可知,忌其寓而怒之愤之未可知,或通其寓言之异而慨叹流连歌泣从之亦未可知,亦视人之异其所异而不异其所不异而已矣。至于不因《志异》异,而因读《志异》而异,而谓不异者,能若是乎?

对孔继涵而言,"异"是一个不可捉摸的概念,时常有滑入相对性、主观性抑或寓言的危险。而对于"异"是一独立存在的抽象概念,抑或是基于具体的读者和阅读过程,孔继涵显得有些摇摆不定。最终,他似乎提出了一个双层的阅读方法:"异"被视为既是主观的又是客观的现象,同时"异"之表面魅惑与内在道德诉求间是相互平衡的。

与孔继涵同时代的王金范,曾于1767年刊出一篡改本的聊斋,也探讨了"异"之悖论性意涵。与孔继涵的做法相同,王金范在故事内容及其潜在的道德意涵间加以区分,前者诚然是"异",而后者无疑是"常":"然天下固有事异而理常,言异而志正。"然而,较之于孔继涵,王金范对聊斋潜在的教化功能更为感兴趣,故而王金范并未提及能够理解作者真实意图的所谓理想读者,而是假设存在两类由作者所操控的不善读者:庸夫俗子与英敏之儒,前者因故事的道德意味而情不能自已;而后者则觉伦常之平实可喜。诉诸"天下之大",这一陈旧的说法,以支撑其所谓的何所不有,王金范转向了与"异"之话语相关的另一个重要话题:虚构。王金范宣称,只要事后之理为真,其事发生与否则是无关紧要的。最终通过诉诸物极必反这一古老的原则,王金范试图消弭故事(story)与讯息(message)间的分立:"无一事非寓言,亦无一事非实境也。"

3. 第三阶段:风格及与通俗小说的类比

以上所述聊斋研究理路在关于"异"之意涵与重要性方面或不尽相同,但基本都认为故事内容危如累卵。但是在第三阶段,一些针对聊斋刻本周衍而长篇大论的评点者完全绕开了这一争议。对其而言,"异"不再是备受争议的问题。聊斋的价值不在于其所蕴含的对宇宙大道的洞悉、所提出的思想悖论,抑或是展示的寓言式自我表达。相反,19世纪的阐释者对聊斋的辩护很大程度上是基于其文学风格与叙事技巧,而相应的关注也构成了其完整的评点内容。

总之,由于对"异"主观性和相对性的理解,聊斋先前的辩护者在某种程度上将"异"置于读者一方。对其而言,"异"并非具有绝对价值或者独立品格,而仅在阅读过程中方能实现,因其离不开阐释与思考。在19世纪的聊斋话语中,对"异"本身的关注被蒸发掉了;而余下的,从本质上来看即对阅读过程本身的兴趣。而对聊斋的辩护则基于其精湛的语言与典故可以教会读者阅读其他重要文本,比如儒家经典和史书。聊斋评点者但明伦(1795—1853)作于1842年的序文便集中体现了这一新的批评方法。

> 忆髫龄时,自塾归,得《聊斋志异》读之,不忍释手。先大夫责之曰:"童子知识未定,即好鬼狐怪诞之说耶?"时父执某公在坐,询余曷好是书。余应之曰:"不知其他,惟喜某篇某处典奥若《尚书》,名贵若《周礼》,精峭若《檀弓》,叙次渊古若《左传》、《国语》、《国策》,为文之法,得此益悟耳。"先大夫闻之,转怒为笑。此景如在目前,屈指四十余年矣。

幼年但明伦颇为早慧,将聊斋问题化的内容与精湛的文风相析离,较之于其父,显示出是一位"更好"的读者。对"异"之愉悦感已然偏转至另一更为微妙的阅读层面。借用形式主义的术语,我们似可以说幼年评点者但明伦在"话语"(作者—读者的世界)与"故事"(人物的世界)间作出了区分。话语优于故事之说是颇具影响力的金圣叹(1610—1661)评点与阅读小说及戏曲的一大特点。金圣叹评点与删改的《水浒传》《西厢记》如此之成功,直至

◇ 附 录 ◇

20世纪，实际上已将这两部通俗名作的其他版本横扫出阅读市场。众多的读者、作家和评点者深受金圣叹文学分析方法的影响，这一方法认为整部作品结构中的每一个词、每一句话都是经过深思熟虑，从而是意味深长的。

但明伦本人的评点清楚表明其深受金圣叹阅读方法之熏染。我们甚至开始怀疑幼年但明伦并非如其所标榜得那般早慧，一个蒙童的雄辩直接受益于金圣叹"读第五才子书法"（即《水浒传》）。金圣叹《水浒传》评点本专门为其子弟而作。

> 旧时《水浒传》，子弟读了，便晓得许多闲事。此本虽是点阅得粗略，子弟读了，便晓得许多文法；不惟晓得《水浒传》中有许多文法，他便将《国策》、《史记》等书，中间但有若干文法，也都看得出来。旧时子弟读《国策》、《史记》等书，都只看了闲事，煞是好笑。……人家子弟只是胸中有了这些文法，他便《国策》、《史记》等书都肯不释手看，《水浒传》有功于子弟不少。

事实上，但明伦所忆其儿时对聊斋之爱也效仿了金圣叹所述儿时对《水浒传》的执着，"其无晨无夜不在怀抱者"。

当然绝非只有但、金两位小说痴迷者幼时便钟情于某部作品。被认为是奇幻小说《西游记》作者的吴承恩在其志怪故事集序文中也曾写道，年少时对此类书乐此不疲。

> 余幼年即好奇闻。在童子社学时，每偷市野言稗史，惧为父师诃夺，私求隐处读之。比长，好益甚，闻益奇。迨于既壮，旁求曲致，几贮满胸中矣。

上述几位著者似受了李贽哲学思想的影响。在著名的《童心说》一文中，李贽宣称所有伟大的文学无不源自作者的"童心"，

187

即未失却的绝假纯真，最初一念之本心。

　　从本质上看，金圣叹对19世纪聊斋评点者有三方面的影响：首先，聊斋序文整体上借鉴自金圣叹对通俗文学的辩护——若适当来读，可以教会年幼甚至是成年读者某些文法，而借此可以读懂经典特别是史书字面背后的意涵。其次，聊斋评点采用金圣叹及其追随者所用评通俗文学之文法与标准。最后，金圣叹的做法表明，评点与著书同等重要且劳神费力。

　　冯镇峦，一位19世纪重要的聊斋评点者，便明显效法金圣叹，将通俗文学经典的存留归功于金圣叹高妙的评点。如其在作于1819年的《读聊斋杂说》中写道："金人瑞批《水浒》、《西厢》，灵心妙舌，开后人无限眼界，无限文心。故虽小说、院本，至今不废。"

　　金圣叹话语优于故事的观点成为冯镇峦阐释聊斋的理论基石。《读聊斋杂说》开篇，冯镇峦便强调聊斋有意"作文"（to create literature），非徒"纪事"（to record events），警示说"读聊斋，不作文章看，但作故事看，便是呆汉！"18世纪关于聊斋字面式阅读与修辞性阅读之间的区分已让位于字面式阅读与文学性阅读间的区别。这一新的文学性阅读并不等同于纯粹的形式主义阅读；相反，对形式特征的关注提醒读者注意文本中道德意涵的微妙变化。尽管这一方法最终源自传统，即于《春秋》简约的文本中探寻"微志"的做法，但冯镇峦关注的并非道德意涵之微妙变化本身，而是揭橥这些微妙变化的风格手段。在冯镇峦严厉批评聊斋仿作潮时，这一关注点表现得更为明显："无聊斋本领，而但说鬼说狐，侈陈怪异，笔墨既无可观，命意不解所谓。"

　　冯镇峦漫不经心地为聊斋"异"之内容辩护，其援用17世纪的古老说法：史书中多记叙鬼怪；聊斋亦如此，无可厚非。但是冯镇峦的方案更为大胆：其建议读者取其文可也。但只是好文，故事中的怪异事件真假与否则无关紧要。由此，冯镇峦对聊斋的创造性虚构（creative fiction）进行了全面的辩护。

◇ 附　　录 ◇

在冯镇峦《读聊斋杂说》中，我们首次得见明显将聊斋与通俗小说和戏曲名作加以比较的做法。冯镇峦将聊斋与《水浒》《西厢》相提并论，因为三者"体大思精、文奇义正"。不同于18世纪评点者以自我传记式阅读传统观照聊斋，19世纪评点者对聊斋文学价值的肯定来自通俗小说与历史叙事间的类比。这是一个重要变化，也证实了通俗文学地位的提升。在这一新的环境中，聊斋被视为真正虚构传统的产儿。

降及19世纪初叶，聊斋被完全视为一部小说，以至于冯镇峦又不得不指出书中其实也记录了颇多历史事件与人物。聊斋初刻者赵起杲曾告诫说，聊斋中所载事迹有不尽无征者，但传闻异辞，难成"信史"。但与之相比，此时的关注点显然已发生了转移。在一个多世纪之后，聊斋读者群逐步扩大，超出了蒲松龄所在的山东省，很多事件与人物的历史本质也不可避免地消逝，被遗忘；而关于故事虚构性的印象却相应地逐步加强。实际上，19世纪的聊斋注释者有一项重要任务，即指出哪些人物和事件有一定的历史基础，并为普通读者提供与之相关的必要史实。随着现代读者与蒲松龄所处世界间距离的进一步拉大，对聊斋虚构性的印象与日俱增。

冯镇峦将聊斋读作文学，认为文章优于事件，这迫使其一方面支持小说写作，另一方面又为聊斋被指控为劣史进行辩护，对虚构性想象的不屑在中国传统中根深蒂固。即便是小说的重要辩护者金圣叹也认为作小说易而写史难，因为作小说可以自由展开想象，而写史则受制于史实。金圣叹的洞见让人想起古代哲学家韩非论绘画再现性时的著名言论：画犬马最难，而画鬼魅最易。由于无人得知鬼魅何样，所以画家不必如画常见之物时那样，担心画得不像。尽管这一关于绘画的模仿再现说在中国早期不过是昙花一现，但是一些通俗小说作者却经常援用韩非的言论来攻击流行文学中鬼怪虚诞的倾向，为其作品事类多近人情日用一辩。针对这一对驰骋想象力的指责，冯镇峦针进行了反驳，他指出蒲松龄即便是写鬼狐，也是以人事之伦次，百物之性情说之。说得极圆，不出情理之外；说来极巧,恰在人人意愿之中。

  正是蒲松龄对虚构细节和对话的运用而招致了纪昀(1724—1805)的批评。作为一位重要的学者型官员,纪昀著有18世纪后期最优秀的志怪故事集,他反对聊斋一书兼"小说"(short anecdotes)与"传记"(narratives in the biographical style)二体。由纪昀的微辞以及其故事集的简短风格可见,其对聊斋的反对明显是一个基本的认识论问题。在纪昀看来,各种历史叙事,不论小说抑或传记必须基于合理的来源——自传式阅历或者目击证据——不比"戏场关目",随意装点。故事无须真,但至少应让读者相信其是生活中所见所闻之事。故而,纪昀表示不满:"今燕昵之词,媟狎之态,细微曲折,摹绘如生。使出自言,似无此理;使出作者代言,则何从而闻见之?"

  对纪昀而言,蒲松龄笔下的故事难以接受,因其过于详尽、生动与渲染。在其观来,故事应基于作者本人的所闻所历。过于逼真反而会削弱叙述的真实性,因为纪昀理解的真实性为"对历史性的宣称",即叙述中所涉事件是真实发生的。令纪昀不安的并非是聊斋之"异",相反,蒲松龄的叙事技巧过于明显地暴露了作者的臆创(authorial fabrication)。

  冯镇峦将这些古板的认识论标准用于史书,借此为聊斋辩护。史书是对历史的真实记录吗?其资料来源是无可挑剔的吗?其叙事技巧是否也暴露了某些明显臆创的痕迹?作为史书中虚构化的一个例子,冯镇峦拈出《左传》中晋国大力士鉏麑触槐时一段著名的话。"且鉏麑槐下之言,谁人闻之?左氏从何知之?"对这一问题,以及对相同事件不同历史叙事差异的处理,冯镇峦再次诉诸话语与故事间的区别:在不伤害故事本质的前提下,讲故事的样式可以有多种。《左传》中的这一例子反过来也佐证了冯镇峦所宣称的以《左传》作小说看,而以聊斋作《左传》看。

  对叙事中虚构的认同并非源于冯镇峦。约两个世纪前,在17世纪某尺牍集中的一封信函里,曾援引《左传》中同一事件以表达

◇ 附　录 ◇

同一目的："鉏麑自叹,此外更无第三人。不知此数语,左氏从何处听得?"信中给出了一个大胆的结论,"左氏实为千古文章之谎祖"。冯镇峦接受了小说即文学谎言这一定义,但是认为"说谎亦须说得圆",即是说,应有足够的技巧和逻辑使之圆融以让听者信服。冯镇峦对谎言的辩解在本质上与其对画鬼的辩护是一致的。但何为谎言?谎言,即说谎者明知是假的言说。在将聊斋故事理解为文学谎言的过程中,冯镇峦再现了 19 世纪的另一观点,即聊斋中的鬼怪狐精只不过是一场游戏而已,是作者跟天真的读者玩的恶作剧。由是,两个层面的意涵再次被提出:呼吁一流的读者注意内容与意图间的差异,而不要让自己被作者的文学谎言所迷惑。在最后一种模式中,聊斋中的"异"最终成为纯粹的虚构和反讽结构,而这则基于作者与读者对怀疑的相互悬置。

总之,我们也可以由方法背后的情势及其写作的语境等方面,来理解这三种阐释方法的演进。在手稿尚未杀青之时,蒲松龄的友人便为之写下了最初的序文与题诗。他们的努力本质上是社会性的,辅助蒲松龄的作品进入社会,即是说,进入一个由志趣相投的读者构成的小圈子。这些有声望的文人与官员为一部无名而存疑的手稿附加了权威的声音,赋予其纯正的血统和道德认同。为此,他们努力在主流文学与思想传统中为志怪凿出一个壁龛。

聊斋刻本的拥护者基本构成了第二阐释阶段的主力。他们面对的是新一读者群体,需要向普通的大众读者阐明为何应该阅读这一无名作者的作品。为此,他们努力将聊斋与市场上充斥的大量志怪故事集区分开来,试图说服公众该书与众不同,值得购买与细读。通过将之重新划归为一部自我表现的寓言式作品,具有同类作品通常不具有的文学价值,由是他们努力提升这部志怪故事集的品位。与此同时,社会网络也型塑了第二代阐释者。在一篇跋中,蒲立德指出曾得其祖父友人朱湘之子襄助,后者曾表示有兴趣资助蒲立德出版聊斋。负责聊斋首刻本校雠的余集,受友人兼雇主、刻者严州知府赵起杲之命为聊斋制序。余集为刻本的题诗实质上是为赵起杲所作的悼亡诗,刻本尚未付梓,赵起杲染疾辞世。

19世纪的评点者将自己与一部早已出名的小说联系在一起,形成了第三个阐释阶段。通过阐释聊斋的文法,或如冯镇峦所谓"抓着作者痛痒处",他们希冀为自己赢得文名(在某种程度上,他们确实成功了。今日我们记得他们,完全是因为其作为聊斋评点者)。由于在这一阶段小说传统已然牢固确立,所以在第三阶段能够超越聊斋一书的志怪内容,而"取其文可也"。

二 中国文化中的"癖"与《聊斋·石清虚》

(一) 导读

《石清虚》作为《聊斋志异》中的名篇,历来为研究者所青目。美国汉学家、著名聊斋研究专家蔡教授独拈出一个"癖"字以探寻《石清虚》的艺术特色与文学价值。在笔者观来,相较于国内相关研究,蔡九迪教授的解读至少呈示出如下特色。

首先,文化史的研究视角,即给予文学以文化审视,将研究的视野投诸文学同文化间的系连。蔡九迪在解读《石清虚》时,拈出中国古代"癖"文化为大的语境,掇拾古人在医学文献、历史记载、文学描写中的有关"癖"之资料,作综合之考察,将与《石清虚》相关的医学观念、哲学思潮、艺术理念等诸多因子融为一体,寻绎其内在的深层系连,从而使得《石清虚》在"癖"文化的整体及其演变中得以真实、全面呈现,由此揭櫫《石清虚》与其他聊斋故事的不同寻常处,即主客之间界限消弭,作为物的石头可寻得爱己之知己或挚友。

其次,跨学科的研究方法。在解读《石清虚》时,蔡九迪打破学科界限,进行文学与绘画、医学的交叉综合研究。经由对明代著名画家吴彬一幅多侧面石头画作的分析,蔡九迪发现:于同一物的强制性复现,是吴彬画作与蒲松龄《石清虚》的共同之处。《石清虚》中,故事的这种复现性与循环性也印证了"癖"的某种结构:

◇ 附　　录 ◇

欲望，占有，失去；继之以新的欲望，占有，失去。而蔡九迪对中医话语的深度介入亦使其得以考辨"癖"由医学史意义向文化史意涵演变的历史轨迹，以及《石清虚》与医学话语间的某些类似。口服癖石可消坚癖，而只有彻底毁灭石头方能消除爱石者的癖好，从而归于平静。

最后，特别需要指出的是，蔡九迪在对《石清虚》作文化史以及跨学科研究时，始终以文学性作为观照点，重在品评《石清虚》的文学价值与艺术特色，且其对"癖"文化的考察与医学话语的援用，无不是在颂扬狂热的石头收藏者邢云飞同名为"石清虚"的石头间誓死不渝的珍贵友情。

蒲松龄在《自志》中尝感喟道："知我者，其在青林黑塞间乎！"作为蒲松龄在海外的知音，蔡九迪教授长期来致力于《聊斋志异》的研究，其对《石清虚》的阐释既有缜密的逻辑思辨，又无处不渗透着满腔真情，实为聊斋文本解读的典范之作。

（二）译文

1. 中国文化中的"癖"

"癖"作为一个重要的中国文化概念，历经漫长发展于明末清初达及顶峰。17世纪的字典《正字通》提供了明朝时期对这一术语的基本界定："癖，嗜好之病。""癖"的这一病理要素十分显著，的确，"癖"有时又称"病"。"癖"之医学用法可追溯至2世纪的《本草经》。医史学家文树德（Paul Unschuld）称，此书已将"癖食"视为一种重症。7世纪初期颇具影响力的医书《诸病源候论》对这一症状给出了最为详致的描述："三焦否隔，则肠胃不能宣行，因饮水浆过多，便令停滞不散，更遇寒气，积聚而成癖。癖者，谓僻侧在于两胁之间，有时而痛是也。"而据8世纪中叶医书《外台秘要》所载，"癖"甚至会坚如石，终成痈疽。

由病理性阻塞这一意义很可能衍生出"癖"的引申义，即黏附内脏之中，难以排空，故成为惯常。若写作"亻"字旁而非"疒"

193

字旁,则为"僻"。"僻"的原义即变为"偏向一方"或"偏离中心"。这一词的辞源意在《诸病源候论》中为"癖者,谓僻侧在于两胁之间,有时而痛是也",从中可明显看出在这两个同音词的词义间建立关联的企图。从"偏向"意义上讲,"癖"也表示人类本性中普遍的个体偏好,比如在"癖性"或"僻性"中。这一悖论认为"癖"兼具病理与规范用法,不仅解释了与"癖"相关的一些怪异行为,也解释了其被赋予的矛盾释义。

"癖"之意涵并非仅是关乎术语的问题,而是一旦将这些症状编纂归类,这一术语无须用于即时识别的情形。事实上,这一术语饱含强烈的感情色彩,并且尚有诸多隐含义。尤其是在16世纪和17世纪,"癖"这一观念渗透至当时文人生活的方方面面。作为其含义范围的一种标识,"癖"可英译为"成瘾""冲动""酷爱""狂热""偏好""偏爱""热爱""挚爱""渴望""癖好""恋物"乃至"爱好"。在这一层面上,"癖"这一观念在袁中郎的一段话中展现得最为淋漓尽致。袁宏道是当时的文学与知识精英,其于1599年在《瓶史》一书中写道:

> 若真有所"癖",将沉湎酣溺,性命死生以之,何暇及钱奴宦贾之事?古之负花"癖"者,闻人谈一异花,虽深谷峻岭,不惮蹶躄而从之,至于浓寒盛暑,皮肤皴鳞,汗垢如泥,皆所不知。一花将萼,则移枕携榻,睡卧其下,以观花之由微至盛至落至于萎地而后去。或千株万本以穷其变,或单枝数房以极其趣,或嗅叶而知花之大小,或见根而辨色之红白。是之谓真爱花,是之谓真好事也。若夫石公之养花,聊以破闲居孤寂之苦,非真能好之也。夫使其真好之,已为桃花洞口人矣,尚复为人间尘土之官哉?

袁宏道将爱花之癖提升至前所未有的高度,赞其为与世俗功利和炫耀性消费无关的一种理想化执着与操守,而非指责那些弄花者

◇ 附 录 ◇

不务正业、荒唐可笑或哀叹其玩物丧志。提出这种理想化观点，部分源于其颇为反感当时"癖"的肤浅流行。在袁宏道看来，真正的癖好只是一种边缘化活动，一种疏离与遁世的行为。他的论述旨在使"癖"脱离占据主流的虚假与庸俗；但颇具讽刺意味地是，这反而促进了"癖"的流行。

袁宏道的叙述阐明了"癖"的一些基本原则。首先，"癖"是对特定事物或活动的习惯性依恋，而非对人的痴恋。而且"癖"尤其与收藏和鉴赏相关。其次，"癖"必定是一种过度且执着的行为。最后，"癖"指一种蓄意反传统的怪异姿态。

对癖好行为的识别以及人们对这一行为的态度随着时间的推移而不断演化。"癖"起初作为一种明确的观念最早出现于讲述一群喜好自由、不受羁绊的癖性之人的轶事中。5世纪的《世说新语》将这些奇闻轶事收录其中，相应地带有一种超然隐逸、不受传统规约的意味。《世说新语》所涉及"癖"的范围颇广：从好令左右作挽歌和听驴鸣，到爱观牛斗，嗜读《左传》，不一而足。其中有一则轶事甚至讲述好财者与好屐者如何一较高下。这一好屐者显然表现得更优秀，并非因其所爱之物，而是不管他人如何围观，其均能做到专注于木屐。

然而，步入晚唐时期，"癖"开始与鉴赏及收藏相联系，人们开始对"癖"加以书面记载。9世纪伟大的艺术史学家张彦远有一段文字，尤为有趣，列出了几种与痴迷的鉴赏精神相关的基本范式，而这些范式会在后世不断得以修正。

> 余自弱年鸠集遗失，鉴玩装理，昼夜精勤。每获一卷，遇一幅，必孜孜葺缀，竟日宝玩。可致者，必货敝衣，减粝食。妻子僮仆切切嗤笑，或曰："终日为无益之事，竟何补哉！"既而叹曰：若复不为无益之事，则安能悦有涯之生？是以爱好愈笃，近于成癖……唯书与画，犹未忘情。既颓然以忘言，又怡然以观阅……与夫熬熬汲汲，名利交战于胸中，

不亦犹贤乎？

张彦远这一自画像开篇便历数"癖"之诸多症候，如全然沉浸、勤勉不已，甘受独处之苦，享超然之乐。张彦远将"癖"视为一种个体与自我表现的方式。但他的叙述却演变为一种辩护，为个体的癖性辩护，由此他证明疏离公众生活的合理性。张彦远将"癖"作为世事失意的补偿。与此同时，他也批判了功名利禄背后的野心。他提出"癖"应该是无用的，无助于仕宦升迁或是谋求金钱财富。这样，"癖"便与中国文化中的隐逸传统相联系起来，亦与君子相关联。这些君子虽无功名，却不屑于逐权追名的生活，将之视为一种低俗的生活方式。

张彦远的叙述预示着宋朝艺术鉴赏趣味的勃兴。人们不仅欣赏古代字画，还鉴赏各种古玩，如青铜、玉雕、石刻、陶器，乃至自然界中的石头及花草，均成为人们收藏之物。随着印刷术的出现，了解某物的指南及谱录的编撰成为一种社会潮流。关于怪异收藏者的一些新范式也孕育而生，对"癖"的追求也深深植根于宋代文人文化中。中国历史上臭名昭著的"花石纲"，作为徽宗搜集奇花异石的一笔巨大开支，展现了人们对于收藏的狂热追求所达及的高度。徽宗是北宋末代皇帝，同时也是一位鉴赏家。人们指责其腐朽堕落，终致北部国土沦入金人之手。

由于收藏与艺术鉴赏的热潮在宋代文化中与"癖"这一观念紧密相连，人们也开始担心过度依恋某物会招致灾祸。张彦远在收藏过程中的乐趣是那些自我意识较强的宋代鉴赏家们所无法体会到的。源于10世纪中期五代及12世纪早期北宋的覆灭而作的三部名篇，对"癖"的危害进行辩争。三篇文章应依次来读，因为后文似是部分回应了前文。

尽管"癖"具有潜在的危害，然而11世纪的欧阳修在《集古录目序》中首次为收藏辩护。他的解决方案是基于收藏品的类型来假定其价值的等级。他区分了一般珍宝与古代遗物的差异，一般宝

◇ 附 录 ◇

物如珍珠、黄金、毛皮，无非刺激了日常的贪欲；而古玩并不会造成人身威胁，而且它们会增进人们对历史的了解。就一般珍宝而言，最重要的是得到它们的权力；而古玩，重要的是收藏家的品味及其对收藏品真挚的热爱。但是即便编撰谱录亦不能完全消除欧阳修对其收藏品前途命运的忧虑。他在《集古录目序》中虚构出一段对话，自我安慰道：

> 或讥予曰："物多则其势难聚，聚久而无不散，何必区区于是哉？"予对曰："足吾所好，玩而老焉可也。象犀金玉之聚，其能果不散乎？予固未能以此而易彼也。"

欧阳修对其收藏品散轶的忧虑部分源于一至两个世纪前一所唐代庄园的毁灭，他在《菱溪石记》中提到了这一点。另一位鉴赏家叶梦德尝言，"以吾平泉一草一木与人者非吾子孙也，欧阳永叔尝笑之"。因为人人皆知，这一庄园早已荒废。

在后世文人中，苏轼采用另一种策略来为收藏行为辩护，欧阳修曾隐约指出，重要的是人们对癖好之物的行为而非收藏品本身。苏轼同样也假定了价值等级，但其并非基于收藏品的类型，而是收藏者的类型。

> 君子可以寓意于物，而不可以留意于物。寓意于物，虽微物足以为乐，虽尤物不足以为病；留意于物，虽微物足以为病，虽尤物不足以为乐。

苏轼巧妙地甄别了"寓"与"留"之差异。"寓"是指人对某物暂时的兴趣，而"留"则是指对某物长久的兴趣。在他看来，"寓"将物视为得鱼之筌，而忽略了物本身的价值。这样可使人们因爱物而生的乐趣最大化，同时也避免了"尤物"造成的危害。然而"留"则暗示了一种对实物的病态性依恋。苏轼用一个明显带有贬义的"病"字，而非较为模糊的术语"癖"来强调因"留"而生的酷爱所具有的危害性本质。他断定只有达到"留"状态的收藏才会给个人和国家带来灾难。

然而，词人李清照在《金石录后序》中对欧阳修、苏轼巧妙的说理进行了质疑。国破夫亡，藏书遭毁，李清照经历了欧阳修与苏轼均曾担忧与警惕的灾难。她开篇对欧阳修称金石收藏着眼于订史氏之失的崇高目标表示赞同，但紧接着却语气突变，严厉地指责作为学者的欧阳修在收藏上的等级划分："呜呼！自王播、元载之祸，书画与胡椒无异；长舆、元凯之病，钱癖与传癖何殊？名虽不同，其惑一也。"

苏轼称收藏家的自制可以防止其热情病态化，从而规避灾祸。对于这一点，李清照亦表示否定。在叙述其先夫"癖"性加重的长篇传奇故事中，她通过一条线索展示了苏轼对于"寓"与"留"的区别。正如宇文所安（Stephen Owen）所指出的，对于这对年轻夫妇而言，收藏书籍最初是两人共同的闲情雅致，但是之后却演变为一场焦虑的噩梦。欧阳修在其自传中言道，其案牍劳形，忧患思虑，而收藏却令其佚而无患。李清照孑身一人以十五船满载亡夫所遗书籍，身处金兵进犯之境，这一弱女子形象让欧阳修、苏轼所谓的"超然姿态"显得荒诞至极。

2. 晚明"癖"潮

然而，降至16世纪，人们对于"癖"之危害所心存的顾虑与担忧似乎完全消失了。与以往不同的是，这一时期大量作品中展现出对"癖"的赞美，特别是以一种夸张的方式进行。"癖"成为晚明文化的重要组成，而与情、狂、痴、颠这些新的美德相关联。痴迷者不必再为己辩解或致歉。尽管有人如士大夫谢肇淛可能告诫同代人，任何一种偏爱，无论是片面的还是极度的，都应视为一种病，但是大多人还是乐意感染这一令人愉悦的"病毒"。"癖"与君子的生活变得须臾难离。

正如16世纪《癖颠小史》序所言："凡人有所偏好，斯谓之癖。癖之象若痴若狂……士患无癖耳。"袁宏道亦言："余观世上语言无味，面目可憎之人，皆无'癖'之人耳。"明遗老张岱也赞同道："人无癖不可与交，以其无深情也；人无疵不可与交，以其无真气也。"17世纪时期的张潮更是将"癖"视为人生不可或缺之物："花不可以无蝶，山不可以无泉，石不可以无苔，水不可以无藻，乔木不可以无藤萝，人不可以无癖。"

11世纪的知识分子已将"癖"视为一种重要的自我实现方式。在16世纪，"癖"成为一种占据主导地位的自我表现方式。中国古人将诗歌功能理解为"诗言志"。这一说法也推及至其他艺术形式，如绘画、音乐及书法。如今，不管这一观念如何经不起推敲，它不断延伸，涵盖了大部分的活动。此外，自我表现也不再是一种不情愿的行为，而成为一种习惯，不仅体现为一种虔诚的行为，还体现为自我实现，如袁宏道所言"陶渊明爱菊，林逋爱梅，米芾爱石，不在其物自身，而是皆吾爱吾也"。

在这种完全均衡状态下，主客之间的界限完全消弭。人们不再视"癖"为一种他异性状态，而是一种自我沉思的行为：不是他恋，而是自恋。

但是在16世纪，"癖"的理想化状态亦源于对"情"的新的考量，即人们对于特定物的狂恋是"一种理想的，专注的爱"。"一种轻率但很浪漫的爱"便是人们熟知的"情"。一旦将某人与其所痴爱之物间的关系定义为"情"，那么也不难理解物何以被其所好者的挚爱所动，进而与之共鸣。由于人所痴迷的对象并非人，这就意味着将物拟人化了，认为万物皆有情。我们将会看到，这一关于"癖"的重大理论发展对《聊斋志异》影响颇深。

这一观点，在中国古人万物有灵论以及此一时期关于情的更为宽泛意涵推动下，被强化为一种宇宙的力量，甚至是生命本身。例如，17世纪的《情史类略》睹记凭臆而成书，它记载道，情之力远胜宇宙万物，无论风雷石木，亦或兽禽鬼神。情史氏评论道："万物生于情，死于情。"在这一框架中，人不过是受制于情的又一个类而已。

早期，记载"癖"的一条重要但非强制性的准则即离奇古怪，令人费解。正如《癖颠小史》序所言："看牛斗、听驴鸣试之，人人不解意味，所以皆癖也。"拥有怪异的癖好可以使人在稗史中享有声誉。例如，南朝时期的刘邕嗜食疮痂，以味似鳆鱼，或是唐代权长孺嗜好食爪。但是随着"癖"的热潮在明朝逐步消退，另一种变化开始发生："癖"的对象不断变得标准化，成为衡量特定品质与品性的指标。降及16世纪，"癖"明显不再变化。尽管还有一些不同寻常的癖好为人所提及，例如，喜欢蹴鞠或是鬼戏，特别令人作呕的饮食习惯仍为人所津津乐道。此时大多数的记载往往关注传统的癖好，最常见的是古书、绘画、金石、书法或是石头；一件不同寻常的乐器、某一种植物、动物或是竞技；茶、酒、洁癖乃至断袖之癖。但是，即使在这些癖好范围内，对于哪种花、哪种竞技的实际择选也开始被加以限定与模式化。

及至17世纪，丰富的知识积累以及供鉴赏家们使用的专门手册或谱录发展到涵盖了每一种标准的癖好。蒲松龄似乎对手册里各种收藏品的研究进行整合，从而形成他自己关于"癖"故事的核心。聊斋的评论者经常会引用专门手册中的一些内容，解释并称赞蒲松龄精准的鉴赏力。

白亚仁（Allan Barr）也表明蒲松龄从晚明《帝京景物略》中所述与蟋蟀有关的知识中取材，创作了著名的《促织》。蒲松龄对《帝京景物略》的内容进行删节，并为其制序。据白亚仁所言，蒲松龄援用了该手册中的大量细节——种类各异的蟋蟀，蟋蟀的饮食，甚至直接照搬其中的用语。

《鸽异》开篇不同于其他聊斋故事，明显看出谱录及手册风格对其的影响。《鸽异》摒弃了聊斋以及大部分文言小说典型的传记或自传模式。实际上人们无法将故事开篇与谱录区分开来：故事开端枚举了不同种类的鸽子及其生活场所，还提供了一些如何喂养鸽子的建议。"鸽类甚繁，晋有坤星，鲁有鹤秀，黔有腋蝶，梁有翻

◇ 附 录 ◇

跳,越有诸尖,皆异种也。又有靴头、点子、大白、黑石、夫妇雀、花狗眼之类,名不可屈以指,惟好事者能辨之也。"蒲松龄也坦言其受惠于这样一部谱录,其在故事中言道富有的爱鸽者"按经而求",务尽其种。事实上,蒲松龄自己也编有两部谱录:一部是石谱,一部是诸花谱,均现存完好。

这些手册或谱录中有时也讲述了与某一条目相关的个人经历。这些叙述可能是蒲松龄创作鉴赏题材故事最为重要的灵感。例如,宋代爱石者叶梦德,在《平泉草木记跋》中讲述,所获一奇石如何神奇地医好他的病。"癖"的这一疗救特性在聊斋《白秋练》中得到进一步佐证,它讲述了痴迷于诗歌的白鲟精的传奇故事。她的心上人为其朗读其最喜欢的唐诗不仅医好了她的病,甚至还令其死而复生。袁宏道《瓶史》中典型的爱花者在很大程度上预示了《葛巾》中花痴的形象。常大用适以其事如曹,目注勾萌,作《怀牡丹》诗百绝。未几花渐含苞,而资斧将匮。

因为物与特定品格及历史人物相关联,"癖"性的择选也受之影响。通过热爱某特定之物,这些爱好者竭力声称他们会忠于这些品质,或是效仿那些人物。这一理念早已在12世纪的《云林石谱》序中得以体现,"圣人尝曰:'仁者乐山。'好石乃乐山之意,盖所谓静而寿者,有得于此"。

因此,如果一个人珍爱与石相关的道德品格如仁、静、寿及忠,或者他想要效仿著名的爱石者米芾的话,那么他就可能是真正的爱石者。然而,一些人可能爱菊,因为菊与纯洁孤傲及隐逸诗人陶渊明相关。尽管从理论上讲,"癖"是一种自发的冲动,但是在实际中已成为关于自我修养的研究行为。一旦某物成为某种特定品质的象征,那么它就很容易被认定为这些品性是其本身所具有的。这又导致对该物的拟人化:其不仅象征某一特定品格,还拥有并相应地展现这些品格。

物的拟人化是一种古老的诗学修饰。例如在6世纪的诗歌选集《玉台新咏》中,赋予物以情感属性及感知能力是一种常见的手法。自然之物，如植物，而人工制品，如镜子，均被描绘为一种分享或是回应人类情感的形象。有一描写宫殿台阶布满荒草的诗句，这样写道："委翠似知节，含芳如有情。"之后，中国诗学将这一手法定型为：触景生情，又寓情于景。但这种人格化又不同于通过癖好展现的人格化。如镜子之类物品可以反映人类世界的自恋情感。这些物本身没有独立的身份或情感，但其以寓言方式代表了言说者。例如，捐弃的扇子象征着班婕妤在皇帝面前失宠。

然而，在袁宏道的《瓶史》中，花同人一样，也有着不同的心境。例如，他建议同行鉴赏家们如何区分花是喜是忧，是倦是怒，从而相应地加以浇灌。在此，花可以感知自身的情感，而不仅仅反映和充实人类的情感。一旦物有独立的情感，其便能回应特定个人。由此，进一步发展了这一说法，即物可寻得爱己之知己或挚友。张潮在其名句中亦体现了这一理念："天下有一人知己，可以不恨。不独人也，物亦有之。如菊以渊明为知己，梅以和靖为知己，竹以子猷为知己，莲以濂溪为知己，桃以避秦人为知己，杏以董奉为知己，石以米颠为知己。"

3. 论《石清虚》

蒲松龄名篇《石清虚》的中心主题即由"癖"衍生而来。故事讲述了狂热的石头收藏者邢云飞和一块名为"石清虚"的石头间的友情。一日，邢偶渔于河，有佳石挂网。则石四面玲珑，峰峦叠秀。更有奇者，每值天欲雨，则孔孔生云，遥望如塞新絮。有势豪者闻之，差健仆踵门夺之。不料，仆忽失手堕诸河。乃悬金署约而去，无获。后邢至落石处，见河水清澈，则石固在水中。邢不敢设诸厅所，洁治内室供之。一日，有老叟造访，请赐还家物。为做验证，叟曰"前其后九十二窍，孔中五字云：'清虚天石供'"。最终，邢减三年寿数，留之。叟乃以两指闭三窍，曰："石上窍数，即君寿也。"尔后，邢与石遇多磨难，先有贼窃石而去，后有尚书某，欲以百金购之。邢不允，遂被收。后邢至

◇ 附 录 ◇

八十九岁，如老叟所言，卒。子遵遗教，瘗石墓中。半年许，贼发墓，劫石去。刑之魄寻两贼，命其归石。取石至，官爱玩，欲得之，命寄诸库。吏举石，石忽堕地，碎为数十余片。邢子拾碎石出，仍瘗墓中。

蒲松龄以异史氏的名义，于评论开篇即指出传统上由尤物之"癖"而引致的忧惧，但旋即笔锋一转，倒向了晚明时期所流行的崇情思潮。

> 异史氏曰："物之尤者祸之府。至欲以身殉石，亦痴甚矣！而卒之石与人相终始，谁谓石无情哉？古语云：'士为知己者死。'非过也！石犹如此，何况于人！"

异史氏援用的修辞手法凸显了一种反讽意味：石头本该无情（无情意为"无生命"），而人被定义为"有生命"，本应有情，但无情之石却比多数有情之人表现出更多真情。

叙述中情的体现不仅是静态的，主人公和石头之间的友情逐渐产生，不断深化，最终以彼此的自我牺牲收尾。石头主动参与到故事之中。"天下之宝，当与爱惜之人。"故事中老叟这一关于痴狂收藏者的谚语式言说，不断重复，似可由一个新的视角加以解读：物自身择选并回应爱惜之人。石头自行挂到爱石者的渔网上，使自己被卷入一个充满情感的世界；石头强烈的欲求使其过早入世，仿佛《红楼梦》中作为宝玉前世的补天石。正如老叟对邢云飞所言，由于"彼急于自见"，这石头提早三年入世。当邢云飞拥有此石时，石头美化自己以取悦爱惜者；而当其落入他人之手，甚至连那神秘冒出的云烟都消失了。而且，在石头接二连三从邢云飞手中被强行夺走后，它走入邢云飞梦中安慰他，并巧妙设计最终得以团聚。由此可见，故事巧妙地转换了收藏者和收藏品的角色：邢云飞成为石头之"癖"的对象。

李贽，晚明思想变革潮流中最有影响力的一位哲学家，在《方竹图卷文》中也曾探究过类似主题。其故事原型是 5 世纪《世说新语》中一则家喻户晓的故事，但是李贽对其进行了颠覆性的解读。《世说新语》这部小说集详细记述了魏晋名士的才智和勋绩，在 16、17 世纪尤受欢迎。这期间，诸多的版本与续书相继刊行，使其成为明清时期描写"癖"者名副其实的"圣经"。

李贽所援用轶事与"竹之爱"有关：王子猷尝暂寄人空宅住，便令种竹。或问："暂住何烦尔？"王啸咏良久，直指竹曰："何可一日无此君？"

由李贽的厌世观看来，比之于人之间的交往，王子猷更愿意引"此君"为伴。而竹本身也与有着不凡性情的王子猷惺惺相惜：

昔之爱竹者，以爱故，称之曰"君"。非谓其有似于有斐之君子而君之也，直怫悒无与谁语，以谓可以与我者唯竹耳，是故相约而谩相呼，不自知其至此也。或曰："王子以竹为此君，则竹必以王子为彼君矣。……"然则王子非爱竹也，竹自爱王子耳。夫以王子其人，山川土石，一经顾盼，咸自生色，况此君哉！且天地之间，凡物皆有神，况以此君虚中直上，而独不神乎！传曰："士为知己用，女为悦己容。"此君亦然。此其一遇王子，则疎节奇气，自尔神王，平生挺直凌霜之操，尽成箫韶鸾凤之音，而务欲以为悦己者之容矣，彼又安能孑然独立，穷年瑟瑟，长抱知己之恨乎？

在李贽批判晚明世人对"癖"的肤浅追逐中，通过赋予竹以人的意志和欲望而将竹人格化，他将主体与客体的位置加以对调。李贽认为，万物皆有"神"，即一种内在的生命力量，并从这一或有些随意的万物有灵论中推断出：对于一个有意义的存在个体，比如人，需要知己来爱他们、理解他们。李贽通过借用传统上关于竹子与正直和坚毅等美好品格的联想，运用一系列双关语，巧妙地虚构出一个竹子试图取悦王子猷的场景，但是他对竹子的人格化处理显

◇ 附 录 ◇

然是一种修辞姿态,是一种欺骗。

《石清虚》中,蒲松龄进一步发展了李贽的思想。他细致地运用小说家的技巧,将无生命的物和有生命的人之间强烈的爱以一种连贯的叙述结构加以呈现,由此实现了字面上的修辞姿态。但一块无生命之石若成为一个真正的人,其必须经历死亡。故事令人震惊之处即石头将自己摔成碎片:有价值的变为无价值的,永恒遭到破坏。石头对爱的感知,以承受苦痛和死亡为代价。其对邢云飞的痴迷在自我牺牲处达及高潮:为表达对知己的忠贞,为生死与知己相始终,最终其必须要如一位侠客或贞妇,选择自杀,毁灭自己的美。只有在毁灭中,石头方得以全身,与心爱之人一起长埋地下。正如道家所言,木以不材得终其天年,而作为"尤物"的石头,只有使其物的价值彻底消失,方能归于平静。

蒲松龄择选"石癖"作为阐述完美友情的主题并非偶然:首先,传统意义上,石头被视为忠诚和坚毅的象征。例如,"石友"一词指忠诚的朋友,诗歌中常用来指称石头。同样的,"石交"一词形容坚如磐石的友谊。蒲松龄本人一篇关于友谊的说教文中就曾用过该词。此外,正如笔者之前所提,将物之象征特质运用至该物上来作为其内在本质是很常见的。例如,《情史类略》中尝言,情"坚金石",那么情即可凝而为金为石。《石清虚》中,蒲松龄成功地将这些形象的语词赋予了具体的文字形式。

明朝时期,石头成为人们狂热追捧之物。约翰·赫(John Hay)在研究中国赏石文化的著作《气之核与地之骨》(*Kernels of Energy, Bones of Earth*)中就曾指出,中华帝国晚期,石头俨然成为中国的文化偶像。石头与小说一样,若足以非凡,足奇,足怪,便会得到赞赏。石头不再是普通之物,而是一件艺术品,其价值不在于人工技巧的巧夺天工,而是其别致的自然特质。人们认为,痴迷于一块未经打磨与雕琢的石头是高雅的,相比之下,对于玉石和宝石的热爱则是粗鄙的(明朝后期,人们甚至令玉雕看起来更像糙石)。只有真正的鉴赏家才能够品评石头，但是正如蒲松龄所述，在石头被标以高价的市场上，权贵和富人逐石只为显示身份地位，而无知者则以石谋利。正如李贽之竹，据说其会厌恶虚伪的爱慕者，而蒲松龄故事中的石头也不会报答其他石头收藏者虚假的爱。正是由于主人公即使身处堕落腐朽环境之中，仍能保持纯正而坚毅的痴迷之心，方才赢得石头的忠心追随。

蒲松龄笔下爱石之人的灵感显然是来自宋朝书画家米芾，其于石头的痴迷可谓是人尽皆知。米芾因拥有"鉴赏家"这一耀目的标签，而使其被奉为"痴"与"癫"的完美典范。明朝期间，大量关于米芾的轶事集得以出版，充分证明了他的人格魅力。米芾的"痴"与"癫"很好地顺应了晚明的主情思潮，这亦可体现在诸多蒲松龄作品主人公的身上。《石清虚》中邢云飞的痴狂可以在米芾有名的轶事中寻到先例，此事甚至在《宋史·米芾传》中有所记载：米芾具衣冠拜石，呼之为兄，或丈。

可以确定，蒲松龄至少是熟知米芾此故事的。该故事不仅在17世纪广为流传，亦在蒲松龄名为《石丈》的诗中被重写。诗中所说之石至今仍存蒲松龄友人与馆东毕际有石隐园旧址内：

> 石丈剑楯高峨峨，幞头靴笏吉莫靴。
> 虬筋盘骨山鬼立，犹披薜荔戴女萝。
> 共工触柱崩段段，一段闯竖东山阿。
> 颠髻参差几寻丈，天上白云行相摩。
> 我具衣冠为瞻拜，爽气入抱痊沉疴。

可以说，蒲松龄这首诗是风行17世纪"米芾拜石"故事的文学再现，但有一点重要不同之处：在诗中，诗人（"我"）模仿米芾拜石，以汲取心灵慰藉，虽然在其他类似作品中，米芾本人常作为描写对象，但该诗不然，着重对形似山脉的石头加以神话式描绘，米芾诗人的形象则后退成为背景，只在尾联惯例性地出现。

◈ 附 录 ◈

  出乎意料的是，与诗相比，《石清虚》中对石头的描述反显得较为克制。其中没有华丽辞藻，亦无诗中常见的典故。取而代之的是，在石头最开始出现时，蒲松龄对其做了简洁而生动的描述："则石径尺，四面玲珑，峰峦叠秀。"而后对石头与众不同外形的进一步描述，如孔窍的数目，刻有名字的小字以及其放出的云烟等，只是在情节构架范围内根据故事发展的需要逐步填充，但这些细节并没有驱散其神秘的光环。石头真正的形象是留给读者去想象的，是通过人们对之的不断夺取而加以展现的。

  更为重要的是，《石清虚》并非简单复述了这则家喻户晓的轶事，相反，蒲松龄在17世纪浓烈的"癖"文化氛围中创作了一系列新型的轶事。故事的主人公绝非仅仅模仿米芾，其超越了米芾，放弃了自己三年寿数，为石头不惜一切，这使得此前历史上有案可考的石头无不黯然失色。冯镇峦评论道："南宫石丈人具袍笏而拜，想无此品。牛奇章号为好事，谅亦未尝见此。"但是邢云飞之石不仅受到崇拜，还被注入了魔劫和人性，它能够回应真正赏石者之爱，这是"石丈"永远也无法做到的。

  除却"石丈"，蒲松龄另有两首吟石诗。如前所述，他还编纂了一部石谱。蒲松龄巧妙地将诗中和石谱中显而易见的有关石头的知识融入故事中。例如，石头散发云烟的特质或许是虚构的，但是这借用了传统意义上人们对于石头、山脉和云烟的联想。石头可以预测天气，似有些历史依据，如可在关于米芾一块山形砚台的描述里得到佐证："龙池，遇天欲雨则津润。"同样地，历史上与当下均曾有以人名直呼石头的做法。蒲松龄在故事中，称石头爱好者为"邢云飞"，听起来更像石头之名"行云飞"，这也绝非巧合。最后，石头收藏史因鉴石者间史诗般的争夺战而臭名昭著。《石清虚》中，我们可以看到这些争夺战的缩影。为了强调主人公对石头"痴"的纯粹，故事中其他试图抢夺石头之人并非真正的石头鉴赏者，他们将石头在市场上廉价兜售。

  聊斋中还有许多写对花或对乐器喜爱而成癖的故事，同样十分精彩。《石清虚》与聊斋中其他叙"癖"故事不同并非在于对物的拟人化，因为聊斋故事中的主人公大多会爱上其所痴迷之物的化身。这些志怪的主题之一就是不断将非人之物（物品、动物、植物、鬼魂）赋予人的行为，且这种拟人化的范围非常广。在一个极端，物保持其原有的外形，但具有人的道德观和欲望；在另一个极端，物拥有了人形，极其像人以至于经常被错认为是人，但至故事结尾，真相便会揭露。在第一种情况下，物没有外在形态的变化，只是精神被拟人化；而在第二种情况下，变形是必不可少的，其精神和外形均被拟人化了。但是，在不同的拟人化例子中，拟人化的程度又有所不同。所以，尽管在《聊斋志异》中，诸多不同的物均被拟人化，但是有的看起来更像人，而有的看起来更像物，差别较大。

在聊斋爱花成癖的故事中，尽管字面上有线索表明主人公是花，但在故事中其仍被视为女性。其中，《葛巾》主人公是牡丹花，《黄英》主人公是菊花。这两个故事的魅力之处在于，主人公是花非人真相的揭露是被延迟的。整个故事设置了变身的谜团，但这些谜团不难解开，这就使得当代读者读来津津有味。蒲松龄在另外两个爱乐器成癖的故事《宦娘》和《局诈》中，采用了另外一种手法。尽管两个故事的中心点均为古琴，但并没有完全被拟人化。古琴并未经历任何变形，亦未被赋予任何鲜明个性。故事中，它一直是珍贵而被动的欲望对象。

聊斋故事中，《石清虚》可谓与众不同，因为虽然石头仍是无生命之物，但其有了个性，有了身份，有了人的存在感。只有在梦中，石头才会以人形现身，与人直接对话，向人介绍自己是石清虚。通常，当石头的名字出现在碑文或者石谱中时，"石"字通常在名字之后，而非在名字之前。此便是为何故事中，孔中字曰："清虚天石"。然而，在石头的自我介绍以及故事的标题中，顺序被调换了。"石"字置于最前而非最后，这样"石"就相当于汉语中的姓氏。石头姓名有意倒置暗示了一种微妙的拟人化。这个新的名字承载了其"外在石形内在人神"的精巧平衡："石"实际上是

附　录

一个很普通的姓氏，石之名"清虚"二字即令人联想到其不同寻常而为人所赞之"气"。这种平衡在晚明有关石的画作中也得以实现，正如约翰·赫所言，"由外在形态与文理以刻画内在性格"。

蒲松龄笔下的石头可能是虚构的，但自宋以降，诸多艺术家均曾描写过他们中意的石头，并赋予其自己的想象。17世纪早期的一幅画卷可以让我们深入了解《石清虚》及其产生的文化背景。故事所提及的石头属于当地有名的官员米万钟，号友石，自称是米芾后人。但人言其无芾之颠而有其癖。虽然米万钟亦是有名的书画家，擅长画石，但此画是其友吴彬所作，一位职业的山水画家，也是一位石头爱好者。初看，这幅作品似静物写生：石头工整逼真，米万钟的描述也写实严谨，记录了每座山的尺寸、形状、姿态以及文理。但是若定睛细看，石便非静止的了，或者说，感觉没有那么写实了。石头异常古怪，其长长的笋状山峰被神秘的空间所隔开，看起来似在移动，如在风中漂浮，像在火上摇曳，但其仍然保留了石头的质感。

此画卷最不同寻常之处在于，它包含十幅与实物同样大小的石头画像，但每一幅均选取了不同视角。其在石头上下足了功夫，不禁让人觉得似是一位陶醉于情人每一姿势，每一表情变化，被迷得神魂颠倒的男子。许多石头画作集以及内含插图的石谱出现在17世纪，但如蒲松龄这样没有插图的石谱却更常见。这些作品一般是为了记载一些不同寻常的个例。事实上，我们在吴彬画中所见也属于某种石谱，只不过较为特殊，看似描绘了各种石头，实则只描绘了一块石头。

对于同一物的强制性复现是吴彬画作和蒲松龄小说的共同之处。《石清虚》中，最明显的特点便是毫无变化的情节反复在故事中出现：石头爱好者邢云飞寻到石头，然后有人将它抢走，但是每一次石头均能自己想方设法回到邢云飞身边。这种失而复得的模式在故事中共出现了五次，但是这种重复并非单调的，因为每次失去，邢云飞因痛失宝物而悲痛欲绝，其程度远比上一次更为强烈；

而每一次失而复得，他表现出的喜悦也更真切。每失去一次，邢云飞都会不遗余力地想要将它找回：他舍弃自己三年的寿数，变卖了家里的田产和地产，屡次想要悬梁自尽。即便邢云飞的死亡也没有打破这一循环，邢云飞变成复仇的厉鬼要求盗石者归还石头。故事的这种复现性与循环性也印证了"癖"的强制性结构："欲望，占有，失去"；继之以新的"欲望，占有，失去"。但是这一反复有些过度，因为这超出了我们的预期，如同吴彬画作过度描绘同一物的不同样态，也让赏画者感到出乎意料。

在画卷末颇为私人化的题词中，米万钟自称天生爱石，对石头的癖好与意识生来便有。他收藏石头三十载，获鉴赏家的美誉，但是画中的这块石头他早就看中，并且终其一生在找寻。他讲道，这块石头十分神奇，当他把石头带回家时，他大量收藏的其他石头都顺从地后退，仿佛知道自己略逊一筹，甘拜下风一般。因此，不仅可以说这块石头是他收藏品中最闪耀的瑰宝，因为其他收藏品遇到它无不黯然失色了，而且可以说，这一块石头便是他全部的收藏。

或许，下文所论是吴彬画作与蒲松龄小说最大的相似之处。在《石清虚》开篇，爱石者邢云飞被描述为不惜重直买石之人。然而，自从他从河中捞起清虚之后（石头主动现身，正如米万钟之石渡河而来），再也没有提及其他的石头。自从邢云飞醉心于这块石头之后，他的石头收集便不复存在了。故事中，邢云飞的收集好像就这样消失了，就像米万钟艰辛集石之路也被其他事情替代了一样。和米万钟一样，邢云飞只对一块石头情有独钟。当将之最大限度地理想化之后，蒲松龄和吴彬似乎都触到了"癖"的本质。

晚明主情思潮影响之大，不仅将蒲松龄和吴彬塑造成了"癖"的代表，还使得医学话语发生了转变。至16世纪晚期，"癖"已不再只是一个医学术语，这层意涵几乎消失殆尽，更为流行的是其引申义"上瘾"或者"沉迷"。李时珍的医学百科全书《本草纲目》中，在名为"癖石"的条目之下，他解释了何为"癖"。"有人专心成癖，及病症块，凝结成石。"李时珍对于"癖"的理解源于"痴"的引申义，他认为这是一种精神的而非身体的疾患：全身心地专注于某事有碍于消化，这种未能消化之物最后会凝结成石。在这一有趣的释义中，李时珍将"癖"在传统医学中的界定与当时主流文化对之的理解加以调和。

李时珍主要对体内的积滞之物如何化为石这一过程颇感兴趣。他枚举了其他为人所熟知的石化例子，包括陨星、肾结石、化石以及舍利子。他解释道，每个例子中，石化均是由于"精气凝结而然"。但是，这个传统的理论太过模糊，他并不满意于这种解释。为了进一步说明人体的石化现象，他借用了明代主情说。他枚举"波斯人破墓"这一令人惊叹的故事来佐证这一理论。"波斯人发古墓，见肌肤都尽，惟心坚如石。锯开，中有山有如画，旁有一女，凭阑凝睇。盖此女有爱山水癖，遂致融结如此。"其心中石化的图画记录了她的生平。女子对于山水的爱恋刻进了其心中和意识内，使自己也成了石画的一部分。事实上，某些石头，如大理石，其价值的确在可见的如画景观，约翰·赫称这些天然图案为"大理石中的山景"。在化为石头的过程中，心不会像其他器官一样腐烂，而是为后人记录下怎样的癖好使之变形。

在这一条目结尾，李时珍根据以毒攻毒的原则开出了一剂药方：口服溶解的癖石可用来医治噎膈，这种症状通常表现为不能下咽、呕吐、便秘。此条目最后云：一人病症死，火化有块如石。此皆症癖顽凝成石之迹。如此，石即成为"癖"之完美象征，是"癖"在肉体上所生之物，亦是治愈"癖"的良方。兜了一大圈，最后我们还是回到了蒲松龄《石清虚》中所讲的：只有彻底毁灭石头方能消除爱石者的癖好，从而归于平静。

三 性别错位

（一）导读

西方汉学家在解读中国文学作品时，往往会假借西方的文学理

211

论,此处比如蔡九迪对女性主义文学批评理论的运用,以之来解读蒲松龄笔下的《商三官》与《颜氏》。颜氏女扮男装通过科举进入仕途,情节属娄逞一类;商三官女扮男装为父报仇,此举又和谢小娥相似。蔡九迪指出,性别的更易由内在的生理差异转移至服饰的差别,性别的转换便如同服饰的更换一样简单易行,这显然进一步说明了波伏娃所谓的"女人不是天生的,而是被后天建构的"。

这里要重点说明的是,蔡九迪对《人妖》故事的解读。她指出,异史氏在小说结尾的评论中把叙事转牵引至寓言层面。蒲松龄将充满感性色彩与性意味的故事转变为一个政治讽喻性的寓言。故事末尾巧妙地用"拔赵帜易汉帜"的历史典故来形容马万宝夫妻二人的引诱图谋。19世纪早期的《聊斋志异》评论者冯镇峦很好地对异史氏小说结尾的蟹钳隐喻进行了阐释与再历史化:"曹操治世犹如小儿爱蟹,断其钳而畜之。"

冯镇峦的这一评点使得潜隐于该故事中的关于国家与性别等级间的关联性问题更为明晰。如笔者在前文所述,蒲松龄自视满腹治国才能,终生念念不忘科举出仕,但苦于屡困屋场,只好在《聊斋志异》故事中注入大量的政治隐喻,而以男女两性间的关系暗指君臣关系,这也是蒲松龄在《聊斋志异》中经常援用的一种手法。

(二)译文

1. 性别错位·人妖

《人妖》故事往往令20世纪的聊斋读者颇感局促难安,其从未被录入任何选集中,亦极少为学者所论及。兹将之移录如下:

马生万宝者,东昌人,疏狂不羁。妻田氏亦放诞风流。伉俪甚敦。有女子来,寄居邻人某媪家,言为翁姑所虐,暂出亡。其缝纫绝巧,便为媪操作。媪喜而留之。逾数日,自言能于宵分按摩,愈女子瘵蛊。媪常至生家游扬其术,田亦未尝着

附　录

意。生一日于墙隙窥见女，年十八九已来，颇风格。心窃好之，私与妻谋，托疾以招之。媪先来，就榻抚问已，言："蒙娘子招，便将来。但渠畏见男子，请勿以郎君入。"妻曰："家中无广舍，渠侬时复出入，可复奈何？"已又沉思曰："晚间西村阿舅家招渠饮，即嘱令勿归，亦大易。"媪诺而去。妻与生用拔赵帜易汉帜计，笑而行之。

日曛黑，媪引女子至，曰："郎君晚回家否？"田曰："不回矣。"女子喜曰："如此方好。"数语，媪别去。田便燃烛展衾，让女先上床，已亦脱衣隐烛。忽曰："几忘却厨舍门未关，防狗子偷吃也。"便下床启门易生。生蹇窣入，上床与女共枕卧。女颤声曰："我为娘子医清恙也。"间以昵词，生不语。女即抚生腹，渐至脐下，停手不摩，遽探其私，触腕崩腾。女惊怖之状，不啻误捉蛇蝎，急起欲遁。生沮之，以手入其股际。则擂垂盈掬，亦伟器也。大骇呼火。生妻谓事决裂，急燃灯至，欲为调停，则见女赤身投地乞命。妻羞惧趋出。生诘之，云是谷城人王二喜。以兄大喜为桑冲门人，因得转传其术。又问："玷几人矣？"曰："身出行道不久，只得十六人耳。"生以其行可诛，思欲告郡；而怜其美，遂反接而宫之。血溢陨绝，食顷复苏。卧之榻，覆之衾，而嘱曰："我以药医汝，创痏平，从我终焉可也？不然，事发不赦！"王诺之。明日媪来，生绐之曰："伊是我表侄女王二姐也。以天阉为夫家所逐，夜为我家言其由，始知之。忽小不康，将为市药饵，兼请诸其家，留与荆人作伴。"媪入室视王，见其面色败如尘土。即榻问之。曰："隐所暴肿，恐是恶疽。"媪信之去。生饵以汤，糁以散，日就平复。夜辄引与狎处；早起，则为田提汲补缀，洒扫执炊，如媵婢然。

居无何，桑冲伏诛，同恶者七人并弃市；惟二喜漏网，檄各属严缉。村人窃共疑之，集村媪隔裳而探其隐，群疑乃释。王自是德生，遂从马以终焉。后卒，即葬府西马氏墓侧，今依

213

稀在焉。

该故事与巴尔扎克的小说《萨拉辛》（*Sarrasine*，1830）有着某些相似性，后者因罗兰·巴特（Roland Barthes）在《S/Z》（*S/Z*，1970）中颇具新意的解读而广为人知。当然，这并不意味着蒲松龄的作品是《萨拉辛》的一个镜像，或对之的修正，因为这两个故事在历史和文化背景方面并不相涉。尽管二者间存有某种奇特而又激发性的呼应，在故事情节上亦有着惊人的相似，但是在本质上却是迥异的。《萨拉辛》的叙事结构为内嵌式，小说叙述者通过讲述故事的方式来引诱一个充满好奇心的妙龄女子。萨拉辛是位法国雕刻家，他疯狂地爱上了意大利女高音歌手——藏比内拉。当他发现自己所爱之人竟是个阉伶后，试图杀死他/她，但最终死掉的却是萨拉辛本人。同样地，叙述者的图谋亦适得其反：少女曾默许与之共度春宵，但听完故事后因心绪难宁而爽约了。

巴巴拉·琼斯（Barbara Johnson）在研究《S/Z》的一篇文章中曾指出："萨拉辛……在某种程度上，是对差异性的研究——这一基于性别差异的表述具有颠覆性与不确定性。"《人妖》中对同一问题亦提出了类似的不确定性表述。故事同样讲述了一个男子不知情地迷恋上男扮女装者；阉割和欺骗同样是故事的关目，但叙述话语却被颠倒了：并非情场失意，而是性权力的篡夺。

英文词汇"Double-crossing"所具有的"欺骗"与"一体两性"这两层意涵成为理解该故事的管钥。二喜扮作妇人，骗得老妇人的信任，所藉者非但是他少女般的外表，同样奏效的还有他出色的女红。老妇人轻易上当——其在叙事中的主要功能是将亲听轻信的谎言传播出去。二喜自称能按摩治病，初读来，可视为一种警示，但若细细回味，这显然是委婉语。但是，螳螂捕蝉，黄雀在后。马万宝的图谋较之更为周密：田氏称病，向老妇人和二喜说丈夫夜不归宿，最后再实施最为关键的一步——"拔赵帜易汉帜"，这是公元前3世纪一个与军事策略有关的历史典故。这对夫妻身份

◇ 附 录 ◇

的互换（女易男）与二喜后来身份的永久转换（男易女）相呼应。最终，故事以出人意料的和平方式收场。

由于缺乏性别化的指示词或者具体化的性别代词，汉语尤其适用于性别模糊的故事叙述。因没有特定的性别指示符号，所以冗赘的解释，比如他/她，抑或是明晰的性别指认均是可以规避的，而这一点在英语中是颇难做到的。叙述者要尽量避免谎言，借用巴特的话说，即少布"陷阱"。因此，语言的模糊性恰可掩饰性别的不确定性。在《人妖》中，叙述者仅在故事的第一部分中直陈二喜为"女子"。这个谎言是必要的，是为了在"女子"性别被揭穿后引起读者强烈的震惊，以达到一种不知情的情境中男男相互引诱的喜剧效果。

一旦二喜真实性别被戳穿，叙述者就不必再欺瞒读者。故事中，二喜被阉割后，叙述者就小心地避开了对他性别的任何直接语言指涉。相反，掩盖真相的重任转嫁到故事主人公身上。马万宝和二喜对老妇人说的谎言是一语双关，而这一双关语非常接近真相。二喜说自己的病是阴部肿胀与感染，马万宝也向老妇人解释说二喜是因"天阉"而被夫家所弃（"天阉"一词常用以指男子是"天生的阉人"）。马万宝的这一解释既符合实际又具远见，这一说法很好地解释了后来二喜出现的诸多问题，如没有月事。这些诱导性的解释极具讽刺意味，因为它们已经秘密地揭开阉割的真相。对此，读者已然知晓，但是老妇人却并未察觉。

该故事在结构上分为两部分。第一部分营造的是三方互诱的情景；在此，二喜被发现真实性别并被阉割，故事由此达及高潮。第二部分为阉割之后的圆满结局。故此，该故事的枢轴是"阉割"的过程，而非如《萨拉辛》中转折点是"被阉割"的暴露；巴特认为，巴尔扎克的故事"以结构性的轨迹为转移，由对真相的追求（解释学结构）而转为对阉割的探寻（象征性的结构）"。在《人妖》中，重点不再是对真相的追寻与发现，而是寻求复原与秩序。

所以，让叙事一分为二的"阉割"亦成为故事的关键性象征结构。在此，阉割是死亡与重生的象征：二喜流血晕厥这一描写，既是对处决其同党的预兆和替换，同时亦让二喜以"二姐"的新身份洗心革面，重新做人。但是从法律和马万宝的视角来看，人妖的罪行就是外表与内在的不相符。所以，马万宝的行为可以被视为一种异常的儒家"正名"。"人妖"中的"妖"已被切除，余下的便剩"人"了。

"人妖"的迷恋者马万宝，意外地发现了二喜的阳具，而这在《萨拉辛》中的藏比内拉身上则是缺失的。《人妖》中，马万宝亲自阉割了二喜，这一举动使其私欲得以满足。吊诡的是，阉割并未导致死亡，而是让二喜逃过一劫，得以存活；亦不曾让马万宝的私欲受挫，反而得到长期的满足。《萨拉辛》中，藏比内拉被视为"受诅咒的怪物""幽灵"，而《人妖》中却并非如此；《人妖》中，阉割让二喜重新以妾的身份融入正常人的群体中。作为马万宝的妾，她成为这个家庭永久的一员，死后被葬入家族墓地。所谓的"妖怪"被"驯化"了。

《萨拉辛》中，"阉割"一词从未出现，它被移除了，在文中处于空白。而《人妖》中，蒲松龄并不避讳这一语词，对阉割和流血进行直接描写。如此对骇人场面加以正面表现的情况在《聊斋志异》的其他故事中亦不少见。而且，蒲松龄之外的17世纪其他中国作家对此亦毫不避讳。这似乎是明末宦官位高权重和蔚然成风所致。《萨拉金》中，"阉割"或"异装"被认为是危险的；然而，《人妖》中却并非如此，真正被认为危险的是男扮女装行不轨之事。这点我们可以在《聊斋志异》的另一个故事《男妾》中更清楚地看到。一位官绅买了一个年轻的妾，"肤腻如脂"，结果竟懊恼地发现是个少年。他的懊恼并非因为少年男扮女装，而是因为自己受到了欺骗。而这一问题却因一个趣味特殊的朋友以原价赎走少年而得以圆满解决。因是柔弱无依而又毫无攻击性的未成年人，这个少年并未被认为是某种危险或威胁。而二喜由男变女亦使之成为无害的男妾。

在中国传统文学中，几乎没有如《萨拉辛》这样将内嵌式叙述运用自如的作品，《人妖》亦是如此；相反，为与文言小说中运用历史话语的传统保持一致，蒲松龄的叙事交由文末的作者评论生发与构形。在《人妖》的评论中，异史氏拈出阉割情节，赋予其政治意味："马万宝可云善于用人者矣。儿童喜蟹可把玩，而又畏其钳，因断其钳而畜之。呜呼！苟得此意，以治天下可也。"

异史氏的评说在本质上是一种道德说教，但是正如我们在上文中所见，其评说同小说本身所要表达的意图一样曲绕和令人迷惑。讽刺性的结局与故事本身同样出乎读者意料：异史氏更多的是对马万宝恢复秩序的称赞，而非对二喜性别僭越的谴责。

这一政治意味在初读时并不明显。异史氏在此运用史学叙事传统，将性别错位视为异常天象，昭示政治领域道德秩序的失衡。该解读模式实已暗含于故事标题中。在汉语中，"人妖"一词本意为人身体之异样与畸形。这一词首见于中国古代哲学著作《荀子》，意指"人妖"或曰"人事上的反常现象"，含蓄地与"天妖"（天生的异常与不祥）相对。而后，"人妖"一词专指异装癖者，该用法首次出现于《南史》，批判娄逞女扮男装为官多年一事。历史学家们认为其行为是凶兆，因为后来出现了叛乱，如其所言"阴而欲为阳，事不果故泄"。他们对这一现象的解读，遵循性别错位同某种政治灾难同构的传统。尽管如约翰·安德森（John Henderson）所言，这种关联性思维在 17 世纪有所式微。或许是作为一个来源已久的谶语，在明清的志怪故事中仍然常被用于解释异象。

异史氏在小说结尾的评论中把叙事转引至寓言层面。他将充满感性色彩与性意味的故事转变为一个政治讽喻性的寓言。故事巧妙地用"拔赵帜易汉帜"的历史典故来形容马万宝夫妻二人的引诱图谋。19 世纪早期的《聊斋志异》评论者冯镇峦很好地对异史氏小说结尾的蟹钳隐喻进行了阐释与再历史化："曹操治世犹如小儿爱蟹，断其钳而畜之。"

冯镇峦的这一评点使得潜隐于该故事中的关于国家与性别等级间的关联性问题更为明晰。马万宝迫使二喜永久地成为从属于男性的妇人与仆人，渲染异装者对社会政治秩序所带来的威胁。如此，马万宝实为赢家，他替自己制造出一不寻常的妾，同时也为他的妻子赢得一个得力的仆人。对心存侥幸的二喜的精明利用，这对夫妻得到了皇家般的待遇，即拥有了自己的私人太监，而这在当时是违禁的。另外，从二喜的角度来看，他被秘密地转变成了一个懂得感恩的人，并且能得以善终，而不是被公之于众，处以极刑。

但这种诠释的严肃性恐怕连异史氏本人都深表怀疑。尽管其评论拥有高于并超出故事本身的权威，而评论高于故事这一结构等级同样也会使作者有充分的自由，误导读者将评论视为一种戏谑。实际上，明清笔记中出现的评论总是具有喜剧化与戏谑性的功能。最清晰地表现这一趋向的作品是明末著名教育家、政治家赵南星（1550—1628）编纂的《笑赞》一书。他总是将貌似严肃的评论附于笑话末尾，似褒实贬地达到喜剧效果。正如下面一则有悍妇的笑话一样：

> 一人被其妻殴打，无奈钻在床下。其妻曰："快出来。"其人曰："丈夫说不出去，定不出去。"赞曰：每闻惧内者，望见妇人，骨解形销，如蛇闻鹤叫，软做一条。此人仍能钻入床下，又敢于不出，岂不诚大丈夫哉。

同样，我们怀疑异史氏本人在文中通过调侃读者而获得乐趣，而这一怀疑恰好在反复出现的螃蟹隐喻中得以证实。螃蟹隐喻与军事策略间的类比弥合了故事与评论间语调常见的分离。孩子为把玩螃蟹而弄断的"蟹钳"是类似谚语的隐喻，回应了二喜发现真相后"如误捉蛇蝎"般的惊恐。两个类比都形象生动地传递了这一点，即阳物出现在不恰当的位置是危险的。但因这两个意象充满喜剧性效果（让人回想起前面泼妇笑话中的"如蛇闻鹤叫"），这也似乎是在告诫我们不要单单注意到故事的政治道德层面。极有可能如《笑赞》，在貌似抨击的伪装下，故事结尾的评论部分地加强了其本身的粗俗感。

2. 性别错位·女中丈夫

谢肇淛在《五杂俎》中曾揶揄道："女子诈为男，传记则有之矣；男人诈为女，未之见也。"毫无疑问，他一定知晓有关女扮男装的中国文学传统，实际上在这一悠久的传统中并存有两种倾向。一方面，早期史学中天人感应说盛行，无论动机如何，女扮男装皆被反对；另一方面，在传奇文学中（如乐府、变文、戏曲和小说），易装的女子则被视为道德高尚甚至英雄式的人物。为尽孝道，或为报血仇，为酬知己，抑或是卫社稷，都是可以被接受的动机。在史学传统畛域中，女扮男装充其量被视作品行不端，受人奚落而蒙受羞辱；但是如桑冲那样男扮女，则会被处以极刑的。

至于将转换性别、变易服饰视作异端则可追溯至六朝志怪话语中。譬如在《搜神记》中，摘自《晋书·五行志》的一则故事便阐述了女子着男装打破男女之别，从而有悖礼法，被视为"贾后专权"的不祥征兆："男女之别，国之大节故服食异等。今妇人而以兵器为饰，盖妖之甚者也。于是遂有贾后之事。"

而《南史》中的女子娄逞，是讲述"人妖"时常被引征的例子。她易装进入仕途，并且在齐朝为官，最终身份暴露，齐明帝令其换作妇人装辞官还乡。初唐史学家以娄逞之例为党乱之证附加于《南史》中。由于悖反男女之别与作乱造反等同，如女子佩戴兵器形状的饰品（weapon-shaped ornaments）被视作不祥之象：此人妖也。"阴而欲为阳，事不果故泄，敬则、遥光、显达、慧景之应也。"

然而，历史学家的立场颇为复杂，他们以娄逞的口吻突发诘问："如此伎，还之为老妪，岂不惜哉？"由此以悲剧的眼光对娄逯的困境予以同情；当然，史学家立即加以否认："此人妖也。"但娄逯以及其他易装女子的命运颇引发读者遐想。娄逯故事源于正史，却被记载于10世纪的《太平广记》"人妖"篇。该篇仅供娱乐，尤其在16、17世纪，因为此时该选集再版并广为传布。其实"娄逯"一名常出现于明清有关女扮男装的笔记小说中。别有意味的是，诸如在《五杂俎》和褚人获的《坚瓠集》中，娄逯和类似的女子不再被贬为人妖，而被称赞为"异人"或者"女中丈夫"。"女中丈夫"是一个相当富有弹性的称谓，尤其在明末清初，被广泛用以形容有男子般高尚品格却不失女性贞操的女子。

正因如此，明朝末年，通常将娄逯与传奇文学传统中易装的巾帼英雄归为一类。乐府诗歌中名垂千古的女将花木兰，其中一首最早可追溯至南朝，另一首则至唐代。花木兰为尽孝道，女扮男装代父从军，几经沙场凯旋后自愿回归女儿身。唐传奇中与木兰齐名的谢小娥是另一著例，为报弑父杀夫之仇，小娥女扮男装数年，大仇得报后削发为尼。作者李公佐（770—850）并没有因为女着男装有悖男女之别而删掉这个故事，相反，他浓墨重彩以赞其妇德："君子曰：誓志不舍，复父夫之仇，节也；佣保杂处，不知女人，贞也。女子之行，唯贞与节，能终始全之而已，如小娥……知善不录，非《春秋》之义也，故作传以旌美之。"

依据这一评论，《新唐书》的"烈女传"也收录了谢小娥的故事。

正因如此，谢小娥和花木兰没有被视为人妖，反被奉为烈女。而且人们已普遍接受乃至敬重出于道德目的而扮作男子的女性；然而，目的一旦达成须回归原初身份，否则将以牝鸡司晨之名而事发。如娄逯，尽管变装的动机无可厚非，但力图一直隐瞒女子身份，终使其落得"人妖"之名，而后方得以在传奇中获得"女中丈夫"之美誉。

蒲松龄的时代，史学和传奇文学传统中的女扮男装似已合流。聊斋中就有两则相关故事：《颜氏》和《商三官》。颜氏女扮男装

◇ 附　录 ◇

通过科举进入仕途，情节属娄逞一类；商三官女扮男装为父报仇，此举又和谢小娥相似。

颜氏自幼聪明乖巧，父亲教她读书时常叹"吾家有女学士，惜不弁耳"。父母过世后，颜氏嫁给了一个英俊聪明的孤儿。不幸的是，丈夫在学问方面毫无慧根，尽管颜氏孜孜教之，却屡屡名落孙山。传统史学惯例对男女才德的倒置予以批评，这源于所谓的"春秋笔法"。由此说来，故事虽以颜氏丈夫开端，但其名号从未被提及，仅称之为"顺天某生，家贫"，与其妻对比鲜明；其妻随后出场，却冠以"颜氏"之名以张其德。

这对夫妻从表面看来不相般配，但颇具反讽意味的是，夫妻间却异常和睦。只因丈夫屡试不第，两人才经常争吵，从而激起颜氏决心扮作男子参加科举：

> 身名蹇落，饔飧不给，抚情寂漠，嗷嗷悲泣。女诃之曰："君非丈夫，负此弁耳！使我易髻而冠，青紫直芥视之！"生方懊丧，闻妻言，睒睗而怒曰："闺中人，身不到场屋，便以功名富贵，似在厨下汲水炊白粥；若冠加于项，恐亦犹人耳！"

但当争吵最为激烈时气氛却发生突转，夫妻二人并未大动干戈，反而是相互打趣：

> 女笑曰："君勿怒。俟试期，妾请易装相代。倘落拓如君，当不敢复藐天下士矣。"生亦笑曰："卿自不知蘖苦，直宜使请尝试之。但恐绽露，为乡邻笑耳。"女曰："妾非戏语。君尝言燕有故庐，请男装从君归，伪为弟。君以襁褓出，谁得辨其非？"

颜氏如此轻言易装是因为区分男女的外在符号诸如男冠女髻是社会所构建的，这一点在叙事中反复得以强化。由于男女之别由内

221

在的生理差异转移至服饰的差别,性别的转换便如同服饰的更换一样简单易行;颜氏似乎毫不费力地瞬间完成身份转变,不像二喜从他哥哥——桑冲(易装高手)处学来"男扮女装之术"。这恰如中国传统戏台上的女伶,通过迅速易装饰演男性角色。丈夫同意后,她便"入房,巾服而出,曰:'视妾可作男儿否?'生视之,俨然一少年也"。尽管颜氏在丈夫眼中仍有女性的娇媚,但在其他男性眼中俨然是一名男子。很快,她中了进士,赴任河南御史;甚至公婆死后也因颜氏的功名而受封赏。在明亡之前,她主动辞官回归女子身份。此后,夫妻俩过着幸福的生活。

而异史氏讽刺性的评论延续了故事中性别转换的话题:"翁姑受封于新妇,可谓奇矣。然侍御而夫人也者,何时无之?但夫人而侍御者少耳。天下冠儒冠、称丈夫者,皆愧死矣!"性别的差异再次以服饰来加以表征,然而这里却有另一层意涵。正因这个故事传达的所谓男子气概是如此轻易地被赋加与移除,所以男子应该意识到不能仅以穿戴儒生的衣冠而被称为大丈夫。

该故事以独特的方式喜剧性地颠覆了"才子佳人"的叙事模式:颜氏扮演才子,而丈夫扮演佳人(实际上,蒲松龄只描写了丈夫英俊的相貌,根本没有提及颜氏的外表)。同众多传奇故事一样,蒲松龄强调夫妻之间的关系而非才子的仕途。颜氏通过科举平步青云十余载,仅仅是三言两语一带而过,因为故事的重点在于颜氏女扮男装又回归女子身份的顺利过渡。这个故事本身或者异史氏的评论,均不曾诧异于颜氏的易装以及夫妻角色的颠倒(尽管颜氏巧妙地以弟弟的身份附属于丈夫),因为除了才能,颜氏还有女子必备的美德,尤其是贞洁。作为原配,颜氏辅佐丈夫且忠贞不渝,最后因生平不孕而出钱为丈夫买妾,并毫无醋意。尽管这种夫妻角色的颠倒成为他人的笑柄,但男女之别的双重标准依然存留。颜氏带小妾见丈夫时说道:"凡人置身显通,则买姬媵以自奉;我宦迹十年,犹一身耳。君何福泽,坐享佳丽?"丈夫回答道:"面首三十人,请卿自置耳。"因为颜氏集男女身上的美德于一身,所以她是聊斋

◇ 附　录 ◇

中最能代表两性合一的典范。

《商三官》的悲剧基调和《颜氏》中的轻松愉悦形成对比。商三官的故事似乎深得蒲松龄的喜爱，因为他不仅写进聊斋，还将之扩写为一部俚曲——《寒森曲》，甚至还以相似主题创作了一首名为《侠女行》的诗。虽然故事以客观、冷静的方式加以叙述，但异史氏对三官品德的歌颂却饱含深情。故事的主角是年方二八的待嫁姑娘。其父被村中豪绅家奴打死后，两个兄长诉至官府却毫无结果，于是姑娘拒绝履行婚约并离家出走。约半年之后，豪绅庆寿，请优人唱戏，其中一个叫李玉的优人深得豪绅欢心，便留他伴宿。几个时辰后，仆人发现主人已经身首异处，优人上吊身亡。其实这个优人便是商三官，三官扮作男子为父报仇之后又自缢身亡。受雇来守尸的一个人想要侵犯她的身体，忽然脑后像被什么东西猛砸一下，嘴一张，鲜血狂喷，片刻便一命呜呼了！不轨之徒的死归因于尸体的神明之力，那是商三官死后在竭力保护自己的贞洁。

商三官女扮男装不同于《颜氏》中对性别的颠覆。尽管在这个故事里性别错位表现得颇为含蓄，但三官的确是在两个哥哥毫无男子气概又优柔寡断的情况下才不惜性命为父报仇的。异史氏直接评论道："家有女豫让而不知，则兄之为丈夫者可知矣。"蒲松龄的俚曲更加明确了这一点："全胜人间男子汉。"

故事中三官假扮优人是性别颠覆的另一个体现。但颇为反讽的是，她扮作男子时反而更为柔美（"貌韶秀如好女"），而怒斥兄长时这个年轻姑娘愈显男子气概。通过描写醉酒豪绅的兴奋，故事展现了寿宴上娈童朦胧而诱人的姿色，但该故事没有像《人妖》和《男妾》那样滑稽地暴露真相，而是在最后的卧室一幕中揭开了面纱。

叙述中的空白和一系列出乎意料的行为使《商三官》倍加奇异。三官离家后的半年是如何度过的，她又是如何得知杀父仇人喜好娈童而设法来到寿宴上的，这些在故事中是阙如的。三官突然的出现正如她突然的消失,通过视角的突转对关键信息避而不言,由此设置了情节的悬念。最重要的是,年轻的优人李玉锁上卧室的门和劣绅就寝后,叙事聚焦竟然转移到了家奴的身上。他们注意到异常的动静,直到房内动静消失而后发现尸体:

> 移时,闻厅事中格格有声,一仆往觇之,见室内冥黑,寂不闻声。行将旋踵,忽有响声甚厉,如悬重物而断其索。亟问之,并无应者。呼众排阖入,则主人身首两断;玉自经死,绳绝堕地上,梁间颈际,残缨俨然。

这场谋杀的过程并未直接得以叙述;正如评论家但明伦所说"杀仇只用虚写,神气已足"。

叙述中的悬念和三官性别的暴露遥相呼应,当仆人把李玉的尸体抬到院子里时,他们惊骇于"其袜履虚若无足,解之则素舄如钩,盖女子也"。性别的暴露不是通过女性器官而是一双金莲。值得一提的是,《颜氏》中也有相同的揭露过程。为了让嫂子相信她不是男子,颜氏脱靴露出小脚,而靴子里填了棉絮。在这个故事中,小脚和衣冠形成对照,均是用以区分男女性别的符号;那些人为的恋物癖成为明清时期情色想象的焦点,而三寸金莲成为女子身份自然而不可更易的证据。这一对女性性征的最终检验与单纯依赖生理差别而形成鲜明的对照。实际上,正是基于生理上的差异,桑冲和二喜的男子身份才得以暴露。

四 梦境叙事与虚构性

(一) 导读

作为《异史氏:蒲松龄与中国文言小说》的核心章节,梦境叙事是蔡九迪教授研治聊斋的又一重要向度,而由此也引致出对中国小说虚构性问题的探讨。

对梦境的深刻阐发,自然让人联想至弗洛伊德的精神分析理论。蔡教授也认为聊斋中某些故事，如《王桂庵》《寄生附》《凤阳士人》确可被视作欲望之梦，在上述诸例中，梦不仅因欲而生，亦成为持续满足欲望之手段。其中《王桂庵》《寄生附》作为姊妹篇叙记了父子两代的梦中情缘；至于《凤阳士人》，蔡教授则将目光投诸故事中反复出现的一个意象——"鞋子"。通过对表征女性性身份的"鞋子"的精妙解析，而展现了士人妻子此梦所具有的欲望与恐惧双重本质。

颇值一提的是，蔡教授对聊斋梦境叙事的解读并未完全因袭学界惯常的弗洛伊德精神分析法，在其观来，"思想与感情本身乃由文化与历史所建构，不同社会对其的认知亦不尽相同"。聊斋梦境所展现的远非仅是力比多（libido）的释放，而更有超越生死的友情与爱情，如在《梦别》和《叶生》结尾评论中，蒲松龄对超越生死友情的肯定，远非是修辞性的。而梦具有的这些情感力量被巧妙地融进了聊斋故事《成仙》之中。在蔡教授观来，构成《成仙》整个故事核心的是三场梦，但并非是真正的梦，而是梦境式的寓言，颇有些现实色彩。得道成仙的成生为点化被蒙骗的周生，一手制造了这些梦。而这些梦打破了梦与醒，幻与真之间的界限。

由是，从聊斋故事中梦境与现实二者间关系的探究，蔡教授引出了中国小说虚构性的问题。在其看来，"在中国文学传统中，虚构这一概念虽真实存在但却难以被接受。这一点，为数不少的当代西方汉学家均有所论及"。小说的虚构性之所以在中国古代讳莫如深，恐怕是与小说地位之低有关，所谓"饰小说以干县令，其于大达亦远矣""是以君子不为也"，小说的发展一直依附于其他文体，比如史。所以，即便蒲松龄也自称为"异史氏"。

西方汉学家如宇文所安、余宝琳、浦安迪等认为中国古典诗歌是非虚构的，而中国小说则被视为是虚构的。蔡教授发现，对虚构语言可逆性的刻意否定在诸多聊斋故事中形成了一种特殊模式，通过夸大语言在日常生活与文本中的不同运用方式，该模式凸显了聊斋故事的虚构性。在聊斋中，字面义与比喻义之间的界限不断被模糊，由此无伤大雅的谎言，隐喻和笑话——就像梦一样——成为现实。而通过对《聊斋·狐梦》的解读，她进一步指出了聊斋故事的虚构性。

如"狐梦"这一标题恰好暴露了故事的模糊性和其意欲削弱自身真实性的倾向，因为"狐"与"胡言乱语"之"胡"和"糊涂"之"糊"一语双关。由此暗示，这个故事其实是虚构的。

与《顾生》等聊斋中其他梦境叙事相比，《狐梦》的复杂性是显而易见的，读者在此无法寻到表征主人公清醒状态的稳定参照系；故事中没有用以衡量现实的标准。在某种程度上，《狐梦》是一个具有自我解构性的文本——蔡教授在此借用巴特的话——"就像一个洋葱，读者可以一层一层地剥离，却寻不到硬核"。根本不存在最终的清醒与最终的解决方案。

蔡教授援引书商汪淇以及《吴吴山三妇合评牡丹亭》著者之一钱宜的观点，进一步解读《狐梦》元小说的特质。汪、钱二者认为一旦作者将其笔下的虚构人物带入公众视野，这些虚构人物便在读者的生活中有了独立之存在。在蔡教授观来，正如钱宜通过祭奠杜丽娘来表达对杜丽娘的信仰与忠诚一样，《狐梦》中的狐女也希望千载之后，有人能通过读蒲松龄的故事来爱之、忆之。前一种情况下从读者视角提出的观点，在后一情况中却从虚构人物的视角再次被提出。关于虚构性的话语由虚构作品之外被移入其内。《狐梦》成为一篇关于小说的小说（a fiction about fiction）。

（二）译文

1. 梦与情

关于梦之起源问题，中国最具影响力的理论认为梦是现实生活中所思，所感，所忆之产物。这无疑大大激发了学者们运用弗洛伊德精神分析理论阐释中国文学的热情。但需要注意的是，思想与感情本身乃由文化和历史所建构，不同社会对其的认知亦不尽相同。在传统中国，"心"（heart）被视为兼具思想和感情的双重功用，

◇ 附　录 ◇

思与情并非是截然对立的概念。

中国人早就意识到思想和感情对肉体的影响。这个概念被文树德（Paul Unschuld）形容为"灵与肉的完美统一"。在文树德观来，"情感由肉体产生同时又反过来影响肉体，所谓怒伤肝，恐伤肾。反之，情感的这一生物性统一体也意味着起初纯粹是肉体反应，终会引致精神紊乱"。依陈士元对梦起源的一种说法，由梦中所现某一特殊情感可诊断相应器官的症候，故其言到：肝气盛，则梦怒；肺气盛，则梦恐。而5世纪《世说新语》中的一则轶事，对梦、疾与心之间的关系亦有所洞悉。

　　卫玠总角时，问乐令梦，乐云："是想。"卫曰："形神所不接而梦，岂是想邪？"乐云："因也。未尝梦乘车入鼠穴，捣齑啖铁杵，皆无想无因故也。"

表面观来，乐令的论断颇为直接：梦为思所致且必有因。但故事并未就此结束，继而揭示了思与疾之间的因果关系。

　　卫思因，经日不得，遂成病。乐闻，故命驾为剖析之，卫既小差。乐叹曰："此儿胸中当必无膏肓之疾！"

正如梦由心生，疾亦可生于思。为说明思虑潜在的危险性，该故事展示了心理过程对肉体以及物质现实的影响程度。面对乐令对梦的新解，早慧的卫玠百思而不可得，遂成病。得乐令之剖析，卫玠病稍解。心结一旦打开，身体也便康复了。

然而，降及明代，随着"情"这一概念地位的抬升，愈加关注凸显梦纯粹情感的维度，早期对梦的分类比如"思梦""记想""意精"在陈士元的书中皆被归入"情溢"一类。

这一梦的理论及其对欲求力的解释成为小说与戏曲的主题。在这些文学作品中，诸如爱、怒、怨等强烈情感通常会引致疾患，郁积于心而致死。如《金瓶梅》中李瓶儿在其子遭潘金莲暗算而夭折后，郁郁而终。《牡丹亭》中女主人公杜丽娘因情而死，也正缘于情而又起死回生。

《聊斋志异》中的痴男怨女常相思成疾；但疾患也促使父母满足子女的心愿，同意其婚事。倘若情能至诚至坚，梦亦可成为牵线人。在这些例子中，梦不仅因欲而生，也成为持续满足欲望的手段。《王桂庵》中，主人公对妙龄女子一见倾心，却无从得知其名氏居处。"行思坐想，不能少置。一夜，梦至江村，过数门，见一家柴扉南向，门内疏竹为篱，意是亭园，径入。"这一诗画般的美景本身便已预示着一场艳遇。其来至女子闺闼前一株"夜合"下，但见红丝满树。"夜合"这一树名亦暗示了其欲望。而内亦觉之，有奔出瞰客者，粉黛微呈，正是其日思夜想之人。而后，方将狎就，女父适归，倏然惊觉，始知是梦。尽管梦中景物历历，如在目前，但王桂庵心中一直守着这一秘密，恐与人言，破此佳梦。所虑不虚，又年余，误入小村，道途景象，仿佛平生所历。一门内，马缨一树，梦境宛然。王桂庵犹豫不决，恐又是春梦一场。其又见梦中女子，历述其梦，终赢得美人芳心。历经磨难，有情人终成眷属。

《寄生附》是聊斋唯一出现的续集故事。王桂庵之子对其表妹相思成疾；病中，另一女子入其梦，与其结缘。这一幸运的男子，一位不同寻常的梦者，最终一夫而享二美。故事结尾提到，将该故事与之前故事系连在一起的是梦中情缘："父子之良缘，皆以梦成，亦奇情也。故并志之。"

在聊斋故事中，欲望之梦有时会突变为一场焦虑的噩梦，如《凤阳士人》所叙。该故事有几个唐代的版本，而蒲松龄的再创作则借鉴了《独孤遐叔》。在这一版本中，某羁旅异乡的商贾返乡途中，夜宿野寺。是夜，月色如昼，商贾欲偃卧之际，一群聒噪的行乐者来寺中赏会。令商贾诧异的是，其妻竟杂坐其间，唱曲助兴。因妒火中烧，商贾怒将砖头朝人群击去。砖才至地，人群，包括其妻,倏然而逝。翌日清晨,商贾至家,发现其妻并未如其所担心地那样死去了,而是卧床而眠。妻子醒来告诉丈夫,她做了一个噩梦,而梦中场景与商人在庙中所历竟完全吻合。

白亚仁(Allan Barr)对此曾做过精彩的文本细读。蒲松龄对《独孤遐叔》最重要的改写是其转换了叙事视角:以妻子而非丈夫的视角来叙述故事。视角的转换也激发出蒲松龄对《独孤遐叔》故事关键性的创新之处:将原故事中无名的一群狂欢者压缩成了一个颇有手段的女性形象。蒲松龄的故事开篇以散文的样式呈现了诗歌中的一个经典比喻:妇人在思念远行的丈夫,举眉望月,相思愈切。

一夜,妻子才就枕,纱月摇影,离思萦怀。辗转反侧之际,一女子,珠鬘绛帔,掀开门帘走了进来。笑问:"姊姊,得无欲见郎君乎?"在这一美丽女子的怂恿下,这个梦悄无声息地开始了。踏着月色,她带着妻子去见丈夫,但见丈夫跨白骡而来。然而,这个女子恶意破坏了这对夫妻的久别重逢。以设酒果贺鸾凤重聚为由,女子引诱了丈夫。实际上,这个美丽的女子既是妻子本人,亦是妻子的情敌,兼具妻子欲望与恐惧的双重本质。

这一双重主题被付诸于一个反复出现的意象:一双鞋子。在中国想象中,鞋子表征女性的性身份。"鞋"与"谐"同音,构成双关语;解梦时,"鞋"象征婚姻。由于女子步履迅速,妻子脚步迟缓,欲归着复履。这是故事里出现的第一个迹象,表明夫妻二人恐难以相聚,因为妻子并不是女子的对手。女子不同意让妻子折回换鞋,而是将自己的鞋子借与妻子。妻子发现女子的鞋子正合脚,行走起来,健步如飞。但是当二人见到丈夫时,女子索回并穿上了自己的鞋子。事实上,鞋子代表了妻子所期待的欢爱之夜。当三人在月下共饮时,女子竟不知羞耻地用着那双鞋子的脚缠绕住丈夫的脚来勾引他。她还充满挑逗意味地唱了一支曲子,倾诉一个女子是如何思念爱人以及独守空房是何等怨怼。这正是妻子的处境。在该故事的唐代版本中,曲子是由妻子唱的,然而在蒲松龄的故事里，却是被这个美丽的女子唱来勾引丈夫的。

醉酒后，丈夫被女子迷得神魂颠倒。二人一起离席而去，独留妻子一人。不知归途而又羞愤不堪的妻子来至窗下偷听，而此时二人正在房内云雨。殆不可遏的是，"闻良人与己素常猥亵之状，尽情倾吐"。欲望与恐惧充斥了整个梦。

正当愤懑不堪的妻子准备结束自己的性命之际，其弟突然出现了。听罢姊姊诉说自己的委屈，弟大怒，举巨石如斗，抛击窗棂，三五碎断。而在唐代版本中，举石的是丈夫。内大呼曰："郎君脑破矣！奈何！"正当妻子恸哭埋怨其弟杀了丈夫之时，弟厉声斥责她，挥姊仆地。这时妻子从梦中惊醒，方发现自己不过是做了一场噩梦。

然而翌日，丈夫和梦中一样，乘白骡而归。这个梦清晰的心理根源并未削弱其潜在的预兆性。曲作家张凤翼在其所作的《梦占类考序》中曾尝试理清心理机制与预测未来之间的关系，其言道："心发于机，机征于梦。机有善恶，梦分吉凶。以机触机言皆先觉。"彼此交流后，几人发现不只丈夫、妻子做了同样的梦，连妻弟也做了一样的梦。蒲松龄技胜一筹，将原本的二人同梦转化为了前所未有的三人同梦，从而给该故事平添了神秘离奇的色彩。

聊斋评点者但明伦认为故事中的梦是妻子欲望与焦虑的投射。但其认为妻子有如此之梦是正常而非离奇的，在其看来，真正离奇的是结局的三人同梦："翘盼綦切，离思萦怀，梦中遭逢，皆因结想而成幻境，事所必然，无足怪者。特三人同梦，又有白骡证之，斯为异耳。"

梦中遇鬼与做梦人的精神和情感状态有关，诡异之梦反映心理病源，但是这种认知并非否认鬼神的现实存在。关于复仇幽灵如何刺激梦的产生，陈士元曾做过解释。该解释结合了有神论以及陈士元关于思维活动如何影响梦境的敏锐洞察。其指出，噩梦源于人精

◇ 附　　录 ◇

神的不安，而鬼魂于是乘虚而入。很多学者和陈士元持有同样的看法。晚明时期的学者沈德符亦曾以同样的逻辑来解释噩梦的产生："总之心志狂惑。鬼神因而侮之。"

聊斋中只有很少一部分故事带有恐怖色彩。梦境中所涉鬼魂大部分是为友情与爱情，只有一少部分是因复仇而现身。《梦别》中，一个刚辞世者的灵魂出现在挚友梦中，与之道别。这个故事充分展现了二人间深厚的友情，很大程度上是由友人对梦境的确信无疑，而非辞世之人专程前来告别而体现出的。梦醒之后，友人并未派人前往探听朋友是否真已故去，而是直接换上素服赶往朋友家。到达后发现，正如梦中所示，其友确已故去了。

蒲松龄写《梦别》意在纪念其叔祖和友人之间的深厚情谊。这个故事深化了传统中关于真挚友情的描写。此类传统故事中，最著名者当属《后汉书》中所记范巨卿与张元伯间的友情。巨卿梦元伯已逝。醒来之后，投其葬日，驰往赴之，却还是未能赶上元伯的葬礼。然而，葬礼却被推迟了，因为非常离奇地，就在人们要落棺下葬之时，棺材却不肯再往前了，直至巨卿赶来。在《梦别》结尾的评论中，蒲松龄表达了对这一友谊的赞赏，认为其叔祖与友人可谓是当世的范巨卿和张元伯之交。蒲松龄写道："呜呼！古人于友，其死生相信如此；丧舆待巨卿而行，岂妄哉！"这一评论让人联想到异史氏在故事《叶生》结尾所发的感想："魂从知己竟忘死耶？闻者疑之，余深信焉。"

正如前所言，蒲松龄高度颂扬超越生死的友情，这一点聊斋中有大量的故事可以为证。蒲松龄曾作过两首志梦诗，这两首诗表明在《梦别》和《叶生》结尾评论中，蒲松龄对超越生死友情的肯定，并非仅仅是修辞性的。第一首为悼亡诗，题为《寄王如水》（梦如水），作于1702年。蒲松龄对其友王如水深怀愧疚，缘于王如水曾经在荒年为蒲松龄解囊葬母，虽然他自己并无余资（蒲松龄在作于1685年的诗中表达了羞愧与懊悔。因为即使是在王如水急需银两时他都不曾偿还）。这首悼亡诗前的小序颇为感人，其言道，蒲松龄梦遇友人魂魄，而消胸中块垒，并最终通过作这首悼亡诗来抒发内心愧疚之情：

  如水病瘵，半年不复见之。八月十九日，自济门归，闻其复病，因迁道拟一握手；及门，则已成今古。入哭而行，将挽以诗，久之未就。重阳后三日，忽梦如水至，相见如平生。笑曰："君欲贻何迟也？"顿忆其亡，持哭而痛。呜呼，悲如何矣！

  另一首诗作于蒲松龄辞世前的第四年，即1711年，该诗和《梦别》有异曲同工之处。蒲松龄作此诗来悼念诗人同时也是达官的王士禛。王士禛在当时文坛负有盛名，蒲松龄与其有些许的交情。该诗题目颇长，兼作小序：《五月晦日，夜梦渔洋先生枉过，不知尔时已捐宾客数日矣》。
  由于当时二人的社会地位与文学声誉过分悬殊，二者的交情并不算深。事实上，尽管二人也算是同乡，但似乎只有一面之缘。王士禛对蒲松龄的诗稿和《聊斋志异》中的故事做了一些赞赏性的批语，甚至曾为《聊斋志异》题诗，但他婉拒为之作序。这二人确有书信往来，但似乎只有蒲松龄非常珍视与王士禛的交往，保留了给王的诗和信。这似也能说明寂寂无名的蒲松龄与大名鼎鼎的王士禛之间的友情其实是单方面的。蒲松龄的诗能证明，这段难以考证的友情，对蒲松龄来说在情感上有着重要的意义。蒲松龄用文字记录下他最后一次梦遇王士禛的情景。梦中王士禛的魂魄来向他告别，由此，蒲松龄找到了他期待已久的能证明二人真挚友情的证据。同时，通过将其本人置于悼亡诗的中心位置，他坚信二人的友情能够超越生死：

  昨宵犹自梦渔洋，谁料乘云入帝乡！
  ……

◇ 附　录 ◇

　　衰翁相别应无几，魂魄还将订久要。

　　所有的这些线索——不论是梦的情感力量还是超越生死的友情——均被巧妙地融进了聊斋故事《成仙》中。故事开篇，成生与周生结为好友。成生家中贫穷，终岁常依靠周生接济。在周生被冤下狱并差点丧命之际，成生竭尽全力为周生平反昭雪。面对恶霸横行、贪官枉法的人世，成生心灰意冷，决定出家求仙。周生拒与成生同去，但却在成生离去后尽力接济成家。

　　蒲松龄细致而令人信服地描述了平凡生活中的牢狱之灾和真挚友情，这无疑为故事后半部分颇带玄幻色彩的寻道之旅做了铺垫。构成整个故事核心的是三场梦，但是细细观来，又并非是真正的梦；它们是梦境式的寓言，有些现实性色彩。得道成仙的成生为了点化被蒙骗的周生，回来一手制造了这些梦。这些梦打破了梦与醒、幻与真之间的界限。

　　在第一场梦里，周生梦见成生赤身伏于自己胸上，气不得息。醒来，发现自己正卧于成生榻上并且不觉中附到了成生身上，成生却不知所踪。但是发生在模糊梦境之事，在周生醒后仍在继续。其实这并非周生的自我幻想：其弟坚信他是成生而非周生，故不许其接近周妻。周生揽镜自照，不禁大惊失色："成生在此，我何往？"周生无法，只得启程往崂山觅成生，寻回真正的自我。周生失去自我身份与自我认知，而当周生面对成生身体里的真我，却不能认出时，这一切达及高潮，其惊呼道："怪哉！何自己面目觌面而不之识！"

　　正如某些印度神话中幻化的相肖者，在这一稍有情色意味的梦里，通过与周生互换身份，成生动摇了周生对其"现实中人格面具独特性和稳定性的信心"。这颇具深意的自我迷失是后来周生悟道的先决条件。然而在周生找回自我后（通过又一个"类梦境"），其依然对娇妻割舍不下。为劝说周生彻底远离红尘，成生再次编织了一场神奇的梦。梦中，周生发现自己和成生"觉无几时"便至家

233

中，并发现其可以通过意念控制自己的身体，飘过自家院墙。舐窗以窥，却发现妻子正与仆人私通。周成二人直抵内寝，砍掉了妻子的头，悬其肠于庭树间。这充满暴力且有着厌女症意味的一幕恰似《水浒》中落草为寇者的行径。

蓦然醒来，周生发现自己正身在山中卧榻上。确信自己不过是做了场噩梦，惊而言曰："怪梦参差，使人骇惧！"但成生却让周生的自信化作了泡影，他拿出溅有血迹的剑，向周生释梦道："梦者兄以为真，真者乃以为梦！"二人此次辗转至家，结果发现梦是真的：周生的妻子事实上已经被残忍地杀害了。最后，意识到与这个世界最后的情感系连已然被斩断，周生顿悟了，"如梦醒"。隐世而得道，和成生一同终老山中。他们之间的友谊确实可谓是"超越生死"。

然而最终，千变万化的梦境，醒悟，虚幻的把戏和现实的证据均被否定了。传统上对梦中之旅和现实之旅的描写，在时空方面是有差异的。虽然周生两次返乡之旅依循了这一传统写法，但是二者的区分在此却并无意义。读者无法断定梦起于何处，现实又终于何方。这似乎是故事的关键：披着哲学与宗教外衣的顿悟之梦其实是纯粹的一场文字和图像游戏。所有严肃的信息均被故事的结尾证明是虚假的。该故事并非以周生隐喻性的醒悟收尾，亦不曾描述周成二人重聚，而是呈现了一个"粲粲"的意象，没有过多展示道教炼金术的法力，而更多的是展现了尘世欲望和世俗梦想的强大：周生为家人送来"爪甲一枚，长二指许"，能够点石成金。

2. 梦与虚构

在中国文学传统中，虚构这一概念虽真实存在但却难以被接受。这一点，为数不少的当代西方汉学家均有所论及。对这一问题，我（指蔡九迪——译者注）在本书第一章梳理聊斋阐释史时亦曾提及。私以为，众多17世纪的作家、评论家和出版商均曾试图将小说和戏曲理解为一种特殊话语，有其自身的规则和属性。对于

◇ 附 录 ◇

蒲松龄及其同时代的作家而言，梦最吸引人之处在于借此可以深入探索小说所具有的悖论特质。若小说与梦一样被定义为"虚"与"幻"，那么又该从何种意义上理解小说的存在呢？

文学人物的本体论地位似乎以最令人信服的方式提出了虚构这一普遍存在的问题。17世纪书商汪淇曾在一封颇有趣味的信札中提出了这些问题：

> 王遂东先生尝言天下无谎，谓才说一谎，世间早已有是事也。即如汤临川"四梦"多属臆创，然杜丽娘梦柳生而死，世间岂无杜丽娘？霍小玉遇黄衫客而复圆，世间岂无黄衫客？故曰天下无谎。诚哉是言也！
>
> 今之传奇、小说，皆谎也。其庸妄者不足论，其妙者，乃如耳闻目睹，促膝而谈，所谓呼之或出，招之欲起，笑即有声，啼即有泪者，如足下种种诸刻是也。今读者但觉其妙，不觉其谎。神哉，技至此乎！

私认为，汪淇意在说明真实人物与虚构人物之间并无本质差异。一旦虚构人物被塑造并进入公众视线，在读者心目中便成为一种真实存在。如在《牡丹亭》和《紫钗记》等经典文学作品中，虚构人物的感染力是如此强烈，以至读者会与之休戚与共，而倾向于认为其是真实存在的。故此，汪淇书信中所表达的悖论性意涵，即优秀的小说与戏曲能让"谎言成真"。

苏珊·斯图尔特（Susan Stewart）在关于无意义话语（nonsense）的精深研究中曾指出，"虚构显著的特点在于可逆性。其以嬉戏的形式存在又不在于这个世界上，是重要的又是非重要的"。可逆性，在斯图尔特看来是一种常见的说法，认为虚构的事件具有缩回性，因为它们"可以被收回，只要讲述者说上一句'这仅仅是个故事'或'我只是在开玩笑'"——抑或是我们可以加一句"这仅仅是个梦"。汪淇书信中关于虚构这一概念的理解至少和斯

235

图尔特所给出的"存在又不在于这个世界上"的定义是如出一辙的。起码由读者的视角观之,汪淇的理解否认了虚构的可逆性。据其设想,一旦虚构的人物或故事被创作出来,他(它)们不可能被撤回或收回。这些虚构的人与事自有意义,因为其已进入了读者的世界并不再单单受创作者的操控了。

这些针对虚构语言可逆性的刻意否定在诸多聊斋故事中形成了一种特殊模式,通过夸大语言在日常生活与文本中的不同运用方式,该模式凸显了聊斋故事的虚构性。在聊斋中,字面义与比喻义之间的界限不断被模糊,由此无伤大雅的谎言,隐喻和笑话——就像梦一样——成为现实。在聊斋故事中,不论人物有何意图,句句掷地有声,无法收回。因为话一旦说出,它便不可避免地会自我发展。比如在《戏缢》中,一个轻佻无赖与其友打赌,说能博得正骑马而来的少妇一笑。他突然跑至少妇马前,连声哗曰:"我要死!"然后引颈作缢状。无赖打赌赢了,少妇确实朝其一笑。但是当朋友们止了笑声而上前查看时,却发现无赖误把自己吊死了。在聊斋中,开玩笑有时也能一语成谶。

蒲松龄笔下的痴人(他们通常是恶作剧所钟情的对象)似乎完全没有意识到字面语与比喻语之间的区别;亦不能根据言说者和语境,来择选不同的阐释方式。这些痴人正应了那句古话:"不与痴人说梦"(因为痴人会以梦为真)。然而吊诡的是,正因为他们不能区分真实与谎言,谎言最终才能成真并让始作俑者自食其果。比如在《婴宁》中便有如此的痴人,因一个不知名氏居处的神秘女子而相思成疾。因忧其身体,表兄扯谎说这女子是其表妹,家住西南约三十里外的山中。这个傻小子竟信了表兄的话,起身前往其所说的荒郊。结果你瞧,傻人有傻福:在一处村落,见到了朝思暮想的女子,而女子正是其姨母的养女。尽管女子其实是狐仙,而姨母是鬼,但这并未影响表兄假话中无心言中的事实。在聊斋的奇异世界里,不存在真实的谎言一说,因为谎言一旦有人相信,总能成真。

◇ 附　　录 ◇

《齐天大圣》这个故事描述了福建人对小说和戏曲《西游记》中猴王孙悟空的膜拜。小说与戏曲的盛行引发了英雄崇拜，这在蒲松龄时代的中国是真实存在的社会现象，而在这一故事中，蒲松龄展示了虚构人物暧昧不明的地位。一位品行端正的山东商贾来至福建，入庙后惊奇地发现庙中供奉的神像竟为猴头人身。"孙悟空乃丘翁之寓言"，其不屑道："何遂诚信如此？如其有神，刀槊雷霆，余自受之！"接下来的故事预言性地讲述了这个不信神的商贾又是如何转而信仰齐天大圣的。在文学世界中，又有哪位神灵会对这种挑战其权威的狂言置之不理呢？病痛接二连三地袭来，商贾皆不为所动，直至其兄因病离世。商贾之梦证实了齐天大圣的存在，梦中他被召去拜见大圣，大圣允诺：若商贾愿做其弟子，便可在地府暗中相助，令其兄还阳。商贾梦醒，棺中尸体确实复活了，商贾从此也成为齐天大圣的虔诚信徒。但是，与普通话本小说不同的是，这个故事并未就此结束。商贾与大圣的二次相遇更多的是在展现《西游记》中悟空顽劣的性情。在如梦般的一个插曲中，商贾得遇微服出游的大圣，好似走进了《西游记》中的一幕，大圣施展筋斗云，带商贾至天宫，后又将其送回地面。

在故事末尾的评论中，回应商贾在故事开头之所问，异史氏给出了备选答案：

  昔士人过寺，画琵琶于壁而去；比返，则其灵大著，香火相属焉。天下事固不必实有其人；人灵之，则既灵焉矣。何以故？人心所聚，而物或托焉耳。若盛之方鲫，固宜得神明之佑，岂真耳内绣针、毫毛能变，足下觔斗，碧落可升哉！卒为邪惑，亦其见之不真也。

商贾不再认为齐天大圣仅仅是"丘翁之寓言"，历经模糊的梦以及类似《西游记》中的腾云驾雾之旅，其已然认定猴王是真实存在的了。尽管评论的最后几句表达了儒生对异端邪说特有的傲慢，但故事却说明精神力量并不取决于鬼神或虚构人物真实存在与否，而是取决于信仰与欲望的虚幻之力。

一位名为钱宜的妇人曾以第一人称讲述过一个有趣的故事，其中她通过多人同梦的方式，自觉地探讨了虚构人物的魅力问题。钱宜曾作有汤显祖戏曲评点本——《吴吴山三妇合评牡丹亭》，故事则附录书中。该书首次于1694年付梓。元夜月上，钱宜置净几于庭，装褫完该书刻本，设杜小姐位，折红梅一枝，贮胆瓶中。燃灯陈酒果，祭奠杜丽娘。钱宜之夫，与其同评《牡丹亭》的吴吴山，见状，笑曰：

"无乃太痴？观若士自题，则丽娘其假托之名也。且无其人，奚以奠为？"予曰："虽然。大块之气，寄于灵者。一石也物或凭之；一木也神或依之。屈歌湘君，宋赋巫女，其初未必非假托也，后成丛祠。丽娘之有无，吾与子又安能定乎？"

钱宜提出了两点与虚构有关的说法，然而并不完整。其一，引用《庄子》中的典故，钱宜指出如果无生命之物可有神依之，那虚构人物为什么不能呢？其二，钱宜认为即使作者本人宣称其作品是虚构的，读者依然有自由依其喜好挪用、膜拜作者笔下的虚构人物。该观点似乎与书商汪淇不谋而合。汪淇认为，一旦作者将其笔下的虚构人物带进公众的视野，这些虚构人物便在读者的生活中有了独立的存在。

尽管钱宜之夫当即承认自己错了，但是她的这番说辞还需更进一步的证明。是夜，她与丈夫做了一个同样的梦：他们梦至一园，仿佛如红梅观者，亭前牡丹盛开，五色间错，俄一美人自亭后出，艳色眩人，花光尽为之夺。叩其名氏居处，皆不应，回身摘青梅一丸，捻之。钱宜又问：若果杜丽娘乎？美人但衔笑而已。须臾风起，吹牡丹花满空飞搅。夫妻二人皆醒。

◇ 附　录 ◇

　　这个梦显然交织着对《牡丹亭》的影射与其中大量出现的象征符号。比如，杜丽娘初梦情郎柳梦梅时，其梦在一阵花雨中落幕。正是在梅花观，她死后的魂魄与柳梦梅重逢。然而最重要的是，钱宜插梅于瓶中以祭奠杜丽娘这一举动和夫妻二人梦醒前的一阵花雨均再现了《牡丹亭》中的核心场景。在第二十七出，杜丽娘尸骨埋于梅花观，观中道姑将一枝红梅插入瓶中为丽娘招魂。成为孤魂的杜丽娘为瓶中红梅所动，降花雨于祭坛上以示显灵。由于钱宜在"现实生活"中为祭其书而再现了这一折"插梅招魂"，杜丽娘为其诚所动，现身其梦中以示赞赏。

　　然而，对于钱宜之夫吴吴山而言，此梦与《齐天大圣》中商贾所作之梦一样有着明显意图：将怀疑者变为信徒。吴吴山将二人共梦的惊人巧合视为先前争执的答案。他援另一部作品即六朝故事集《搜神记》加以比附，放弃了先前的怀疑："昔阮瞻论无鬼，而鬼见。然则丽娘之果有其人也，应汝言矣。"但是这一证明杜丽娘存在与否的梦却很是模糊，在梦中，杜丽娘拒不肯将自己的身份和盘托出，但衔笑转身而去。因为夫妻二人皆明了，关于虚构之人是否存在这一问题没有确切答案。

　　钱宜与书商汪淇均以戏曲中人物作比一事并非偶然。在17世纪，关于戏曲的历史真实性和创造性问题一直是学者们激烈争论的话题。拥护者认为剧作家有权在创作时充分发挥想象力，因为戏本身就是一个虚构的媒介。这类学者常将戏比作梦，把观众比作做梦之人，以此来说明戏与梦共有的虚幻本质。李渔，17世纪著名的剧作家和剧评家，曾在《审虚实》中写道："凡阅传奇而必考其事从何来、人居何地者，皆说梦之痴人，可以不答者也。"

　　持有类似观点的尚有晚明学者谢肇淛。他将那些受吉凶梦影响的做梦人比作为戏中悲喜场景所动的观众。谢肇淛自称从不相信任何一种梦，他作比说："戏与梦同。离合悲欢，非真情也；富贵贫贱，非真境也。人世转眼，亦尤是也。"

　　谢肇淛的三重类比认为梦中、戏中和人生中的幻象是等同的，

239

这一点在聊斋故事《顾生》中亦有所体现。在这个故事里（该故事在翟理斯的英译本中有一个颇具爱德华时代特色的标题：《眼疾奇症》），一场梦变成了在眼睑上上演的一出戏，可以想象大概就如同中国的皮影。江南顾生，客住稷下，眼暴肿，疼痛难忍。令其惊奇的是，合眼时每每得见一座偌大的宅院。一日，方凝神注之，忽觉身入宅中，宅中正奏鼓乐唱戏。而在早先的唐传奇《枕中记》中，主人公在梦中度过了自己的一生。与《枕中记》中颇具点化意味的梦不同，顾生更像是这场戏的观众，没有真正参与其中，而是见证了梦中人生的流逝。

该故事分为两幅。前幅中，顾生来至满是婴儿的房间。后被一位年轻英俊的王子邀去看戏，演的是《华封祝》，典出《庄子·天地》，即祝寿、祝富、祝多男子。该戏名表明这出戏象征着人们对青春的渴望。但仅三折戏后，顾生便被客店主人唤醒了。他发现自己正躺在客栈的床上，而当其再有机会独处时，又闭上眼进入梦乡。循故道而入，经过原先全是婴儿的房间，却发现里面尽是蓬首驼背的老妪，她们对顾生恶语相向。戏已过七折矣，整出戏几近谢幕。已是髦翁的王子让顾生再点一出戏：《彭祖娶妇》。彭祖是中国的玛士撒拉（Methuselah），一位长寿者，这出戏无疑暗示了垂暮之年。一折戏似乎有十年之长，顾生的两次梦旅之间竟然隔了七十年。时光"眨眼"即逝，这本是一常见的比喻性说法，但在聊斋中却不断被验证。

该故事试图消弭梦与现实间的界限。尽管聊斋中的梦通常不会被如此明确地引出，但是在故事结尾，做梦人均会意识到其刚才是在梦中。尽管故事没有提及顾生究竟是进入了梦境抑或是产生了幻觉，然有大量线索暗示了这一点。顾生第一次从梦中醒来时发现其正卧于榻上，"始悟未离旅邸"。再者，其第二次醒来的场景也符合中国传统的梦境理论：做梦人身处的环境可影响其梦境的内容。故而，顾生在梦中世界听到的，第二出戏结尾的鸣钲锽聒其实是客店里的狗舐油铛发出的嘈杂声。

◇ 附　　录 ◇

客店中现实世界和梦中虚幻世界的妙合无垠未必会削弱顾生眼中的"现实"感。梦中，顾生的目疾被王子唤来的太医治愈。待其从梦中醒来，发现目疾真已痊愈。但这也并不能证明顾生之梦是真的，传统中医理论认为，梦可由疾患导致的生理失衡引起，并有疗救的效力。尽管从这一理论来看，太医医好顾生的眼疾同样是虚幻，顾生的"眼疾奇症"被治愈后，令其悔之不及的是，他再闭眼，一无所睹。

顾生的经历如同看戏一般，剧情的发展非其所能操控。这个故事最醒目的特点在于梦者与其梦境是相互独立的，最重要的是这种独立性展现了梦中人物的真实性。值得注意的是，这个故事的主旨也在明清笑话集中有所体现："一人梦赴戏酌，方定席，为妻惊醒，乃骂其妻。妻曰：'不要骂，趁早睡去，戏文还未半本哩'"。尽管这则笑话与聊斋故事有同样的叙事逻辑——梦中时光飞逝，而做梦人渴望回至被打断的梦中——但二者的结局却不尽相同。笑话从怀疑的角度，印证了那句古语"莫与痴人说梦"。这则笑话颇有趣，因为丈夫和妻子都愚蠢地相信梦中场景为真。笑话所揶揄的虚幻之事，在故事中，顾生已然意识到。故而使得这个故事非但不能解怡，反令人倍感惊悚。

聊斋中还有一则类似的志怪故事，题为《张贡士》。安丘张贡士因病卧床。忽见一儒冠儒服的小人从其心头出，举止若歌舞艺人，唱昆山曲。说白自道名贯，一与张贡士同，所唱节末，皆张贡士生平所遭。四折戏毕，小人吟诗而没，而张贡士看罢犹记戏文梗概。尽管该故事没有明确标明这是一场梦，但小人所唱带有自传意味的戏文正印证了温迪·奥弗莱厄蒂（Wendy O'Flaherty）所谓的"梦中的经历具有异常的模糊性，梦者倾向于将自己同时看作梦的主体与客体"。此则故事的主旨颇肖明清时期的木版插图，画中做梦人头上盘旋生出一个卡通式的气泡，梦者同时又是梦中的主角。这个简单的故事之所以离奇，是因为人生、梦与戏之间的界限完全被消弭了。

3. 论《狐梦》

《狐梦》是聊斋中仅有的一篇明显具有自我指涉性的故事，尽管其他故事也是基于真实事件和历史人物，或是由其他文学作品比如唐传奇改编而来，唯有《狐梦》是对先前一篇聊斋故事的呼应。该故事鲜明的自我意识似乎是为了凸显其虚构性并将聊斋的虚构性与作者身份加以问题化。

亦步亦趋地遵循"志怪故事直笔实录的传统"，故事主人公毕怡庵被说成是蒲松龄的友人，亦是其馆主毕际有的侄子。当代聊斋研究专家袁世硕先生曾试图在毕氏族谱中寻找号为怡庵之人，虽然未果但仍倾向于认为毕怡庵确有其人，因为聊斋中许多纯属虚构的故事也是以蒲松龄之友或是当世之人为原型的。有些学者并未依循袁世硕先生的思路，而将之单纯视为一有明确信息提供者和创作日期的故事。白亚仁便曾指出，故事中有多处取笑了毕怡庵的身材样貌，同时他还试探性地提出也许《狐梦》是由蒲松龄与其友"共同创作"的。尽管蒲松龄或许会为其友人选用鲜为人知的"号"，将其友身份作为一个只有知情人才懂的笑话，然根据故事内容，颇具讽刺意味的是，同其他虚构人物一样，毕怡庵不能被视作真实人物。

正因为毕怡庵非常向往能见到另一篇聊斋故事《青凤》中的美丽狐仙，才有了这篇《狐梦》：

>余友毕怡庵，倜傥不群，豪纵自喜。貌丰肥，多髭。士林知名。尝以故至叔刺史公之别业，休憩楼上。传言楼中故多狐。毕每读《青凤传》，心辄向往，恨不一遇，因于楼上摄想凝思。

聊斋第一篇序文的撰者、蒲松龄之友高珩也曾向往能见到小说中的人物，其曾在所作的一本侠客传记序文中言道："予少而好读唐人传奇诸书。于剑侠诸义烈人，恨不旦暮遇之。"在聊斋故事

◇ 附　　录 ◇

《书痴》中，主人公有一个颇具孩子气的愿望：见到书中人物。然而，这个愿望成真了。一日，读《汉书》至八卷，卷将半，见纱剪美人夹藏其中。在主人公的热切注视下，这个美人竟变成了真人，颇具讽刺意味的是，成为男子读书之外的"私塾先生"。

钱宜祭奠杜丽娘的举动以及蒲松龄的《狐梦》均能反映出读者欲与书中虚构人物谋面的愿望。钱宜的梦境叙述原本并无特别之处，但是鉴于有《牡丹亭》以及《吴吴山三妇合评牡丹亭》做背景，钱宜的梦则非比寻常了。相反，蒲松龄的故事层垒式地嵌套了不同的梦，让人难以梳理，难分虚实。如同一系列不断扩展的双重否定，故事中层垒式的梦境似乎又在不断地自我擦抹。故事结构模仿了某种负逻辑悖论，而这又经常出现在中国的梦境话语中，比如何栋如曾在为《梦林》所作的序中言道："循是而知非非幻，非非真。非非真而不幻，非非幻而不真。"

与《顾生》相比，《狐梦》叙事的复杂性是显而易见的。虽然在《顾生》中，蒲松龄也试图模糊掉梦与现实之间的界限，但其所用的叙事结构仍然可以一分为二：故事依然可以由客店中的世界与王府中的世界，以及梦与现实的范畴来加以探讨。但是在《狐梦》中，读者找不到能表征主人公清醒状态的稳定参照系；故事中没有用以衡量现实的标准。就像一个洋葱，读者可以一层一层地剥离，却寻不到硬核。根本不存在最终的清醒与最终的解决方案。

毕怡庵第一次见到狐仙时的描述很是模糊："既而归斋，日已寝暮。时暑月燠热，当户而寝。睡中有人摇之。醒而却视，则一妇人，年逾不惑，而风韵犹存。"妇人当即自报家门："我狐也。蒙君注念，心窃感纳。"尽管叙述者指出狐仙的出现是毕怡庵摄想凝思所致，以此提示读者毕怡庵已经"醒来"。但是狐仙说道正是由于毕怡庵注念，她才出现在毕的面前。这是由传统分类学中所说的情感流溢和玄思冥想所导致的一场梦。尽管毕怡庵可能仅仅梦到他醒来了，但是这一突然逆转是叙述者为欺骗读者而扯的谎。目的在于将自己由一个声称"直笔实录"的历史学家式的叙述者转变为一个"想象的叙述者",如斯图尔特所谓,"不必为其所言说而负责——可以随心所欲改变游戏规则,颠覆读者的设想"。

由于年纪偏长,狐仙拒绝了毕怡庵的求欢,并提出让小女前来侍奉:"有小女及笄,可侍巾栉。明宵,无寓人于室,当即来。"狐仙并未食言,次日晚,她果然带着自己态度娴婉,旷世无匹的女儿来了。毕怡庵终得偿所愿:毕乃握手入帏,款曲备至。事已,笑曰:"肥郎痴重,使人不堪。"未明即去。

如果我们视毕怡庵第一次见狐妇的场景为一场梦,那么毕怡庵与狐女接下来度过的两晚则是同一梦的延续,因为文中并未提及毕怡庵从梦中醒来。第三个晚上,毕怡庵进入了一个梦中梦:"良久不至,身渐倦惰。才伏案头,女忽入曰:'劳君久伺矣。'"

狐女带着毕怡庵去见了自己的三个姐妹,她们盛宴款待毕怡庵。宴会热闹的场景更加印证了这只是一场梦,如同《爱丽丝漫游仙境》,度、量、衡乃至物品质地无不发生了变形。四位淘气的狐女互不相让,用一些颇具色情意味的器皿盛酒,调笑间毕怡庵越喝越多——大姐用头上的髻子盛酒给毕怡庵,未想那髻子竟是一荷盖;二姐拿出的胭脂盒竟然是个巨钵;狐女给了毕怡庵一个莲花样小杯,未想那竟是一只绣花鞋。这些小把戏使得这个梦中梦变得更加虚幻;眼见不一定为实。

这个故事游戏般的叙事结构体现在构成整个梦境的嵌套式故事中。与其他情节紧凑且无赘言的聊斋故事不同,《狐梦》枝节散蔓,场景与场景之间联系松散。毕怡庵与狐女间的风月之事并未过多着墨,这一核心情节仅仅流于形式,从属于一系列的小插曲,比如打情骂俏,行令饮酒和二人对弈。宴会上各式的游戏彰显出人物的身份如游戏一般,可以通过不断地违反和更改规则而被随意推翻。这一点,从狐女们给毕怡庵的饮酒器皿一直在不停地变换形态中便可看出。此外,当年纪最小的四妹怀抱一狸猫出现时,众人决定执箸交传,"鸣处则饮"。当毕怡庵连饮几大杯后,方才意识到

◇ 附　录 ◇

自己被戏弄了。每当筷子传至毕怡庵处，四妹便故意让猫叫。

当毕怡庵离席后，才终于醒来：

> 瞥然醒寤，竟是梦景；而鼻口齈齈，酒气犹浓，异之。至暮，女来，曰："昨宵未醉死耶？"毕言："方疑是梦。"女曰："姊妹怖君狂噪，故托之梦，实非梦也。"

直至狐女再次出现，读者才确定毕怡庵是由哪一层梦中醒来。但是狐女对毕怡庵所说又是自相矛盾的。她解释道，"故托之梦，实非梦也"。此正与书商汪淇所谓的小说让"妄言成真"有异曲同工之处。狐女指出，姐妹们托给毕怡庵的梦境"非梦"，是在暗示毕怡庵这一不断演进的梦和她本人均是真实存在的。她这一复杂的说辞贯穿全文，直到几年之后，狐女被西王母征去做花鸟使，而不得不与毕怡庵分别。

蒲松龄将此故事命名为"狐梦"，颇具反讽意味。标题本应提纲挈领，但实际上，该题恰好暴露了故事的模糊性和其意欲削弱自身真实性的倾向。"狐"与"胡言乱语"之"胡"以及"糊涂"之"糊"一语双关。由此暗示，这个故事其实是虚构的。尽管如此，这个标题还是会让读者陷入两难的境地，难以判断该故事是真还是假，因为故事言说毕怡庵并非在做梦，而标题却暗示这是一场梦。对故事逻辑上的难题百思不得其解，19世纪聊斋评点者何守奇，最终也陷入了僵局："狐幻矣，狐梦更幻；狐梦幻矣，以为非梦，更幻。语云：'梦中有梦原非梦。'其梦也耶？其非梦也耶？吾不得而知矣。"而另一位评点者但明伦通过研读《狐梦》揭橥了故事结构中的负逻辑命题，做出了更为复杂的解读：

> 为读《青凤传》凝想而成，则遇女即梦也。设筵作贺，而更托之梦，复以为非梦。非梦而梦，梦而非梦，何者非梦，何者非非梦，何者非非非梦？毕子述梦，自知其梦而非梦，聊斋

志梦，则谓其非梦，而非非非梦。

无论如何，狐女所言并不可信。因为一个梦中之人所言并不能证明此梦的真实性。一个梦是不能在梦中被解释或否定的。这一说法早在《庄子》中就被提出过："方其梦也，不知其梦也。梦之中又占其梦焉，觉而后知其梦也。"另一则聊斋故事《莲花公主》则明确指出梦中人物这种类似的肯定性话语其实是具有欺骗性的。主人公窦生担心其与公主的洞房花烛其实是梦一场，带围公主腰，布指度其足，以为证。公主笑曰："明明妾与君，那得是梦？"窦生答道："臣屡为梦误，故细志之。"《莲花公主》改编自唐传奇《南柯太守》。故事中主人公窦生担心自己是在做梦，其在梦中徒劳地求证其实是在巧妙地暗示读者所熟知的故事情节：窦生终将醒来，并发现所谓的飞黄腾达和琴瑟和鸣不过是一场梦，而其辉煌的王国不过是一蜂巢而已。

但是《狐梦》将所有关于梦的叙事传统均视作了笑谈，故事结尾最出乎意料。结局并不是毕怡庵的梦醒或者顿悟，而是环回至故事开头：

怅然良久，曰："君视我孰如青凤？"曰："殆过之。"曰："我自惭弗如。然聊斋与君文字交，请烦作小传，未必千载下无爱忆如君者。"

康熙二十一年腊月十九日，毕子与余抵足绰然堂，细述其异。余曰："有狐若此，则聊斋之笔墨有光荣矣。"遂志之。

在此，蒲松龄巧妙地给出了关于虚构人物问题的答案：作者笔下的人物并非由作者，而是由读者的冥想所创造或再创造的。比如在《顾生》中，梦者与梦是相互独立的。《狐梦》的前提是这个故事的发展并不受作者的操控。这一点突出表现在读者与故事人物的关系上，这一关系总是隐蔽而通常是被抑制的。这让我们想起了钱

◇ 附　　录 ◇

宜与其丈夫争论时，主张读者有权利忽略作者的说明，而把虚构人物视作真实存在的人来崇拜。正如钱宜通过祭奠杜丽娘来表达其对杜丽娘的信仰与忠诚，《狐梦》中的狐女也希望千载之后，有人能通过读蒲松龄的故事来爱之、忆之。前一种情况下从读者视角提出的观点，在后一情况中却从虚构人物的视角再次被提出。关于虚构性的话语由虚构作品之外被移入其内。《狐梦》成为一篇关于小说的小说。

16世纪的哲学家李贽曾发明出一个虚构的传记作者，为自己立传。蒲松龄反弹琵琶，以一个虚构人物的真实传记作者的身份，将自己嵌入了故事中。李贽假托传记作者孔若谷，这一名字显然具有双关寓意，表明这是一种虚构。与《狐梦》一样，李贽在自传结尾也呼应式地提及孔若谷应李贽之请以志嘱。尽管这篇传记并无半点喜剧意味，但是李贽与蒲松龄一样，亦是嘲弄了历史话语规则，戏仿了在文本中来证明故事真实性的做法。在上述两例中，通过刻意模糊传者与传主，作者和述者的界限，非但削弱反而增强了作者在创作过程中的创造性。

通过这一章，我们可以了解到蒲松龄是如何试图模糊梦与醒、幻与真之间的界限。在《狐梦》中，这一尝试有了进一步的发展，通过模糊话语本身的界限，演绎了虚构与现实之间的一场游戏。通常在聊斋中表征现实的两个参照物——清醒状态和历史话语——在《狐梦》中均被自我消解了。嵌入式的梦境叙事渗透入通常具有区分性的框架中，使得真实生活与文学文本之间的分离被打破，并最终指向人生、梦境和文本共有的虚构性本质。

附录二 美国翻译家宋贤德聊斋全译本序引译文及导读

一 导读

在《聊斋志异》西传史上，2014年可以称为一个标志性的年度。在这一年，历时数年之久，美国圣劳伦斯大学"Frank P. Piskor"英文教授宋贤德（Sidney L. Sondergard）煌煌六卷本的《聊斋志异》（*Strange Tales from Liaozhai*）全英译本最终全部由耆那出版公司（Jain Publishing Company）出版刊行。这是迄今为止，在英语世界出现的第一个聊斋全译本。笔者从事英美聊斋学研究多年，征得宋贤德教授授权，正陆续将其各卷译本导语迻译为中文发表。本篇系第一卷中的首篇导语，着重探讨蒲松龄在《聊斋志异》中的作者身份问题，以及对故事叙事的影响。这集中体现在两种张力上，第一种张力，蒲松龄一方面故作谦卑之态，弱化其作者身份，仅仅将自己描述为一个编辑者，而非故事的创作者；另一方面，蒲松龄又试图表明《聊斋志异》是一部文学巨著而非仅是简单的访谈辑览或田野调查报告，由此试图展现蒲松龄本人关于文学传统的渊博学识与叙事散文的创作天赋。第二种张力，蒲松龄借助于故事，或苦口婆心或潜移默化地教化读者的同时，却又体现了其对非理性的魔幻世界之包容。

二 艺术家隐身之谜——蒲松龄在《聊斋志异》中的声音与面目

位于河南西南部的新野县，在长篇史诗巨制《三国演义》中曾上演过一幕幕可歌可泣的故事。出于怀古之幽思，我与随行来中国的两名学生于2004年造访了这座古城。访问期间，当地的文化部门邀请我们前往一叙。交谈中，有人询问我在美国教授或者研究何种中国文学作品，我顺道提及了迻译蒲松龄整部《聊斋

◇ 附　　录 ◇

志异》的翻译计划。闻听此事，一位女同志将我拉至一边，但见她一脸的神气，悄悄地告诉我在"文化大革命"时期其家人曾私藏了一本《聊斋志异》。而后，我也听到过类似的传闻，中国人对《聊斋志异》这样一部记叙超自然故事、民间传说以及怪诞异闻的故事集有着强烈的喜好，而这种偏好一定程度上是认为蒲松龄（1640—1715）借小说以行道德教化之目的。作为早期现代（early modern）中国的伊索，蒲松龄给予读者的不仅是娱乐与教化，或许最吸引读者的是其对清代早期官僚体制痛心疾首的批判。尽管科举制依然留有些许理想主义的神话，借助于科考而向上层流动的体制维持着学术精英统治与儒家的社会哲学，但在蒲松龄创作那些志怪故事时，由于数百年来贪污腐败和以权谋私所造成的积弊，现实社会早已是千疮百孔。

在《聊斋志异》494则短篇故事的核心处有一个谜图，恰如道士或者善于变化的狐狸精所施展的法术那般有趣：作者仅仅将自己描述为一个编辑者（editor），而非故事的创作者（creator），甚至于连一个将文学形式赋予本事的匠人都不是。在诸多故事末尾颇具个性色彩的附言或者附录中，蒲松龄自称为"异史氏"，承袭太史公司马迁的做法，将自己定位为奇异故事的档案员或者史学家。笔者倾向于将"氏"迻译为英文中的"collector"（收集者），以向整部故事集形成的传统致敬。蒲松龄曾非常率直地在《聊斋志异·自志》中表明，"四方同人，又以邮筒相寄"，其颇为谦逊地声称自己是"闻则命笔，遂以成编"。这种说法，在其长孙蒲立德（1683—1751）处得到了确认，后世学者如邹涛则在《三借庐笔谈》中提到：蒲松龄作《聊斋志异》时，常设烟茗于道旁，"见行道者过，必强执与语，搜奇说异，随人所知"。位于山东省淄博城外的蒲松龄主题公园（临近于蒲松龄故里淄川）内，有一口"柳泉"，据说蒲松龄便是以柳泉之水招待那些来自四面八方、为他提供故事素材的行人。

蒲松龄故作谦卑之态，弱化其作者身份，这一点也可从"聊

249

斋"一词中得以看出。"聊斋"既是其书斋名，又融入其书名之中。顾名思义，"聊斋"即"闲聊的书斋"（studio of chit-chat）抑或"休闲的书斋"（studio of leisure）[我还曾见过类似"懒散的书房"（studio of idleness）的译法]。于此，蒲松龄创作出各种奇幻的故事：狐仙女鬼造访书生、变化多端的精灵鬼怪以及灵魂的附体，这些也正是大部分聊斋故事的特征。抬升其书斋在故事创作中的地位（蒲松龄世称为"聊斋先生"），这是蒲松龄拒绝将这些故事的创作归功于自己的另一自谦方式。蒲松龄对其作者身份含糊处理，在这一谜团的核心处存在两种张力：一方面，蒲松龄力求规避借《聊斋志异》以为其赢得文名或彰显文才；另一方面，表明《聊斋志异》是一部文学巨著而非仅是简单的访谈辑览或田野调查报告，[1] 由此试图展现蒲松龄本人关于文学传统的渊博学识与叙事散文的创作天赋。在本卷所译篇目中，读者将会看到，很多故事开门见山便提及作为主人公的书生声名远播，或者故事中的主要人物才能卓异。

第二种张力，即一方面蒲松龄在故事末尾的"异史氏曰"中以道德教化者的面目出现，这常令人想起其他山东籍的思想家如孔子和孟子等的哲学论点。在此卷所译的八十三篇故事中，有二十六篇附有蒲松龄的评论。蒲松龄常以第一人称的叙事口吻突然介入，如在故事《偷桃》中，他怀疑此变戏法者乃宋时秘密组织白莲教之苗裔；在《四十千》中，他又表现出对生死之淡然。蒲松龄借助于故事，或苦口婆心或潜移默化地教化读者的同时，也体现了其对非理性的魔幻世界之包容。蒲松龄对受难的鬼怪精灵表现出深切的同情，而对那些为谋求私利而违背社会正义的人，他主张要严惩不贷；此外，他认为冥冥中的遭遇似乎可以指引人生之途，助人重新步入正道。

---

[1] 然而，《聊斋志异》中也有极少数的例外——在题为《龙》的故事末尾则是逐字引述他人原话。

◈ 附　　录 ◈

由《聊斋志异·自志》也能清晰地看出蒲松龄对自身作者角色的矛盾性心理。一方面，其自称"雅爱搜神"（自视为宋代作家苏轼的衣钵传人，满腔热忱地宣称"情类黄州，喜人谈鬼"）；另一方面，又自觉无人赏识，心忧"知我者，其在青林黑塞间乎！"蒲松龄特有的自我擦抹（typical self-effacement），使其将创作过程"笔墨之耕耘"比作"萧条似钵"，由是，"寄托如此，亦足悲矣"。然而，在简短的自志中，蒲松龄有意识地大量用典，历数中国文学史上八位不同的名家，由此非但透露出蒲松龄意欲展现其关于文学传统的广博学识，试图以《聊斋志异》延续这一传统，而且暗示出蒲松龄内心渴望读者能够将《聊斋志异》视为一部文学作品，而不仅是对他人所述故事的收集与整理。或许在此有一种不同的情感注入方式，完全替代了蒲松龄所曾维持的作者缺席状态，故事中郁郁不得志的书生似乎闪现着他本人的影子，在故事《成仙》中，周生被仇家构陷，革除了功名；在《某公》[①]中，陕右某公，辛丑进士，死后见冥王判事，起初因罪恶多端而被罚转世为羊，但因其生前救人活命，而得以赦免。

首先，虽然蒲松龄以如此姿态否认了自身的文才，但其借故事人物之口吟诵诗篇，以此向作者身份的完整性与崇高地位（authorial integrity and veneration）致敬；其次，向可以让人不朽的文学功能致敬（如林四娘在转世投胎前，曾为其情人陈公吟诗一首）；最后，甚至向诗歌可以作为工具，衡量才能之不足而使人谦逊的现实功用致敬（在故事《狐联》中，一对狐女意欲媚惑焦生，便抛出上联，若焦生不能对答，便要与之行床笫之事。焦生自知毫无胜算，断然拒绝作答）。当然，故事中的诗句皆出自蒲松龄之手，也体现了蒲松龄作为作者的才华。此外，早于1660年，二十岁的蒲

[①]　蒲松龄在《自志》中大量用典，涉及文学史上的众多名家，旨在表明自己怀才不遇。对此白亚仁曾有所讨论。蔡九迪也曾注意到，虽然蒲松龄提到了诸如李贺、屈原、干宝和苏轼等文学大家，貌似自谦，实际上将自身也置于这一显赫的文学序列之中。

松龄便与同窗好友结成"郢中诗社",这也进一步证明了其对诗歌的特殊喜好。

《聊斋志异》诸多故事末尾的"异史氏曰"又使得蒲松龄俨然是社会批判者,他似乎借之以自我证明(self-justification)、自我授权(self-authorization),甚至是自我警示(self-admonition)。蒲松龄公开称颂故事中人物的善行义举,为衔冤负屈者打抱不平。在某种程度上,蒲松龄所大力赞扬的角色较为卑微,是并不起眼的小角色,例如家境贫寒,却智勇双全的于江。同样,蒲松龄在一些故事中警告世间以貌取人的不良后果,比如《婴宁》中女主人公近似青春痴呆型的笑声,几乎遮蔽了其爱心与孝心;或者如《画皮》①,王生贪图美色,不仅被骗,反而几近丧命。

加之在聊斋故事中那些不受赏识的书生往往备受礼遇,上述蒲松龄的种种做法就不难令我们想起蒲松龄的科场际遇与屡试不第。蒲松龄十九岁时应童子试,即以县、府、道三第一补博士弟子员。而后应乡试,竟屡困屋场。1687年,蒲松龄因乡试"越幅"而被黜,1690年再次因犯规被黜;其1660年、1663年、1666年、1672年和1678年乡试落榜之原因早已无从知晓。蒲松龄屡踬屋场,由此也就不难看出为何其在诸多故事中力倡绕开整个科举制:以首篇《考城隍》为例,"予姊丈之祖"宋焘,因有真才实学而直接被召赴试,诸神越过民间的主考官而直接对其进行"高级别"的测试。由其他故事,也可看出其中有着蒲松龄自身经历的共鸣,例如,一位19世纪的评点者曾明确指出,《叶生》这则故事是蒲松龄隐晦的自传,这一点似乎不足为奇,蒲松龄在故事末尾曾哀叹道:"天下之昂藏沦落如叶生其人者,亦复不少!"

应试的考生乡试考取后便是举人,之后即有资格参加在京城

---

① 在这些以及其他故事中,蒲松龄常借助于"异类女性"来挑战社会习则或传统观念。

◇ 附　录 ◇

举行的会试。即使在会试中名落孙山，依然可以为官。但蒲松龄在乡试中落榜，虽少负文名，但仍无缘仕途，这无疑令其愤恨不已。特别是对于像蒲松龄那样的寒士而言，不屑以重金贿赂考官或攀附权贵，除自身刚正不阿之外，尚受制于贫寒的家境（蒲松龄幼时曾因家境困窘而失学），但许多碌碌无为之辈却借此勾当而高官得做。因此在《聊斋志异》中以权谋私、中饱私囊的贪官污吏以及不劳而获的宵小之辈最终都遭到惩罚。① 例如，《画壁》中的朱孝廉，因觊觎壁中天女的美貌而被吸入壁中；《劳山道士》中愚蠢的王生，自认为学得道士穿墙之术，下山后急于炫耀，结果法术失灵而碰壁。而《僧孽》则讲述了张某暴卒至地府，见其兄长在冥狱中受罚。原来其兄长虽身为僧人却不遵法戒，敛财淫赌，将要遭冥王惩罚。蒲松龄在文后的"异史氏曰"中明确警示道："鬼狱茫茫，恶人每以自解，而不知昭昭之祸，即冥冥之罚也。"

虽然在蒲松龄所处的时代，人们相信神界与人世可以相接，二者均真实存在，并且许多作家创作志怪故事时更倾向于描述鬼神之域，而非借以阐释人世间的道理，但是蒲松龄在故事中塑造了大量为民请命者的形象，这往往又似乎透露出作者的某种意识，即呼唤士林阶层与妖魔鬼怪相抗争的英雄壮举。例如《张老相公》篇所述，江中有坏舟食人的巨鼋，为保平安，百姓不得不宰杀牲畜，投入江中祭祀，为此耗尽民脂民膏。张老相公设法让巨鼋吞下烧红的铁牛，从此四方平安，百姓尊之为水神。而在《吴令》这则故事中，吴县百姓最重城隍爷，每逢其寿辰，则敛赀为会，而县太爷下令打神像二十大板，遂破除这一旧习，由此成为百姓心目中的另一位"城隍爷"——足智多谋的为民请命者终得福报。这似乎对怀才

---

① 从另一方面言，有一点颇令人好奇，在一些故事末尾的"异史氏曰"中，蒲松龄往往介入其中宽宥那些在读者看来确定有罪的角色。比如，蒲松龄有些牵强附会地身后赦免（offers a wry posthumous pardon）了《犬奸》中下流的白犬，指责犬之女主人于丈夫在外时引犬与之交，故而断定犬不应如女主人那般，在凌迟处死之前遭受折磨。

不遇的蒲松龄而言，是另一种替代性的补偿，他自视身怀如此才智，却因仕途屡屡受挫而无法得以施展。

在蒲松龄看来，多行不义必自毙，故而他故事中的行为不端者往往会蒙羞和/或陷入毁灭的境地，这对于蒲松龄而言，是宣泄其内心孤愤的一种合法性渠道。例如，在《九山王》中，狐叟设计使李生家破人亡，以报当年灭族之仇。蒲松龄假这些故事作为科场失意与个人抱负受挫的无害性补偿，此似可用以阐释《聊斋志异》中两种类型的故事，均与那些徒有虚名的书生有关。第一种类型故事中的书生色溺于狐仙和女鬼，而终遭背叛，或命丧黄泉（例如《董生》篇，故事主人公董生怀疑女子为狐妖，却为其色相所蒙蔽，最终阳气尽失而殒命。又如《庙鬼》中的书生王启后，未能识别妇人实为庙鬼，而患上疯癫之疾；《海公子》中的张生竟鲁莽至极，与幻化作女子的蛇精交合）。其他的故事则惩戒那些书生，他们或则对自己行为的卑劣无动于衷，或无法看穿别人的欺骗行径：如《耳中人》的谭晋玄执迷不悟，以为道家趺坐可保安康，却被耳中的一个所谓"小人"而吓得神魂俱失，得上癫疾；《口技》篇则证明了卜卦算命者不过是招摇撞骗的江湖骗子；而在《霍生》篇中，霍生因乱开玩笑，造成他人家破人亡，后遭报复口生双疣，蒲松龄称之为"神而近于戏矣"。

再如《聂小倩》篇中的宁采臣，多年寒窗苦读，高中进士，而这很大程度上源于他的仁爱之心。可以说，出于对那些落第书生，或者说怀才不遇者的深切同情，蒲松龄在故事中颂扬那些拥有才智和谋略，擅于或勇于解决问题者。而这些问题通常都会涉及"狐狸精"（fox-spirits）这一形象，其在清代中国北方山东一带的民间故事中尤为盛行；而在应对这些问题时，往往又展现了对付"狐狸精"所需要的柔性心智（flexible intellect），这或许是蒲松龄对那些思想冥顽不化的迂腐考官的某种回击。例如道士焦螟（《焦螟》）施计赶走了那些令人生厌、胆大妄为的狐狸；"狂放不羁"的书生耿去病（《青凤》）因智勇双全而得以将狐狸精青凤金屋藏娇；足智多谋的贾儿（《贾儿》）尽管看似特立独行，但却能诛狐妖、祛狐祟；在《胡四姐》中，胡氏姐妹被陕人困于瓶中，尚生放走胡四姐；后胡四姐名列仙籍，在尚生死后度其为鬼仙，以为回报。当然，在对上述各情境的处理上，故事的作者有着大量展现其聪明才智的机会，由此也进一步引出了这一问题——即蒲松龄仅仅作为故事收集者身份的虚假性（fictionality）。

蒲松龄作为艺术家的重要一面，体现在其热衷于以读者表面看来可以接受的方式，来呈现怪诞之事，譬如灵魂可以出窍，进而可再与肉身合二为一（例如《长清僧》和《叶生》）；动物，在本质上，或许比人类更富有人情味（例如《蛇人》）；法术，虽真存于世间，但却不可滥用（例如《妖术》和《祝翁》）；妖魔鬼怪也同人一样，既有仁爱与奉献的一面，也有邪恶与欺骗的另一面（例如《莲香》《鬼哭》）。或许因其自身作为一个"局外人"（outsider），蒲松龄对精灵鬼怪心存怜悯，而非简单地视之为"他者"（others），而且在故事中也暗示出，遇到鬼怪精灵或许可助人步入正途，对人生产生积极的影响。实际上，蒲松龄在《陆判》故事中表明，如果陆判英灵尚在，即便为其执鞭赶车，成为仆役，也是心甘情愿的。考虑到蒲松龄为应科举考试而熟读儒家经典，似乎存在这样一种可能性，即其作为作家/艺术家的谦卑和作为评论者对正义的坚守源于同一部作品的影响，即《礼记》所言："大则如威，小则如愧。"

即便有时并未直接介入故事叙述中，蒲松龄还是借助《聊斋志异》中的这些鬼怪故事以揭露和批判人性的弱点。在中国民间故事中有一个悠久的传统，即运用超自然的元素作为社会寓言的能指（signifiers），这一传统不但对蒲松龄笔下的故事产生了深远影响，也是对儒家讳言狐仙、鬼怪世界的一种可能性反拨，这同时也表明了一种态度："并非漠不关心，而是刻意规避"（not of indifference but rather of studied avoidance），因为它们之于注重人际和谐与互惠的现世儒家哲学而言，表征了问题的存在。故而，通过颂扬《聊斋志异》故事主人公遭遇鬼怪所展现出的才华和智慧，蒲松龄坚信自己作品本身的重要价值，与此同时，他又可以不露声色地与否认超现实世界的儒家经典相抗颉。

　　《聊斋志异》中所重视的是那些既接受"异"（the strange）的存在与力量，但又无所畏惧，不为其恫吓之人。淄川人王筠苍对雹神敬而远之，得悉雹神将要在章丘降下冰雹，公以接壤关切立刻向天师求情乞免；祝生，为人光明磊落，为中水莽草毒者驱其鬼而活之，上帝以其有功于人世而策为"四渎牧龙君"。《狐嫁女》中的殷天官，年少时胆略过人，入住怪异丛生的荒宅，适逢狐嫁女，殷公被邀为上宾。殷天官有如此胆略，后高中进士，官至尚书。蒲松龄，作为作者的同时，也扮演了编辑者与社会评论者的角色，辅以"异史氏曰"的形式使得《聊斋志异》中的故事更为个性化，即便他在文中"隐身"（disappear）为一个故事收集者或者编辑者，而非一名有创造力的艺术家。作为郁郁不得志的落榜书生，蒲松龄希冀以隐喻的方式在《聊斋志异》中展现自身的卓尔不群，雅爱搜神，自陈"寄托如此，亦足悲矣"。其在"异史氏曰"中以书记员或历史学家抑或档案员的口吻所发表的评论，如同齐鲁文学史上的其他伟大人物一样独特而有趣，由此也使得《聊斋志异》更为个性化。

　　尽管蒲松龄故事所描述的花狐鬼魅世界让《聊斋志异》千古留名，当代的英语读者也能从与儒家价值观相关的故事中获益良多，这些价值观在中国家庭中反复被灌输：子女要对父母尽孝道；公共礼仪和传统节日在促进国家统一方面的重要性，比如清明，每年的这个时候全家人要外出扫墓祭祖，缅怀先人。然而有趣的一点是，笔者发现《聊斋志异》与西方恐怖小说有着不同的审美关注点，蒲松龄的故事是片段式的，聚焦于主人公个人价值的实现，而爱伦坡（Allan Poe）或者洛夫克拉夫特（H. P. Lovecraft）等西方恐怖小说家则侧重于情节的构思与故事的流畅。除此之外，《聊斋志异》中有些故事纯粹是记叙自然现象的（例如《猪婆龙》《海大鱼》《地震》);而且,蒲松龄在处理"性"这个话题时颇为直接和率真,这也表明"异"的衡量标准在于打破常规。只有发生在"幻域"(other places)或者说想象中的方可称之为"异";而人之为人,并时常犯错,正在于我们有着七情六欲。蒲松龄这位谦卑的作者,其笔下的故事之所以是独一无二的,正在于将超自然(the supernatural)与尘世间(the mundane)二者的并置。

附录三 《聊斋志异》原篇与翟理斯、梅丹理与梅维恒、闵福德以及邝如丝选译本篇目对照表

原篇目 The Original	翟译 Giles' Version	梅译 Mair's Version	闵译 Minford's Version	邝如丝译 Rose's Version
考城隍	Examination for the Post of Guardian Angel	Candidate for the Post of City God	An Otherworldly Examination	
恒娘				Heng-niang's Advice to a Neglected Wife
瞳人语	The Talking Pupils		Talking Pupils	The Talking Eye-Pupils
画壁	The Painted Wall	The Mural	The Painted Wall	The Wall Painting
种梨	Planting a Pear-Tree	Planting Pears	Growing Pears	Planting a Pear Tree
劳山道士	The Taoist Priest of Lao-Shan	The Taoist of Lao Mountain	The Taoist Priest of Mount Lao	The Taoist Priest of Lao-Shan
长清僧	The Priest of Ch'ang-Ch'ing		The Monk of Changqing	
狐嫁女	The Marriage of the Foxes Daughter		The Golden Goblet	
娇娜	Miss Chiao-No	Fox-Fairy Jiaonuo	Grace and Pine	
凤阳士人				Dreaming of the Scholar Fengyang
妖术	Magical Arts	Black Magic	Magical Arts	
成仙	Joining the Immortals			
王成	The Fighting Quails			
画皮	The Painted Skin	Painted Skin	The Painted Skin	
贾儿	The Trader's Son		The Merchant's Son	
陆判	Judge Lu	Judge Lu		Judge Lu

续表

原篇目 The Original	翟译 Giles' Version	梅译 Mair's Version	闵译 Minford's Version	邝如丝译 Rose's Version
婴宁	Miss Ying-Ning, or the Laughing Girl	Yingning	The Laughing Girl	Ying-ning, the Laughing Girl
阿绣				Ah-shiu and Her Double
聂小倩	The Magic Sword	Nie Xiaoqian	The Magic Sword and the Magic Bag	
水莽草	The Shui-Mang Plant			
珠儿	Little Chu			
胡四姐	Miss Quarta Hu			
祝翁	Mr. Chu, the Considerate Husband		Dying Together	Old Chu Returns for his Wife
侠女	The Magnanimous Girl	A Chivalrous Woman		
酒友	The Boon-companion			
莲香	Miss Lien-Hsiang		Lotus Fragrance	The Fox Maiden Lien-Shiang
阿宝	Miss A-Pao; or Perseverance Rewarded	Precious		Ah-Pao and Her Foolish Lover
任秀	Jen Hsiu			Jen Shiu's Luck in Gambling
张诚	The Lost Brother			
三仙	The Three Genii			
蛙曲	The Singing Frogs			
鼠戏	The Performing Mice			
赵城虎	The Tiger of Chao-Ch'eng			
小人	A Dwarf		Dwarf	
红玉	Hsiang-Ju's Misfortunes			
鲁公女	Chang's Transformation			Lu's Daughter and Her Lover Chang

续表

原篇目 The Original	翟译 Giles' Version	梅译 Mair's Version	闵译 Minford's Version	邝如丝译 Rose's Version
道士	A Taoist Priest			A Taoist Priest Gives a Feast
胡氏	The Fight with the Foxes			
王者	The King	The King		
陈云栖	Engaged to a Nun			
织成	The Young Lady of the Tung-t'ing Lake			Chih-cheng, Maid of the Lake
竹青	The Man Who was Changed into a Crow	The Bird Nymph Zhuqing		Chu-ching and the Man Who Changed into a Crow
香玉	The Flower Nymphs			the Flower Maiden Shiang-Yu
大男	Ta-Nan in Search of His Father			
石清虚	The Wonderful Stone	Stone Pure-Void		A Stone from Heaven
曾友于	The Quarrelsome Brothers			
嘉平公子	The Yong Gentleman Who couldn't Spell			
苗生	The Tiger Guest			
姊妹易嫁	The Sister	Sisters Switch Places		The Sisters Exchange in a Marriage
番僧	Foreign Priests			
李司鉴	The Self-Punished Murderer			
保住	The Master-thief			

续表

原篇目 The Original	翟译 Giles' Version	梅译 Mair's Version	闵译 Minford's Version	邝如丝译 Rose's Version
水灾	A Flood			
诸城某甲	Death by Laughing		Raining Money	
戏缢	Playing at Hanging		A Prank	
阿纤	The Rat Wife			
龙飞相公	The Man Who was Thrown Down a Well			
珊瑚	The Virtuous Daughter-in-law			
续黄粱	Dr. Tseng's Dream	Sequel to the "Yellow Millet Dream"		
夜叉国	The Country of the Cannibals			
汪士秀	Foot-ball on the T'ung-t'ing Lake			Wang Shih-shin Played Football
雷曹	The Thunder God			The Thunder God's Assistant
赌符	The Gambler's Talisman			
阿霞	The Husband Punished			
毛狐	The Marriage Lottery			The Hairy Fox and the Farmer's Son
罗刹海市	The Lo-Ch'a Country and the Sea-Market	The Rāksasas and the Ocean Bazaar		The Land of Locha and the Sea-Market
促织	The Fighting Cricket	The Cricket		
向杲	Taking Revenge			

261

续表

原篇目 The Original	翟译 Giles' Version	梅译 Mair's Version	闵译 Minford's Version	邝如丝译 Rose's Version
八大王	The Tipsy Turtle			
郭秀才	The Magic Path			Master Kuo Finds a Magic Path
牛成章	The Faithless Widow			Niu Cheng-chang and His Faithless Widow
西湖主	The Prince of the Tung-t'ing Lake			
莲花公主	The Princess Lily	Princess Lotus	Princess Lotus	Princess Locus
钟生	The Donkey's Revenge			
梦狼	The Wolf Dream	Dream of Wolves		
冤狱	The Unjust Sentence			
贾奉雉	A Chinese Rip Van Winkle			
三生	The Three State of Existence			
席方平	In the Infernal Regions			
顾生	Singular Case of Ophthalmia			
周克昌	Chou K'o-Ch'ang and His Ghost			Chou Ko-chang and His Ghost
鄱阳神	The Spirits of the Po-yang Lake			
钱流	The Stream of Cash			A Stream of Money

◇ 附 录 ◇

续表

原篇目 The Original	翟译 Giles' Version	梅译 Mair's Version	闵译 Minford's Version	邝如丝译 Rose's Version
龙戏蛛	The Injustice of Heaven			
夜明	The Sea-serpent			
凤仙	The Magic Mirror	Phoenix Sprite		
佟客	Courage Tested			
褚生	The Disembodied Friend			
布商	The Cloth Merchant			
彭二挣	A Strange Companion			
跳神	Spiritualistic Seances			
美人首	The Mysterious Head			
山神	The Spirits of the Hills			
库将军	Ingratitude Punished			
司文郎	Smelling Essays			
田子成	His Father's Ghost			
王桂庵	The Boat-girl Bride			
寄生附	The Two Brides			
褚遂良	A Supernatural Wife			The Fairy Wife of Chu Sui-liang
公孙夏	Bribery and Corruption			
孙必振	A Chinese Jonah			How Sun Pi-chen Was Saved
张不量	Chang Pu-liang			
红毛毡	The Dutch Carpet			
负尸	Carrying a Corpse			

263

续表

原篇目 The Original	翟译 Giles' Version	梅译 Mair's Version	闵译 Minford's Version	邝如丝译 Rose's Version
鞠乐如	A Taoist Devotee			
盗户	Justice for Rebels			
偷桃	Theft of the Peach	The Theft of a Peach		
海公子	Killing a Serpent		Snake Island	
尸变	The Resuscitated Corpse			
王六郎	The Fisherman and His Friend			
僧孽	The Priest's Warning			
三生	Metempsychosis		Past Lives	
四十千	The Forty Strings of Cash			
某公	Saving Life		Sheep Skin	
王十	The Salt Smuggler			
青蛙神	Collecting Subscriptions			
寒月芙蕖	Taoist Miracles		Flowers of Illusion	
西僧	Arrival of Buddhist Priest			
泥鬼	The Stolen Eyes			
单道士	The Invisible Priest			
酆都御使	The Censor in Purgatory			
柳秀才	Mr. Willow and the Locusts			
董公子	Mr. Tung, or Virtue Rewarded			

续表

原篇目 The Original	翟译 Giles' Version	梅译 Mair's Version	闵译 Minford's Version	邝如丝译 Rose's Version
死僧	The Dead Priest			
牛飞	The Flying Cow			
镜听	The "Mirror and Listen" Trick			
牛癀	The Cattle Plague			
金姑夫	The Marriage of the Virgin Goddess			
酒虫	The Wine Insect			
义犬	The Faithful Dog			
地震	An Earthquake	Earthquake	An Earthquake	
造畜	Making Animals		Making Animals	
拆楼人	Cruelty Avenged			
棋鬼	The Wei-ch'i Devil			
果报	The Fortune-hunter Punished			
布客	Life Prolonged			
土偶	The Clay Image			
柳氏子	Dishonesty Punished			
颠道人	The Mad Priest			
阎罗宴	Feasting the Ruler of Purgatory			
画马	The Picture Horse	The Horse in the Painting		
放蝶	The Butterfly's Revenge			
医术	The Doctor			
夏雪	Snow in Summer			

续表

原篇目 The Original	翟译 Giles' Version	梅译 Mair's Version	闵译 Minford's Version	邝如丝译 Rose's Version
何仙	Planchette			
河间生	Friendship with Foxes			
大鼠	The Great Rat			
狼	Wolves			
郭安	Singular Verdict			
义犬	The Grateful Dog			
杨大洪	The Great Test			
真生	The Alchemist			
汤公	Raising the Dead			
堪舆	Feng-Shui			
邑人	The Lingering Death			
王子安	Dreaming Honours	Scholar Wang Zi-An		
牧竖	The She-wolf and the Herb-boys	Herdboys		
金陵乙	Adulteration Punished			
折狱	A Chinese Solomon			
禽侠	The Rukh			
鸿	The Faithful Gander			
象	The Elephants and the Lion			
李八缸	The Hidden Treasure			
老龙船户	The Boatmen of Lao-Lung			
刘全	The Pious Surgeon			
太原狱	Another Solomon			

续表

原篇目 The Original	翟译 Giles' Version	梅译 Mair's Version	闵译 Minford's Version	邝如丝译 Rose's Version
一员官	The Incorrupt Official			
青凤		Fox-Girl Qingfeng		
口技		Ventriloquism	Vocal Virtuosity	
连城		Liancheng		
云翠仙		Yun Cuixian		
颜氏		Miss Yan		
小谢		Ghost-Girl Xiaoxie		The Rebirth of Shiao-Shieh
考弊司		The Inspectorate of Misdeeds		
鸽异		Weird Doves		
山市		The City on the Mountain		
青娥		Fairy Qing-E		
胡四娘		Hu Fourth-Maiden		
宦娘		Ghost-Maiden Huanniang		Huan-niang and Her Lute Master
金和尚		Monk Jin		
局诈		Fraud (Number Three)	The Antique Lute	
于去恶		Ghost-Scholar Yu Qu-E		
长亭		Fox-Girl Changting		
胭脂		Rouge	Rouge	
瑞云		Courtesan Rui Yun		The Singing Girl Rui-Yun
小猎犬				The Little Hunting Dog
葛巾		Linen Scarf, the Peony Spirit		
黄英		Yellow-Bloom		

267

续表

原篇目 The Original	翟译 Giles' Version	梅译 Mair's Version	闵译 Minford's Version	邝如丝译 Rose's Version
书痴		A Fool for Books		The Crazy Bookworm
晚霞		Ghost-Girl Wanxia	Sunset	
白秋练		Fish Demon Bai Qiulian		
姬生		Scholar Ji		
耳中人			Homunculus	
尸变			Living Dead	
喷水			Spring Water	
山魈			The Troll	
咬鬼			Biting a Ghost	
捉狐			Catching a Fox	
荞中怪			The Monster in the Buckwheat	
妖宅			The Haunted House	
偷桃			Stealing a Peach	
蛇人			The Snake-Charmer	
斫蟒			The Wounded Python	
犬奸			The Fornicating Dog	
雹神			The God of Hail	
僧孽			A Most Exemplary Monk	
野狗			Wild Dog	
狐入瓶			Fox in the Bottle	
鬼哭			Wailing Ghosts	
真定女			Thumb and Thimble	
焦螟			Scorched Moth the Taoist	

续表

原篇目 The Original	翟译 Giles' Version	梅译 Mair's Version	闵译 Minford's Version	邝如丝译 Rose's Version
叶生			Friendship Beyond the Grave	The Scholar Yeh
四十千			Karmic Debts	
灵官			Ritual Cleansing	
鹰虎神			The Door God and the Thief	
蛇癖			A Passion for Snakes	
金世成			A Latter-Day Buddha	
董生			Fox Enhancement	
龁石			Eating Stones	
义鼠			The Devoted Mouse	
丁前溪			Generosity	
海大鱼			The Giant Fish	
张老相公			The Giant Turtle	
小官人			The Little Mandarin	
猪婆龙			The Alligator's Revenge	
快刀			Sharp Sword	
九山王			King of the Nine Mountains	
汾州狐			The Fox of Fenzhou	
巧娘			Silkworm	
潍水狐			Fox as Prophet	
丐僧			This Transformation	

269

续表

原篇目 The Original	翟译 Giles' Version	梅译 Mair's Version	闵译 Minford's Version	邝如丝译 Rose's Version
伏狐			Fox Control	
蛰龙			Dragon Dormant	
黄九郎			Cut Sleeve	
金陵女子			The Girl from Nanking	
连琐			Twenty Years a Dream	
鸲鹆			Mynah Bird	
犬灯			Lamp Dog	
五羖大夫			Doctor Five Hides	
翩翩			Butterfly	Pien-pien, the Lovely Fairy
黑兽			The Black Beast	
余德			The Stone Bowl	
双灯			Twin Lanterns	
捉鬼射狐			Ghost Foiled, Fox Put to Rout	
蛙曲			Frog Chorus	
鼠戏			Performing Mice	
泥书生			The Clay Scholar	
鸦头			Bird	
绿衣女			The Girl in Green	The Girl in the Green Dress
骂鸭			Duck Justice	
梁彦			Big Sneeze	
铁布衫法			Steel Shirt	
周三			Fox Trouble	
狐惩淫			Lust Punished by Foxes	
山市			Mountain City	

续表

原篇目 The Original	翟译 Giles' Version	梅译 Mair's Version	闵译 Minford's Version	邝如丝译 Rose's Version
孙生			A Cure for Marital Strife	
罗祖			Adultery and Enlightenment	
巩仙			Up His Sleeve	The Guardian Immortal's Sleeve
沂水秀才			Silver Above Beauty	
李生			Waiting Room fof Death	
五通			The Southern Wutong-Spirit	
男妾			The Male Concubine	
乐仲			Coral	
钆仙			Mutton Fat and Pig Blood	
杜小雷			Dung-Beetle Dumplings	
狐惩淫			Stir-Fry	

后　　记

　　本书系 2013 年教育部人文社科青年基金项目"英美聊斋学研究"（批准号 13YJC751046）的最终成果。

　　这里要感谢教育部以及学界各位评审专家的委托与信任，作为齐鲁乃至中国文学与文化的优秀代表，《聊斋志异》"走出去"必将带动西方世界对山东的关注与对中国优秀传统文化的了解，而西方汉学独特的研究视角与方法也必将促进国内外聊斋研究的对话，从而有利于中西间的互解与互识，建构聊斋学的中外学术共同体，而这也正是本课题研究的出发点和归宿点。

　　本书在写作过程中，得到学界诸多学人的襄助与关怀，而在我的海外汉学研究道路上，需要感谢各位学界前辈和同辈学者一直以来的关心、帮助、支持与呵护！我所在单位的领导和同事们、我的家人，多年来对我的研究工作一如既往地提供着最重要的支持和理解。

　　感谢黄卓越先生赐序，使拙著蓬荜生辉！

　　蒲松龄在《聊斋·自志》中言述他创作《聊斋志异》时的凄凉之境，"独是子夜荧荧，灯昏欲蕊；萧斋瑟瑟，案冷疑冰"。而今读来，深得吾心！不及而立之年便醉心海外汉学，着力于聊斋的外译与传播研究，十年来在求学与教学之余苦心经营，今书稿终成，揽镜自照，蓦然间华发已生。

　　书稿杀青后又反复通读校正，忽然有一夜我梦到蒲松龄，他说来济南访友。依稀记得我们在一个花园里相遇，他说要带我去蒲家

◇ 后　　记 ◇

庄看看柳泉。嗟乎！"惊霜寒雀，抱树无温；吊月秋虫，偎阑自热"，蒲公彼时的感喟，也正如我此时的心境。

承蒙中国社会科学出版社不弃，刘芳博士的精心编辑与多方协调，付梓成书。即便如此，书内还会有些不尽人意之处，也恳请四方同人、读者批评指正！

任增强

2019年深秋于泉城桂花园